光文社古典新訳文庫

# 戦争と平和 6

トルストイ

望月哲男訳

光文社

Title : ВОЙНА И МИР
1865-1869
Author : Л.Н.Толстой

目次

スウェーデン王国
ストックホルム
ペテルブルク
モスクワ
バルト海
ロシア帝国
プロイセン王国
ワルシャワ
ポーランド王国
(ロシア領)
ウィーン
オーストリア帝国
オスマン帝国
黒海
イスタンブル
ナポリ
両シチリア王国
地中海
モスクワ
ウィーン
パリ
エルバ島
(ナポレオン1度目の流刑地)
セント・ヘレナ島
(ナポレオン2度目の流刑地で没す)

ウィーン会議後のヨーロッパ(1815年)
北　海
デンマーク王国
リューベック
ハンブルク
ブレーメン
大ブリテン王国
オランダ
王国
ロンドン
ベルリ
フランクフルト
大　西　洋
パリ
フランス王国
スイス
ヴェネツィ
パルマ王国
モデナ
ルッカ
トスカーナ
コルシカ島
(フランス領)
エルバ島
サルデーニャ王国
ローマ
ポルトガル王国
マドリード
リスボン
スペイン王国
カサブランカ
0
500km

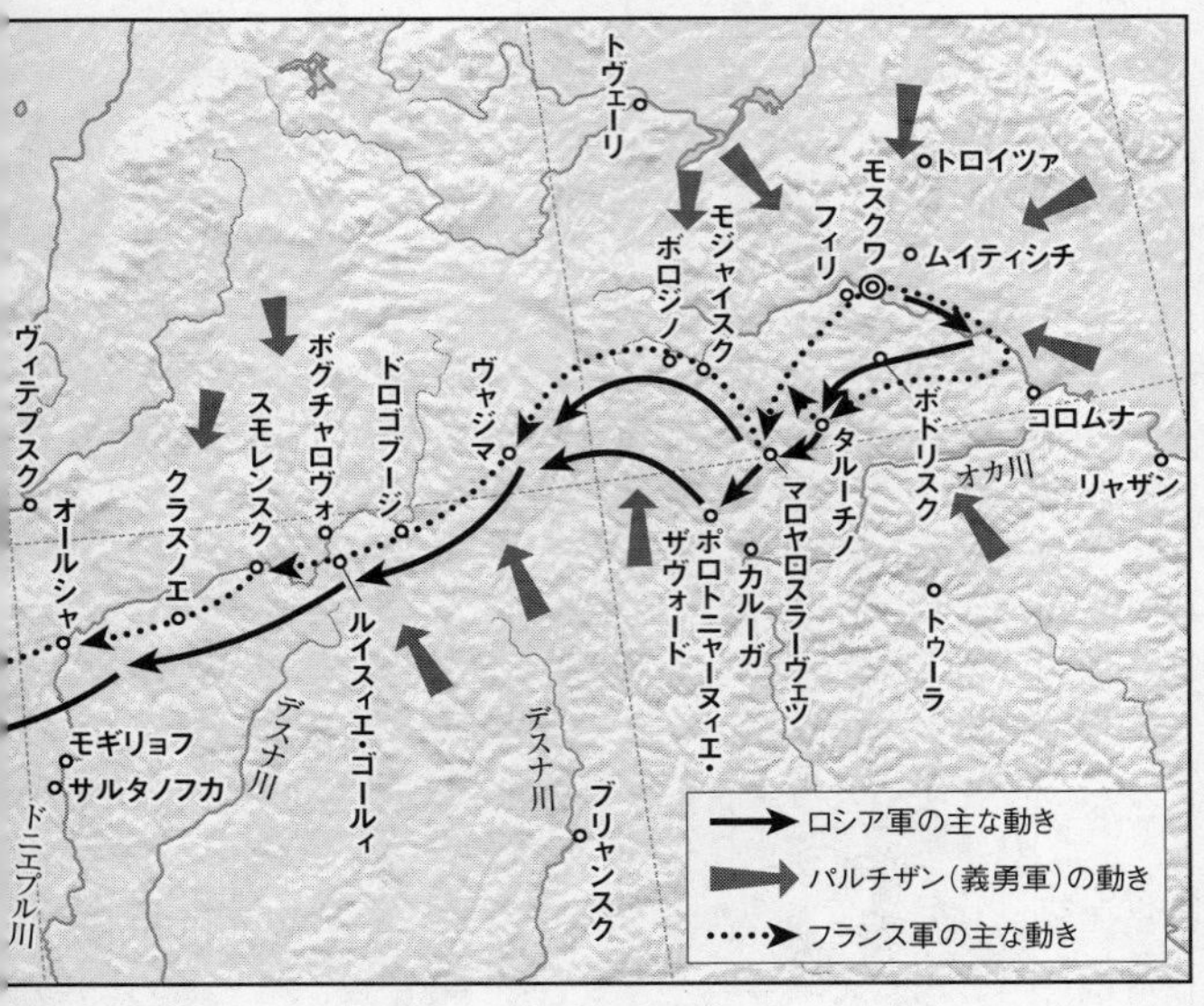
トヴェーリ
トロイツァ
モスクワ
ムイティシチ
フィリ
モジャイスク
ボロジノ
ヴィテプスク
ボグチャロヴォ
ドロゴブージ
ヴャジマ
スモレンスク
クラスノエ
オールシャ
コロムナ
ボドリスク
タルーチノ
マロヤロスラーヴェツ
オカ川
リャザン
ボロトニャーヌィエ・ザヴォード
カルーガ
トゥーラ
ルイスィエ・ゴールィ
デスナ川
デスナ川
モギリョフ
サルタノフカ
ドニエプル川
ブリャンスク
ロシア軍の主な動き
パルチザン（義勇軍）の動き
フランス軍の主な動き

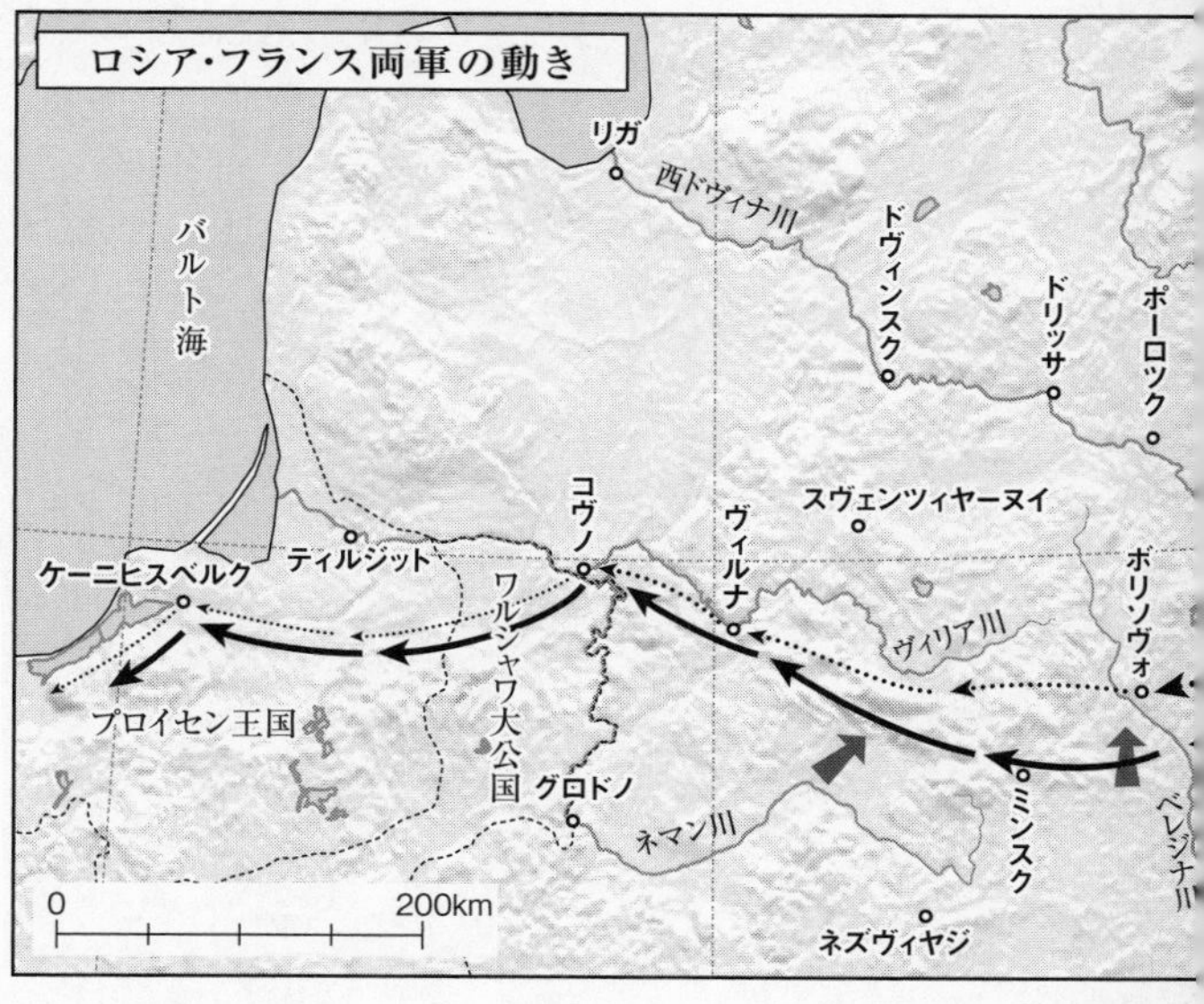

ロシア・フランス両軍の動き
リガ
西ドヴィナ川
バルト海
ドヴィンスク
ドリッサ
ポーロツク
スヴェンツィヤーヌイ
コヴノ
ヴィルナ
ティルジット
ケーニヒスベルク
ボリソヴォ
ワルシャワ大公国
ヴィリア川
プロイセン王国
グロドノ
ミンスク
ネマン川
ベレジナ川
0
200km
ネズヴィヤジ

# 戦争と平和6

# 第４部（つづき）

# 第3編

## 1章

ボロジノ会戦とそれに続くモスクワ占領、そして新たな戦闘もないままのフランス軍の逃走は、最高に教訓的な歴史現象の一つである。

国と国とが対決状態にあるとき、国家と国民の対外活動は軍事として表現され、軍事上の成果の大小がそのまま、国家と国民の政治力の大小に直結する——これはすべての歴史家が認めるところだ。

どこかの王なり皇帝なりが別の皇帝なり王なりと喧嘩をしたあげく、軍を編制して敵の軍と戦って勝利をおさめ、三千とか五千とか一万とかの人間を殺した結果、敵の国家と数百万の国民全体を征服した、といった歴史記述はいかにも不思議であり、国民の全勢力の百分の一でしかない一軍隊の敗北が、全国民の敗北を余儀なくさせるという理屈には、納得がいかない。しかし歴史上の事実はすべて（われわれの知る限り）ある国民の軍隊が別の国民の軍隊と戦って収めた成果の大小が、国民間の勢力関係の優劣の根拠、あるいは少なくともその本質的な指標となることを証明している。ある軍が勝利を収めると、すぐさま勝利した国民の権利が増大し、そしてその分だけ負けた国民の権利が減少する。軍が敗北すれば、ただちにその敗北の度合いに応じて国民は権利を奪われ、仮に全面敗北をこうむれば、国民も全面降伏することになる。

太古から現代にいたるまで、それが（歴史上の）事実であった。ナポレオンの戦争もすべてこの原則を裏書きしている。オーストリア軍の敗北の度合いに応じてオーストリアは権利を失い、その分フランスの権利と力が増大した。イエナとアウエルシュタットでのフランス軍の勝利は、プロイセンの独立国家としての存在を抹殺した。

しかるに一八一二年戦役においては、フランス軍がモスクワ川の戦い［ボロジノ会戦］を制してモスクワを占領したにもかかわらず、その後新たな戦闘も起こらぬまま、結果としてロシアが滅びることはなく、滅びたのは六十万のフランス軍であり、さらにはナポレオンのフランスであった。事実をむりやり歴史法則に引き寄せて、ボロジノの戦場はロシア軍が守ったとか、モスクワ占領の後にフランス軍を壊滅させる一連の戦闘があったとか主張するのは、無理な相談である。

ボロジノ会戦でのフランス軍の勝利の後には、大会戦はおろか、いくらかでも重要な戦いは一つとしてなかったのであり、それでいてフランス軍は滅びたのである。これは何を意味するか？　もしもこれが中国史の一事例であったなら、この現象は非歴史的であると言ってすますこともできるだろう（歴史家が自分の尺度に合わない事例を扱う時の逃げ道である）。また、もしもこれが少数の軍勢のみが関与した短期間の衝突事件であったならば、単に例外的現象として受け止めることもできるだろう。しかるにこの事件は、われわれの父祖の目の前で、祖国の生死を決する大事件として起こった事柄であり、しかもその戦争の規模は、世に知られる戦争の中で最大級のものだったのだ……。

一八一二年戦役のボロジノ会戦からフランス軍の掃討までの時期は、勝ち戦が征服の原因でないばかりか、征服の安定した指標ですらないことを証明した。すなわち、諸国民の運命を決定する力は、征服者が担っているわけでもなければ、軍や戦争自体に内在しているわけでさえもなく、何かしら他（ほか）のものに属していることを証明したのである。

フランスの歴史家たちは、モスクワを出る直前のフランス軍の状態を記述しながら、大陸軍（グランダルメ）は、騎兵隊と砲兵隊と輸送隊以外は万全の態勢にあったが、ただ牛馬の飼料が欠乏していたと主張している。この災難には打つべき手がなかった。近隣の農民たちが自分の乾草を焼き払い、フランス軍に与えなかったからである。

勝ち戦は通例のような結果をもたらさなかった。そもそもフランス軍が入った後のモスクワに荷車を曳（ひ）いてやってきたカルプだのヴラースだのといった百姓たちは、略奪が目的で、個人の英雄的な感情の発露などとは無縁な連中であったが、そうした無数の百姓たちが、高い金を出すからといわれても乾草を届けようとせず、焼いてしまったからである。

二人の人物が剣を携えて登場し、剣術（フェンシング）の規則に完全に従って一騎打ちを開始したところを想像してみよう。対戦はかなり長時間続いた。だが突然、手傷を負ったことに気づいた一方が、このままでは冗談でなく命にかかわると悟ると、剣を投げ捨ててその辺にあった棍棒をつかみ、振り回し始めた。しかし、賢明にも目的達成のためにより優れた、より単純な手段を用いたこの剣士が、同時に騎士道の伝説に心酔していたため、ことの真相を隠蔽（いんぺい）しようとして、自分はあくまでも剣術のルールを完璧に守り、剣で勝利したのだと言い張ったらどうなるだろうか。行われた一騎打ちをそんな形で記述するとしたら、いかに混沌とした筋の通らぬ話が生まれるか、想像に難（かた）くない。

このたとえ話で、剣術のルールに従った戦いを要求した剣士がフランス軍であり、剣を投げ捨てて棍棒を振り上げた敵の剣士がロシア軍、そしてことの次第をすべて剣術のルールで説明しようとする人間が、事件を記述した歴史家たちである。

スモレンスクの火災以降、それ以前の戦争のいかなる伝統にもそぐわない戦争が始まった。町や村を焼き、幾度か戦っては後退し、ボロジノで打撃を受けてまた後退し、モスクワを放棄して火事を起こし、略奪兵を捕獲し、輸送車を分捕り、パルチザン戦を仕掛け、といったことはすべて、ルールからの逸脱であった。

ナポレオンもそれを感じ取っていた。モスクワに入って、剣術家の正しいポーズでじっと身構えた際に、敵が剣ならぬ棍棒を頭上に振りかざしているのを見て以来、彼は一貫してクトゥーゾフとアレクサンドル帝に対して、この戦争があらゆるルールに反して行われていると文句を言ってきた(まるで人殺しをするのに何かのルールが存在するかのように)。フランス軍側がルール違反だと苦情を述べたのにもかかわらず、またロシア軍の上層部がなぜか棍棒で戦うことに恥じらいを覚え、願わくはルール通りに第四(カルト)の構えないし第三(ティエルス)の構えをとるとか、第一(プリム)の構えから巧みな突きを繰り出すとかいった手順を踏みたいと思っていたにもかかわらず、国民戦争の棍棒はすでに渾身の、恐るべき、壮大な力で振りかざされ、誰のセンスにもルールにも頓着なく、愚直ながら目的にかなったやり方で、しゃにむに振り上げられては振り下ろされてフランス軍を滅多打ちにし、ついには侵入軍を壊滅させてしまったのである。

幸いなる国民とは、一八一三年のフランス国民のように、剣術の規則通りに一礼して収めた剣を、握り(グリップ)を前にして優雅で恭しい身振りで寛大なる勝利者に差し出す国民ではない。幸いなる国民とは、試練の時に臨んで、他国民ならこのような場合ルールに沿ってどう振る舞うかなどと気にかけることもなく、ひょいと手近な棍棒を拾い上げて、胸の内の屈辱と復讐の気持ちが晴れて軽蔑と哀れみへと変わるまで、とことん敵をぶちのめす国民である。

## 2章

いわゆる戦争のルール逸脱行為の中で最も目立って、しかも効果的なものの一つは、密集している者たちに対して、ばらばらに分散した者たちが攻撃を仕掛けることである。この種の攻撃は常に、挙国的な性格を持つ戦争で登場する。こうした攻撃とは、要するに、集団に対抗するのに集団を組もうとせず、人々がバラバラに分散したうえで、個別に攻撃しては、大きな軍勢が向かってくればすぐに逃げ、そしてまた機を見て攻撃を仕掛ける、というものである。スペインのゲリラがこれを行い、コーカサスの山岳民がこれを行い、一八一二年のロシア人もこれを行った。

この種の戦争を人はパルチザン戦と名付け、そして名付けさえすれば意味の説明は済んだものと思っている。ところがこの種の戦争はどんなルールにもそぐわないばかりか、名の通った、確かだとみなされている戦略ルールに真っ向から対立するものなのだ。そうしたルールでは、攻撃側は戦闘の瞬間に敵の力を上回るべく、軍勢を結集するべしとされているからだ。

パルチザン戦は(歴史が示す通り常に成功してきたが)、このルールに真っ向から対立しているのだ。

こうした矛盾が生じる原因は、軍学が、軍隊の力は兵員数に等しいものと見なしていることである。軍学は、軍が大きければ大きいほどその力は強いと説く。大きな軍は常に道理にかなっていることになる。

この限りにおいて軍学は、力を質量との関連でのみとらえることに立脚した力学に似ている。そのような力学では、力が等しいか否かは質量が等しいか否かにかかっていると言うであろうから。

力（運動の量）とは質量と速度の積である。

軍事における軍の力もまた、兵員数と何かしら未知のXとの積である。

軍学もまた、軍の規模がその力と一致せず、小部隊が大部隊を打ち負かした無数の例を歴史の中に見て、ぼんやりとながらその未知の乗数Xの存在を認め、その正体を、あるいは幾何学的な陣形に求めたり、あるいは武器装備に求めたり、あるいは（これが一番ありふれているが）指揮官たちの天才に求めたりしてきた。しかしそうしたものをすべて乗数として代入してみても、歴史的事実と一致する答えは得られないのである。

だが、戦争の際に最高権力者たちの指揮が効果を発揮するという、いかにも英雄たちに都合のよい形で定着した謬見（びゅうけん）を払拭しさえすれば、この未知のXは突き止められるのだ。

このXとは軍の士気である。すなわち軍の構成員のすべてがもつ戦闘意欲、自らの身を危険にさらす意欲の大小であって、これは指揮官が天才であろうが凡才であろうが、隊形が三列であろうが二列であろうが、武器が棍棒であろうが一分間に三十発を放つ銃であろうが、一切関係ない。最大の戦闘意欲を持つ者たちこそが、常に最も有利な戦闘条件に身を置くことになるのだ。

軍の士気こそが、兵員数への乗数となって、戦力という積を与える存在である。士気というこの未知の乗数を定義し、表現することが、学問の課題である。

この課題が解決される前提条件は、われわれがこの未知数X全体の値の代わりに、例えば指揮官の指図だとか装備だとかいった、戦力が発現される付帯条件を乗数の値として勝手に代入するような真似をやめ、この未知なるXを、兵士が戦って自らの身を危険にさらす意欲の大小を示す数値として全面的に認識することである。そうなってはじめて、既知の歴史上の事実群をそれぞれ方程式で表し、それぞれのケースにおけるこの未知数の相対的な値を比較することにより、その未知数そのものを突き止めることが期待できるようになる。

十名の人間あるいは十個大隊あるいは十個師団が、それぞれ十五名の人間あるいは十五個大隊あるいは十五個師団と戦って、敵を打ち負かした、すなわち相手を全員殺すか捕虜にとって、味方の損害は四名（ないし四個大隊ないし四個師団）にとどまったとしよう。この場合、一方の損害が四に対して、もう一方の損害は十五である。すなわち四が十五に匹敵したわけで、要するに4X＝15Yとなる。つまりX：Y＝15：4の関係が成り立つ。この方程式は未知数の値を与えてくれるわけではないが、二つの未知数の間の関係を示してくれる。したがって歴史上の戦いから、個々の戦闘、戦役全体、戦争の期間といった様々な単位で抽出したデータ群を同様の方程式に入れてみれば、そこに出てくる数値には一定の法則があるはずだし、それは解明可能であろう。

攻撃の際には密集し、退却の際には分散すべしという戦術原則は、兵力は兵の士気にかかっているという真理を無意識のうちに認めたものに他ならない。弾丸の降り注ぐ中、兵士たちを突進させるためには、襲い掛かってくる敵を撃退する時よりも強い規律が必要になるが、それは集団行動で初めて達成されるからだ。しかしこの原則は、軍の士気を勘定に入れていないため、しばしば誤ったものとなる。とりわけそれが現実との驚くべき齟齬(そご)を露呈するのは、軍の士気が乱高下する場面、すなわち挙国戦争一般においてである。

一八一二年の退却時のフランス軍は、戦術的にいえば分散して身を護(まも)るべきであったのに、密集してしまった。兵の士気があまりに低下していたので、密集することによってしか軍を一つにまとめられなかったからである。ロシア側は逆に、戦術的には集団で攻撃すべきだったにもかかわらず、実際は小さな単位に分散していった。なぜなら、軍の士気がきわめて高揚していたために、個々の兵が命令されずとも敵を攻撃し、強制されずとも自ら進んで困難と危険に身をさらす状態になっていたからである。

いわゆるパルチザン戦が開始されたのは、敵がスモレンスクに入った時点からである。

## 3章

パルチザン戦がロシア政府によって公式に採用される前からすでに、逃げ遅れた略奪兵や馬糧徴発兵など、何千という敵軍の兵士が、コサックや農民の手で殺されていた。ちょうど迷い込んできた狂犬を犬たちが無意識に嚙み殺すように、彼らは無意識にそうした敵を葬り去ったのである。戦術の規則などお構いなしにフランス軍を壊滅させる、この恐るべき棍棒の意義をロシア的な嗅覚でいち早く悟ったのは、かのデニス・ダヴィドフで[1]、こうしたスタイルの戦争を正当化するために最初の一歩を踏み出した栄誉は、この人物に帰している。

八月二十四日、最初のダヴィドフのパルチザン部隊が編制され、これに続いて他の部隊も続々と誕生した。戦役が先に進むにしたがって、こうした部隊の数はますます増えていったのである。

パルチザンたちは大陸軍(グランダルメ)を少しずつ崩壊させていった。フランス軍という枯れ木からひとりでに散ってくる落ち葉をかき集め、時には枯れ木そのものにゆさぶりをかけた。十月に入り、フランス軍がスモレンスクを目指して逃げ延びようとしていた頃には、規模も性格もまちまちなこうした部隊が、何百という数に及んでいた。正規軍の体裁をまねて、歩兵隊、砲兵隊、司令部、生活の設備までを完備した部隊もあれば、もっぱらコサックだけの騎兵部隊もあり、小規模な寄せ集めの歩兵隊や騎馬部隊もあれば、誰も知らないような百姓や地主たちの部隊もあった。教会の堂務者が隊長となって、月に何百人もの捕虜をとったケースもあった。何百人ものフランス兵を殺したワシリーサという名の村長（むらおさ）の妻もいた。[2]

1　デニス・ワシーリエヴィチ・ダヴィドフ（一七八四～一八三九）。軍人、詩人。バグラチオン将軍のもとで頭角を現し、祖国戦争では軽騎兵隊中佐として大隊を率いたが、ボロジノ会戦直前に軽騎兵五十名、コサック八十名からなるパルチザン部隊を編制、以降フランス軍の掃討に活躍して大佐に昇進した。放埒な軽騎兵気質を歌い上げたウイットに富んだ彼の詩や回想記は、ロマン主義期の読者に人気を博し、ダヴィドフの名は神話的な光彩をまとった。ただしダヴィドフのパルチザン部隊はロシアで最初のものではなく、一八一二年七月二十三日にバルクライ・ド・トーリ将軍の示唆でヴィンツィンゲローデ将軍が編制したのが最初とされている。以下に再登場するデニーソフ（ニコライ・ロストフの元上司）は、このダヴィドフをモデルにしている。

十月下旬は、パルチザン戦の最盛期だった。初めの頃にはパルチザンたち自身が自分の大胆さに肝を冷やし、いまにもフランス軍に捕まったり包囲されたりするのではないかと戦々恐々で、鞍も外さず、ほとんど馬に乗ったまま、襲撃を警戒して森に隠れていたのだったが、そうした時期はもはや過去となった。今ではこの戦いがすでに一つの型に収まり、フランス軍に対して仕掛けていいことと悪いことを、誰もがはっきりと弁えていた。この期に及んでもまだ多くのことを不可能だと思い込んでいたのは、参謀たちを引き連れて規則通りフランス軍から遠く離れたところを進んでいる部隊の指揮官たちぐらいのものだった。いち早く作戦を開始して間近にフランス軍を観察してきた小規模のパルチザン部隊の者たちは、大きな部隊の指揮官たちが思ってもみないようなことを、可能だとみなしていたのである。フランス兵の間に潜り込んでいるようなコサックや百姓たちに至っては、もはや何でもできるという気になっていた。

十月二十二日、パルチザンの一翼を担っていたデニーソフと彼の部隊は、そのパルチザン的な情熱を最大に高揚させていた。朝からデニーソフは隊を引き連れて行軍中だった。一日中、フランス軍騎兵隊の物資とロシア軍の捕虜を運ぶ大規模な輸送隊を追いかけて、大街道に接する森の中を進んでいたのだ。その輸送隊は他の部隊からは孤立しており、強力な掩護（えんご）のもと、斥候や捕虜の話では、スモレンスクを目指している様子だった。この輸送隊のことは、デニーソフと彼の近くを進んでいたドーロホフ（同じく小隊を率いたパルチザンだった）ばかりではなく、司令部のあるような大部隊の指揮官たちにも知られていた。みんながこの輸送隊に気づいて、デニーソフの言によれば、虎視眈々（こしたんたん）と狙っていたのである。そうした大部隊の指揮官たちのうち二人が――一人はポーランド人、もう一人はドイツ人だったが――ほぼ同時にデニーソフのもとに書状を届け、それぞれ自分の部隊と合流して一緒に輸送隊を襲撃しようと誘いをかけてきた。

「まっぴあごめんさ、こっちも一国一城の主（あうじ）だかあな」書状を読んだデニーソフはそう言うと、ドイツ人に向けて、かくも勇猛かつ高名な将軍閣下の指揮下で働かせて

2　スモレンスク県の村長の妻ワシリーサ・コージナが、夫の留守中に村人たちが捕獲したフランス将兵を自らしかるべき場所に連行しようとした際、逆らった将校の首を鎌で斬り落とし、自分はこれまでに二十七人もこうしてならず者のフランス兵を殺してきたと威嚇したという――雑誌『祖国の子』に載ったこんな逸話がもとで、女子供からなる部隊を率いてフランス軍を懲らしめたパルチザン戦の女傑ワシリーサという、半ば伝説的な英雄像が生まれた。ワシリーサは絵や物語詩の題材にされ、何度か映画化もされている。

いただきたいのは山々ですが、すでにポーランド人の将軍の指揮下に入ってしまったため、残念ながら断念せざるをえません、と書き送った。そしてポーランド人の将軍に対しても、ドイツ人の将軍の指揮下に入ったのでと、同じく断りの手紙を書いたのだった。

そんな工作をしたデニーソフの狙いは、上層部の指揮官たちに上申せずに、ドーロホフといっしょに小さな軍勢で輸送隊を襲撃し、捕獲してしまうことだった。十月二十二日、輸送隊はミクリノ村を出てシャムシェヴォ村へと向かっていた。ミクリノ村からシャムシェヴォ村にかけての街道の左側には大きな森が続いており、場所によって森が街道のすぐ脇まで迫っているかと思えば、また場所によっては一キロかそれ以上も街道から離れている。一日中そんな森の中を、デニーソフと彼の隊は、ある時は木立の奥深く潜り、ある時は森の外れまで出ながら、移動するフランス軍輸送隊から片時も目を離さず、騎馬で進んでいたのである。朝方、まだミクリノからほど近く、森がぐっと街道近くに張り出している場所で、デニーソフの隊のコサック兵たちが、騎兵隊の鞍を積んだフランス軍の大型荷馬車が二台ぬかるみにはまり込んでいるのを捕獲し、森の中へ運び込んできた。それ以降日暮れまでの間ずっと、隊は襲撃を仕掛けることもなく、移動するフランス兵たちの後を追ってきた。敵を怯(おび)えさせたりせずに、おとなしくシャムシェヴォまで行かせる必要があった。そのうえで、夕刻までには（シャムシェヴォ村から一キロの位置にある）森の中の見張り小屋に打ち合わせに来ることになっているドーロホフと合流し、払暁（ふつぎょう）に二方面から不意打ちを仕掛け、敵を叩いて一網打尽にしようという腹積もりだった。

背後の、ミクリノから二キロほどの地点、森が街道脇まで迫っている場所には、六名のコサック兵が残してあったが、これは新たなフランス軍の縦隊が見えたらすぐに報告する役目を負っていた。

シャムシェヴォ村の先も、全く同じ要領でドーロホフが街道を調べ、他のフランス軍がどれくらいの距離にいるのか確かめておく手はずになっていた。輸送隊の兵員数は千五百と見積もられていた。デニーソフの手勢は二百、ドーロホフの手勢も同じくらいだっただろう。しかし敵に数で負けているからといって、腰の引けるデニーソフではなかった。ただしもう一つだけ、彼が確かめておく必要があるのは、相手がいったいどういう部隊なのかということだった。そしてそれを訊きだすために、デニーソフは「舌（イズィーク）」（すなわち敵部隊の兵員）を捕虜に取る必要があった。この朝の大型荷馬車への襲撃は、大変拙速に行われたので、荷馬車についていたフランス兵はみな殺害され、生け捕りにされたのはただ一人、鼓手の少年ばかり、しかもこれが落伍兵だったので、縦隊にいるのがどんな部隊なのか、確かなことは何一つ言えなかったのである。

もう一度襲撃をかけるのは全縦隊を警戒させるという意味で危険だったので、デニーソフは自分の隊の一員である歯欠け（シチェルバーティ）のチーホンという百姓をシャムシェヴォに送り込み、先乗りしているフランス軍の宿営係をせめて一人でも捕まえてこいと命じたのだった。

## 4章

秋の暖かい、雨の降る日だった。空も地平線も、まったく同じ濁った水の色をしている。雨は霧のようにまっすぐに落ちてくるかと思えば、突然、大粒の雨滴となって横殴りに降り注いだ。

純血種の痩せた、脇腹の締まった馬にまたがって、身にまとったコーカサス風フェルト・マントからも筒型の毛皮帽からも雨を滴らせながら、デニーソフは進んでいた。首を傾けて耳を伏せている自分の馬と同様に、横殴りの雨に顔を顰（しか）めながら、心配そうに前方に目を凝らしている。頰がこけて、びっしりと短く黒い顎鬚（あごひげ）が生えたその顔は、怒っているように見えた。

デニーソフの脇に並んで、同じくマントを纏(まと)い毛皮帽を被ったコサック大尉が、肥えた大きなドン産の馬にまたがって進んでいく。これは彼の相棒だった。もう一人のコサック大尉はロヴァイスキーという名で、これもまたマントに毛皮帽姿だったが、こちらはひょろりと背が高くて板切れのように痩せた、色白で金髪、切れ長の明るい目をした男で、顔にも乗馬姿にも、落ち着いた自信満々の表情が漂っていた。馬にせよ騎手にせよどこがどう違うのかは言えないが、この大尉とデニーソフをちょっと見比べただけで、濡れネズミになっていかにも参った様子のデニーソフの方は、まさに馬に乗った人間にすぎないが、見るからに楽々と落ち着いた様子の大尉の方は、馬に乗った人間ではなくて、人馬一体となって二倍の力を得た別の生き物なのだと、納得がいくのだった。

彼らの少し前を、灰色の長上着(カフタン)に白いカルパック帽[3]姿の道案内役の百姓が、ずぶ濡れになって歩いている。

3　中央アジア、コーカサス、中東・ヨーロッパで広く用いられた帽子。円錐・円筒・おわん型など、形状や素材に民族的差異があり、正装にも日常用にも、労働・行軍の際の防暑・防寒防塵用にも用いられた。ピエロのとんがり帽や料理人の胴長の帽子も同じ名で呼ばれる。

少し後ろを、痩せ細って尻尾とたてがみが妙に大きく、裂けた唇から血を流しているキルギスの駄馬にまたがって、青いフランス軍の外套を着た若い将校が進んでいた。その隣を行く軽騎兵は、破れたフランス軍の外套と青いカルパック帽の少年を馬の尻に乗せていた。少年は寒さで真っ赤になった手で軽騎兵にしがみつき、裸足の足を温めようともぞもぞ動かしながら、眉を上げてびっくり顔できょろきょろあたりを見回している。これが朝方捕らえられたフランス軍の鼓手だった。

彼らの背後には、ぬかるんだ上に散々馬に踏み荒らされた細い森の道をたどる軽騎兵の集団が三々五々続き、その後にコサックたちが続く。コーカサス風のフェルト・マントにくるまった者、フランス軍の外套を着た者、馬衣を頭からかぶった者と、服装もさまざまである。馬は、赤毛も栗毛もすべて、体表を川のように流れる雨のせいで、黒毛に見えた。たてがみも濡れそぼち、馬の首が妙に細くなったように見える。馬たちの体からは湯気が立ち上っていた。服も鞍も手綱も、まさに地面や、道に散った落ち葉と同様に、ずぶ濡れでぬるぬるとふやけていた。人々は毛を逆立てた鳥のように馬上で身を縮めたまま、なるべく身動きしないようにしていた。体にしみとおって来た雨水を温めると同時に、鞍や膝の下や首筋に流れ込んで来ようとする新たな冷たい水をブロックするためである。長く延びたコサックの列の真ん中を、フランスの馬と鞍を着けたままのコサックの馬とに引かれた二台の大型荷馬車が進み、切り株やら枝やらにぶつかってゴンゴン大きな音を立てたり、水の一杯たまった轍(わだち)でピチャピチャ音を立てたりしている。

デニーソフの馬が道の水たまりをよけた拍子によろけて、乗り手の膝を立木にぶつけた。

「こいつ、何をしやがう！」忌々しげにそう叫ぶと、デニーソフは歯をむき出して編み鞭で二、三度馬を打ち据え、自分にも仲間にも泥しぶきをはねかけた。デニーソフはご機嫌斜めだった。雨のせいでもあったし、腹が減っているせいでもあったが（朝から誰も何も口に入れていなかった）、一番の理由は、ドーロホフからこれまで何の連絡もなく、「舌」の捕獲に遣わした者も戻っていないことだった。

『輸送隊を襲撃するのに、今ほどの好機は二度とめぐってこないだろう。単独で襲撃するのはあまりにも危険だが、かといって日延べにすれば、誰かもっと大きなパルチザン部隊の奴に目の前でかっさらわれるのが関の山だ』待ち望むドーロホフからの使いがいまにも現れはしないかと前方にひたと目を据えたまま、デニーソフは考えるのだった。

林道に出て右手の見晴らしが遠くまで開けると、デニーソフは馬を停めた。

「誰か馬でやってくう」彼は言った。

連れのコサック大尉がデニーソフの指さした方に目を遣った。

「二人です。将校とコサックですな。ただし中佐殿ご自身かは推定不能です」コサックには馴染みのない言葉を使いたがる人物で、面倒な答え方をする。

騎馬の二人は丘を下っていったん視界から消えたかと思うと、何分か後にはまた姿を現した。先に立ってくたびれた馬に革鞭をくれながら駆歩で駆けてくるのが将校で、髪は乱れ、ずぶ濡れで、ズボンは膝上までまくれ上がっている。その後をコサックが、鐙の上に立って速歩でやってくる。将校の方はまだごく若い青年で、血色のいい大きな顔に、すばしっこい快活な目をして、デニーソフのすぐそばまで馬で乗りつけると、ずぶ濡れになった一通の封書を差し出した。

「将軍からです」将校は言った。「すみません、少し濡らしてしまいまして……」

デニーソフは憮然とした顔で封書を受け取り、そのまま開封する。

「散々危険だ、危険だと聞かされたのですが」デニーソフが渡された封書を読む間、将校はコサック大尉に話しかけた。「しかし、私とこのコマローフは」彼は連れのコサックを指さした。「ちゃんと備えをしてきたのです。二丁ずつピスト……おや、あれは？」フランス軍の鼓手に気付くと彼は訊ねた。「捕虜ですか？　みなさんはもう戦闘をされたのですね？　ちょっとあの捕虜と話してもよろしいですか？」

「オストフか！　ぺーチャじゃないか！」その時、受け取った封書にざっと目を通したデニーソフが叫んだ。「いや、どうして自分かあ名乗あなかったんだ？」笑顔でそう言うと、デニーソフはくるりと振り向いて将校に握手の手を差し出した。

この将校は、あのロストフ家の次男ぺーチャだった。

道中ずっとぺーチャは、一人前の将校らしく、昔の交誼（こうぎ）などおくびにも出さずに、このデニーソフと公式の付き合い方をしようという心構えをしてきたのだった。だがデニーソフの笑顔を見せられたとたんに、ぺーチャもたちまち満面を輝かせ、喜びに頬を染めて、用意してきた改まった態度など忘れ去ってしまった。そうして口を開くと、いま自分がフランス軍の脇をすり抜けてきたこと、このような大役を任されて喜んでいること、自分もすでにヴャジマで戦闘を経験し、そこで一人の軽騎兵が武勲を上げたことなどを、とうとうと物語ったのだった。

「いや、君に会えてうえしいよ」ぺーチャの饒舌（じょうぜつ）を遮ると、デニーソフの顔がまた心配そうな表情に戻った。

「ミハイル・フェオクリートィチ」彼はコサック大尉に向かって言った。「またあのドイツ人かあ、あの手紙だよ。この青年はあの人物のもとで働（はたあ）いていうのさ」そう告げるとデニーソフは、今もたらされた文書の中身が、敵の輸送隊への襲撃に参加されたしという、例のドイツ人の将軍の要求を繰り返したものに過ぎないことを大尉に話してやった。「俺(おえ)たちが明日のうちに分捕っちまわないと、みすみす連(えん)中に横取いさえうってことだ」彼はそう結論を下した。

ペーチャは、デニーソフがコサック大尉と話している間、相手の態度の冷ややかさにうろたえたペーチャは、デニーソフがそんな態度をとるのも自分のズボンがみっともない格好をしているからだと思い込み、誰にも気づかれぬようにそっと外套の下でまくれ上がったズボンを直し、できるだけ勇ましげに見えるよう努めた。

「隊長殿から何かご命令がいただけるでしょうか？」帽子の庇(ひさし)に片手を添えて敬礼し、改めて当初の心づもり通りの、将軍に対する副官の役どころに戻って、彼はデニーソフに訊ねた。「それとも隊長殿のもとに残らせていただくことになるのでしょうか？」

「命令(えい)か？……」デニーソフは考え込んだような口調で言った。「しかし君は明日までここに残えうのか？」

「えっ、喜んで……お手元に残していただけるのですか？」ペーチャは叫んだ。

「いやつまい、正確には将軍はどうお命じになったのだ。直ちに帰還せよということか?」デニーソフが問い質すと、ペーチャは顔を赤らめた。

「閣下は何もお命じになりませんでした。かまわないのではないでしょうか?」問いの口調で彼は答えた。

「よし、分かった」デニーソフは答えた。そうして部下たちに向き直ると、隊は予定通り森の見張り小屋の脇の休憩場に向かい、キルギス馬に乗った例の将校(副官役を務める人物)は、出かけて行ってドーロホフの居場所を突き止め、彼が晩にやってくるかどうかを確かめろという命令を下した。デニーソフ本人は、コサック大尉とペーチャを伴ってシャムシェヴォに通じる森の際まで行き、明日の襲撃地点となるべきフランス軍の宿営地を視察してくることになっていた。

「さて、髭もじゃ君」彼は道案内の百姓に言った。「シャムシェヴォへ案内すうんだ」

デニーソフ、ペーチャ、大尉は、何人かのコサック及び捕虜を連れた軽騎兵を従えて左手へ進み、谷を越えて森の外れへと向かった。

# 5章

雨は上がり、ただ霧が立ち込めて木々の枝から雫が滴っていた。デニーソフ、コサック大尉、ペーチャは、カルパック帽の百姓の後について黙々と馬を進めた。百姓は、樹皮靴を履いたがに股の足で木の根っこや濡れた落ち葉の上を軽々と音もなく歩みながら、皆を森の外れへと導いていった。

なだらかな丘の上に出ると、百姓は足を止め、ぐるりと周囲を見渡してから、葉が落ちて透けて見える木立の方へと向かった。まだ葉を落としていない大きな楢(なら)の木の傍らに立ち止まり、秘密めかした様子で手招きする。

デニーソフとペーチャは百姓の方に馬を進めた。百姓が足を止めた場所からは、フランスの将兵たちの姿が見えた。森のすぐ外はゆるい斜面で春小麦の畑が続いている。右手の急な谷の向こうには小さな村があり、屋根の壊れた小ぶりな地主屋敷が見える。その村にも地主屋敷にも、丘全体にも果樹園にも、井戸や池のほとりにも、橋から村へのせいぜい四、五百メートルばかりの坂道にも、ゆらめく霧に包まれた人の群れが見えた。荷を引いてやっとこさで坂を上っていく馬たちを追い立てたり、互いに呼び交わしたりしているロシア語ならぬ声が、はっきりと聞こえてきた。

「捕虜をこっちによこせ」フランス兵たちから目を離さぬまま、デニーソフが小声で言った。

コサックが馬を下り、少年も下ろすと、デニーソフのそばまで連れてきた。デニーソフはフランスの将兵を指さしながら、どこのどんな部隊の者たちかと訊ねた。少年はかじかんだ手をポケットに突っ込んだまま眉を吊り上げて、怯えた顔でデニーソフを見つめている。知っていることは何でも話そうという気概は明らかだったが、どう答えていいか分からず、ただデニーソフの問いに頷くばかりだった。デニーソフは顔を顰めてそっぽを向くと、大尉に向かって自分の推測を伝えた。

ペーチャは、大事なことを何一つ見過ごすまいと、きょろきょろと首を巡らしながら、鼓手の少年を見たりデニーソフを見たり、大尉を見たり、村や路上にいるフランス兵たちを見たりしていた。

「ドーロホフがいようがいまいが、捕獲すべし！……だな？」デニーソフがそう言って愉快そうにきらりと目を光らせた。

「場所が良いですからね」大尉が応じる。

「歩兵隊を下かあ回らせよう、沼地伝いにな」デニーソフは続ける。「歩兵が庭に忍び寄う。お前はコサックを率いてあそこかあ乗いこむ」デニーソフは村の裏手の森を示した。「俺は軽騎兵隊を率いてここかあだ。号砲一発で……」

「窪地を通るのは無理ですよ、ぬかるんでいて」コサック大尉が言った。「馬が足を取られちまいます。もっと左を回っていかないと……」

二人が小声でそんな相談をしていた時、下の池のほとりの窪地で一発の銃声が響き、白煙が上がった。また一発が響く。すると小高い丘にいた何百という数のフランス兵たちが一斉に、あたかも歓声のような叫びをあげるのが聞こえた。とっさにデニーソフも大尉もさっと身を引いた。あまりにも近いところで起こったことなので、てっきり自分たちが発砲や叫び声の的になっているのだと思ったのだ。しかし発砲も叫びも、彼らには無関係だった。フランス兵たちは明らかにその男をねらって撃ち、男に向かって叫んでいるのだった。下の沼地のあたりを、何か赤いものをまとった男が駆けているのである。

「あれ、うちのチーホンじゃないですか」コサック大尉が言った。

「そうだ！　確かにあいつですよ！」

「あのおくでなしが」デニーソフが言う。

「逃げおおせますよ！」コサック大尉が目を細めて言った。

チーホンと呼ばれた男は川に駆け寄ると、ざぶんと水しぶきを上げて飛び込み、一瞬姿が見えなくなったかと思うと、真っ黒な濡れネズミ姿で四つん這いになって対岸に上がり、さらに先へと逃げていく。追い駆けてきたフランス兵たちは足を止めた。

「うまいもんですね」コサック大尉が言った。

「古だぬきめが！」相変わらずぷりぷりした顔でデニーソフは言う。「今まで何をしていやがった？」

「あれは誰ですか？」ペーチャが訊ねた。

「うちの斥候だ。舌を捕まえに送い込んだんだ」

「なるほど」デニーソフの一言でペーチャはすべてを察したといったふうに頷きながら答えたが、実はひと言も理解してはいなかった。

歯欠けのチーホンは、隊で最も必要とされる人物の一人だった。もとはグジャチ川のほとりのポクロフスコエ村の百姓。まだパルチザン活動を始めたばかりだったデニーソフがそのポクロフスコエ村を訪れて村長を呼びつけ、フランス軍について何か知らないかと訊ねると、村長は、どこの村長もそうするように、いかにも警戒したような口調で、私どもは何一つ知りもしなければ分かりもしません、と答えたものだ。だがデニーソフが、自分の目的はフランス軍をやっつけることだと説明したうえで、この村にフランス軍が迷い込んでこなかったかと訊くと、村長は、楽奪兵（ミロジョールイ）[4]は確かに来ましたが、しかしこの村でそういう問題に対応するのは歯欠け（シチェルバーティ）のチーホンただ一人です、と答えた。デニーソフはそのチーホンを呼び寄せて、彼の活動を褒（ほ）めたうえで、村長のいる場で、祖国の子らが守るべき皇帝と祖国への忠誠、及びフランス軍への憎悪について、簡単な訓示を与えた。

「俺たちはフランス兵に悪さはしておりません」デニーソフの訓示に臆した様子で、チーホンは言った。「ただ猟に行って、若い衆とふざけただけですよ。楽奪兵どもは確かに二十人ほどぶち殺してやりましたが、他（ほか）に悪さはしておりません……」翌日、この男のことをすっかり忘れたままポクロフスコエ村を出たデニーソフは、チーホンがくっついてきて離れず、このまま隊においてくれと頼んでいるとの報告を受けた。デニーソフは彼を隊においてやるよう命じた。

チーホンははじめ下働きで、焚火をおこしたり、水を汲んだり、馬の皮を剝いだりしていたが、じきにパルチザン戦に非常な熱意と能力を示すようになった。夜な夜な獲物を取りに出かけては、そのたびにフランス軍の服や武器を背負って帰って来たし、命じられれば捕虜もとって来た。デニーソフはチーホンを雑役から解放して偵察に連れ歩くようになり、その後コサック隊に編入したのだった。

チーホンは乗馬を好まず、いつも自分の足で歩いて、しかも騎兵隊に後（おく）れを取らなかった。彼の武器はマスケット銃[5]と槍と斧で、このうちマスケット銃はむしろ冗談で持ち歩いているだけだったが、斧は完全に使いこなしていた。ちょうど狼（おおかみ）が自分の牙を使いこなし、毛の中に隠れた蚤（のみ）を探すのも太い骨をむさぼるのも、やすやすとやってみせるのと同様に、チーホンは斧を思い切り振って丸太を割るのも、峰のところをつかんで細い串を削り出したり、木匙（きさじ）を作ったりするのも、同じくきちんとこなした。デニーソフの隊でチーホンは、特別な、比類のない地位を占めていた。何か特別に難しくて嫌な仕事、例えば泥んこにはまった荷馬車を肩で押し出すだとか、沼に落ちた馬を尻尾を持って引きずり出すだとか、その馬の皮を剝ぐだとか、フランス軍の真っただ中に侵入するだとか、一日に五十キロずつ歩くだとかいう仕事をこなさねばならなくなったような場合、皆がにやにや笑いながらチーホンを指さした。

「そんなこと、あん畜生ならお茶の子さ。丈夫な去勢馬みたいな奴だからな」そんな言葉が彼について回った。

4　略奪兵（マロジョールイ）がなまったもの。

5　銃身が短く銃口が大きく広がった旧式銃、ラッパ銃。

ある時チーホンは捕まえようとしたフランス兵にピストルで撃たれ、弾は背中の柔らかい肉に当たった。チーホンはその傷をウオッカだけで、内側からも外側からも治してしまったのだが、この傷の一件は部隊のみんなから最も愉快な冗談のタネにされ、チーホンも好んでそうした冗談に乗っていた。

「どうした、兄弟、もう懲りただろう？　ひょっとして腰が立たねえか？」コサックたちがそんな冗談口をたたくと、チーホンはわざと腰を曲げて渋面を作り、腹を立てたふりをして、この上なく滑稽な罵り言葉でフランス軍に悪態をついてみせるのだった。この一件がチーホンに及ぼした影響は、傷を負って以来めったに捕虜を連れてこなくなったことくらいであった。

チーホンは隊の中で最も有用でかつ勇猛な存在だった。彼ほどたくさんの襲撃のチャンスを見つけた者もいなければ、彼ほど多くのフランス兵を捕虜に取った者も、また殺した者もいなかった。しかもそれ故に彼はコサックも軽騎兵も含めて全員の道化となり、自分でも喜んでその地位に甘んじていたのである。このたびチーホンはデニーソフによって、まだ夜のうちに「舌」の捕獲のためにシャムシェヴォ村に送られたのだった。ところが、捕まえる相手がフランス兵一名では物足りなかったのか、あるいは単に一晩寝過ごしたのか、昼になってから茂みに潜り込んだあげくフランス軍の真っただ中に出てしまい、デニーソフが丘の上から見た通り、敵に発見されたのだった。

## 6章

デニーソフはなおしばらくコサック大尉を相手に明日の襲撃の相談を続けていたが、こうして間近にフランス兵たちを見ているうちに、襲撃の決意はいよいよ固まったようだった。話が終わると、彼は馬首を返して帰途に就いた。

「さて、兄弟、まずは体を乾かしに行くか」彼はペーチャにそんな声をかけた。

森の見張り小屋のそばまで来ると、デニーソフは馬を停めて森の中に目を凝らした。森の木々の間を長い脚で、大股で軽やかに歩いている者がいた。長い手をぶらぶらさせ、短い上着を着て樹皮靴を履き、カザン風の帽子を被り、銃を肩に掛け斧を腰に差している。デニーソフを見ると男は急いで何かを茂みに投げ捨て、ずぶ濡れで縁が垂れ下がった帽子を脱いで、隊長に歩み寄ってきた。チーホンだった。あばたと皺のせいででこぼこしたところに小さな細い目がついたその顔が、得意げな喜びに笑み輝いている。チーホンは頭を高く持ち上げると、まるで笑いをこらえるかのような顔になって、じっとデニーソフを見つめた。

「おい、どこに雲隠えしていやがった？」デニーソフが言った。

「雲隠れですって？　フランス兵を捕まえに行っていたんで」チーホンは怯むことなく即座に答えた。掠れてはいるが響きのいい低音である。

「どうして真昼間に忍び込んだ？　あほんだあが！　そえで、捕まえ損なったんだな？……」

「捕まえることは捕まえましたが」チーホンが答える。

「どこにいう？」

「それが、まずしょっぱなに捕まえちまったんです、まだ夜明けのうちにね」扁平な、樹皮靴を履いたがに股の足をちょっと広めに踏み替えながら、チーホンは説明を続けた。「それで森へ連れて行ったんですが、見ると、どうも役に立ちそうもありません。じゃあもう一度出かけて行って、もうちょっとしっかりした奴を捕まえてこようと思いまして」

「ふん、ペテン師め、案の定だ」デニーソフが大尉に言った。「どうしてお前はそいつを連えてこなかったんだ？」

「あんな奴を連れてきてどうするんです」チーホンが怒ったように直ちに遮る。「あんな役立たずを。隊長にお入り用なのがどんな奴か、俺に分からないとでも？」

「まったく口の減あん奴だ！……そえで？……」

「もう一人捕まえに行ったんです」チーホンは続けた。「こんなふうに森に忍び込んで、そうして身を伏せました」思いがけずしなやかな動きで腹ばいになると、チーホンは自分のしたことを仕草で再現してみせた。「すると一人の兵隊が現れました」彼は続けた。「俺はそいつをこうして、パッと捕まえたんです」チーホンは素早く、軽々と飛び起きた。「来るんだ、隊長のところへな──そう言うと相手は騒ぎだしました。敵は四人組だったんです。それがみな小さな剣を抜いて向かってきました。こっちはこんなふうに斧を構えて、何だ、お前ら、覚悟しろってな具合で」チーホンは大声を上げて両手を振りかざすと、すさまじい形相になって胸を突き出してみせた。

「なるほど、それで俺たちが丘から見ていたら、お前が一目散に水たまりを突っ切って逃げていったわけだ」コサック大尉が細めた目をぎらつかせながら言った。

ペーチャは可笑(おか)しくてたまらなかったが、見るとみんなはじっと笑いをこらえている。このすべてが何を意味しているのか分からぬまま、彼は急いでチーホンの顔からコサック大尉とデニーソフの顔へと目を移した。

「道化の真似はもうたくさんだ」デニーソフが腹立たしげに咳払いして言った。「どうして最初のやつを連えてこなかった？」

チーホンが片手で背中を、片手で頭を掻き始めたかと思うと、不意にその顔がだらりと伸びて、阿呆のように笑みくずれ、その拍子に歯の欠けたところが見えた（このせいで歯欠け（シチェルバーティ）のチーホンというあだ名がついているのだ）。デニーソフがにやりと笑い、ペーチャが楽しげに爆笑し、チーホン本人まで一緒になって笑った。

「いやそれがひどくいい加減なやつでして」チーホンはさらに言う。「着ているものなんかもお粗末で、どこへも出せません。おまけに口の利き方も知らんやつでね、隊長どの。俺はこれでも将軍様の息子だ、おめおめついて行けるか、なんてほざくんですよ」

「どうしようもない奴だなあ！」デニーソフは言った。「こっちはいおいお訊くことがあうんだぞ……」

「こっちで訊いておきました」チーホンは言った。「よくは知らねえと言っておりましたがね。それでも奴が言うには、味方はたくさんいるが、みんなクズぞろいで、軍隊なんて名ばかりだ。だからガツンと一発食らわしてやれば、一網打尽だそうな」さも愉快そうにさばさばした顔でデニーソフの目を見据えて、チーホンはそう締めくくった。

「貴様に熱い鞭を百ほども食あわしてやうかあ、そえでもとぼけていあえうなあ、やってみうがいい」デニーソフが厳しい声で言った。

「そんなに怒ることないでしょう」チーホンが言った。「こちとらだって、フランス兵とくれば素人じゃありませんから。今に暗くなったら、お望みのやつをしょっ引いてきますよ。三人まとめてでもね」

「さて、帰うか」そう言ったままデニーソフは、見張り小屋に着くまで、怒ったように顔を顰めて口も利こうとしなかった。

チーホンが後方に回ると、ペーチャの耳には、チーホンが茂みに投げ捨てた長靴らしきもののことで、コサックたちが彼と話をかわし、彼をからかう声が聞こえてきた。チーホンのセリフと笑顔に誘われて思わずこみ上げた笑いの波が過ぎて、あのチーホンは人を殺してきたんだということをふと悟った途端、ペーチャは気まずい感じを味わった。捕虜の鼓手の方を振り返ると、ちくりと胸が刺されるような気がした。だがそうした気まずさも、わずか一瞬のことだった。自分はもっと頭を高く掲げ、元気はつらつとして、威厳ある態度で明日の作戦についてコサック大尉に訊ねるべきだ、そうして今自分がいるこの集団の一人として恥ずかしくない人間にならねばならない——そんな気持ちを覚えたからだ。

遣いから帰って来た将校が途中でデニーソフを迎えて、ドーロホフ本人がじきにここに現れることになっており、彼の方は万事順調だという知らせを伝えた。デニーソフはたちまち機嫌を良くしてペーチャをそばに呼んだ。

「さてと、お前さんの話を聞かせてもあおう」彼は言った。

## 7章

モスクワを出た際に家族と別れて所属連隊に合流したペーチャは、その後間もなく、大きな部隊の指揮官を務めるある将軍の伝令将校に採用された。将校に昇進した時から、そしてとりわけ実戦部隊に入った時から（彼はそのおかげでヴャジマの戦い[6]にも参加できたのだったが）、ペーチャは自分が一人前の大人になったのがうれしくて、絶えずわくわくと高揚した気分に浸り、有頂天のあまり、何か機会さえあればすかさず本物の英雄ぶりを見せてやろうと逸っていた。軍で見たこと体験したことに大いに満足を覚えてはいたが、しかし同時に、どこか自分がいない場所でこそ、今本当に英雄的な出来事が起こりつつあるのではないかという気がして仕方がなかった。それで、早くその自分のいない場所に行かなければと、気が急いていたのである。

十月二十一日[7]に彼の仕える将軍が、デニーソフの隊に誰かを派遣したいという意向を表明した時、ぜひ自分をというペーチャの志願ぶりがあまりに熱烈だったので、将軍も断り切れなかった。ただしペーチャには、かつてヴャジマの戦いの際に、派遣された先へまっすぐ街道を通っていかずにフランス軍の砲火をくぐって散兵線に馬で駆け寄り、そこで自分のピストルを二度もぶっ放したという前歴があった。そんな無茶ぶりを思い起こした将軍は、ペーチャを送り出す際に、デニーソフのいかなる作戦行動にも決して加わってはならぬと、しっかり釘を刺したのだった。このことがあったので、デニーソフに残ってかまわないのかと訊かれた時、ペーチャは顔を赤らめてへどもどしたのだった。森の外れに出るまでは、ペーチャはしっかりと己の務めを果たしたうえは、直ちに戻るべきだと考えていた。しかしいったんフランス兵たちを目の当たりにし、チーホンの姿を見て、夜には必ず襲撃をかけると聞くと、いかにも若者らしくころりと意見が変わってしまった。つまり、今まであれほど尊敬していた将軍はクズのドイツ野郎で、デニーソフこそが英雄であり、大尉もチーホンも英雄であっ

6　十月二十二日、モジャイスクとスモレンスクの中間点の町ヴャジマ近辺でロシア軍がフランス軍を急襲し、数千の兵の命を奪った戦い。こののち初雪が降った。
7　これは話題になっているヴャジマの戦いの前日なので、作者の日付ミスと思われる。

て、困難な瞬間にこうした人たちを捨て置いて去っていくのは恥ずべきことであると、一人で勝手に決めてしまったのである。

デニーソフ、ペーチャ、コサック大尉が見張り小屋に着いた時には、すでに日が暮れていた。薄暗がりに、鞍を着けた馬たちとコサックや軽騎兵たちの姿が見える。森の空き地ににわか作りの小屋を建て、（フランス軍に見とがめられぬように）窪地で赤々と火を起こしているのだ。小さな小屋の戸口のところでは、コサックが一人、袖まくりして羊肉をさばいている。小屋の中にはデニーソフの隊の将校が三人で、戸板をテーブルにしつらえていた。濡れた服を脱いで乾燥に出すと、ペーチャはすぐに将校たちに交じって食卓づくりを手伝い始めた。

十分もするとテーブルクロスの掛かった食卓が出来上がった。卓上にはウオッカ、水筒に入ったラム酒、白パン、羊肉の塩焼きが並んでいた。

将校たちとともに食卓を囲み、脂っこい、香ばしい羊肉を獣脂の滴る手で裂きながら、ペーチャは、皆を優しく愛し、またそれゆえに他人も自分を同じ愛で愛してくれるはずだと確信する、うっとりとした子供のような心理状態になっていた。

「それで、どう思われますか、隊長」彼はデニーソフに話しかけた。「もう一日隊長のもとに残っても構わないでしょう？」そうして相手の返事を待たずに、自分で答えを出す。「だって状況を探ってこいという命令だったので、今こうして探っているところですからね……。ただ、どうか僕に行かせてください、一番……重要なところに。僕には褒美など不要です……。僕の希望は……」ペーチャはぐっと歯を嚙みしめ、高く掲げた頭をぶるぶると震わせて、片手を振り上げながら周囲をぐるりと見まわした。

「一番重要なところに、か……」デニーソフがにやりと笑ってペーチャのセリフを繰り返した。

「どうかお願いです、僕に分隊を委ねてください、そっくり、自分で指揮がとれるように」ペーチャは続けた。「だって、隊長には何でもないことでしょう? あ、ナイフがお入り用ですか?」羊肉を切り取ろうとしている将校にそう言うと、彼は自分の折り畳みナイフを差し出した。

将校はそのナイフを褒めた。

「どうかお持ちください。僕はそういうのをいっぱい持っていますから……」ペーチャは顔を赤らめて言った。「ああそうだ！　僕はすっかり忘れていた」不意に彼は叫んだ。「干しブドウがあるんです、上等の、ほら、種なしのやつですよ。うちの隊に新しい酒保[8]が出来ましてね。それはもう、品ぞろえが素晴らしいんですよ。僕は干しブドウを十フント買いました。何か甘いものを食べる癖がついてしまったものですから。召し上がりますか？……」そう言うとペーチャは戸口にいる従者のコサックのところに行って五フントばかりの干しブドウの入った袋を持ってきた。「どうぞ、皆さん、召し上がってください」

「ところで、コーヒー沸かしはお入り用ではありませんか？」彼は大尉に向かって言った。「僕、うちの酒保で買ったんですよ、素晴らしい奴をね！　実に品揃えのいい店で、しかも誠実です。それが肝心ですからね。お送りします、必ず。それから、ひょっとして火打石はご不自由していませんか、すり減ったりして。よくあることですからね。僕は持って歩いているんですよ、ほらこの中に……」彼は袋を指さした。「火打石が百個。とっても安く買えたんですよ。お取りください、どうぞ、お入り用なだけ、何なら全部でも……」ふと、大口を叩きすぎたのではないかと思ってうろたえたペーチャは、口をつぐみ、頬を赤らめた。

自分はまだほかに何か愚かしいまねをしてはいなかったかと、彼は記憶を巡らし始めた。そして頭の中で今日一日のことをあれこれたどるうちに、ふとあのフランス人の鼓手の記憶が浮かび上がってきた。『僕たちは快適にやっているが、彼はどんな状態なんだろうか？　どこに置かれているのかな？　食い物はもらったんだろうか？　ひどい扱いを受けてはいないかな？』彼は思った。しかし火打石のことで大口を叩きすぎたという頭があるせいで、口をきくのがはばかられるのだった。『あいつのことを訊ねてもいいが』と彼は思った。『きっと言われるだろう――自分が子供だから、子供が可哀そうになったんだって。見ろ、明日になったら、僕がどんな子供か教えてやるから！　でも、もし訊ねたら恥をかくだろうか？』ペーチャは考えた。『いや、かまうもんか！』頬を染め、将校たちの顔にあざけりの笑みが浮かんではいないかと、おどおどと見まわしながらも、彼はすぐにこう口に出していた。

「ところで、あの捕虜の少年を呼んでやってもいいでしょうか？　何か食わせてやりたいんですが……もしかしたら……」

「うん、かわいそうな子供だかあな」そう応じたデニーソフは、どうやらこの話に何も恥ずべきことを見出してはいないようだった。「ここに呼ぼう。ヴァンサン・ボスというのがあいつの名前だ。ここに呼ぶんだ」

「僕が呼んできます」ペーチャが言った。

「呼んで来い、呼んで来い、かわいそうな少年だ」デニーソフが繰り返す。

デニーソフがそう言った時、ペーチャはドアのそばに立っていた。将校たちの間を

8　一フントは四百九・五グラム。

縫って、彼はデニーソフのすぐそばまで近寄っていった。

「どうかキスさせてください、隊長さん」彼は言った。「ああ、最高です！　なんてうれしいんだろう！」そう言ってデニーソフにキスをすると、彼は外に向かって駆けだした。

「ボス！　ヴァンサン！」ドアを出たところで立ち止まると、ペーチャはそう呼ばわった。

「誰にご用ですかね？」暗闇で答える声がする。ペーチャは今日捕虜に取ったフランス人の少年だと答えた。

「ああ！　ヴェセンニーですかい？」コサックが応じる。

ヴァンサンというフランス名は早くも呼びやすいように言い換えられて、コサックたちはヴェセンニー、百姓や兵士たちはヴィセーニャとそれぞれ呼んでいた。どちらも「春（ヴェスナ）」を連想させる呼称なので、初々しい少年のイメージにぴったりだった。

「あの子ならあそこで焚火にあたっていましたぜ。おーい、ヴィセーニャ！」「ヴィセーニャ！」「ヴェセンニー！」暗がりの中をいろんな声や笑いが伝わっていく。

「すばしこい少年ですよ」ペーチャのそばに立っていた軽騎兵が言った。「さっき食事を与えましたが、えらく腹を空かしていましてね！」

暗がりで足音が聞こえたかと思うと、泥んこ道にピチャピチャという裸足の足音をたてながら、鼓手が戸口に近寄って来た。

「やあ、来たね！」ペーチャはフランス語で話しかけた。「おなかが空いているだろう？　いや、怖がらなくてもいい、何も悪いことはしないから」そっと優しく相手の手に触れながら彼は言い添えた。「さあ、入っておいで」

「ありがとうございます」ほとんど子供のままの声を震わせてそう答えると、鼓手は泥だらけの足を敷居にこすりつけて拭い始めた。ペーチャは鼓手に語り掛けたいことがいっぱいあったが、口にする勇気がなかった。ただもじもじしながら戸口の、相手のすぐ脇に立っていた。それから暗がりで相手の手を取って握りしめた。

「さあ、入って、入って」ただそれだけを彼は優しい声で繰り返した。

『ああ、僕はこいつに何をしてやれるんだろう！』ペーチャは自問し、そしてドアを開けて少年を先に中に入れてやった。

鼓手が部屋に入ると、ペーチャは少し離れたところに座を占めた。こんな少年のことを気にかけるのは、自分の沽券（こけん）にかかわると思ったのだ。彼はただポケットの中で金（かね）を手探りしながら、これを鼓手にあげたら恥になりはしないかと、思いまどっていたのだった。

# 8章

鼓手はデニーソフの言いつけでウオッカと羊肉を振る舞われ、また同じデニーソフの命令でロシア式長上着(カフタン)を着せられて、他の捕虜たちとともに他所へ送らずに隊に残す段取りとなったのだったが、そんな鼓手に引きつけられていたペーチャの関心を逸(そ)らしたのは、ドーロホフの到着だった。フランス軍と戦うときのドーロホフの並外れた勇猛さや残忍さについての話を軍でさんざん聞かされていたペーチャは、そのドーロホフが部屋に入って来た時からずっと、目を離すことなく見つめ、ドーロホフのような人物を相手にしても恥ずかしくない人間であることを見せつけようと、あげた首をぴくぴく引きつらせながら、しきりに自分を鼓舞していた。

ドーロホフの外見の平凡さが、妙にペーチャを驚かせた。

デニーソフの方はコサック将校の上着を着て顎鬚(あごひげ)を生やし、胸には奇蹟者ニコライの聖像を着け、話し方においても仕草の一つ一つにおいても、己の立場の特殊性を見せつけようとしていた。ところがドーロホフは反対に、かつてモスクワにいたころはペルシャ服などを着ていたくせに、いまや最もかしこまった近衛将校の出で立ちをしていた。髭をきれいに剃り上げ、ゲオルギー勲章をボタン穴にはめた近衛隊の綿入りフロックコートを着て、普通の軍帽をまっすぐにかぶっている。彼は片隅で濡れたフェルトのマントを脱ぐと、デニーソフに歩み寄り、誰とも挨拶をかわさぬまま、すぐに肝心の用件に関して質問し始めた。デニーソフは敵の輸送隊に対して大きな部隊がどんな思惑を持っているかを話して聞かせ、ペーチャが送られてきたことも話したうえで、自分が二人の将軍にどんな返事をしてやったかを伝えた。次にデニーソフは、フランス軍の輸送隊の現状に関して、自分が知る限りのことを語った。

「それはいいとして、どんな部隊がどれだけいるのかを知る必要があるな」ドーロホフは言った。「行って来なくちゃなるまい。敵の数も知らずに攻撃を仕掛けるのはできない相談だ。俺は何でもきちんとしたい方でね。さて、諸君の中で誰か俺と一緒に敵陣を探りに行きたい者はいないか。軍服なら持ってきているぞ」

「ぼ、僕が……僕がお供いたします！」ペーチャが叫んだ。

「そもそも君が偵察に行く必要もあいはしないんだ」デニーソフはドーロホフに向かって言った。「それにこの青年は、俺(おえ)が絶対に行かせんぞ」

「何ですって！」ペーチャは叫んだ。「どうして僕が行ってはいけないんですか？……」

「それは、行く理由がないかあだ」

「いや、すみませんがお言葉には従えません、なぜなら……なぜなら……僕は行くからです、それだけです。僕を連れていっていただけますか？」彼はドーロホフに向かって訊ねた。

「かまわんが……」ドーロホフはフランス軍の鼓手の顔にしげしげと見入りながらうわの空で答えた。

「この少年は前からいるのか？」彼はデニーソフに訊ねた。

「今日捕まえたばかいだ。何も知っちゃいない。俺が手元に置くことにしたんだ」

「じゃあ、他の連中はどこへ片付けるんだ？」ドーロホフが問う。

「どこへって？　受領書と交換に送い出すのさ！」急に顔を赤らめてデニーソフは叫んだ。「はっきいと言うが、俺は一人だって良心の咎めうような扱いをした覚えはない。そもそもお前は、三十人にしお三百人にしお、護衛付きで町へ送い出すのが難しいとでもいうのか。それよいも——はっきいと言ってやうが——軍人としての名誉を汚すような、むごい真似をすう方がましだとでも？」

「ここにいる十六歳の伯爵家のおぼっちゃまなら、そんなお上品なきれいごとも似合うだろうが」冷たくほくそ笑んでドーロホフは言った。「あんたはもう、そういうたわごととは縁を切るべき年だよ」

「待ってください、僕は何も言っていません、ただぜひあなたとご一緒したいと言っているだけです」ペーチャがおずおずと口をはさんだ。

「少なくとも、俺やあんたは、そういうきれいごとはよそうじゃないか」まるでデニーソフを苛立たせるこの話題を論じるのがうれしくてたまらないかのように、ドーロホフは続けた。「じゃあ聞くが、なぜあんたはこいつを手元に残したんだ？」彼は首を振り振り言った。「哀れに思ったからだろう？　そもそもあんたの言う受領書がどんなものか、分かっているじゃないか。こういう連中を百人送ったとして、向こうに着くのはせいぜい三十人だ。大半は飢え死にするかぶっ殺されるのが落ちさ。だとすれば、捕虜に取らなくたって同じことじゃないか？」

コサック大尉が明るい目を細めながら、同感だというように頷いている。

「同じことさ、言うまでもない。ただ俺は、自分の心が咎めるようなことをしたくないだけだ。君はどうせ死んでしまうという。そえでも別にかまわん。ただ俺のせいでさえなけやな」

ドーロホフは笑い出した。

「連中だっていつも、この俺を捕まえろと耳にタコができるほど言われているんだぜ。そしていったん捕まれば、俺にしろ、騎士気取りのあんたにしろ、同じように木の枝に吊るされるんだよ」彼はここでちょっと口をつぐんだ。「それはそうと、やるべきことはやってしまわんとな。俺のコサック兵に、荷物を持ってこいと言ってくれ！　俺はフランス軍の制服を二着持っている。どうだ、一緒に行くか？」彼はペーチャに訊いた。

「僕ですか？　ええ、ええ、ぜひ」泣きそうなくらいに顔を真っ赤にして、デニーソフの顔色を窺いながら、ペーチャは甲高い声で答えた。

ドーロホフとデニーソフが捕虜をどう扱うべきかで議論を始めたとき、ペーチャはまたもや気まずさと焦りを覚えたが、このときもまた彼には、彼らが論じている問題をじっくりと理解するゆとりがなかった。『大人が、名の知れた人たちがこう考えているのだとしたら、きっとそうあるべきなんだし、つまりはそれがいいことなんだろう』彼は思った。『大事なのは、デニーソフに、僕が言うことを聞く奴だ、指図できる相手だなどと、思い込ませないことだ。僕は絶対、ドーロホフとともにフランス軍の陣営に潜り込んでやる。彼ならできるし、僕にもできる』

デニーソフが言葉を尽くして止めようとしても、ペーチャはただただ、自分も行き当たりばったりではなくきちんとやりたい方であって、しかもわが身の危険など考えたこともないと言って突っぱねた。

「だって、ご自身もご承知でしょうが、相手が何人いるか分からなければ、もしかして何百人もの命が失われるかもしれないんですよ。それに比べれば、われわれ一人二人の命なんて。しかも僕はどうしても行きたいのです。絶対に、絶対に行きます。だから止めないでください」彼は言い張るのだった。「かえって逆効果ですから……」

## 9章

フランス軍の外套と胴長の軍帽を身に着けると、ペーチャとドーロホフは先ほどデニーソフが敵陣を眺めた林道へと馬を走らせた。そのまま森を出て、真っ暗闇の中を窪地へと降りていく。下まで降りるとドーロホフは随行のコサックたちにここで待てと告げて、橋へ向かう道を大股の速歩(トロット)で馬を進めた。ペーチャは興奮に息を詰まらせながら、これに並んで馬を走らせた。

「もし敵に捕まったら、僕はおめおめと生きてはいません。ピストルを持っていますから」ペーチャは声をひそめて言った。

「ロシア語を喋(しゃべ)るな」ドーロホフが短く小声で制すると、ちょうどその瞬間、暗がりで「そこを行くのは誰だ？」というフランス語の誰何の声が響き、銃を構える音がした。

ペーチャは顔がさっと紅潮するのを覚え、ピストルをつかんだ。

「第六連隊槍騎兵だ」馬の足を緩めも速めもせずにドーロホフがフランス語で答える。橋の上に黒々と立つ歩哨の姿が見えた。

「合言葉は？」

ドーロホフは馬を抑えて並足になった。

「教えてくれ、ジェラール大佐はここにおられるか？」彼は訊ねた。

「合言葉は！」問いには答えず、道を塞いで歩哨は言った。

「将校が散兵線を巡回している際には、歩哨は合言葉など訊かん……」急に腹を立てたドーロホフは、そう叫ぶと、歩哨を踏みつぶすような勢いで馬を進めた。「大佐はおられるかと訊ねているのだ」

そう言うと、脇によけた歩哨の返事も待たず、ドーロホフは並足で丘に向かった。行く手の道を横切る人影に気付くと、ドーロホフはその者を呼び止め、隊長と将校たちはどこにいるのかと訊ねた。相手は袋を肩に担いだ兵隊で、立ち止まってドーロホフの馬のすぐそばまで近寄ってきて手で撫でると、素朴な愛想のいい声で、隊長と将校さんたちは丘をさらに登ったところの右手の方、農場(フェルマ)の屋敷（彼は地主屋敷をこう呼んだ）にいますと答えた。

道の両手にはいくつもの焚火が燃えていて、そこからフランス語の会話が聞こえる。その間をずっと上っていってからドーロホフは地主屋敷の方に曲がった。屋敷の門をくぐると馬を下り、燃え盛る大きな焚火の方に歩いていく。焚火の周りには何人かが腰を下ろして、大声で語り合っている。端の方の鍋の中で何かが煮えていて、帽子(コルパック)を被った青い外套姿の兵隊が一人、焚火に明々と照らされながら、銃の槊杖(さくじょう)で中をかき混ぜていた。

「うわあ、こいつは煮ても焼いても食えん」焚火の向こう側のかげになったところに座っている将校が言った。

「ウサギも参って逃げ出すってやつだ……」別の一人が笑って応じる。そこで暗がりを馬を引いて焚火に向かって歩いてくるドーロホフとペーチャの足音を聞きつけると、二人ともふっと黙って振り返った。

「こんばんは！(ボンソワール・ムッシュー)」大声ではっきりとドーロホフがあいさつした。

将校たちが焚火のかげでもぞもぞと身を動かしたかと思うと、一人の背が高く首の長い将校が、焚火を回り込んでドーロホフに近寄って来た。

「クレマン、君かい?」彼は言った。「どこに行ってやがった、こいつ……」だがしまいまで言わぬうちに自分の間違いに気づくと、ちょっと渋い顔になってドーロホフに初対面の挨拶をしたうえで、何の用かと訊ねた。ドーロホフは、自分は今この同僚と所属連隊を追いかけているところであると説明したうえで、全員に向かって、将校さんたちは第六連隊について何か知りませんかと訊ねた。誰も何一つ知らなかった。ペーチャには、将校たちがにわかに敵意に満ちた胡散臭そうな顔つきになって、自分とドーロホフをじろじろ見ているような気がした。何秒かの間、皆黙り込んだままだった。

「晩飯のスープにありつこうというんだったら、一足遅かったな」焚火の向こうから笑いを抑えた声でそう言うのが聞こえた。

ドーロホフは、自分たちは腹は減っていないし、夜のうちにさらに先へ進まなくてはならないのだと答えた。

鍋をかき混ぜていた兵士に馬を預けると、彼は焚火のそばの、例の首の長い将校の隣にしゃがみこんだ。将校はじっとドーロホフに目を据えたまま、あらためて「君の所属連隊は?」と訊ねた。ドーロホフは質問が聞こえなかったかのように返事をせず、ポケットから取り出した短いフランス製のパイプに火をつけると、将校たちに向かって、この先の街道は敵のコサックに対してどの程度安全なのかと訊ねた。

「あの追剝どもはそこいら中にいるぞ」焚火の向こう側の将校が答えた。

ドーロホフは、コサックを恐れるべきは自分とこの同僚のような置いてきぼりを食った者だけであって、大きな部隊に対しては、コサックもおそらく襲撃を躊躇うのではないかと言った。後半は質問口調になったが、誰も一言も答えようとしなかった。

『さあ、これでもう引き上げるだろう』焚火の前にたたずんでドーロホフの話を聞きながら、ペーチャは絶えずそう思っていた。

しかるにドーロホフは止まった会話を再開して、今度は露骨に、この大隊には何人くらいの将兵がいるのか、全体では何個大隊あるのか、捕虜は何人いるのかと問いただし始めた。部隊にいるロシア人捕虜のことを訊ねた際に、ドーロホフは言ったものだ。

「ああした死にぞこないの連中を引きずっていくのは、胸糞の悪い仕事ですね。あんなろくでなしどもは、いっそ撃ち殺してしまうほうがましなんだが」そう言って実に奇妙な笑い声を立てたものだから、ペーチャは今にもフランスの将校たちがごまかしを見破るのではないかと思い、思わず焚火から一歩退いた。ドーロホフの言葉にも笑いにも誰も応ずる者がないまま、それまで（外套にくるまって寝ていたために）姿の見えなかった一人のフランス人将校がむっくりと起き上がると、同僚に何かをささやいた。ドーロホフは立ち上がり、馬を預けた兵士に声をかけた。

『はたして馬を返してよこすだろうか？』ペーチャはそんな危惧を抱きつつ、何気なくドーロホフに近寄っていった。

馬は返された。

「じゃあ皆さん、ごきげんよう」ドーロホフは言った。

ペーチャもごきげんようと言いかけたが、途中で言葉が詰まってしまった。将校たちは互いに何かささやきかわしている。ドーロホフはじっとしていない馬に長い時間をかけてまたがり、それから並足で門の外に向かった。並んで馬を進めるペーチャは、フランス軍の将校たちが追いかけてきはしまいかと、振り返りたくてたまらなかったが、振り返る勇気はなかった。

道に出ると、ドーロホフは野原の方に引き返そうとせず、村に沿って進んだ。ある場所で馬を停めると、じっと聞き耳を立てた。

「聞こえるか？」彼は言った。

ペーチャはロシア人の声の響きを聞き分け、焚火の周りにロシア人捕虜たちの黒々とした姿を認めた。橋のところまで下り、黙りこくったまま暗い顔で橋の上を行ったり来たりしている歩哨の脇を通りすぎて、ペーチャとドーロホフは窪地に出た。そこではコサックたちが二人を待ち受けていた。

「じゃあ、これでおさらばだ。デニーソフに言っておけ、明日の夜明け、最初の銃声が合図だとな」そう言ってドーロホフは去ろうとしたが、ペーチャは腕をつかんで引き留めた。

「待ってください！」彼は叫んだ。「あなたは大変な英雄です。ああ、何と素晴らしかったことか！　何と見事だったことか！　僕はあなたが大好きです」

「分かった、分かった」ドーロホフがそう言ってもペーチャは相手を放そうとしない。そしてドーロホフは暗闇でペーチャが身を寄せてくるのを見分けた。キスをしようとしているのだ。ドーロホフは自分からキスをしてやると、笑って馬首を返し、闇の中へと消えていった。

## 10章

見張り小屋に戻ってみると、デニーソフが戸口にいた。心配と不安と、ペーチャを行かせたことへの自責の念で、じりじりしながら待ち構えていたのだ。

「よかった！」デニーソフは叫んだ。「いや、よかった！」有頂天で語るペーチャの話を聞きながら、ただそう繰り返している。「しかしひどい奴だ、お前のせいで眠えなかったんだぞ！」デニーソフは言った。「まあ、よかったよ、じゃあもう寝たまえ。まだ朝までひと眠いできうだおう」

「ええ……いや」ペーチャは言った。「まだ眠くはありません。それに、自分で分かっているんです、一度眠ったら、もうおしまいだって。おまけに、戦闘の前に眠らないのは、もう習慣になっていますし」

しばらくの間ペーチャは小屋の中に腰を下ろしたまま、先ほどの偵察行の詳細を楽しい気持ちで思い出し、明日起こるだろうことを生き生きと思い描いていた。そのうちにデニーソフが寝込んだのを見て取ると、立ち上がって外へと向かった。

外はまだ真っ暗だった。小雨は止(や)んでいたが、木々はまだしずくを滴らせている。見張り小屋からほど近いところに、コサックたちの仮小屋と、一つにつながれた馬たちの黒々とした形がほの見える。小屋の裏手には二台の大型荷馬車が黒ずんで見え、そのわきに馬たちがたたずみ、窪地には燃え尽きようとしている焚火の赤い火が見える。コサックと軽騎兵たちは、全員が眠っているわけではなく、しずくの滴る音と、馬たちが草を食(は)む間近な音に混じって、そこかしこから囁(ささや)くような小さな声が聞こえてきた。

外に出たペーチャは、暗がりでぐるりとあたりを見回すと、大型荷馬車の方に向かった。荷馬車の下で誰かいびきをかいている者がおり、荷馬車の周りには鞍を着けた馬たちがたたずんで燕麦（えんばく）を食（は）んでいる。暗がりでもペーチャは自分の馬を見分けて近寄っていった。ウクライナ産の馬だが、彼はその馬にカラバフというコーカサスの馬産地の名をつけていた。

「なあ、カラバフ、明日はご奉公しような」馬の鼻面の臭（にお）いを嗅ぎ、口づけしながら彼は言った。

「旦那、お休みにならないんで？」大型荷馬車の下に座り込んでいたコサックが声をかけてきた。

「ああ、そうだ……君の名はリハチョフだったな？　僕は今帰って来たところなんだよ。フランス兵たちのところまで出かけていてね」そう言うとペーチャはコサックを相手に、自分の偵察行のことだけでなく、なぜ自分は出かけたのか、運否天賦（うんぷてんぷ）でやるより自分の命を危険にさらしても偵察したほうがよいと思った理由は何かといったことまで、詳しく物語ったのだった。

「だったら、ひと眠りなさるんですな」コサックが言った。

「いいや、僕は慣れているんだ」ペーチャは応ずる。「ところで、拳銃の火打石がすり減ってはいないかい？　僕には予備があるんだ。いらないかい？　やるよ」

コサックは荷馬車の下から身を乗り出すと、ペーチャの顔を間近からしげしげと見つめた。

「これは僕が何でもきちんとやる癖がついているからなんだ」ペーチャは言った。「世間には、準備もせずに何となく手を付けて、後で悔やむような連中もいるけどね。僕はそういうのは好まん」

「まったくですな」コサックは相槌を打った。

「あ、それからお願いがあるんだが、ひとつ僕のサーベルを研いでくれないか。鈍ってしまって……（そう言いかけてペーチャは嘘はいけないと思い直した）いや、じつは一度も研いでいないんだ。できるかい？」

「もちろん、できますよ」

リハチョフが立ち上がって積み荷の中を手探りしたかと思うと、ペーチャはやがて鋼が砥石に擦れる勇ましい音を聞きつけた。彼は荷馬車によじ登り、端っこに腰かけた。コサックは荷馬車の下でサーベルを研いでいる。

「ところで、仲間は眠っているのかい？」ペーチャが訊ねた。

「寝ている奴もいれば、こんなふうに起きているのもいますよ」

「じゃあ、あの少年は？」

「ヴェセンニーのやつですか？　あいつならあそこの戸口で横になっていますよ。怖い思いをすると眠れるもんでしてね。かえって喜んでいましたよ」

その後長くペーチャは黙ったまま物音に耳を澄ましていた。闇の中に足音が聞こえ、黒い人影が見えた。

「何を研いでいるんだ？」その人物が荷馬車に近寄ってきて訊ねた。

「旦那のサーベルを研いで差し上げているんですよ」

「それはいいことだ」そういう人影はペーチャには軽騎兵と見えた。「ところで、茶碗は余っていないか？」

「そこの、車輪のそばにありますよ」

軽騎兵は茶碗を手に取った。

「もうじき夜が明けるな」そう言うと欠伸(あくび)をしながらどこかへ去っていった。

ペーチャには当然分かっているはずだった――自分は今、街道から一キロばかり離れた森の中のデニーソフの隊にいて、フランス軍から分捕った大型荷馬車に腰かけており、荷馬車の周りには馬たちがつながれていて、下にはコサックのリハチョフが座り込んで自分のためにサーベルを研いでくれていること、右手に見える大きな黒い染みは見張り小屋で、左手下方に見える赤い鮮やかな点は燃え尽きようとしている焚火であり、茶碗を探しに来た人物は水が飲みたかった軽騎兵だ、ということを。しかし彼には何も分かっていなかったし、分かりたくもなかった。彼はこの時、何もかもが現実とは似ても似つかぬ魔法の国にいたのだ。大きな黒い染みはもしかしたら本当に見張り小屋かもしれないが、もしかしたら地下の深奥までつながる洞窟なのかもしれない。赤い点は火かもしれないが、もしかしたら巨大な怪物の目かもしれない。自分が腰かけているのは本当に大型荷馬車かもしれないが、しかし実は荷馬車なんかではなく、恐ろしく高い塔の上だということも十分ありうる。もしもそこから落ちたら、丸一日も、いやまる一月（ひとつき）も宙を舞い続けて、いつまでたっても地面に着かないような、そんな塔だ。大型荷馬車の下に座り込んでいるのはただのコサックのリハチョフかもしれないが、実はこれが誰も知らない、世界で一番善良で、勇猛で、奇跡のように素晴らしい、傑出した人物だということも十分ありうる。さっきの軽騎兵は確かに水を飲みに来て窪地に下りて行ったのかもしれないが、ひょっとしたら視界から消えた途端に全く消え去って、そのままいなくなってしまったのかもしれない。

今やペーチャはどんなものを見ても、驚きはしなかっただろう。彼のいるのは魔法の国で、そこではどんなことでもあり得たからである。

彼は空に目を遣った。すると空も地上と同じ魔法の世界だった。空はきれいに澄み渡り、木々の梢の上を、まるで星空の幕を開くように、雲が勢いよく流れていく。時には雲がすっかり消えて、黒い、澄んだ空がむき出しになっているように見えたし、時にはその黒い斑点が雨雲であるように見えた。時には空が頭上高く、どこまでもどこまでも上がっていくように見えたし、また時には空がすっかり降りてきて、手を伸ばせば届くようにさえ思えるのだった。

ペーチャは目を閉じて、こっくりこっくりと体を揺らし始めた。

雨だれがぽたりぽたりと滴っている。静かな話声がする。馬たちがいないた拍子に、ちょっと喧嘩した。誰かがいびきをかいている。

「シャッシャッシャッシャッ……」サーベルを研ぐ音が響く。すると不意にペーチャの耳が整った合奏の響きを捉えた。何か聞いたことのない、荘厳で甘美な賛歌を演奏している。ペーチャはナターシャと同じく音楽の素質があって、その点ではニコライに勝っていたが、一度も音楽を学んだこともなければ音楽について考えたこともなかったので、それだけに突如自分の脳裡に浮かんできたメロディーは格別新鮮で魅力的に感じられた。楽の音はますますはっきりと聞こえてくる。旋律が楽器から楽器へと移りながら、次第に際立っていく。いわゆるフーガが生まれていた（とはいえペーチャはフーガが何なのかさっぱり分からなかったのだが）。楽器にはバイオリンに似たものもトランペットに似たものもあり、ただしそれぞれバイオリンやトランペットにもまさる、澄んだ音色を出していたが、そうした一つ一つの楽器が、それぞれのパートを演奏しながら、まだモチーフを最後まで演奏し終わらぬうちに、同じモチーフを演奏し始めた別の楽器と溶け合い、それがさらに第三の楽器、第四の楽器と溶け合って、ついにはすべてが一つに合流したかと思うと、またもや散り散りになり、そしてまた溶け合って、荘厳な教会音楽やら、派手な輝かしい凱歌やらになるのだった。

『あ、そうだ、僕は夢を見ているんだ』がくりと前のめりになったペーチャは胸の内で思った。『これは僕の耳の中で鳴っているんだ。もしかしたら、僕の楽団なのかも。よし、もう一度だ。やれ、僕の楽団！　さあやるんだ！……』

彼は目を閉じた。するとあちこちから、何か遠くから響いてくるかのように、様々な調べが湧き起こり、それらが調和し合ったり反発し合ったり溶け合ったりしながら、またもやすべてが一つにまとまって、さっきと同じ甘美で荘厳な賛歌になった。『ああ、こいつは何と素晴らしいことだろう！　僕の好きなだけ、好きなようにできるんだ』ペーチャは思った。彼はその壮大な合奏の指揮を試みてみた。『さあ、抑えて、抑えて、いったん静まって』すると音たちが彼の言うことを聞いた。『さて、今度は力いっぱい、明るく。もっとだ、もっと楽しく』すると、どことも知れぬ深みから、次第に強度を増す荘厳な調べが立ち上って来た。『さあ、声たちよ、曲に乗れ！』ペーチャは命じた。するとまず遠くから男声が響き、続いて女声が響いた。声たちは一定の荘厳なリズムで力を増しながら、ますます高らかに響き渡る。そのたぐいまれなる美しさに耳を澄ましているのが、ペーチャには恐ろしくまた喜ばしかった。

荘厳な凱旋行進曲に歌が混じり、雨だれが滴り、シャッシャッシャッとサーベルを研ぐ音が響き、またもや馬たちが喧嘩していないないたが、それらの音はこの合奏を乱すことなく、むしろ合奏に溶け込んでいた。

これがどれほど長く続いたのかペーチャには分からなかったが、彼は心から陶酔に浸りながら、絶えず自分の陶酔ぶりに驚き、これを伝える相手がいないことを残念に思っていた。彼はリハチョフの優しい声に起こされた。

「できましたよ、将校殿、これでフランス兵など真っ二つですわ」

ペーチャはわれに返った。

「あ、夜明けだ、本当に夜が明けている！」彼は叫んだ。

前には見えなかった馬たちの姿が尻尾まで見えるようになっていて、裸の枝の隙間から水気を帯びた光が見える。ぶるっと身を震わして立ち上がると、ペーチャは懐から一ルーブリ銀貨を出してリハチョフに渡し、剣を一振りして具合を確かめてから、鞘に納めた。コサックたちが馬たちをつなぎ紐から解放し、腹帯を締めてやっている。

「ほら、隊長がお見えです」リハチョフが言った。

見張り小屋からデニーソフが出てくると、ペーチャを呼んで支度をするように命じた。

## 11章

薄闇の中で手早く馬を仕分け、腹帯を締め、班ごとに整列した。デニーソフは見張り小屋の脇に立って最後の指令を与えている。隊の歩兵たちが何百本もの足で泥道をピチャピチャいわせながら先発したかと思うと、たちまち夜明け前の霧に包まれた木立の間に隠れて見えなくなった。コサック大尉がコサックたちに何事か命令している。ペーチャは自分の馬の手綱をつかんだまま、騎乗命令が下るのをじりじりしながら待っていた。冷水で洗った顔が、特にその目が火のように燃え、背筋には寒気が走り、そして全身が何やらぶるぶると小刻みに震えていた。

「さて、準備はできたな？」デニーソフが声を上げた。「馬を出せ」

馬が出された。デニーソフは腹帯の締め方が緩いといってコサック兵に腹を立て、さんざん罵(ののし)ったあげく馬にまたがった。ペーチャも鐙(あぶみ)をつかんで騎乗の構えをとった。馬はいつもの癖で彼の足に嚙みつこうとしたが、ペーチャは体の重みも覚えずにひらりと鞍にまたがると、背後の暗がりで動き出した軽騎兵たちを振り返りながら、デニーソフのもとに馬で歩み寄った。

「隊長、僕に何か任務を与えていただけませんか？　どうか……ぜひお願いします……」彼は言った。デニーソフはどうやらペーチャの存在を失念していたようだったが、くるりと彼を振り返った。

「ひとつだけ君にお願いしておく」彼は厳しい口調で言った。「俺(おれ)の言うことを聞いて、絶対に出しゃばったまねをせんように」

移動の間ずっとデニーソフはそれ以上ひとこともペーチャに口をきかず、黙って馬を進めていた。森の外れまで来た時には、野原はすでにかなり明るくなっていた。デニーソフが何か大尉とささやきかわしたかと思うと、コサックたちがペーチャとデニーソフを追い越して先へ進んだ。全員を先に行かせてしまうと、デニーソフは馬を促して丘を下り始めた。馬たちはへっぴり腰になったり足を滑らしたりしながら、騎手を乗せて窪地へと降りてゆく。ペーチャはデニーソフと並んで馬を進めた。全身の震えは強まるばかりであった。あたりはどんどん明るくなり、ただ霧が遠くのものを隠していた。下まで降りて振り返ったデニーソフは、隣に立っていたコサックに頷いてみせた。

「合図を！」彼は言った。

コサックが片手を上げると一発の銃声が響いた。するとその瞬間、先へと駆けだす馬たちの蹄の音が響き、あちこちから喚声が上がり、さらにいくつもの銃声が聞こえてきた。

最初の馬蹄（ばてい）の響きと喚声が轟（とどろ）いた途端、ペーチャは馬の腹を蹴り、手綱を緩めると、こちらに向かって叫んでいるデニーソフの声に耳も貸さずに前へと駆けだした。銃声を耳にした瞬間ペーチャには、あたかもにわかに夜がすっかり明けて、真昼のように明るくなったように感じられたのだった。彼は橋めがけて馬を飛ばした。道の前方をコサックたちが駆けている。橋の上で彼は取り残されたコサックの一人とぶつかったが、そのまま先へと馬を駆った。前方を、恐らくフランス兵たちだろう、道路の右手から左手へと駆け足で横切っていく者たちがいる。その一人がペーチャの馬の足元で泥道に倒れ込んだ。

一軒の百姓小屋の傍らにコサックたちが人垣を作って何かしている。人垣の真ん中から恐ろしい叫び声が聞こえた。集団に駆け寄ったペーチャが最初に目にしたのは、突きつけられた槍の首を握りしめながら、真っ青になって下あごを震わせているフランス兵の顔だった。

「突撃（ウラァー）！……みんな……味方だ……」そう叫ぶとペーチャはいきり立つ馬に手綱をまかせ、村道を突進していった。

前方で何発か銃声が聞こえた。コサックも軽騎兵も、道の両側からわらわら駆け出してきたぼろ着姿のロシア軍の捕虜たちも、皆大声で何やら支離滅裂なことを喚（わめ）いている。青い外套姿で軍帽もかぶらぬままの威勢のいいフランス兵が一人、紅潮した顔を顰（しか）めながら銃剣で軽騎兵たちを撃退しようとしているのだった。だがペーチャが駆けつけた時には、そのフランス兵もすでに倒れていた。またもや後れを取った――そんな思いが頭をよぎり、ペーチャはまた盛んに銃声が聞こえてくる方へと馬を飛ばした。銃声のもとは、昨夜彼がドーロホフとともに潜り込んだあの地主屋敷の庭だった。フランス兵たちはその屋敷の編み垣の向こう、びっしりと茂った灌木（かんぼく）のかげに陣取って、門のあたりに群がったコサックたちに向けて発砲しているのだった。門に向かって馬を走らせるペーチャは、硝煙の中にドーロホフの姿を認めた。血の気のない、蒼白な顔をして、皆に向かって何か叫んでいる。「迂回しろ！　歩兵隊を待つんだ！」ペーチャが駆けつけた時、彼はそう叫んでいた。

「待てだと？……突撃(ウラァァー)だぁぁ……」そう叫ぶとペーチャは一瞬もためらわず、銃声の聞こえる硝煙の濃い場所めがけて突進した。一斉射撃の音が響き、うなりを上げて飛んできた弾がそのまま通り過ぎたり、何かにぴしゃりと当たったりした。コサックたちもドーロホフもペーチャに続いて屋敷の門へと殺到する。もやもやした濃い煙に包まれたフランス兵たちの中には、銃を放り出してコサックを迎えるように茂みから飛び出して来る者もいれば、丘を駆け下って池の方に逃げて行く者もいた。ペーチャは騎馬のまま地主屋敷の脇を駆け抜けたかと思うと、そのまま手綱を絞りもせず、奇妙な仕草で両手をせわしく振り回すばかりで、先へ行くほどにどんどんその体が鞍の片側へとずれていく。朝の光の中でくすぶっている焚火に行き当たった馬がぐいと足を踏ん張ったため、ペーチャは濡れた地面に転がり落ちた。コサックたちが目を遣ると、頭がピクリとも動かないのに、両手両足が小刻みに痙攣している。銃弾が頭部を貫通していた。

ハンカチを着けた剣をかざして家から出てきて降伏を申し出たフランス軍の上級将校と話を交わしてから、ドーロホフは馬から下りると、両腕を投げ出したままじっと横たわっているペーチャに歩み寄った。

「一丁上がりか」渋面を作ってそう言うと、馬でやって来るデニーソフを迎えるため門に向かって歩き出す。

「殺ゃあえたのか⁉」まだ遠くからペーチャの体が、自分の見覚えのある、疑いもなく息絶えたものの形で横たわっているのを見て取ると、デニーソフは叫んだ。

「一丁上がりだ」まるでこの言葉を口にするのがうれしいかのようにドーロホフはそう繰り返すと、馬から下りたコサックに取り巻かれている捕虜たちの方に向かって足早に歩きだした。「連れていくのはよそうぜ！」彼はデニーソフに向かって叫んだ。

デニーソフは返事をしない。ペーチャのところまで行って馬を下りると、震える両手で、血と泥に汚れてすでに青ざめてしまったペーチャの顔を自分の方へ向けた。

『何か甘いものを食べる癖がついてしまったものですから。上等の干しブドウですよ、全部取ってください』そんな言葉が思い起こされた。まるで犬の鳴き声みたいな声にコサックたちがぎょっとして振り返ると、デニーソフはそんな声をあげながらくるりと後ろを向き、編み垣に歩み寄って身を支えたのだった。

デニーソフとドーロホフが奪回したロシア軍捕虜の中には、ピエール・ベズーホフが交じっていた。

## 12章

モスクワを出てからの移動期間を通じて、ピエールがいた捕虜集団については、フランス軍司令部から何も新しい指示はなかった。十月二十二日にはもはやこの捕虜集団は、一緒にモスクワを出た部隊や輸送隊と行動をともにしていなかった。最初の何行程かの間彼らの後ろに付いていた乾パンを積んだ荷馬車群は、半分がコサックに分捕られ、半分は彼らをおいて先へ行ってしまった。前を歩いていた徒歩の騎兵たちは、もはや一人も残っていなかった。皆姿を消してしまったのだ。最初の何行程かの間、前方に砲兵隊が見えていたが、今やその位置にいるのはジュノー元帥の巨大な輸送隊で、ヴェストファーレン兵がこれを警護していた。捕虜集団の後についているのは、今は軽騎兵隊の荷を積んだ輸送隊だった。

ヴャジマを越えると、それまで三つの縦隊で進んできたフランス軍が、もはや一つのかたまりとなって動いていた。モスクワを出た後の最初の休憩地でピエールが感じ取った無秩序の気配が、今では極限まで進行していた。

彼らが行く街道の左右には、点々と馬の死骸が横たわっていた。いろんな部隊から落伍したぼろ着姿の者たちが、しょっちゅう顔ぶれを変えながら、縦列に加わったかと思うと、また置いてきぼりを食うのだった。

行軍中何度か、誤った敵襲の警報があり、そのたびに警護兵たちが銃を掲げて発砲し、押し合いへし合いして一目散に逃げだしたが、後からまた集まって来ては、互いの疑心暗鬼ぶりを罵り合った。

一緒に歩んでいる軽騎兵隊の輸送隊、捕虜護送隊、ジュノーの輸送隊の三集団は、いまだ何かしらそれぞれのまとまりを保っていたが、ただしそのいずれもが急速に数を減らしていた。

はじめ百二十台の馬車がいた輸送隊に、いまやせいぜい六十台の馬車しか残っていなかった。残りは分捕られたか放棄されたのである。ジュノーの輸送隊も同じく何台かの馬車を放棄したり奪われたりしていた。三台は、ダヴー連隊の落伍兵たちの襲撃による略奪に遭っていた。ドイツ兵たちの会話からピエールが聞きつけたところによれば、ジュノーの輸送隊には捕虜護送隊よりも多くの警護兵が付けられており、さらに彼らの仲間のドイツ兵の一人が元帥自身の命令で銃殺されたとのこと。元帥の所有する銀の匙を所持しているのを見つかったのが罪状だった。

三つの隊のうちで一番員数を減らしたのは捕虜護送隊であった。ともにモスクワを出た三百三十名の捕虜のうち、今残っているのは百名弱だった。捕虜は、軽騎兵隊の輸送隊が運ぶ鞍よりも、ジュノーの荷物よりも、警護兵にとっては難物であった。鞍やジュノーの匙なら何かの役に立つことが警護兵にも理解できたが、しかし空きっ腹で寒さに震えている警護兵たちが、一体何のために同じように寒さに震えている空きっ腹のロシア兵たちの見張りに立ち、護ってやらねばならないのか。ロシア兵たちは道中でバタバタ死に、落伍するが、落伍兵は射殺せよと命じられているのだ。それは理解できぬばかりか胸の悪くなるような仕事であった。それで警護兵たちは、自分たちが置かれているこの悲惨な状況の中で、心中に残っている捕虜への同情の念に負けてなおさら自分の状況を悪くすることを恐れるかのように、捕虜に対してとりわけ無愛想で厳しい態度をとるのであった。

ドロゴブージ[9]では、捕虜を厩舎に閉じ込めておいて、警護兵たちが自軍の輸送庫を荒らしに行った間に、何名かの捕虜が壁の下にトンネルを掘って逃げ出したが、フランス兵たちに捕まって射殺されてしまった。

モスクワを出る時には、捕虜のうちでも将校は兵卒と離れて歩くべしという決まりが導入されたが、そんな決まりはとっくに反故にされていた。歩ける者は全員がひとまとまりになって歩いていたので、ピエールもすでに第三行程から、またもやあのプラトン・カラターエフと灰青色の脚の曲がった犬と一緒になった。犬はプラトンを主人に選んでいたのだ。

プラトンはモスクワを出て三日目に、かつてモスクワで入院していた時と同じ熱病が再発した。そうしてプラトンが衰弱していくにつれて、ピエールはこの相手から距離をとるようになった。なぜだか分からないが、プラトンが衰弱し始めた時から、彼のそばに寄るのに無理をしなければならないようになったのだ。そばに近寄って、いつもプラトンが休憩地で寝るときに立てる静かなうめき声を聞きつけ、この頃とみに濃くなってきたその体臭を嗅ぐと、ピエールはなるべく離れたところへ行って、彼のことを考えまいとするのだった。

捕虜としてバラックにいたころ、ピエールが頭ではなく全存在をもって、いわば命がけで認識したことがある。それは、人間が作られたのは幸福のためであり、幸福は人間自身のうちに、すなわち自然な人間的欲求の充足のうちに存するのだということ、

9　スモレンスクの東約九十キロ、ドニエプル川をまたぐ古都。

およびあらゆる不幸は不足から生ずるのではなく過剰から生ずるのだということであった。だが今や、この歩き続けた三週間の間に、彼はさらに新たな、心安らぐ真実を知った。彼は悟ったのだ――この世には何も恐ろしいことはないということを。彼は悟った――人間が幸福でかつ完全に自由であるという状態が存在しない以上、人間が不幸でかつ不自由であるという状態もまた存在しないことを。彼は悟った――苦しみにも限界があり、自由にも限界があって、その限界は極めて近いことを、そして薔薇の褥に横たわりながらただ一枚の葉がめくれているのを苦にしている人は、いまこうしてむき出しの湿った地面の上で眠ろうとしながら、体の片側が冷えて片側が暖かいのを苦にしている自分と、全く同じ苦しみを味わっているのだということを。そしてかつてよく窮屈な舞踏靴を履いていた時の自分は、今こうして(履物などとっくに擦り切れてなくなっていたので)まったくの素足を傷だらけにして歩いている自分と、全く同じ苦しみを味わっていたのだということを。彼は悟った――かつてあたかも己の意志によって妻と結婚したつもりになっていた時の自分が、一晩中厩舎に閉じ込められている今の自分以上に自由ではなかったことを。後になって苦労と呼ぶようになったことがらのうちで、この時にはほとんど感じもしなかったものもいろいろあるが、そのうちで一番大きな苦しみが、むき出しの、擦り切れた、傷だらけの足だった（馬肉は味もよくて栄養があったし、塩の代わりに使う火薬の硝石の風味もまんざらではなく、ひどい寒さも感じなかった――昼間歩いている時はいつも暑かったし、夜は焚火があり、体に食いつくシラミさえ心地よい暖房になったからだ）。ただ一つ足だけが、はじめのうち辛かったのである。

移動の二日目、焚火のもとで自分の傷を調べてみて、ピエールはこの足ではとても歩けないと思った。だが皆が立ち上がると、彼もびっこを引きながら歩き出し、やがて体が温まると苦痛なく歩けるようになった。夕刻には足はなおさら無残な状態になっていたが、彼はあえてそれを見ようとせず、別のことを考えていた。

今ようやくピエールは人間の生命力の強さを理解し、意識の転換という人間に備わった救済力のありがたさを知った。それはちょうど、内部の圧力が一定限度を超えると余分な蒸気を外に逃がしてくれる、蒸気機関の安全弁のような機能を果たしてくれるのである。

すでに百人以上の捕虜たちが、隊についていけずに射殺されていたが、ピエールはそうした現場を見もしなければ聞きもしなかった。日々衰弱しつつあるプラトンも、やがて同じ運命をたどるのは明らかだったが、ピエールは彼のことも考えようとはしなかった。自分のことは、なおさら考えなかった。状況がどんどん難しくなり、先の見込みが恐ろしくなればなるほど、ますますそうした自分の状況とはかかわりなく、楽しい、心安らぐ考えが、思い出が、イメージが、頭に浮かんでくるのだった。

## 13章

十月二十二日の真昼、ピエールは自分の足とでこぼこ道に目を向けながら、泥だらけのすべりやすい坂道を上っていた。時たま目を上げて周りにいる馴染みの集団を見やっては、また自分の足に目を向ける。人間も足も、いずれも彼にとっては仲間であり、馴染んだ相手だった。灰青色の脚の曲がった犬のセールィが楽しそうに道の脇を駆けながら、時折自分がいかに器用か、いかに満足しているかを見せつけるように、後ろの片足を上げたまま三本足でピョンピョン跳ねて見せたかと思うと、次にはまた四つ足になって、わんわん吠えながら動物の死骸にたかっている鳥たちに飛び掛かっていく。セールィはモスクワにいる時よりもご機嫌で、艶々と太っていた。そここに人間から馬までいろんな動物の死体が、いろんな腐敗度で転がっていて、しかも行進中の人間がいるので狼どもは近寄れない。つまりセールィは好きなだけ腹を満たすことができるのだった。

朝からの小雨がすぐにも止んで空が晴れ渡るかとみせて、ちょっと小止みになったかと思うとなおさら激しく降り注ぐ。たっぷりと雨水に浸された道路にはこれ以上水を吸い込む余地はなく、馬車の轍（わだち）が小川のようになっていた。歩くピエールは左右をキョロキョロしながら、三歩ごとに数を数えては指を折っている。そうして胸の内で雨に向かって『ほら、ほら、もっとだ、もっと降れ』と唱えていた。

自分では何も考えていないつもりだったが、どこか遠く奥深いところで、彼の心が何か大切な、心慰むことを考えていた。その何かとは、昨日プラトンと交わした会話から導き出された、すこぶる微妙な精神的エッセンスのようなものだった。

昨日、夜間休憩の時に、焚火が消えて体が冷えてしまったピエールは、立ち上がって最寄りのよく燃えている焚火に向かった。焚火に近寄ってみると、そこにはプラトンが座り込んでいた。聖衣をまとうように頭から外套にすっぽりとくるまり、いつものとおり歯切れよく感じがいいが、弱々しい病人じみた声で、兵隊たちに話をしている。ピエールも聞き覚えのある話だ。すでに夜半を過ぎていた。この時間になるといつも、プラトンは例の熱病の発作が治まって、妙に元気づくのだった。焚火の近くまで行ってプラトンの弱々しい、病人じみた声を耳にして、炎に照らされた哀れを誘うその顔を見ると、ピエールは何か不快な感覚に胸を刺された気がした。自分がこの相手に哀れみを感じたことにうろたえて、その場を立ち去ろうとしたが、他に焚火はなかったため、ピエールはプラトンに目を遣らないようにしながら、焚火のそばに腰を下ろした。

「それでどうだね、体の具合は？」彼は訊ねた。

「体の具合？　病気を嘆いているうちは、神様は往生させてくださらないってね」

そう答えるとプラトンは、すぐに中断した話に戻っていった。

「……さあ、それからだ」プラトンは土気色の痩せた顔に笑みを浮かべ、目には妙にうれしげな光を浮かべて、先を続けた。「さあ、それからだ……」

ピエールはだいぶ前からその話を知っていた。プラトンは彼にだけでももう五、六回ほども、それも常に飛び切りうれしそうに話してくれたからだ。だがよく知っている話ではあったが、彼は今その話に、まるではじめて聞くかのように耳を澄ました。すると語るプラトンが味わっているらしい静かな喜びが、ピエールにも伝わって来た。それはある年とった商人の話で、家族とともに操(みさお)正しく敬虔な生涯を送って来たこの老商人は、ある時仲間の豊かな商人と連れ立ってマカーリエフ[10]の町に出かけたのだった。

ある旅籠（はたご）に宿をとると、二人ともぐっすり眠ったが、翌朝、見ると連れの商人が斬り殺され、持ち物が奪われている。血まみれのナイフが老商人の枕の下から見つかった。老商人は裁判にかけられ、鞭打ちの刑を受け、鼻の穴を裂かれたうえで（プラトンのセリフでは掟通りに）徒刑場に送られた。

「さあ、それからだ（プラトンがここまで話したところでピエールが現れたのだった）、事件からもう十年かそれ以上の時が経った。爺さんになった商人は徒刑場で暮らしていた。決まり通りにおとなしくして、悪いことはしなかった。ただひたすら神様に、死なせてくださいとお願いするばかりでな。まあ結構なことだ。さてある晩のこと、徒刑囚たちがちょうど今のあたしたちのように、こんなふうに集まって、爺さんもそこに交じっていた。そうして話が始まった。それぞれ自分がどんな罪でこんな目に遭っているのか、神様にどんな悪さをしたのかという話だ。めいめいが話し出す――人を一人殺した奴もいれば、二人殺した奴もあり、放火をした奴も、ただ脱走しただけで何もしていないという奴もいる。次は爺さんに声がかかった――『おい爺様、あんたは何の咎（とが）で辛い目にあっているんだ？』『わしはな、皆の衆』と爺さんは

10　ヴォルガの支流ウンジャ川の港町で定期市で有名。

答えた。『自分の罪と他人の罪で苦しんでいるんだよ。わしは人ひとり殺したこともなければ、他人のものを盗んだこともない。困った人に恵んだことはあってもな。わしはな、皆の衆、商人で、かなりの資産があったんだ』それがこれこれこういうわけでと、爺さんはみんなに一部始終を順を追って話して聞かせた。『わしはな』と爺さんは続けた。『自分の身を嘆きはしない。つまりは、神様のお目に留まったわけだからな。ただな、年を取った家内と子供たちが不憫なんじゃよ』そう言って爺さんは泣き出したわけだ。ところが居合わせた徒刑囚の中に、例の商人殺しの真犯人が交じっていたわけさ。『爺さん』とその男は言った。『それはどこで起きた事件だ？　何年の何月ごろだい？』と言って、詳しく聞き質した。あげくに、疚しくて胸がうずきだしたんだな。それでこんなふうに爺さんのそばまで行くと、がばと相手の足元にひれ伏した。『爺さん、あんたはこの俺のせいで破滅したんだ。嘘は言わない。罪もないのに理不尽にも、この人は苦しんできたんだよ、みんな。実はこの俺が、まさにその事件に手を下し、使ったナイフを眠っているあんたの頭の下に入れておいたのさ。許してくれ、爺さん、この通りだ』そう男は言ったんだよ」

じっと火を見つめてうれしそうな笑みを浮かべながら言葉を切ると、プラトンはちょっと薪の位置を直した。

「爺さんは答えた。『神様があんたを許してくれるさ。わしらはみんな、神様に罪を犯しているんだから、このわしが苦しんできたのも自分の罪のためだよ』そう言って自分もさめざめと泣いたんだ。ところがあんた、驚いたことに」歓喜の笑みにますます明るく顔を輝かしながらそう続けるプラトンの様子は、いかにもこれから述べるところこそが話の華でありキモであるといわんばかりだった。「ところがあんた、驚いたことに、この人殺しの方が自分からお上に自白したんだよ。『俺は六人も人を殺してきました（大悪党だったんだ）。けれど一番哀れに思うのはあの爺さまです。どうかあの爺さまが俺のせいで泣かないようにしてやってください』そう自白すると、お決まりの通り何から何まで調書がとられた。なにせ遠いところだから、裁判だの審理だのをするにも、書類をそっくり準備して、それがしかるべきお役所からお役所へと回っていくにも時間がかかる。そうしてようやく皇帝さまのところまで話が届いた。やがて皇帝さまのお達しが下る。その商人を釈放し、裁定通りの賠償金を支払ってやれというお達しだ。その書類が届いて、爺さんを探せということになった。罪もなく理不尽に苦しんだ爺さんはどこだ？　皇帝さまのお達しが下ったぞ。そんなふうに探し始めたのさ」プラトンの下唇がぶるっと震えた。「ところが爺さんはもう神に許されて、死んでいたんだ。そういう話だよ、あんた」話を終えるとプラトンは、長いこと黙って笑みを浮かべたまま目の前を見つめていた。

この話自体ではなく、その神秘的な意味が、話すプラトンの顔に輝いていた歓喜の表情が、その歓喜の神秘的な意味が、今やピエールの心をぼんやりとした歓びで満たしていた。

## 14章

「位置につけ！」不意に号令がかかった。

捕虜も護送兵もうれしげにあたふたして、なにかしら縁起のいい、荘厳な出来事を待ち構えた。あちこちで号令の叫びが響いたかとおもうと、左手から上等の服を着て上等の馬に乗った騎兵たちが、捕虜たちを迂回するように速歩(トロット)でやって来るのが見えた。どの顔にも緊張の表情が浮かんでいたが、それは最高権力者が近くにいることを物語っていた。捕虜たちはひとかたまりになって道路の外へ追い払われ、護送兵たちは整列した。

「皇帝陛下だ！　皇帝陛下だ！　元帥だ！　公爵だ！」そんな声が上がり、恰幅のいい警護兵たちが通り過ぎたかと思うと、縦列にした葦毛馬に曳かれた箱馬車が、ガラガラと音高く駆け抜けていった。ピエールにちらりと見えたのは、三角帽をかぶった人物の、落ち着き払った美しい、丸々と肥えた白い顔だった。元帥の一人だった。その元帥は、大柄で目立つピエールの風体にちらりと目を向けると、眉をひそめてそっぽを向いたが、ピエールにはその表情が、同情とそれを隠そうという気持ちの両方を示しているように見えた。

輸送隊を指揮していた将軍が、びっくりしたように顔を真っ赤にして、自分の駄馬を駆り立てながら箱馬車の後を追っていく。何人かの将校が集まると、兵士たちが周りを取り囲んだ。誰もが興奮し張り詰めた顔をしている。

「あの方は何と言われたのだ？　何？　何だって？……」そんな会話がピエールの耳に飛び込んできた。

元帥が通過する際に捕虜がひとかたまりにされたので、ピエールは今朝になってまだ見ていなかったプラトンの姿を見かけた。プラトンはいつもの外套を着て、白樺の木にもたれて座り込んでいた。その顔は昨晩あの無実の罪で苦しんだ商人の話をした時のうれしそうな感動に加えて、静かで荘厳な表情に輝いていた。

プラトンは例の優しい、真ん丸な目でピエールを見ていたが、その目には今や涙が浮かんでいた。そして明らかに彼を呼び寄せて何かを告げたがっていた。だがピエールは、わが身を案じるあまり近寄れなかった。彼は相手のまなざしに気付かなかったふりをして、そそくさとその場を後にした。

捕虜隊がまた動き出したとき、ピエールは背後を振り向いて見た。プラトンは道路の片隅の白樺の根元に座り込んでおり、フランス兵が二名、覆いかぶさるような格好で、何か話している。ピエールはそれ以上振り返ろうとしなかった。そうして足を引きずりながら坂を上っていった。

背後の、プラトンが座り込んでいたあたりで一発の銃声が聞こえた。ピエールはその銃声をはっきりと聞き取ったが、しかしそれが聞こえた途端に、さっきあの元帥が通りかかる直前に自分が始めていたスモレンスクまでの残りの行程数の計算を、まだやり終えていなかったことを思い出した。そこで彼は計算を始めた。二人のフランス兵がピエールの脇を駆け抜けていく。うちの一人は、まだ煙の出ている銃を下ろしたまま手に持っていた。二人とも蒼白で、表情には——一人はおどおどした様子でちらりとこちらを振り向いたのだった——かつてピエールが処刑場で若い兵士の顔に見たのと、何か似たものがあった。振り向いた兵士を見ながら、ピエールはその兵士が一昨日焚火でシャツを乾かそうとして焼いてしまい、皆にからかわれていたのを思い出したものだった。

後方の、プラトンが座り込んでいたあたりで、犬が吠え出した。『バカ犬め、何を吠えているんだ？』ピエールは思った。

ピエールと並んで歩いている仲間の兵たちも、彼と同じく銃声が聞こえた場所、そして今や犬の鳴き声が聞こえる場所を振り向こうとはしなかったが、ただ誰の顔にも厳しい表情が浮かんでいた。

## 15章

輸送隊は、捕虜隊も元帥の馬車隊も一緒に、シャムシェヴォ村に停止した。皆それぞれ焚火を囲んで集まった。ピエールも一つの焚火のそばに寄って焼いた馬肉を食べ、火に背中を向けて横たわると、たちまち眠りに落ちた。ボロジノ会戦の後モジャイスクで眠った時とまったく同じ眠りを、またもや経験したのだった。

またもや現実の出来事が夢と混じり合い、またもや彼自身とも他の誰かともつかぬ何者かが、彼に思想を語るのだが、その思想まで、モジャイスクで彼に語られた思想と同じだった。

「生命（いのち）がすべてだ。生命が神である。すべては移ろい、動いていくが、その運動こそが神である。生命があるかぎり、神の力を自覚する喜びがある。生命を愛し、神を愛すべし。何よりも困難でかつ何よりも幸いなことは、苦しみの中にあっても、罪なき苦しみの中にあっても、己の生命を愛することである」

『プラトンだ！』ピエールは思い当たった。

すると突然ピエールの脳裡に、とっくに忘れていた、昔スイスで地理を教えてくれた物静かな老教師の姿が、生き生きと浮かび上がってきた。『待ちなさい』と老教師は言った。そうして彼はピエールに、一つの地球儀を示した。その地球儀は、生きてぶるぶると震えうごめく球体で、大きさも決まっていなかった。球体の表面はすべて、びっしりと寄り集まった滴(しずく)でできていた。その滴のすべてが動き移ろい、何粒かが溶け合って一つになったかと思えば、一粒がたくさんに分かれたりしている。それぞれの滴があふれ広がって最大限の空間を占めようとするが、同じ狙いを持った他の滴たちが圧迫して、時にはそれを潰(つぶ)してしまい、時にはそれと一つに溶け合うのだった。

「これが生きるということなのだ」老教師が言った。

『何と単純で明快なことか』ピエールは思った。『どうして僕は今までこれを知らなかったのだろう』

「中心に神がいて、一つ一つの滴は何とか広がって、できるだけ大きく神を映しだそうとしている。それで大きくなり、溶け合い、押し合い、表面でつぶれて深く沈んでいったかと思うと、再び浮かび上がってくるのだ。ほら、これがあのプラトンだ。あふれ広がって、消えただろう。分かったかい（ヴザヴェ・コンプリ）、君（モナンファン）」教師は言った。

「分かったか（ヴザヴェ・コンプリ）、こん畜生（サクレ・ノム）」そう叫ぶ声がして、ピエールは目を覚ました。

彼は身を起こし、座り直した。たった今ロシア兵を押しのけたばかりのフランス兵が焚火のそばにしゃがみこみ、銃の槊杖（さくじょう）に刺した肉を焼いている。袖まくりした筋張った、毛深い、赤く指の短い手が、器用に槊杖を回転させている。眉根を寄せた褐色の陰気な顔が、熾火（おきび）の明かりにくっきりと浮かんで見えた。

「あいつにとってはどっちみち同じさ」背後に立っている兵隊を素早く振り返ってフランス兵はつぶやいた。「……盗人だからな、まったく！」

そして兵士は槊杖を回転させながら陰気な顔でピエールをじろりと見た。ピエールは顔を背（そむ）けて暗がりに見入った。さっきフランス兵に押しのけられたロシア人兵士が、焚火のそばに座り込んで何かを片手で軽く叩いている。よく見ると、例の灰青色の犬が、兵士のそばに座って、尻尾を振っているのだった。

「おや、来たのか？」ピエールは言った。「でも、プラ……」言いかけた言葉が途中で止まる。不意に彼の脳裡にいろんな記憶の断片が浮かび上がり、互いに結びついて形をとり始めた。木の根元に座り込んだプラトンが自分に向けたあのまなざし、同じ場所で聞こえたあの銃声、犬の鳴き声、脇を駆け抜けていった二人のフランス兵の犯罪者のような顔、肩から外したまま煙の立ち上る銃、この休憩所にプラトンがいないこと――彼はもはやプラトンが殺されたことを理解しかけていたが、しかしまさにその瞬間、どこからともなく、かつての夏にキエフの屋敷のバルコニーで美しいポーランド女性とともに過ごした夕べの思い出が胸中に浮かび上がってきた。それで結局は、今日一日の記憶の断片をつなぎ合わせることも、それに結論を下すこともできぬまま、ピエールは目を閉じた。すると夏の自然の情景が、水浴びの記憶や、あの濡れてぶるぶると震えうごめく球体の記憶と混じり合い、彼はどこか水中に沈んで、彼の頭上で水の帳(とばり)が閉ざされたのだった。

日の出直前、轟々(ごうごう)たる銃の連射音と喚声がピエールを目覚めさせた。彼のすぐ脇をフランス兵たちが駆け抜けていく。

「コサック隊だ！」フランス兵の一人が叫び、そして一分後にはロシア人の顔をした集団がピエールを取り囲んでいた。

長いことピエールは自分の身に起こったことが理解できなかった。四方八方から感涙にむせぶ仲間たちの声が彼の耳に聞こえてきた。

「やあ、兄弟！　懐かしいなあ、ありがとうよ！」老兵たちがコサック兵や軽騎兵を抱きしめ、泣きながら叫んでいる。軽騎兵とコサック兵は捕虜の周りに集まって、ある者は服を、ある者はブーツを、ある者はパンを、せわしい手つきで差し出すのだった。ピエールは彼らのただ中に座り込んだまま、おいおいと泣くばかりで一言も発することができなかった。彼は最初に近寄ってきた兵士をかき抱き、泣きながら口づけしていた。

ドーロホフは破壊された屋敷の門の脇に立って、武装を解かれたフランス兵の群れを通していた。フランス兵たちは出来事の顚末(てんまつ)に興奮して大声で喋り合っていたが、ドーロホフが革鞭でブーツを軽くはたきながら、持ち前の冷たい、ガラスのような、いかにも不吉な目つきで自分たちを見つめている脇を通ると、彼らの会話はぴたりと止まるのだった。向かい側にはドーロホフの部下のコサック兵が捕虜の数を数えては、百人ごとに門柱にチョークで印をつけていた。

「何人だ？」ドーロホフが捕虜の数を数えていたコサック兵に訊いた。

「二百近いです」コサック兵は答えた。

「さっさと行け、さっさと」ドーロホフはフランス兵から聞き覚えた表現で捕虜たちを促す。通過していく捕虜たちと目が合うと、そのまなざしに残忍な光が点った。デニーソフは毛皮帽を脱いで暗い顔をしたまま、コサック兵たちの後ろを歩いていた。コサック兵たちは庭に掘った穴にペーチャ・ロストフの遺骸を運んでいくところだった。

## 16章

厳しい寒波が到来した十月二十八日以降、フランス軍の逃避行はますます悲劇の色を濃くするばかりで、兵士たちが凍え死んだり焚火のそばで焼け死んだりしている一方で、皇帝、王、公たちは、相変わらず毛皮のコートにくるまって幌馬車に乗り、盗んだ財宝をもって逃げている始末だった。とはいえ実際には、フランス軍の逃走と崩壊の過程には、モスクワを出て以来いささかの変化もなかった。

モスクワからヴャジマまでの間に、七万三千のフランス軍のうち――ただし近衛隊はこの数に入れない(近衛隊は戦争の全期間を通じて略奪以外何もしなかったのだから)――残ったのは三万六千だった(失われた数のうち、戦闘で消えたのはせいぜい五千にすぎない)。これを等比数列の最初の項と見なすと、以降の項は数学的に正確に割り出すことができる。

フランス軍は、モスクワからヴャジマ、ヴャジマからスモレンスク、スモレンスクからベレジナ川、ベレジナ川からヴィルナの各区間において、まさにこれと同じ比率で溶けて消えていった。寒気やら追撃やら街道封鎖やら、その他あらゆる個別条件の強弱は、これに何の影響もなかったのだ。ヴャジマ以降は、フランス軍は三縦隊の隊形を乱して一つのかたまりと化し、そのまま最後まで進んでいった。ベルティエは皇帝に次のように書き送った(指揮官たちによる軍の状態の叙述が、いかに真実からかけ離れたものとなりうるかは、周知のとおりである)。

『この三日間の行軍中、小官が観察しえた諸軍団の状況に関して、陛下にご報告申し上げるのを義務と心得ます。軍団はほとんど総崩れ状態にあります。軍旗のもとに残っているのはわずか四分の一で、残りの者たちは食糧を求め軍務から逃れようと、てんでんバラバラな方角へ向かっております。誰も彼もがひたすらスモレンスクを思い、かの地へ行けば一息つけると期待しております。この数日で多くの兵が弾薬筒と銃を捨てました。今後の陛下のお考えがいかなるものであれ、陛下の軍務を利するには、スモレンスクにおいて諸軍団を再編し、馬を失った騎兵、武器を持たぬ者、余分な荷、そして今や将兵の数に釣り合わぬものとなった砲の一部を排除すべきです。食糧と何日かの休息が必要です。兵たちは飢えと疲れでへとへとになっておりますから。この数日、多数の兵が路上で、また野営所で死んでいきました。かような悲惨な状況はますます深刻の度を増しており、災厄を防ぐべく早急な対策を講じなければ、やがていざ決戦の際に軍の統制がとれないという状況を招きかねぬと憂慮せざるをえません。十一月九日［露暦十月二十八日］、スモレンスクまで三十キロの地点にて』

約束の地と思い浮かべていたスモレンスクになだれ込むと、フランス兵たちは食糧をめぐって殺し合い、自軍の倉庫を荒らし、すっかり荒らしつくすと、さらに先へと逃走した。

誰も皆、どこへ向かうのか、何のために行くのか、自分でも分からずに歩いていた。誰よりも一番それが分かっていなかったのは、天才ナポレオンだった。彼に指図してくれる人は一人もいなかったからである。とはいえやはりナポレオンも彼の周囲の者たちも、昔からの習慣を守っていた。つまり命令だの書状だの報告だの日程だのが書かれ、互いに「陛下」「わが従兄」「エクミュール公」「ナポリ王」などと呼び合っていたわけである。ただし命令も報告も単に紙の上の話であって、何一つそのとおり実行されるものはなかった。なぜなら実行できなかったからである。おまけに、いくら互いに陛下だの閣下だの従兄だのと呼び合ってはいても、皆自分たちが惨めな唾棄(だき)すべき人間であって、さんざん働いてきた悪事のせいで、今や報いを受けねばならぬのだということを自覚していた。人々は軍のことを案じているふりをしながら、実はそれぞれただ自分の身を案じ、何とか早くずらかって助かろうとしか考えていなかったのである。

## 17章

鬼ごっこの二人のプレーヤーがともに目隠しをされて、逃げる方がときどき鈴を鳴らして鬼に自分の位置を知らせる「目隠し鬼」というゲームがあるが、モスクワからネマン川への退却行軍時におけるロシア軍とフランス軍の行動は、ちょうどそのゲームのようなものだった。はじめのうちは逃げる方が鬼を恐れずに鈴を鳴らすが、しかしわが身が危なくなってくると、足音を消して敵から逃げ回るようになり、しばしば、逃げるつもりで、まっすぐ鬼の手の中へと飛び込んで行ってしまうのだ。

はじめのうちはまだナポレオン軍も、自分の位置を知らせていた。それはカルーガ街道を移動していた初期の頃である。しかし後にスモレンスク街道に出ると、彼らは言わば鈴の舌（ぜつ）を手で押さえて駆け出した。そしてしばしば、敵から逃げているつもりで、まっしぐらにロシア軍にぶつかって来たのだった。

逃げるフランス軍と追うロシア軍がともに速度を上げ、結果として馬が疲弊して、敵のおおよその位置を把握する手段としての騎兵斥候が成り立たなくなってしまった。おまけに両軍が頻繁かつ急速に位置取りを変えるせいで、情報が手に入ったとしても、もはやタイムリーなものではなくなっていた。仮にある月の一日に敵軍がこれこれの場所にいたという知らせが二日に届いたとして、三日になって何かの手が打てる状態になった時には、すでに敵軍は二行程の移動を終えて、全く別の位置にいるのである。

一方の軍が逃げれば、もう一方がこれを追いかけていく。スモレンスクから先、フランス軍が選ぶべき進路はいくらでもあった。しかもスモレンスクに四日も滞在する間には、フランス軍は敵の所在を知ったうえで、何かしら有利な策を考えたり、何か新しい手を打ったりする余裕があってしかるべきかと思われた。しかるに四日間の停止の後、集団はまたもや、右でもなければ左でもなく、何の駆け引きも策略もなく、元来た最悪の道をクラスノエからオールシャ[11]へと、自分たちが踏み荒らした跡をたどって逃げ出したのだった。

前方の敵ではなく後方の敵を意識するフランス軍の隊列は、長く延びたうえにぶつぶつ途切れ、その全長が二十四時間分にも及んだ。先頭を駆けていくのが皇帝で、その後に王たち、さらに後に公たちが続いていた。ロシア軍は、ナポレオンが右へ折れてドニエプルを渡るという唯一真っ当な進路をとるものと想定し、自らも同じく右手に折れ、クラスノエへ向かう大きな道へ出た。するとそこで、ちょうど目隠し鬼さながらに、フランス軍がロシア軍の前衛にぶつかってきたのである。思いがけずも敵と遭遇したフランス軍は算を乱し、動顚（どうてん）のあまりしばし足を止めたが、やがてまた後続の仲間を打ち捨てて逃げ出した。この地点を、まるでロシア軍の戦列の間を突っ切るようにして、三日間にわたってフランス軍の各部隊が次から次へと通過していった。はじめは副王の部隊、次にダヴーの部隊、次にネイの部隊という順で。彼らはみなお互いを見捨て、重い荷物もみんな捨て、砲も、兵の半数をも打ち捨てて、夜間だけを使い、右手から半円状にロシア軍を迂回しながら逃走したのであった。

ネイはしんがりをつとめていたが（というのも、自軍の窮状にもかかわらず、あるいは窮状に陥っていたゆえにこそ、八つ当たりせずにはいられなくなって、誰の邪魔もしていないスモレンスクの城壁をこの男が爆破してきたからだった）、そのしんが

11　ベラルーシの都市ヴォールシャのこと。

りの位置で一万の兵を率いていたネイが、オールシャのナポレオンのもとに駆け付けた時には、手勢はわずか千人になっていた。兵も砲も全部打ち捨て、夜陰にまぎれるようにして森伝いに進み、ドニエプルを渡って来たのだった。

オールシャから先、ヴィルナへの街道伝いの逃走も、全く同じ追走軍との目隠し鬼ごっこだった。ベレジナ川ではまたもや周章狼狽のあげく、多数の兵が溺れ、多数が投降したが、川を渡り切った者たちはさらに先へと逃げた。総指揮官は毛皮外套にくるまり、馬橇(ばそり)に乗って、仲間をすべてほったらかしにして一人で駆け去った。それができる者は同じようにして逃げ、できない者は降伏するか、もしくは命を落としたのである。

## 18章

この逃避行においてフランス軍は、ありとあらゆる自滅的な振る舞いをしちらしたし、カルーガ街道へと折れたことに始まって指揮官が軍から逃げたことに至るまで、この集団の行動はどれ一つとっても全くの無意味であった。だとすれば、集団の行動を一人の人物の意志に帰そうというタイプの歴史家たちが、戦役のこの時期における退却ぶりを自分たちの理屈で説明することは、もはやとうてい不可能なように思える。ところが違うのだ。歴史家たちはこの戦役に関して山のような書物を書いており、そしてそうした書物のいたるところに、ナポレオンの下した命令だとか、彼の深慮に満ちた計画、すなわち軍を動かす策略だとか、彼の元帥たちの天才的な指令だとかが叙述されているのである。

せっかく食糧豊富な地方へと続く道が与えられ、しかも後にクトゥーゾフが彼を追跡するのに使った並行道路までが開けていた時に、ナポレオンはマロヤロスラーヴェツから無用な退却をして荒廃した道を進んだが、それさえもあれこれ様々な深謀遠慮として説明されるわけである。まさに同様な深謀遠慮論で、スモレンスクからオールシャへの退却も解説される。次に描かれるのはクラスノエでの彼の英雄的な振る舞いのくだりで、そこでナポレオンは敵と一戦交え、しかも自分で指揮を執る覚悟を決めて、白樺の杖を突いて歩きながらこう言ったとされる。

「もはや皇帝役はたくさんだ、将軍となるべき時だ」

しかしそう言っておきながら、直後に彼はすたこら先へと逃げてしまった。ばらばらになって後方に残された軍の諸部隊を、運命の手に委ねたまま。

次に描かれるのは元帥たち、とりわけネイの豪胆さであるが、その豪胆さとは、彼が真夜中に森を抜けてドニエプルを渡り、軍旗も砲も兵の十分の九も打ち捨てて、オールシャへと逃げ延びたことを指すのである。

あげくは、かの偉大なる皇帝が英雄的な軍をおいて去ったことも、歴史家たちは何かしら偉大で天才的なこととしてわれわれに語ってみせる。先に述べた最後の逃走行為などは、およそ人間の言葉で言えば最低の卑劣行為であり、子供なら誰でも恥ずべきものと教えられているところであるが、そんな振る舞いでさえ、歴史家の言葉にかかると正当化されてしまうのだ。

歴史家の判断の糸はそれほどまでに伸縮自在であるが、ある行為が全人類の「善」と呼ぶもの、さらには「正義」と呼ぶものにさえ明白に反しているようなケースに出合って、さすがにこれ以上は引き伸ばせなくなると、歴史家の手には「偉大さ」という都合のよい概念が現れる。偉大さは、あたかも善悪の判断の可能性を排除してしまうかのようだ。偉大なる存在にとって悪は存在しない。いかなる惨状も偉大なる者の罪咎（つみとが）とはなり得ないのだ。

「これは偉大である（セ・グラン）！」と歴史家たちが称える場合、そこにはもはや善も悪もないのであって、「偉大」か「偉大でない」かのいずれかしかない。偉大なものが善であり、偉大でないものは悪なのだ。偉大さとは、彼らの理解によれば、彼らが英雄と呼ぶ一種特別な生き物に備わった属性である。だからナポレオンも、暖かい毛皮外套にくるまって、瀕死の同志ばかりか、(彼の意見では)自分がこの地へ連れてきた者たちをも置き去りにして国へ帰ろうとしていた時でさえ、「これは偉大な行為である」と感じて、心は安らかだったのである。

「崇高と滑稽の間の距離はわずか一歩である」とナポレオンは言った(彼は自分の内に何かしら崇高なものを見出していたのだ)。そして世界中の人々もまた五十年にわたって『崇高！　偉大！　偉大なるナポレオン！　崇高と滑稽の間の距離はわずか一歩』と繰り返している。

そして誰一人気づこうとはしない——善悪の尺度で測り得ない偉大さを認めることは、自らの卑小さを、計り知れぬほどの小ささを認めることにほかならぬことに。

キリストによって与えられた善悪の尺度を持つわれわれには、測り得ぬものなど存在しない。そして正直と善と正義のないところに、偉大さなど存在しないのだ。

## 19章

一八一二年戦役の最後の時期の記述を読むロシア人の中で、怒り、不満、疑問の混じった重苦しい感想を覚えない者がいるだろうか。数で勝る三つの軍全体でフランス軍を包囲し、算を乱したフランス兵たちが飢えて凍えながら集団で投降し、おまけに（歴史が物語るところによれば）ロシア軍の目的はまさに全フランス軍を押しとどめ、退路を遮断し、捕虜にすることだったというのに、どうして敵の全軍を捕獲・殲滅（せんめつ）しなかったのかと、疑問に思わない者がいるだろうか。

かつて数で劣るフランス軍を相手にボロジノ会戦に挑んだロシア軍が、三方からフランス軍を包囲し、敵の捕獲を目的としながら、いったいどうしてその目的を遂げられなかったのか？　勢力で勝るわが軍が取り囲んでもなお打ち倒すことが出来ぬほど大きな優位を、はたしてフランス軍はわが軍に対して持っていたのだろうか？　どうしてこのようなことが起こり得たのだろうか？

歴史は（つまり歴史と呼ばれているものは）、こうした疑問に答えて言う——そうなったのは、クトゥーゾフだとかトルマーソフだとかチチャゴフ[12]だとか誰だとか彼だとかが、これこれしかじかの作戦をとらなかったからだ、と。

だが、どうしてその名指された人物たちは、そうした作戦を一切取らなかったのか？　もしも所期の目的が達成されなかったのが彼らの責任だったというのなら、どうして彼らは裁かれ、罰せられなかったのか？　いや、百歩譲ってそのロシア軍の失敗の責任者がクトゥーゾフやチチャゴフやその他の誰彼であったとしても、やはり、クラスノエとベレジナ近辺でロシア軍が置かれていたような有利な条件下で（いずれの場所でもロシア軍は勢力で勝っていた）、どうしてフランス軍を元帥や王や皇帝込みで捕虜にできなかったのか、納得がいかないのである。もしもそれがロシア軍の目的だったとすればだ。

この奇妙な現象を（ロシアの軍事史家がするように）、クトゥーゾフが攻撃を妨害したせいにするような説明は、根拠に欠ける。なぜならわれわれも知っているように、ヴャジマとタルーチノでは、クトゥーゾフの意志をもってしても軍が攻撃するのを止められなかったからだ。

ボロジノでは勢力で劣りながらパワー全開の敵に勝利を収めたロシア軍が、クラスノエとベレジナでは、力で優位に立ちながら戦列の乱れたフランス兵の群れに勝利を譲ったのはなぜだろう？

もしもロシア軍の目的がナポレオンや元帥たちの退路を遮断して捕虜にすることにあり、しかもその目的が単に達成されなかったばかりでなく、目的を遂げようとする

12　パーヴェル・ワシーリエヴィチ・チチャゴフ（一七六七～一八四九）。ロシアの海軍提督。

あらゆる試みが、逐次卑劣きわまる手段で潰されていたのだとしたなら、戦役の最後期を勝利の連続と見なすフランス人歴史家が完全に正しく、それを自軍の勝利と見なすロシア人歴史家は全く間違っていることになる。

ロシアの軍事史家たちは、論理を尊重する限り、否応なくこうした結論に至らざるを得ないし、武勇とか忠誠とかいったものをいくら抒情的に賛美しようと、フランス軍のモスクワからの退却過程でナポレオンは終始勝利し、クトゥーゾフは敗北したと、否応なく認めざるを得ないであろう。

しかし、国民のプライドの問題は完全に無視したうえで、なおかつこうした結論はそれ自体、矛盾をはらんでいるのが感じられる。なぜなら、勝利の連続がフランス軍を壊滅に導き、敗北の連続がロシア軍を完全なる敵の殲滅と祖国の浄化に導いたということになるからである。

こうした矛盾の根源は、皇帝や将軍の書簡やら、連絡やら報告やら計画やらといった史料に基づいて出来事を研究する歴史家たちが、偽物の、かつて一度も存在したことのない一八一二年戦争の最後期の目的なるものを、想定してしまったことにある。すなわち敵の退路を遮断して、ナポレオンや元帥たちを軍と一緒に捕獲するという目的を。

そのような目的は決してあり得なかった。なぜならそれは意味を持たなかったからであり、しかも達成することが全く不可能だったからである。

かような目的が何の意味も持たなかったのは、第一に、乱れ切ったナポレオン軍は全速力でロシアから脱出しようとしていた、つまりまさに全てのロシア人のいちばんの願いを実現しようとしていたからである。ただでさえ可及的速やかに逃げ出そうとしているフランス軍に対して、あれこれと作戦を仕掛ける理由がはたしてあっただろうか？

第二に、逃走に全エネルギーを注いでいる者たちのゆく手に立ちふさがるのは、無意味なことだった。

第三に、フランス軍は一切の外部要因なしでもひとりでにどんどん滅びていって、最終的には道路遮断など一切せずとも、十二月に実際に国境を越えることができたのは、せいぜい全軍の百分の一にすぎなかったのだから、そんなフランス軍を殲滅するために自国の軍勢を失うのは意味のないことだった。

第四に、皇帝、王、公といった相手を捕虜にしようという願望に意味はなかった。そうした人物を捕虜にしていれば、当時のもっとも敏腕の外交官たち（ジョセフ・ド・メーストルなど）も認めているとおり、ロシア軍の活動は極度に困難なものとなっていただろう。フランス軍を軍団ごと捕獲しようと願うのはさらに無意味だった。ただでさえ自軍の半数がクラスノエまでに失われているところへ捕虜が軍団単位で加われば、いくつもの護送師団まで割かねばならなかっただろうし、しかも自軍の兵士たちさえ必ずしも満足な食糧を与えられておらず、すでにいる捕虜たちも飢えでバタバタ死んでいる状態だったからだ。

ナポレオンとその軍隊の退路を遮断して捕まえるという深慮に満ちた計画は、いわば菜園の主が畝（うね）を踏み荒らした家畜を畑から追い払ったうえに、門のところに先回りして、その家畜の頭を殴りつけてやろうとするような目論見に喩えられる。そんな菜園主を弁護するとしたら、ひどく腹を立てていたから、とでも言うしかない。だが作戦の立案者を同じように弁護することはできない。なぜなら畝を踏み荒らされて迷惑したのは彼らではないからだ。

もっとも、ナポレオンとその軍の退路を遮断することは、無意味であるばかりか不可能であった。

それが不可能なのは、第一に、経験が示す通り、五キロにもわたる縦隊の動きが一つの戦闘において決して計画通りになることはなく、したがってチチャゴフ、クトゥーゾフ、ヴィトゲンシュタインの三者が時間通りに予定の場所に結集できる確率はごく小さくて、ほとんど不可能に等しかったからだ。クトゥーゾフも同じ考えで、計画を受け取った段階ですでに、遠隔地からの攪乱作戦は好ましい結果をもたらさないと述べている。

第二に、これが不可能だったのは、ナポレオン軍の退却の際に働いていた惰性の力を麻痺させるためには、当時ロシアが持っていたのとは比べ物にならぬほど大きな軍隊が必要だったからだ。

第三に、これが不可能だったのは、「遮断する」という軍事用語が何の意味も持っていないからだ。パンのかたまりなら、遮断する、つまり切り離すのは簡単だが、相手が軍ではそうはいかない。軍を遮断し、その進む道を塞ぐのは、到底無理である。なぜなら、いつだって周囲には迂回できる場所がたくさんあるのだし、おまけに夜になれば何も見えなくなるのだから。そのことは、例えばクラスノエとベレジナの例を見るだけでも、軍学者諸君は納得がいくだろう。捕虜に取ることも、捕虜になる者の同意がないかぎり到底無理だ。これは燕を捕まえるのが無理なのと同じことで、燕の方が手に止まってくれなければ捕まえられないのである。ドイツ人のように戦略や戦術の法則通りに投降して来る者は捕虜に取れる。だがフランス兵たちは真っ当なことに、投降するのは不利だと見なしていた。というのも、逃走しようと投降しようと、同じように餓死と凍死が待ち構えていたからである。

敵の捕獲が不可能だった第四の、最も大きな理由は、一八一二年戦役がおよそ開闢以来最も恐るべき条件下で行われた戦争だったことである。全力を振り絞ってフランス軍を追跡していたロシア軍がもしそれ以上のことを行おうとすれば、必ずや自分の方がつぶれてしまったであろう。

タルーチノからクラスノエまでのロシア軍の移動中、病気と落伍で戦列を離れた兵は五万、すなわち大きな県都の人口に匹敵する。兵の半数が戦わずして失われたのである。

戦争のこの期間、兵は長靴も毛皮外套もなく、食糧も十分でなければウオッカもなく、何か月も零下十五度の寒空に雪中で野営していた。昼はわずか七、八時間で残りは夜だが、夜の間は軍紀もへったくれもない。これが戦闘の場なら、たかだか数時間、兵士たちは軍紀の及ばぬ生死の境目に置かれるばかりだが、ここでは兵たちは何か月にもわたって一瞬一瞬、餓死や凍死と戦って生きる。そうして一月に軍の半数が死んでいくのである。しかるに、まさに戦争のこの期間を目指して、歴史家たちは、やれミロラードヴィチはどこそこへ、トルマーソフはどこそこへ側面行軍するべきだったとか、チチャゴフはどこそこへ（膝の上まで来る雪の中を）移動すべきだったとか、誰それはこんなふうに撃退したとか遮断したとかと、気楽なことを喋っている次第である。

ロシア軍は半数も死者を出しながら、国民にふさわしい目的を遂げるためにできる限りのことをした。暖かい部屋にぬくぬくと座っていた別のロシア人たちが期待していたような、無理な離れ業（わざ）が演じられなかったからといって、彼らの責任ではない。

事実と歴史記述との間にある、この不思議な、今となっては理解しがたいような矛盾の生じた原因は、ひとえにこの出来事を記述した歴史家たちが、いろいろな将軍たちの麗しい感情や言葉の歴史を書くばかりで、出来事そのものの歴史を書いていないからである。

歴史家たちには、ミロラードヴィチの発言や、将軍たちの誰それが拝受した褒賞や、彼らの目論見が大きな関心の的であって、病院や墓場に残された五万の兵の問題などはどうでもいい。自分たちの研究の対象外だからである。

ところが報告書や総合計画の研究に背を向けて、出来事に直接、じかに関わった何十万の人々の動きを精査してみさえすれば、それまで解決不能と思えたあらゆる問題が、にわかに、不思議なほど簡単かつ単純に、疑う余地のない解決を見るのである。

ナポレオンとその軍の退路を遮断するというような目的は、十人ほどの人間の頭の中を除けば、一度も存在したためしはなかった。それは存在すべくもなかった。なぜなら無意味だからであり、実現不可能だったからである。

国民の目的はただ一つ、襲来した勢力を国土から一掃することだった。この目的は、第一に、フランス軍が撤退することにより、ひとりでに達成されつつあった。だからただその動きを止めさえしなければよかったのだ。第二に、この目的はフランス軍を殲滅した国民戦争の諸作戦のおかげで達成されつつあったのであり、第三に、敵が動きを止めたらいつでも武力を行使する構えのロシアの大軍が、フランス軍を追跡することで、達成されつつあったのだ。

ロシア軍がなすべき行動は、走る動物に対する鞭の役を果たすことであった。そして経験を積んだ牧夫が知っているように、動物を一番上手に走らせる方法は、鞭を振り上げたまま脅（おど）すにとどめて、決して鞭で頭を殴ったりしないことなのである。

# 第4編

## 1章

生き物が死んでいくのを見ると、人は恐怖の虜となる。まさに自分自身に他ならぬもの、自分の本質をなすものが、目の前でみるみる失われ、存在しなくなっていくからである。ましてやその死にゆくものが人間、それも自分の愛し馴染んだ人間だったなら、失われていく命を前にした恐怖に加えて、引き裂かれる衝撃と心の傷を味わうことだろう。その傷は、体の傷と同様、致命傷になることもあれば癒えることもあるが、いずれにせよ常に痛みを伴うため、外から触られてその痛みを掻き立てられるのを、人は厭うのである。

アンドレイ公爵の死の後、ナターシャとマリヤはともにこれを実感していた。頭上に垂れ込める死という暗雲の重圧から、二人は精神的に委縮し、目をつぶり、生を直視することを避けていた。そうして自分たちの開いたままの傷口を無遠慮な手が触り、痛みを刺激することのないよう、慎重に警戒していた。通りを疾走する馬車、昼食の知らせ、どんなドレスを用意しましょうかという小間使いの質問、さらに質(たち)の悪いことに、おざなりの上っ面な同情の言葉——そうしたものがすべて傷の痛みを掻き立て、苛立たせ、いまだに胸の内で鳴りやまぬあの恐ろしい、厳粛なコーラスに聞き入ろうと努めている二人に不可欠なる静けさを乱し、目の前に一瞬開けたあの不思議な無限の彼方に見入ることを妨げるのであった。

ただ二人きりでいる時だけ、彼女たちは苛立ちも痛みも覚えなかった。互いに話をかわすことも少なかった。仮に話しても、話題はごく些細な事柄ばかり。どちらも同じく、何であれ未来に関わる話を口にするのは避けていた。

未来の可能性を認めることは、彼の思い出に対する侮辱だと二人には思えた。会話の中では二人はなおさら慎重に、故人に関わる可能性のある、あらゆる話題を避けていた。自分たちが経験し味わってきた事柄は、言葉で表現しうるものではないと思われた。どんな形であれ彼の人生の細部を言葉で語ろうとすれば、それは自分たちの目の前で成就(じょうじゅ)した神秘の偉大さと神聖さを台無しにしてしまうと思われたのである。

彼女たちは絶えず語ることを自制し、彼の話につながりそうな話題を常に慎重に避けていたが、どんな方向から始めた話も必ず語られるべきでないものの境界でぴたりと止めるというその実践のおかげで、自分たちの感じていることがなおさら純粋かつ鮮明に心のスクリーンに浮かび上がるのであった。

とはいえ、純粋で完全な喜びがあり得ないのと同様、純粋で完全な悲しみもあり得ない。まずは独立独歩の自分の運命の主人であり、甥っ子ニコールシカの保護者かつ養育者の立場にあるマリヤが、最初の二週間浸り込んでいた悲哀の世界から、生活によって召喚された。親族から手紙が届き、それには答えざるを得なかった。ニコールシカを住まわせていた部屋に湿気が多く、咳をしだした。父の代からの支配人アルパートィチがヤロスラヴリにやって来て、実務報告をするとともに、モスクワのヴズドヴィージェンカ通りの屋敷に移るという提案及び進言をした。屋敷はそっくり残っていて、ほんのちょっとした修理をすれば済むというのだ。生活は立ち止まることを知らず、生きていかねばならなかった。今までそこにこもって暮らしてきた一人きりの観想の世界から出て行くことはマリヤにはいかにもつらく、またナターシャを一人打ち捨てていくのはいかにも哀れで疚しいような気さえしたが、生活上の用事が彼女の関与を要求しており、彼女は不本意ながらそれに身を任せたのだった。そうしてアルパートィチとともに収支計算を確かめ、デサールと甥の件を相談し、モスクワに移る指示を出して、その準備をしたのである。

ナターシャは一人取り残され、マリヤが出発の準備を始めてからは、マリヤのことも避けるようになった。

マリヤが伯爵夫人に、ナターシャを手放して自分と一緒にモスクワへ行かせてはどうかとすすめたところ、両親とも喜んでその提案に飛びついた。日ごとに娘の体力が衰えていくのを見ていた両親は、転地することもモスクワの医者たちの助けを借りることも、ともに娘のために良いことだと判断したのだった。

「私、どこへも行かないわ」この提案をされた時、ナターシャはそう答えた。「どうか、お願いだから、私を放っておいて」そう言って彼女は部屋から駆け出して行った。懸命に涙をこらえていたが、それは悲しみの涙というよりはむしろ怒りと憎しみの涙だった。

自分がマリヤに置き去りにされ、悲しみの中に一人取り残されたのを意識した時から、ナターシャは大抵の時間一人で部屋にこもって、ソファーの片隅に膝を抱えて座りこみ、細い強張(こわば)った指先で、何かを引き裂いたり揉みしだいたりしながら、目を留めたものにじっと見入っているのだった。そうした孤独は彼女をへとへとにし、苦しめたが、それは彼女には不可欠なものだった。誰かが部屋に入ってくると、すぐさま彼女は身を起こし、姿勢も目の表情もがらりと変えて、本を読みだしたり裁縫を始めたりする。そうして邪魔者が早く出て行かないかと待ちかねているところを、露骨にみせつけるのだった。

恐るべき、力に余る問いのこもった心のまなざしでひたと見据えている対象を、今にも自分は理解し、洞察することができるのではないか――彼女はずっとそんな気がしていたのである。

十二月の末のこと、黒いウールのドレスを着てお下げ髪を無造作にまとめ、痩せて青ざめた顔をしたナターシャは、ソファーの片隅に膝を抱えて座り込んだまま、腰帯の端をぎゅっと丸めたり伸ばしたりしながら、ドアの片隅を見つめていた。

彼女は彼が去っていった場所を、生の向こう側を見つめているのだった。かつての彼女が一度として考えたことのなかったその向こう側、前には果てしなく遠く、想像もつかぬように思えたその場所こそが、今ではこちら側よりも近く、親しく、理解しやすいものとなっていた。こちら側では何もかもが空虚と破壊か、あるいは苦悩と屈辱ばかりだったからである。

彼女は彼がいると分かっている彼方の場所を見つめていた。ただし彼女は、こちら側にいた時のままの姿でしか彼を見ることはできなかった。だからムィティシチに、トロイツァに、ヤロスラヴリにいた時のままの彼を見ていたのである。

彼の顔を見て、彼の声を聞きながら、彼女は彼の言葉と自分が彼に言った言葉を繰り返し、時には、あの時こんなことも言えたのにと思える新しい言葉を、自分と彼のために考え出したりしていた。

今彼は、自分のビロードの半コートにくるまって安楽椅子に身を横たえ、痩せた青白い片手で肘枕をしている。胸はひどく薄く、肩はとがっている。唇は固く結ばれ、目は輝き、青ざめた額には皺が浮かんだり消えたりしている。片足がわずかに見えるほど、小刻みに震えている。すさまじい痛みと闘っているのがナターシャには分かる。『何なんだろう、あの痛みは？　何のための痛みなんだろう？　あの人は何を感じているんだろう？　なんて痛そうなことか！』――ナターシャは思う。彼女が注視しているのに気づくと、彼は目を上げて、にこりともせぬまま話し出す。

「ひとつ恐るべきことは」と彼は言った。「自分を、苦しんでいる人間と生涯結びつけてしまうことだ。果てしない苦しみになるからね」そう言って彼は試すようなまなざしで彼女を見つめたが、そのまなざしが今ナターシャの目に浮かんでいるのだった。ナターシャはいつものように、何と答えようかと考える暇もないままに、もう答えていた。彼女は言った――「ずっと今のままが続くなんてありえません、こんなことはいつか終わって、あなたは回復されますわ、すっかり」

今彼女はまず彼の姿を目に浮かべ、あの時自分が感じたことをすべて、現在形で味わっていた。自分の返事を聞いた彼の、こちらをじっと見つめる暗く険しいまなざしを思い起こすと、彼女はそのじっと見つめてくるまなざしに込められていた非難と絶望の意味に気づいた。

『私は認めてしまったんだ』ナターシャは今自分に言うのだった。『もしもあの人がずっと苦しんでいるままだったら、恐ろしいだろうと。私があの時ああ言ったのは、もしもそうなったらあの人にとって恐ろしいという意味にすぎなかったのだけれど、あの人は別の意味にとってしまった。そうなったら私に、私にとって恐ろしいという意味に。あの人はあの時はまだ生きようとしていた――死を恐れていたんだ。そんな人に向かって私はあんな無神経な、愚かなことを言ってしまった。私が思っていたのはあんなことじゃなかった。まったく別のことを思っていたんだ。もし思っていた通りのことを口にしたら、私はこう言っていただろう――たとえ苦しくても、死ぬほど苦しくても、どうかずっと私の目の前にいらして下さい、と。今の自分と比べたら、その方が幸せだったろう、今はもう……何一つ、誰一人いないのだから。あの人はこんな気持ちを知っていただろうか？　いいえ。知らなかったし、もう決して知ることはない。

しかも今となってはもう決して、決して取り返しはつかないのだ』するとまた彼が彼女に同じ言葉を告げたが、今度は自分の空想の中でナターシャは別の答えを返した。相手の言葉を押しとどめて、こう言ったのである――『恐ろしいのはあなたにとってで、私にとってではありません。だって、あなたがいなかったら私には人生に何一つないのですから、あなたとともに苦しむのが、私には最高の幸せなのです』すると彼は彼女の手を取り、握りしめた。ちょうどあの死の四日前の、恐ろしい晩に握りしめたのと同じように。それから空想の中で彼女は、さらに他の、優しい愛の言葉を語り掛けた。あの時言っておけばよかった言葉を、今彼女は語っているのだった。『私はあなたを愛しています……あなたを……愛しています、愛しています……』発作的に両手を握りしめ、ぎゅっと歯を食いしばりながら、彼女は言うのだった。

甘い悲しみが彼女を包み、目にはもはや涙が浮かんでいたが、その時ふと彼女は自問した――誰に向かって私はこんなことを言っているの？　あの人はどこ、あの人は今、誰なの？　するとまたすべてがよそよそしい、硬い懐疑の膜につつまれそうになるので、またもやぎゅっと眉根を寄せて、彼がいた場所にじっと目を凝らす。そして今にも謎に到達できそうな気がしてきて……ついに不可解なるものが目の前に開示されるかと思った瞬間、ドアの取っ手がガチャッと大きな音を響かせて、彼女の耳を震わせた。動顚のあまりお嬢さまへの斟酌など忘れたという表情の小間使いのドゥニャーシャが、速足で無遠慮に駆け込んでくる。

「お父さまのところへいらしてください、早く」ドゥニャーシャはいつになく昂ぶった表情で言った。「御不幸が、弟のピョートルさまのことで……手紙が」すすり上げながら彼女はそう告げた。

## 2章

世の人々一般からの孤立感の他に、ナターシャは家族の者たちからの格別な孤立感を覚えていた。家族はすべて、父も母もソーニャも、彼女にとってはあまりにも近く、慣れきった、日常的な存在だったので、彼らの言葉や感情のすべてが、自分がこのところ住み暮らしている世界に対する侮辱のように感じられ、それで彼女は家族を、単に冷淡なばかりか敵意さえ込めた目で眺めていたのだ。弟のペーチャについて、不幸について語るドゥニャーシャの言葉を耳にしながらも、彼女にはその意味が理解できていなかった。

『どんな不幸があの人たちに起こるというの、いったいどんな不幸がありうるかしら？　あの人たちの身に起こるのは、全部昔どおりの、おなじみの、穏やかなことばかりじゃない』ナターシャは頭の中でそんな独りごとを言った。

広間に入っていくと、ちょうど父親が足早に母の部屋から出てくるところだった。父の顔はくしゃくしゃに歪み、涙に濡れている。明らかにこみ上げる涙に耐えきれなくなって、思い切り泣くために部屋から駆け出してきたのだった。ナターシャに気付くと、父はもうだめだという顔で両手を振り上げ、丸い柔らかな顔をゆがめて、身も世もなくおいおいと泣き出した。

「ペ……ペーチャが……。行きなさい、行きなさい、母さんが……母さんが……呼んでいる……」そう言うと父は、子供のようにわんわん泣きながら、衰えた足を小刻みに運んで椅子に歩み寄り、両手で顔を覆って倒れるように座り込んだ。

不意に電流のごときものがナターシャの全身を駆け抜けた。何かが胸を打って激痛が走る。その恐ろしい痛みを感じると、何かが体の中で引きちぎられ、自分が死んでいくような気がした。だがその痛みの後、彼女は瞬時にして、わが身にのしかかっていた生きることを禁ずるという命令が解かれるのを覚えた。父親の姿を目撃し、ドアの奥から響いてくる母親の恐ろしい、荒々しい叫びを耳にすると、たちまち自分を忘れ、自分の悲哀を忘れてしまった。彼女は父親のもとに駆け寄ったが、父親は弱々しく片手を振り、母親の部屋のドアを指さした。マリヤが真っ青な顔で、下顎を震わせながらそのドアから出てくると、ナターシャの手を取って何やら語り掛けた。ナターシャにはマリヤの姿も見えなければ、その声も聞こえなかった。足早にドアの中に入っていった彼女は、一瞬だけ、あたかも自分自身と闘うかのように足を止め、それから母親のもとに駆け寄った。

伯爵夫人は安楽椅子に横たわり、奇妙なぎこちない格好で身を伸ばしたまま、壁に頭を打ち付けていた。ソーニャと女中たちがその手をつかんで押さえている。

「ナターシャを、ナターシャを呼んで！……」夫人は叫んでいた。「嘘よ、嘘だわ……。あの人は嘘をついているんだ……。ナターシャを！」周囲の者たちを押しのけるようにしながら、夫人は叫ぶ。「みんな、あっちへ行って、嘘だわ！　戦死だなんて！……アハハハ！……嘘だわよ！」

ナターシャは安楽椅子の上に片膝をつき、母親の上にかがみ込んでかき抱くと、思いがけぬ力で抱き起こし、自分の方へ顔を向き直らせて、ひしと身を寄せた。

「お母さま！……大丈夫よ！……私、ほら、ここにいるから。お母さま」彼女は片時も休まずささやきかけた。

抗（あらが）う母親を優しくいなして、その身を抱えたまま、彼女は枕や水を持ってこさせ、ボタンを外したり引き裂いたりして母親の服の胸元を寛がせてやった。

「ほら、大丈夫よ……お母さま、大好きなお母さま」絶え間なくささやきかけ、母の頭に、手に、顔に口づけしながら、彼女は涙があふれて小川のように流れ、鼻や頬をくすぐるのを感じていた。

伯爵夫人が娘の手を握りしめたかと思うと、目を閉じて一瞬おとなしくなった。それから急に、いつにない素早さで身を起こすと、ぼんやりとあたりを見回し、ナターシャの姿を認めると、全力で彼女の頭をかき抱いた。それから、痛みでしわくちゃに歪んだ娘の顔を自分の方に向けて、じっとその顔に見入っていた。

「ナターシャ、私のことが好きでしょう」静かな、信じ切ったような口調で彼女はささやいた。「ナターシャ、あなた私を騙さないわね？　私に本当のことを全部話してくれるわね？」

涙をたたえた目で母を見つめるナターシャの顔には、ただ赦しと愛を乞う表情しか浮かんでいなかった。

「ああ、お母さま」そう繰り返しながら彼女は、母親を押しつぶそうとしているあまりにも大きな悲しみをなんとか肩代わりしようと、愛の力を振り絞っていた。

ところがまたもや、現実と闘うだけの力のない母親は、愛する息子が人生の花の盛りで殺された後に自分が生きていけるとは思えずに、現実に背を向けて狂乱の世界に救いを求めようとするのだった。

この日とその夜、次の日と次の夜がどんなふうにして過ぎたのか、ナターシャは覚えていない。彼女は眠りもせず、母親のそばを離れようともしなかった。不屈の、忍耐強いナターシャの愛情が、説明でも慰めでもなく、生きよという励ましとなって、常にあたかも四方八方から伯爵夫人を包み込んでいるかのようだった。三日目の夜、伯爵夫人が何分間か静まったので、ナターシャは安楽椅子の肘掛けに頬杖をついて目を閉じた。ベッドがきしむ音がした。ナターシャが目を開けると、伯爵夫人はベッドの上に座り込んで、静かに話していた。

「よく帰って来てくれたこと。うれしいわ。疲れているでしょう、お茶を飲む？」

ナターシャは母に歩み寄った。「男前になって、大人になったこと」娘の手を取ってからも伯爵夫人は話し続けた。

「お母さま、何をおっしゃっているの！……」

「ナターシャ、あの子はいない、もういないの！」そう言って娘を抱くと、伯爵夫人は初めて泣き出したのだった。

マリヤは出発を延期した。ソーニャや伯爵はナターシャの代わりをしようとつとめたが、できなかった。絶望の狂乱に陥ろうとする母親を引き留めることができるのは、ナターシャだけだと分かったのだ。三週間ずっとナターシャは母親のそばを離れず、眠るのも母の部屋の安楽椅子の上という暮らしをしながら、ひたすら母に飲ませ、食べさせ、そして片時も休まずに語り掛けた。彼女の優しい、愛おしむような声だけが、伯爵夫人に安らぎを与えたからである。

母親の心の傷が、完全に癒えることはありえなかった。ペーチャの死は彼女の生命の半分を奪い取ったのだ。ペーチャの死の知らせを受けた時はまだ若々しく元気いっぱいの五十女だった夫人が、一月経ってようやく部屋から出てきた時には、半ば死にかけて人生から下りてしまった老婆と化していた。しかし、伯爵夫人の命を半分奪ったその同じ傷が、その新たな傷が、ナターシャを生へと呼び戻したのだった。

霊的な身体の切断によって生じた心の傷も、肉体の傷とまったく同様の経過をたどる。すなわち、いかに奇妙に思えようとも、深い傷が癒えていったん傷口がふさがったとなれば、あとは心の傷も肉体の傷と同様、ひたすら内側から突き上げてくる生命力によってのみ癒えていくのである。

まさにそうしてナターシャの傷も癒えた。いったんは自分の人生は終わったと思った彼女だったが、図らずも母親への愛情が彼女に教えてくれたのだ――彼女の生の本質をなすもの、すなわち愛が、いまだ彼女の中に息づいていることを。愛が目覚めるとともに、生も目覚めたのである。

アンドレイ公爵の最後の日々がナターシャをマリヤと結びつけたが、新たな不幸はさらに二人を接近させた。マリヤは出発を延期して、この三週間は病気の子供の相手をするようにナターシャの世話をした。母親の部屋で暮らしたこの数週間は、ナターシャの体力をボロボロにしていた。

ある時、昼日中（ひるひなか）にナターシャが熱の悪寒で震えているのに気づいたマリヤは、彼女を自室へ連れていって、自分のベッドに寝かせた。横になったナターシャはブラインドを下ろして出て行こうとするマリヤを、そばに呼び寄せた。

「私、眠くないわ。マリー、しばらく一緒にいて」

「あなた、疲れたのよ。せいぜい眠らなくちゃ」

「いいえ、だめよ。どうして私を連れてきたの？　母が寂しがるわ」

「お母さまはずっと良くなられたわ。今日なんか、お話もしっかりされて」マリヤは言った。

ベッドに横たわったままナターシャは、部屋の薄暗がりの中でマリヤの顔をしげしげと見つめていた。

『この人、お兄さまに似ているかしら？』ナターシャは考えた。『そう、似ているところもあれば、似ていないところもある。でもこの人は特別な人だわ、ちがう世界の、全く新しい、私の知らない人。でもその人が私を愛してくれる。この人の心には何があるのだろう？　全部良いものばかり。でも、どんなふうに？　どんなふうに考えているんだろう？　私のことをどう思っているのだろう？　そう、素晴らしい人だわ』

「マ、ー、シャ」相手の手をおずおずと手繰り寄せながらナターシャは愛称で呼びかけた。「マーシャ、私を悪い娘だと思わないでね。いいでしょ？　ねえ、マ、ー、シャ。あなたのことが大好きよ。ねえ、本当の、本当のお友達になりましょう」

そう言うとナターシャはマリヤを抱きしめて、手や顔に口づけし始めた。ナターシャのこうした感情表現が、マリヤには恥ずかしくもありうれしくもあった。

この日以来、マリヤとナターシャの間には、女性同士の間にしか見られないような熱烈で、かつ優しい友情が成立した。二人はひっきりなしに口づけし合い、優しい言葉をかけ合い、大半の時間を一緒に過ごした。一方がどこかへ行くと、もう一方は不安を覚え、早く一緒になろうと焦った。別々にいてそれぞれ自分と折り合うよりは、一緒にいて互いと折り合う方が、ずっとしっくりくる気がした。二人の間に生まれた感情は友情よりもはるかに強いもの、すなわち、互いに相手がいるからこそ生きていけるという、かけがえのない感情だった。

二人して何時間も黙って過ごすことがあるかと思えば、もうベッドに入ってから話し始め、そのまま朝まで語り明かすこともあった。二人の話題は、たいていが遠い過去のことだった。マリヤは自分の子供の頃のこと、母親のこと、父親のこと、自分の夢見たことを話して聞かせた。すると、これまで単なる無理解のために、そうした献身や従順の世界からもキリスト教的な自己犠牲の詩情からも平然と顔を背けていたナターシャが、今やマリヤとの愛の絆を感じる故に、マリヤの過去をも愛し、以前は理解できなかった人生の側面をも理解するようになった。別種の歓びを求めることに慣れていた彼女は、従順や自己犠牲の原理を自分の人生に適用しようとは思わなかったが、そうした以前は理解できなかった美徳が他の人間のうちにあることを理解し、それを愛するようになったのである。マリヤもまた、ナターシャの子供時代や思春期の話を聞くことで、同じく以前には理解できなかった人生の一面を、生命への信念、生の歓びへの信念を、知ることになったのだった。

二人は相も変わらず、決して彼の話をしようとしなかった。言葉にすれば自分たちのうちにある高貴なる感情を台無しにしてしまう気がして、それを恐れていたのだったが、一方でそうした沈黙が少しずつ（本人たちも信じがたいことに）、二人に彼のことを忘れさせる作用も果たしたのであった。

ナターシャは痩せて顔色も悪くなり、体力もすっかり衰えたので、皆がしょっちゅう彼女の健康を心配していたが、それが彼女には快かった。しかし時折ふと死の恐怖に見舞われるだけでなく、病気になって衰弱して器量も衰えることへの恐怖を覚え、時に思わず自分の裸の腕をしげしげと眺めては、その細さに驚いたり、朝方に鏡に映る自分のだらりと伸びた哀れな（と彼女には思えた）顔を覗き見たりしていた。自分ではこうなって当然と思いながら、同時に恐ろしさを覚えて気がふさぐのだった。

ある時、二階へ駆け上ってみると、ひどく息切れがした。すぐさま、無意識に用事を思いついて一階へ駆け下り、もう一度駆け上ってみた。そうして体力を試し、自分を観察したのである。

またある時は、ドゥニャーシャを呼んでみると、自分の声が割れていた。そこで、すでに相手の足音が聞こえてきたにもかかわらず、もう一度大声で呼ばわった——昔彼女が歌っていた頃の胸声を出して、その声に聞き入ったのだった。

本人は気づかず、また信じもしなかっただろうが、彼女の心をびっしりと覆っていた、貫き通せぬほど深く思えた泥の層の下では、すでにつんつんとした柔らかな針のような若草が芽吹いていた。草たちは必ずやそこに根付き、生き生きとした若芽で彼女を押し潰そうとしている悲哀を覆い隠し、やがてその悲哀は影も形もなくなるだろう。傷は内側から癒えようとしていたのだ。

一月の末、マリヤはモスクワへ発ったが、その際、伯爵の強い主張によって、ナターシャも一緒に発って向こうで医者の診察を受けることになった。

## 4章

ヴャジマではクトゥーゾフは、敵を追い散らし、分断し、さらに云々という自軍の要求を抑えきれなかったが、そのヴャジマでの衝突以降は、敗走するフランス軍とそれを追うロシア軍は、クラスノエまで一戦も交えなかった。敗走のスピードがあまりに速かったため、追うロシア軍はなかなか追いつけず、騎兵隊や砲兵隊の馬たちは足が止まり、敵軍の動きに関する情報はいつも不正確という状態だった。

ロシア軍の将兵は、一昼夜に四十キロのこの絶え間ない行軍に疲弊しきっており、とてもそれ以上速くは動けなかった。

ロシア軍の消耗度を理解するには、次の事実の意味を解明するだけで十分である。すなわち、タルーチノ以降の全行程で、ロシア軍が負傷及び戦死で失った兵員は五千未満、捕虜になったのは百名に満たないが、それでいてタルーチノを出た時に十万を数えたロシア軍が、クラスノエまで来た時には五万になっていたのだ。

フランス軍を追うロシア軍の急速な動きは、逃走がフランス軍に及ぼしたのと同様の壊滅的な作用を、ロシア軍に及ぼした。両者の違いはただ、フランス軍が破滅の脅威のもとで動いていたのに対して、ロシア軍は自由気ままに動いていたこと、および、落伍したフランス軍の疾病兵は敵の手に落ちるのに対して、ロシア軍の落伍兵は自国に残るということだけであった。ナポレオン軍が数を減らした主な原因は猛スピードで移動したことであり、それを疑う余地なく証明してくれるのが、ロシア軍も相応に数を減らしたという事実である。

タルーチノ近辺でもヴャジマ近辺でもそうであった通り、クトゥーゾフの全活動はひとえに――自分の権力が及ぶ限り――フランス軍にとって破滅的なこの運動をストップさせることをせず（ペテルブルグでも軍の内部でも、将軍たちは反対にフランス軍を止めたがっていたのだが）、むしろそれを促し、そして自軍の将兵の動きを軽減することに注がれた。

だがそれに加えて、高速移動による将兵の疲弊と兵員の激減が明らかになった段階から、クトゥーゾフには、軍の動きを緩め、待機作戦をとるためのもう一つ新しい理由づけが与えられた。ロシア軍の目的はフランス軍の追跡である。一方フランス軍の進路は不明であり、したがって自軍がフランス軍の後にぴったりくっついていけばいくほど、それだけ長い距離を歩く羽目になる。相手との間に一定の距離を置くことで初めて、フランス軍がたどるジグザグな進路を、最短距離でカットすることができるのだ。将軍たちが提案する巧妙な陽動作戦の類はすべて、軍をあちこち動かして移動の行程を増やすものばかりだったが、唯一の理にかなった目的は、そうした行程を減らすことだったのである。そしてその目的にこそ、モスクワからヴィルナまでの行軍の全期間、クトゥーゾフの活動は向けられていた。それも、偶然でもなければ一時的なことでもなく、全く一貫していて、一度も変更はなかったのである。

フランス軍は敗れた、敵は逃げている、きちんと送り出してやらねばならない――ロシア兵の誰もが感じていたそのことを、クトゥーゾフも感じていた。しかも理性や学問によって知っていたのではなく、自らのロシア人としての全存在をもって、知りかつ感じていた。しかも同時に、彼は兵士たちとともに実感していたのだ——スピードからしても季節からしても前代未聞の、この行軍の苛酷さを。

しかし将軍たち、それもとりわけ非ロシア人の将軍で、何とか目立つ勲功（くんこう）を上げ、誰かをアッといわせたい、何かの目的でどこかの大公なり王なりを捕虜に取りたいと思っているような者たちは、もはやあらゆる戦闘が唾棄（だき）すべき、無意味なものと化しているこの時点でさえ、今こそ戦いを仕掛けて、誰かをやっつけるべき時だと思い込んでいた。そうした連中が次から次へと作戦計画を提案すると、クトゥーゾフはただ肩をすくめてみせるだけだった。なにせ動員すべき者たちときたら、ろくな靴も履いておらず半外套さえもない、半ば飢えた兵士たちで、それもこの一ヵ月で、戦闘もないのに半数に減っている始末。おまけにこの兵士たちを従えて、仮に敵の敗走が最善の条件で進んだとしても、まだ国境まで、これまで来た距離を上回る道のりを歩きとおさねばならない状況なのだ。

勲功を上げたい、奇策を弄したい、追い散らし、遮断してやりたいといったこうした志向がとりわけ顕著に表れるのは、ロシア軍がフランス軍と鉢合わせした時だった。クラスノエ近辺でもまさにそんな状況が生じたが、この時にはフランス軍の三縦隊の一つがいるものと思って出かけたところ、一万六千の手勢を率いたナポレオンご本人と出くわしたのだった。この破滅的な衝突を回避して自軍を温存するためにクトゥーゾフがあらゆる手を打ったにもかかわらず、クラスノエ付近では、疲弊しきったロシア軍の兵士たちがフランス軍敗残兵の集団にとどめを刺そうとするという事態が三日間も続いたのである。

トーリは「第一縦隊はこれこれの場を目差し、云々」といった調子の作戦命令を書き上げた。そしていつもの通り、何一つ作戦命令通りにはいかなかった。ヴュルテンベルク公オイゲン[13]はすぐ近くを敗走するフランス兵の群れに丘の上から砲撃を加え、増援部隊を要求したが、増援は得られなかった。フランス兵たちは夜陰に紛れてロシア軍を迂回し、ちりぢりになって森に隠れ、銘々できる限り遠くへ逃げていった。

ミロラードヴィチは、部隊の経済問題など知ったことではないと公言しながら、必要とされる時には見つかったためしのない人物で、自ら「恐怖も呵責(かしゃく)も知らぬ騎士」とフランス語で自認し、フランス人との会談を好むところから、何度も軍使を派遣して降伏を要求するうちに時間を無駄にするといった調子で、命じられたこととは別の

13　ヴュルテンベルク公オイゲン（一七八八〜一八五七）。ヴュルテンベルク王フリードリヒ一世の甥で、叔母がロシア皇帝パーヴェル一世の皇后マリヤ・フョードロヴナだった縁で、ロシア軍の将官をつとめ、対ナポレオン戦争で武勲を上げた。

ことばかりしていた。

「諸君にあの縦隊を進呈しよう」部隊に馬で歩み寄り、騎兵たちにフランス軍を指さして、彼は言うのだった。すると痩せてぼろぼろの、歩くのがやっとのような馬に乗った騎兵たちは、拍車やサーベルでその痩せ馬を駆り立て、速歩で、懸命の努力の末に、進呈するといわれた縦隊へ、つまり凍えかじかんだ、腹ペコのフランス兵の群れまでたどり着く。するとその進呈された縦隊は、武器を放り投げて降伏する。もうとっくにそうしたかったからだ。

クラスノエの付近では、二万六千の捕虜、何百門かの砲、元帥の笏杖(しゃくじょう)と呼ばれている棒状のものを捕獲し、誰の手柄かを議論し合って満足していたが、ただ皆が大いに残念がったのは、ナポレオンか、あるいはせめて誰か英雄なり元帥なりを捕虜に取れなかったことで、そのことで互いを責め合い、とりわけクトゥーゾフを悪者にしたのだった。

自分の欲に目がくらんだこうした者たちは、最も惨めなる必然の法則の盲目の遂行者にすぎなかった。しかるに彼らは自らを英雄と見なし、自分たちがしていることがこの上なく価値のある、高貴なる事業だと妄想していた。彼らはクトゥーゾフを非難して、クトゥーゾフが戦役の最初から、自分たちがナポレオンを退治する邪魔をしてきたとか、自分の情欲を満たすことばかり考えているとか、ポロトニャーヌィエ・ザヴォードィ[14]にいるのが気楽だからいつもそこに籠もっているとか、クラスノエで進軍を止めたのは、ナポレオンがそこに居ると知ってすっかり動転してしまったからに他ならないとか、クトゥーゾフはナポレオンと密約を結んでおり、相手に買収されているとみてかまわないだとか、[15]あらゆることを言い散らしていた。

欲に目がくらんだ当時の人たちがそう言っているばかりではない。後世の者たちや歴史までが、ナポレオンを偉人だと認める一方で、クトゥーゾフのことを、外国人は、狡猾で淫蕩で力弱い宮仕えの年寄りと見なし、ロシア人は、何やら得体のしれぬ者、ただロシアの名前をもっているのだけが取り柄の、人形めいた存在と見なしていたのである……。

14　カルーガの北西三十キロにある地主領で、クトゥーゾフの総司令部が置かれていた。
15　トルストイによる原注　ウィルソンの手記による。訳注＝ロバート・ウィルソン（一七七七～一八四九）は英国の軍事委員としてロシア軍司令部にいた人物。一八六一年に日記が発表されている。

# 5章

一八一二年と一三年、クトゥーゾフは失敗を露骨に非難されていた。皇帝は彼に不満だったのだ。最近になって皇帝筋の命令で書かれた歴史書の記述でも、クトゥーゾフは宮廷に巣食う狡猾なる虚言者であり、ナポレオンの名を恐れ、クラスノエとベレジナで自ら失敗をおかして、ロシア軍が栄光を、すなわちフランス軍に対する完全なる勝利を手にする機会を奪ってしまった、とされている。[16]

これこそ、ロシアの知性が認めようとしない、偉大ならざる者、非・偉人（グラントム）たちの運命である。すなわち、いったん神意を把握すると、それに自らの個人的意志を委ねてしまうような、ごくまれな、常に孤独な人間の運命なのだ。そういう者たちは、至高の法を洞察したがゆえに、大衆の憎しみや軽蔑という罰を受けるのだ。

ナポレオンはきわめてちっぽけな歴史の道具にすぎず、いついかなる場所であれ、流刑地にあってさえも、人間としての品位を見せたためしはなかった。そのナポレオンが、ロシアの歴史家たちにとっては、口にするのも奇妙でかつ恐ろしいことだが、憧憬と讃嘆の的となっている、つまり彼は偉大（グラン）なのだ。一方クトゥーゾフのほうは、一八一二年の自身の活動の初めから終わりまで、すなわちボロジノからヴィルナまで、行動においても言説においても一度として自分を裏切ったためしはなく、己を滅却し、出来事の将来的な意味を現在の時点で察知するという、歴史上めったに見られぬような手本を示した。にもかかわらずそのクトゥーゾフが、ロシアの歴史家たちには、何かしら得体のしれぬ惨めな存在と見え、一八一二年のクトゥーゾフを語る際、彼らは常に、いささか恥じらうような口調になるのである。

ところが、歴史上の人物で、その活動がこれほどまで首尾一貫して唯一無二の目的に向けられていた者を思い浮かべるのは困難である。また、その目的たるや、これほどまでに意義深い、全国民の意志に合致した目的は想像しがたいほどだ。さらには、歴史上の人物が自らに課した目的のうちで、クトゥーゾフが一八一二年の全活動をその達成のために注いだ当の目的ほど、完璧に達成された目的は、なおさら見出しがたいのである。

クトゥーゾフは、四千年の時がピラミッドの頂上から見下ろしているなどというセ

16　トルストイによる原注　M・I・ボグダノーヴィチ『一八一二年祖国戦争史』（一八五九～六〇）中「クトゥーゾフの性格分析およびクラスノエの戦いの不満足な結果に関する考察」を参照。

リフは吐いたためしがないし、自分がこれこれの犠牲を祖国に捧げているだとか、これこれのことを達成するつもりだとか、あるいはすでに達成したとかいうことも、決して口にしなかった。彼は概して自分のことは何も語らず、何の役も演じず、常に最も単純で平凡な人間の姿をして、もっとも単純で平凡なことを語っていた。自分の娘たちやスタール夫人[17]に手紙を書き、小説を読み、きれいな女性たちとの付き合いを好み、将軍たちや将兵たちと冗談を交わし、何か自分に言い含めようとする者たちには、決して反論しなかった。ヤウザの橋でラストプチン伯爵が馬で駆け寄って来て、モスクワ陥落の責任問題でクトゥーゾフを直に追及しようとして、「貴官は、戦いを交えずしてモスクワを放棄することはないと約束されたではありませんか?」と問い詰めたところ、クトゥーゾフは、すでにモスクワが放棄されていたにもかかわらず、「いかにも、私は戦わずにモスクワを放棄したりせんよ」と答えている。[18]アラクチェーエフが皇帝の遣いとしてやってきて、エルモーロフを砲兵司令官に任命すべきだと伝えた時も、クトゥーゾフは「はい、私自身、たった今そう言ったところですよ」と答えたが、実はそのすぐ前に全く違うことを言っていたのだった。この時点でただ彼一人が、自らを取り巻く衆愚のただ中で、出来事の壮大な意味の全容を理解していた。そんな彼にとって、ラストプチン伯爵が首都の災厄の責任を自分でかぶろうが彼に押し付けようが、いったい何のちがいがあっただろうか？　ましてや、誰が砲兵司令官に任命されるかなどという問題は、まったくどうでもいいものだったのだ。

こうしたケースに限らず、思想とその表現手段としての言葉は人を動かす力とはならないということを、人生経験を通じて肝に銘じていたこの老人は、絶えず、パッと頭に浮かんだだけの、まったく意味もない言葉を口にしていたのだった。

ところが、それほどまでに自分の発言を軽視しているこの人物が、戦争の間ずっと

---

17　スタール夫人（アンヌ・ルイーズ・ジェルメーヌ・ド・スタール、一七六六〜一八一七）。フランスの作家。フランスの財務長官ネッケルの娘で、若くして百科全書派と親しみ、仏革命に際してはジロンド党に関与、後亡命した。テルミドール反革命の後帰国するが、最終的にナポレオン独裁体制と対立、一八〇三年以降一四年まで主として亡命者としてドイツ、イタリア、イギリスなどを訪れ、国際的な論壇で活躍した。一八一二年にはロシアにも滞在。クトゥーゾフ将軍を支持し、両者の間には文通があった。ナルボンヌ＝ララ伯爵、タレーランなど、いろんな立場の男性との浮名でも知られる。文学者の批判的使命を綴った『文学論』（一八〇〇）、ドイツ・ロマン主義の精神を賛美してナポレオンにより発売禁止処分にされた『ドイツ論』（一八一〇）などの論考と、反カトリック的な小説『デルフィーヌ』（一八〇二）などが有名。フランス・ロマン主義文学の先駆者と評される。

18　第3部第3編25章末（第5巻196頁）のシーン。ただし両者の言葉遣いは若干変わっている。

その達成を目指していた目的を裏切るような言葉は、自分の全活動期間を通じて、一度として、一言たりとも発したことはないのだ。明らかに、きっと理解してはもらえぬという辛い確信のもとに、彼は不承不承、一度ならず、きわめて多様な状況下で、自分の考えを表明してきた。ボロジノ会戦から彼と周囲との軋轢が始まるのだが、その時から、ただ彼一人だけがボロジノ会戦は勝利に終わったと言い張り、そして自分が死ぬ間際までずっと、口頭でも上申書でも報告でも、同じことを繰り返し続けたのだった。彼一人だけが、モスクワを失うことはロシアを失うことではないと主張した。ローリストンの講和提案に対しても、彼は、講和はありえない、なぜならそれが国民の意志だから、と突っぱねた。フランス軍が退却した際にも、彼一人が、わが軍のあらゆる作戦行動は無用だ、すべてはひとりでに、われわれが望む以上にうまくいくだろう、敵は黄金の橋をかけて逃がしてやらねばならない、タルーチノの戦いも、ヴャジマの戦いも、クラスノエの戦いも必要ない、国境まで行ったときになにがしかの手勢を残しておかねばならぬ、自分は十人のフランス兵に対して一人のロシア兵も犠牲にはしない、と語っていたのである。

しかもクトゥーゾフは宮廷人であり、皇帝に取り入るためにアラクチェーエフに嘘をつくような人間として描かれている人物だが、その彼だけが（宮廷人であるにもかかわらず）、ヴィルナではただ一人、これ以上の、国境線を越えての戦争は有害無益ですと発言し、皇帝の不興を買っているのである。

しかし、単なる言葉だけだったら、彼がその時点で事件の意味を理解していたという証明にはなりがたかろう。彼の取った行動そのものが丸ごと、寸分の逸脱もなく、ひたすら同じ一つの目的に向けられていたのだ。その目的は、三幕劇として表現できる。すなわち、（1）全力を振り絞ってフランス軍にぶつかる、（2）敵を打ち負かす、（3）可能な限り国民と軍の被害を軽減しつつ敵をロシアから追い出す、というシナリオである。

忍耐と時間をモットーとし、思い切った行動を嫌うのんびり屋のあのクトゥーゾフが、前代未聞の厳粛な態度で戦いの準備を整え、ボロジノ会戦に挑んだ。アウステルリッツの会戦では、まだ始まる前から負け戦になると口にしていたクトゥーゾフが、ボロジノでは、並み居る将軍たちが負け戦だと断言していたにもかかわらず、また勝ち戦の後で軍が退却せざるを得ないという、歴史上例を見ない結果となったにもかかわらず、彼一人だけが皆に逆らって、死ぬ間際まで、ボロジノ会戦は勝利したのだと言い張った。敵が退却を始めると、終始彼だけが、今や無益な戦闘を仕掛けるべきではない、新たな戦争を始めるな、ロシア国境の外へ出るなと、主張し続けたのだった。

今日では、わずか十人ほどの人間の頭にしかなかった目的で大衆の行動を説明しようとしたりしない限り、この事件の意味を理解することは容易である。事件の全貌とその結果が、ともにわれわれの眼前にあるからだ。

しかしあの当時いったいどうしてこの老人が、ただ一人、皆の意見に逆らって、事件の国民的な意味をかくも正しく洞察し、己の全活動を通じ、一度としてその洞察を裏切らずにいることができたのだろうか？

生じつつある現象の意味を見抜くこうした非凡な力の源泉は、この人物が自らのうちに純粋かつ万全な形で保持していた、国民的感情にあった。

この人物のうちにそうした感情を認めたからこそ、国民はあんなにも不思議な経緯で、皇帝の寵を失っていた老人を皇帝の意志に逆らってまで担ぎ出し、国民戦争のリーダーの位置に据えたのである。そしてただその感情のみが、この人物を人間としての最高の高みへと立たせ、その高みから彼は総司令官として、人間を殺し滅ぼすのではなく、救い憐れむことに全力を傾注したのである。

素朴で謙虚で、それ故に真に偉大なるこの人物が、ただ人々を支配していると思い込んでいるだけの、あのヨーロッパ的英雄という偽りの型に収まるはずはなかった。そんな型こそが歴史の捏造（ねつぞう）だったからである。

下僕にとっては偉人など存在しない。下僕には偉大さについても下僕なりの観念しかないからだ。

## 6章

十一月五日は、いわゆるクラスノエの戦いの初日だった。日暮れ前、予定とは違ったところに迷い込んでしまった将軍たちが、散々言い争って間違いをしつくし、修正命令をもたせた副官たちをあちこちに送ったあげく、もはや敵はいたるところで逃げ去った後で、戦闘などありえないし実際に起こらないということが明らかになった段階で、クトゥーゾフはクラスノエを出てドーブロエ村に向かった。この日はそこに総司令部が移っていたのである。

晴れ渡った、凍てつく日だった。クトゥーゾフは、彼に不満をもってぶつくさ文句を言いながらついてくる巨大な随行の将軍たちの先頭に立ち、いつもの肥えた白い小馬にまたがって、ドーブロエを目指して進んでいく。路傍にはいたるところに、この日捕虜になったフランス軍将兵が、いくつものグループに分かれて、焚火を囲んで暖をとっていた(この日の捕虜は七千を数えた)。ドーブロエにほど近いところまで来ると、ぼろ着の上にありあわせのものを巻き付けたりかぶったりした捕虜たちの巨大な一群が、馬を外されたフランス軍の大砲がずらりと並んだ脇の路上に立って、がやがやと喋り交わしていた。総司令官が近づくとともに話し声はぴたりと止み、すべての者の目がじっとクトゥーゾフに注がれる。クトゥーゾフは白に赤い縁取りの入った帽子をかぶり、猫背気味の肩には据わりの悪い綿入れ外套を着てゆっくりと道を進んでいく。一人の将軍がクトゥーゾフに、大砲と捕虜の捕獲された場所を報告した。クトゥーゾフは、どうやら何かに気を取られているらしく、将軍の言葉が耳に入っていないようだった。いかにも不満げに目をすぼめ、捕虜の中でもとりわけみじめな姿をさらしている者たちの姿を、じっと食い入るように見つめている。フランス兵の大半は、凍傷で鼻や頬が変形しており、ほとんど全員、目が赤く腫れて爛れていた。

ひとかたまりのフランス兵が道のすぐ脇にたたずんでいたが、そのうち二人は(片方の兵の顔は腫れものだらけだった)、生肉を手で引き裂こうとしていた。通りかかった者たちに彼らがちらりと投げた視線にも、腫れものの兵士がクトゥーゾフを振り仰いだ時の憎々しげな表情にも、何かしら恐ろしい、獣めいたものが感じられた。腫れものの兵士はすぐにぷいと脇を向き、自分の作業を続けた。

クトゥーゾフはじっとその二人の兵士に見入っていたかと思うと、さらに強く顔を顰(しか)め、目をすぼめて、考え込んだように首を振った。別の場所では一人のロシア兵が笑いながらフランス兵の肩をはたいて、何か優しく語りかけているのに目を留めた。クトゥーゾフはまたさっきの表情をして首を振った。

「何だって？　何の話だ？」彼は先ほどの将軍に問いかけた。相手はまだ報告の最中で、プレオブラジェンスキー連隊の隊列の前に立っている捕獲したフランス軍の旗に、総司令官の注意を促そうとしているところだった。

「ああ、軍旗か！」頭にとりついて離れぬ思いからやっとのことでわれに返ったような口調で、クトゥーゾフは言った。そうしてぼんやりとあたりを見回した。何千もの目が四方八方から彼を見つめ、その言葉を待っていた。

プレオブラジェンスキー連隊の前で馬を止めると、彼は深く一息つき、目を閉じた。随員の誰かが手を振って、旗を持っている兵士たちに、近くへ寄って総司令官の周りに旗竿を立て並べるよう指示した。数秒間の沈黙の後、クトゥーゾフは、いかにも状況が要求するからにはやむを得ぬといった様子で、しぶしぶ頭をもたげて語り出した。将校たちの群れがその周囲を取り囲んだ。彼は注意深い目でひとわたり将校たちを見回し、何人かの見知った顔をそこに認めた。

「諸君全員に感謝する！」兵士たちに顔を向け、さらにまた将校たちに視線を戻すと、彼は言った。あたりを領する静けさの中で、ゆっくりと語る彼の言葉ははっきりと耳に響いた。「諸君全員の、労苦をいとわぬ誠実な勤務ぶりに感謝する。勝利は完全なものとなり、そしてロシアは諸君を忘れはしない。諸君にとこしえの栄光を！」彼はしばし口をつぐみ、あたりを見回した。

「下げろ、そいつの先っぽを下げるんだ」フランスの軍旗を持った兵士が、うっかりその旗をプレオブラジェンスキー連隊の軍旗の前にかぶせるような形になったのを見て、彼は注意した。「もっと低く、低く、そう、それでいい。諸君、万歳(ウラァー)！」兵士たちの方へ素早く顎を向けて、彼は高らかに言った。

「ウラァー、ラァー、ラァー！」何千もの雄叫(おたけ)びが上がる。

兵士たちが喚声を上げている間、クトゥーゾフは鞍の上で背を丸め、頭を垂れていたが、やがてその片目に、静かな、なんだか茶化すような光が点った。

「さて諸君」喚声が静まると彼は話を続ける……。

すると不意に、その声と表情ががらりと変わった。総司令官の話は終わり、一人の素朴な老人が語り始めたのだ。それも見るからに、何かぜひ必要なことをこれから自分の仲間に伝えたいといった様子であった。

将校集団の中にも兵士の隊列にも、これからこの人物が語ることをしっかり聞こうと身構える動きが生じた。

「さて諸君、諸君が辛い思いをしているのは分かっているが、どうしようもない！ ひとつこらえてくれ、もうそう長いことじゃないからな。お客さんたちを送り出してしまってから、ゆっくり休もうじゃないか。諸君がお国のために尽くしてくれたことを、皇帝陛下は決して忘れないだろう。それに引き換え、連中は辛い目にあっているが、何といっても自分の国の中でのことだ。それに引き換え、連中は——見るがいい、何と落ちぶれ果てたものか」捕虜たちを指さして彼は言った。「どんな乞食よりひどいじゃないか。連中が強かった間は、われわれは自分を容赦することはなかった。だがこうなったら、連中を容赦してやってもいいだろう。あいつらも同じ人間だからな。そうだろう、諸君？」

彼が周囲を見回すと、まっすぐに自分に向けられた、尊敬といぶかしさの混じったひたむきなまなざしの中に、自分の言葉に対する共感を読み取ることができた。老人らしい静かな笑みが口元と目元に放射状の皺を作ると、その顔はますます明るい表情になってきた。しばし黙した後で彼は、いやはやといったふうに頭を垂れてみせた。

「それにしても、いったい連中は誰に呼ばれて、のこのこやって来やがったものかねえ？　自業自得だ。ひとつ奴らのお袋のケツの……」不意に顔を上げると、彼は思い切り下品な罵言を発してみせた。そして鞭を高く振り上げると、列を乱してうれしそうに馬鹿笑いをしながらウラァーと叫んでいる兵士たちを尻目に、この戦役で初めてギャロップで駆け去っていったのだった。

クトゥーゾフが発した言葉は、兵士たちにはほとんど理解されなかった。荘厳な調子で切り出しながら、しまいには純朴な老人風の談話と化したこの元帥の演説の内容をうまく伝えられる者は、一人としていなかった。だが、この演説の心情的な意味合いは、理解されたし、それればかりかこんな老人風の、おおらかな罵言によって表現された、敵への憐憫（れんびん）の情や自己の正しさの意識と結びついた大いなる勝利の感覚そのものは、まさに一人一人の兵士の胸中にあったものと同じであり、それが歓喜に満ちた、延々と止むことのない叫びとして表現されたのだ。この後、一人の将軍が、箱馬車を呼びましょうかと総司令官にお伺いを立てると、クトゥーゾフはそれに答えながら、図らずも涙にむせんだ。どうやら強い興奮状態にあるようだった。

# 7章

十一月八日、クラスノエの戦いの最終日、兵士たちが野営の場所へ着いた時には、すでにすっかり日が暮れていた。昼間はずっとどんよりと穏やかな、凍てついた天気で、時々ちらほらと小雪が落ちてきたが、夕方になると空が次第に晴れてきた。ちらつく小雪の向こうに黒ずんだ紫色の星空が見え、冷え込みがきつくなってきた。

兵員三千でタルーチノを出たマスケット銃兵連隊は、今では兵員九百を数えるのみになっていたが、彼らは最も早く宿営予定地の街道沿いの村に到着した組の一つだった。連隊を迎えた宿営係の者たちは、百姓家は全部、フランス軍の病人と死者、および自軍の騎兵隊員と司令部員で埋まっていると告げた。空いているのは連隊長用の百姓家一軒だけだった。

連隊長は自分用の百姓家に馬を進め、連隊はそのまま村の中を進んで、村はずれにある数軒の百姓家の脇の路上に叉銃した。

あたかもたくさんの手足を持つ巨大な動物のように、連隊は自分のねぐらと食い物の準備に取り掛かった。兵士たちの一部が膝まで雪に埋まりながら村の右手の白樺林に入っていくと、じきにその林の中から斧や短剣の音が響き、大枝が折れる音がして、うれしそうな声が聞こえてきた。別のグループは連隊の馬車と馬がまとめて置かれている場所の真ん中あたりで、鍋や乾パンを取り出したり、馬に餌をやったりしていた。また別のグループは、村のあちこちに散って、司令部員の寝場所をしつらえたり、あちこちの農家に転がっているフランス兵の死体を片付けたり、焚火にくべる板切れや、乾いた薪や、屋根の藁や、風よけ用の編み垣をせっせと運んだりしていた。

十四、五人の兵士たちが、村外れにある何軒かの百姓家の裏手で、陽気な掛け声を上げながら、すでに屋根がはぎ取られた物置の、背の高い網代壁を揺すぶっていた。

「さあ、いいか、一息で、ぐっと押すぞ！」あちこちから声がかかると、夜陰の中で粉雪を被った巨大な網代壁が、みしりみしりと氷の裂けるような音をたてて揺れた。根元の杭がたてるメリメリという音がどんどん激しくなったかと思うと、ついに網代壁は、のしかかっていた兵士たちともども、バタンと倒れた。喜びをむき出しにした大きな歓声と哄笑が湧き起こった。

「二人ずつでつかむんだ！　梃子をこっちにくれ！　そうだ。おまえ、でしゃばるんじゃねえ」

「さあ、一気に……いや、待つんだ、みんな！……掛け声に合わせるぞ！」

一同が口をつぐむと、小さな、なめらかで気持ちのいい声が、歌を歌い始める。第三節の終わりまで来て、最後の音が終わると同時に、二十もの声が一斉に叫んだ。

「ええい！　そらよ！　一息で！　ぐんと行け、野郎ども！……」だがいくら力を合わせても、壁はほとんど動かず、ついにはみな黙りこくって、荒い息が聞こえるばかりになった。

「おい、第六中隊のみんな！　畜生どもめ！　手を貸してくれ、いつかお返しするからよ」

折から村に入って来た第六中隊の二十人ばかりが引っ張っている者たちに力を貸すと、長さ十メートル、幅二メートルばかりの網代壁がたわんで、あえぐ兵士たちの肩にのしかかり、食いこみながら、村の通りを先へと運ばれていった。

「進め、どうした……気を付けろ、落ちるぞ……何で止まったんだ？　そう、それでいい……」

陽気で下品な罵り言葉が延々と続いた。

「きさまら、何をしているのだ？」突然、運んでいる者たちのもとに駆け寄ってきた曹長の居丈高（いたけだか）な声がした。

「ここにはお偉方がおられるし、家の中には将軍までいらっしゃるというのに、きさまらときたら、臆面もなく、汚い言葉でがなり立てやがって。これでも食らえ！」

そう叫ぶと曹長は、居合わせた兵士の背中を思い切り殴りつけた。「静かにやれんのか？」

皆シーンと黙り込んだ。曹長に殴られた兵士は、うめき声を上げながら、網代壁にぶつかってすりむいた顔の血を拭った。

「ちくしょうめ、手の早い野郎だよ！　おかげで顔中血だらけだ」曹長が立ち去ると、彼はおずおずとつぶやいた。

「お似合いじゃねえのかい？」笑みを含んだ声が言い、そしてまた兵士たちは、声の高さを加減しながら、先へと進んでいった。村はずれに出ると、一同はまた前のように意味もない罵り言葉をふんだんに交えながら、大声で喋り出した。

兵士たちが通り過ぎたさっきの百姓家の中では、最高幹部が集まって、茶を飲みながら、過ぎた一日とこの先に予定される作戦について、にぎやかに話をかわしていた。予定では、左に側面行進を展開して、副王を孤立させ、捕捉することになっていた。

網代壁を引きずった兵士たちが隊に戻ったころには、すでにあちこちで炊事の焚火が燃え盛っていた。薪がパチパチとはぜ、雪が解け、兵士たちの黒い影が、野営の陣となった場所の、踏み固められた雪の上を、あちこちうごめいていた。

斧や短剣があちらでもこちらでも活躍していた。すべてが何の命令もなしで進行していた。夜に備えて薪が持ち寄られ、上官の仮小屋には囲いが張られ、鍋は煮え、銃も装具も手入れがされていた。

第八中隊が引きずって来た網代壁は北側に半円形に立てて銃架で支えられ、その前に焚火が起こされた。点呼ラッパが鳴り、点呼がとられ、夜食がとられ、各自焚火の周りに夜を過ごす場所を占めた。そしてある者は靴を繕(つくろ)い、ある者はパイプを吹かし、ある者は素っ裸になって、焚火の煙で下着に付いたシラミ退治を行うのだった。

## 8章

この当時ロシア軍の兵士が置かれていた状況はといえば、防寒用のブーツも半外套もなければ、頭の上に屋根もなく、氷点下十八度の雪の中、食糧も（輸送が必ずしも軍の歩みに追いつけたわけではなかったため）満足に与えられぬという、想像もつかぬほど悲惨なものだったが、そんな目にあっている兵士たちは、さぞかし惨めな、元気のない様子をしていただろうと思われるかもしれない。

ところが兵士たちは、およそどんなにモノに恵まれていた時にもまして、朗らかで活気に満ちた様子だった。というのも、元気をなくしたり弱ったりし始めた者はすべて、日々隊から排除されていたからだ。肉体的及び精神的な弱者はすべて、とっくに背後に取り残されていた。だから残っていたのは、精神力にも体力にも恵まれた、軍の精鋭ばかりだったのである。

網代壁の囲いを立てた第八中隊のもとには、一番多くの兵士が集まっていた。曹長も二名、彼らのもとに陣取っていて、ここの焚火は他所よりもひときわ赤々と燃え盛っていた。兵士たちは壁のそばに座る権利を与える代償に、薪の上納を要求していた。

「おーい、マケーエフ、どうしたんだ……トンずらしたのか、それとも狼に食われちまったのか？　薪を運んで来やがれ」赤ら顔で赤毛の兵士が怒鳴っている。煙に細めた目をしばたたきながらも、火から離れようとしない。「おい鴉、お前でもいい、行って薪を運んでくるんだ」兵士は別の男に言った。この赤毛は下士官でも上等兵でもなかったが、たくましい体の兵士で、それで自分より虚弱な連中を顎で使っているのだった。鴉というあだ名の、痩せっぽちで小柄な、とんがり鼻の兵士が、おとなしく立ち上がり、言いつけを果たしに出かけようとしたが、その時すでに、薪を両手一杯に抱えた、ほっそりした美形の若い兵士が、焚火の光の中に姿を現していた。

「こっちによこせよ。おお、上出来だ！」

どんどん折って火にくべた薪を、皆が口で吹き、外套の裾で煽ると、炎がシュウシュウと音を立て、薪のはぜる音が聞こえてきた。兵士たちはそばに寄ってパイプに火をつけた。薪を抱えてきた若い美男の兵士は、両手を腰に当てると、冷え切った足を素早く巧みに動かして、その場でステップを踏み出した。

「ああ、母さん、朝露は、冷たいよ、でもお似合いさ、銃士の僕に……」一句ごとにまるでしゃっくりのような音を立てながら、兵士は歌った。

「おい、靴底が飛んで行っちまうぞ！」踊っている兵士の靴底がぶらぶらしているのを見て赤毛の男が怒鳴った。「まったく正気じゃねえぜ、踊るなんて！」

踊り手は足を止めると、ぶらぶらしていた靴底の革をもぎ取り、火に投げ入れた。

「もっともだな、兄弟」そう言って座り込み、背嚢からフランス製の青い羅紗の端切れを取り出して、足に巻き始める。「湯気でふやけてしまうのさ」そう言って、足を伸ばして火に寄せた。

「じきに新品がもらえるさ。奴らを皆殺しにしたら、そん時は、みんなに二倍の物資が支給されるとよ」

「ところであのペトロフの奴、やっぱり落伍しやがったな」曹長の一人が言った。

「ずっと前から気になっていたんだ」もう一人が言う。

「無理もねえ、ひよっこの新兵だ……」

「第三中隊じゃあ、昨日一日で九名が落伍したそうだぞ」

「だって考えてみろよ、凍傷の足でどんだけ歩けるっていうんだ?」

「おい、つまらんことを言うな!」さっきの曹長が言った。

「それとも、てめえも同じ目に遭いたいのか?」年長の兵士が言う。凍傷のことを口にした兵士を責めているのだ。

「じゃあ、あんたはどう思っているんだ?」にわかに焚火のかげから身を起こした男が、キンキンした震え声で言った。鴉と呼ばれた、あの鼻のとがった兵士だった。「太っている奴も痩せていく、痩せた奴は死んでいくんだ。この俺だってそうさ。もう力は尽きた」不意に曹長の方を向いてきっぱりと言い放つ。「病院送りにしてくれよ、すっかりリューマチにやられているんだ。このままじゃどっちみち落伍だぜ……」

「まあ、いいから、いいから」曹長が落ち着いた口調でなだめる。

兵士が黙ると、また皆の話が続いた。

「今日もずいぶんたくさんのフランス兵が捕まったけど、長靴ときたら、正直言って、まともなものを履いている奴は一人としていやがらねえ。靴とは名ばかりさ」兵士の一人が新しい話題を提供する。

「みんなコサックたちが剝ぎ取っちまうのよ。連隊長を入れる小屋を空けるっていうんで、フランス兵たちを運び出したときもな、見るも無残だったぜ、みんな」さっき踊った兵士が言った。「ごろごろ転がすと、一人だけ生きているのがいて、何と、そいつが連中の言葉で何やら喋るんだよ」

「それにしても、キレイな連中だな、みんな」最初の兵士が言う。「真っ白な、まるで白樺みてえな肌で、威勢のいいのもいる、まるで、貴族みてえなのもな」

「何をいまさら？　あちらでは、ぜんぶの身分に召集がかかるんだよ」

「しかし、こっちの言葉は全然通じねえな」踊った男が小首をかしげて苦笑いする。

「こっちが『お国は？』って訊いても、自分の言葉でぶつくさ言うばっかしだ。まったく変わった連中だよ！」

「いや、不思議な話があるもんだよ、みんな」肌が白いのに驚いたという、さっきの兵士が言った。「モジャイスクあたりで百姓たちから聞いた話だけど、戦場だった場所から死体を片付けようとしたんだが、何しろ相手は死んだまんま、もうほとんど一月も転がっていたという話さ。それがどうだ、連中の死体ときたら、まるで紙のように真っ白で、きれいで、全くなんの臭いもしなかったって言うじゃねえか」

「へえ、もしかして寒かったせいかい？」一人が訊いた。

「なんてえお利口さんだ！　寒かったせいだと！　暑かっただろうよ。もしも寒かったせいというなら、味方の死体だって腐っていねえはずだろう。だが話によると、味方の死体の近くに寄ると、すっかり腐り果てて、蛆虫だらけだったそうだ。仕方がねえから、ハンカチをマスク代わりにして顔を背けて運んだそうだが、もう散々だったというぜ。そこへ行くと奴らの死体は、紙みたいに真っ白で、しかも何の臭いもしなかったそうだ」

しばしみんな黙り込む。

「きっと食い物のせいだ」曹長が言った。「旦那衆の食い物を食っていたからだ」

誰も反論しなかった。

「その百姓の話じゃあ、戦闘のあったモジャイスクのあたりじゃ、十の村から人が駆り出されて、二十日間も死体運びをやったものの、全部は片付けきれなかったそうだ。狼どもがうじゃうじゃいたという話さ……」

「あそこの戦いは本物だったな」年長の兵士が言った。「話のタネになることがたくさんあったよ。あれからあとは全部……みんなが苦しい目にあっただけさ」

「まったくだよ、おっさん。一昨日なんか、こっちが襲いかかっていこうとしたら、あいつらときたら、そばに寄るのを待ちもしねえで、どんどん銃を放り出しやがる。そうして跪（ひざまず）いて、パルドンと降参しやがるんだ。だがそんなのは一例に過ぎない。聞いたところじゃ、プラートフはあのナポレオン（ポリオン）を二度も捕まえたそうだ。だけれど、呪文を知らないもんだから、捕まえても、捕まえても、呆（あき）れたことに手の中で鳥に化けて、どんどん飛んで行ってしまうそうだ。殺すこともできねえしさ」

「よくもそんな法螺（ほら）が吹けるもんだな、キセリョーフ、まったく呆れるよ」

「法螺なもんか、本当のことさ」

「俺に任せれば、あんな野郎、捕まえたら地面に埋めてやるさ。山鳴（やまならし）の杭を打ち込んでな。[19] そうでもしねえと、さんざん人を殺した奴だからな」

「どちらにしろ、とどめを刺してやるさ。二度と来ねえようにな」年長の兵士が欠伸（あくび）をしながら言った。

会話が途切れ、兵士たちは寝支度を始めた。

「見ろよ、あの星、すごい数だぜ、きらきら光ってる！　まるで、女どもが布を拡げたみたいじゃねえか」一人の兵士が、天の川をうっとりと見あげて言った。

---

19　吸血鬼や魔法使いが死んだときのよみがえり防止策の定番。

「あれはな、みんな、豊年のしるしだよ」

「まだ薪がいるな」

「背中を温めると腹が冷える。不思議なもんだな」

「やれやれ!」

「何で突っ張らかるんだ、お前ひとりの焚火なのかい? なんとまあ……大の字になりやがって」

徐々にあたりに立ち込めてきたしじまの中に、すでに眠り込んだ何人かのいびきが聞こえてきた。他の者たちは、寝返りを打ちながら身を温め、時折言葉を交わしている。遠くの、百歩ばかり離れたところの焚火から、どっと楽しげな笑い声が響いてきた。

「おい、第五中隊が大騒ぎしているぞ」一人の兵士が言った。「あの人だかりはどうだい、すごい数だぜ!」

一人が立ち上がって、第五中隊に近寄っていった。

「いや笑わせるぜ」戻ってきて告げる。「フランス人が二人、交じっているんだ。一人はすっかり凍えているが、もう一人はえらく元気がよくてな、呆れたもんだ! 歌なんか歌ってやがる」

「へえ？　見に行くとするか……」何人かの兵士が第五中隊の方に向かって行った。

## 9章

第五中隊は森のすぐ脇に野営していた。雪のただ中に巨大な焚火が赤々と燃え、樹氷をまとった重そうな木々の枝を照らし出している。

真夜中に第五中隊の兵士たちは、森の中で雪の上を歩く足音と枝が折れる音がするのを聞きつけた。

「みんな、熊だぞ」一人の兵士が言った。皆が頭をもたげて耳を澄ます。すると森の中から明るい焚火の光の中へと、妙な服を着た人影が二つ、互いにしがみつきながら歩み出てきた。

森に身を隠した二名のフランス兵だった。かすれた声で何かしら、こちらの兵士たちにはちんぷんかんぷんな言葉で喋りながら、二人は焚火に近寄って来た。一方がすこし背が高く、将校の帽子をかぶっていたが、すっかり衰弱しているように見えた。焚火のそばまで歩いてきてしゃがみ込もうとしたが、よろけてその場にくずおれてしまった。もう一方の、小柄ながらがっしりとした体格の、スカーフで頬かむりをした兵士の方は、いくらかしっかりしていた。彼は仲間を助け起こすと、自分の口を指さしながら、何か言った。兵士たちはこのフランス人たちを取り囲み、病人の方にはベッド代わりに外套を敷いてやると、二人のために粥(カーシャ)とウオッカを持ってきた。衰弱したフランス人将校はラムバール、頬かむりしているのは、その従卒のモレールだった。

モレールは、ウオッカを飲み干して鍋一杯の粥を食べつくすと俄然異様にはしゃぎだし、言葉の通じない兵士たち相手に、何やら喋りはじめたまま止まらなくなってしまった。ラムバールは食い物を断り、焚火の脇に肘枕をして、黙って横たわったまま、うつろな赤い目でロシア兵たちを眺めていた。時折長いうめき声を上げては、また黙り込んでしまう。モレールは肩章のあたりを指さして、この人物は将校であり、体を温めてやらねばならないのだと訴えた。焚火に歩み寄って来たロシア軍の将校が、連隊長のところへ遣いをやって、フランス人将校を一人引き取って、暖をとらせてやっていただけないかと訊ねさせた。遣いが戻って、連隊長殿がその将校を連れてこいと命じられたと報告すると、ラムバールに行くようにと伝えられた。ラムバールは立ち上がって歩こうとしたが、ぐらりとよろけて、脇に立っていた兵士が支えてやらなければ倒れるところだった。

「どうした？　行きたくないのかい？」一人の兵士がからかうようにウインクして、ラムバールに声をかける。

「おい、馬鹿野郎！　どうしてそんな無礼な口をきくんだ！」「だから百姓だっていうんだ、まったく、この百姓が」ふざけた口をきいた兵士に向かって四方八方から咎める声が上がった。二人がラムバールの左右に立つと、両手を握り合って、その上に相手をのせ、百姓家へと運んでいく。ラムバールは一人の兵士の首にすがり、運ばれながら、哀れな声で言ったのだった。

「ああ、いい人たちだ、優しい、優しい、友達だ！　これこそ人間だ！　ああ、いい人たち、優しい友達！」そう言うと、まるで赤ん坊のように、一方の兵士の肩に頭をもたせかけたのだった。

一方モレールは、一番上等な席に座って兵士たちに取り巻かれていた。

腫れて潤んだ眼をした、小柄ながらがっしりとした体格のフランス人モレールは、軍帽の上から女がするようにスカーフで頬かむりをして、女物の小さな毛皮コートを着込んでいた。見るからに酔いが回っており、脇に座っている兵士を片手でかき抱くようにして、掠（かす）れた、途切れがちな声で、フランスの歌を歌っている。兵士たちは彼を見ながら、腹をよじって笑いこけていた。

「なあ、おい、教えてくれよ、どう歌えばいいんだい？ 俺はものまねは得意なんだ。どう歌うんだい？……」モレールに抱き着かれた、歌好きの道化者が言う。

アンリ四世、万歳（ヴィヴ・アンリ・カートル）
雄々しい王さま、万歳（ヴィヴ・ス・ルワ・ヴァヤーン）！

モレールは片目をつぶって歌ってみせる。

悪魔も顔負け、その威容（ス・ディアーブル・ア・カートル）……

「ヴィヴァリカー！ ヴィヴフ・セルヴァルー！ シヂャブリヤカー……」片腕を振り上げてまねてみせる兵士は、実際メロディーをしっかりと捉えていた。

「おい、うまいじゃねえか！ ワッ、ハッ、ハッ、ハッ！……」あちこちで野太い、愉快そうな笑い声がおこった。モレールも顔を皺くちゃにして笑った。

「さあ、もっと歌ってくれよ、もっと！」

三つの才に恵まれて（キ・ユー・ル・トリプル・タラーン）
大酒のみで、喧嘩が強く（ド・ブワール　ド・バートル）
そして根っから女好き……（エ・デートル・アン・ヴェール・ガラーン）[20]

「いや、こいつはまたいい調子じゃねえか。ほら、やれよ、ザレターエフ！……」

「キュー……」ザレターエフが苦労して最初の音を発した。「キューユーユー……」懸命に唇を突き出して思い切り音を引き延ばす。「レトリプタラー・ドブドバー・イ・デトラヴァガラー」こうして最後まで歌い切った。

「いやあ、すごいぞ！　まさにフランス人はだしだな！　いいぞ……ワッ、ハッ、ハッ、ハッ！　どうだい、もっと食うかい？」

「こいつにもっと粥をやってくれ。ちょっとやそっとじゃ空きっ腹はくちくならんだろう」

またも粥が与えられると、モレールはニコニコしながら三杯目の鍋にとりかかった。

---

20　ブルボン朝の始祖アンリ四世（在位一五八九～一六一〇）を風刺を交えて称えたポピュラーな歌で、王政復古時代には一時フランス国歌とされた。

モレールを見つめる若い兵士たちは、みなそろってうれしそうな笑みを顔に浮かべている。年のいった兵士たちは、こんな下らんことに関わるのを不謹慎と見なして、焚火の反対側で横になっていたが、それでも時折肘をついて身を起こし、モレールを見やっては笑みを浮かべていた。

「やっぱし、おんなじ人間なんだな」中の一人が、外套にくるまりながらぽつりと言う。「蓬だって根っこがあってはじめて生えてくるんだから」

「いやあ！　こいつはすげえ！　星がほら、空いっぱいだ！　冷え込むぞ……」そしてすっかり静かになった。

星たちはまるで、もはや誰にも見られることはないと分かっているかのように、暗い空でのびのびと遊びに耽っていた。きらりと輝いたり、ふっと暗くなったり、ぶるっと身を震わせたりしながら、何か喜ばしくも不思議な事柄について、互いにせわしくささやきかわしているのであった。

## 10章

フランス軍は、数学でいう等差数列のように、規則的に数を減らしていった。したがって、あれほど多くのことが書かれてきたベレジナの渡河も、フランス軍減少の単なる途中経過の一つにすぎず、決してこの戦役の決定的エピソードなどではなかった。なおかつベレジナ渡河については、過去にも現在にもあれほど多くのことが書かれ続けているが、これはフランスの側からすれば、それまで均等な割合でこうむって来た災厄を、ベレジナの破壊された橋の上で、突如一瞬の間にまとめて味わう羽目になり、それが一つの悲劇的な光景を現出させて、すべての者の記憶となって残ったからに他ならない。一方ロシア側からすれば、ベレジナについてこれだけ多くのことが語られたり書かれたりしてきたのは、ひとえに、戦場から遠く離れたペテルブルグで、ベレジナにおいてナポレオンを戦略的な罠にかけて捕獲するという計画が（まさにプフールの手で）練られていたからに他ならない。何もかも計画通りに実現するものだと、誰もが信じ込んでしまったゆえに、まさにベレジナ渡河がフランス軍を滅ぼしたのだと、言い張る結果になったのである。実際には、ベレジナ渡河がフランス軍にもたらした痛手は、砲や捕虜の喪失という点では、クラスノエの戦いよりもはるかに軽微なものにとどまった。それは数字を見ても明らかである。

　ベレジナ渡河の唯一の意義は、それが、一切の退路遮断計画は誤りであること、および、唯一可能でかつクトゥーゾフも全軍（兵士集団）も必要としていた行動様式、すなわち、ひたすら敵の後についていくやり方が正しいことを、はっきりと疑いの余地なく証明した点にある。フランス軍の集団は、絶えず速力を増しながら、目的の達成に全精力を注ぎつつ、退却していった。傷を負った獣が逃げるのと同じで、途中で立ち止まることはできなかった。そのことは渡河の方法そのものよりも、むしろ橋上での行動が証明している。橋が破壊された時、武器を失った兵士や、フランス軍の輸送隊に交じっていたモスクワ住民、子連れの女性たちは、すべて惰性の力に負けて、投降することなく、前方へと逃げてボートに、凍った水に飛び込んだのである。

こうした猪突猛進も、無理からぬことだった。逃げる者も追う者も、同じように悪い状況にあった。とはいえ、自分の仲間のもとにいる限り、誰でも、窮乏に直面すれば仲間からの援助を期待できるし、仲間の中で自分が一定の場所を占めることも期待できる。ところがロシア軍に投降してしまえば、直面する窮乏に差はないとしても、生きるための必要を満たしてもらう序列においては、最低のランクに位置づけられてしまうのだ。捕虜の半数は、たとえロシア軍が何とか救ってやろうと思ったところで、なすすべもなく持てあまされて、寒さと飢えで死んでいったわけだが、フランス兵たちにはそうしたことに関する確かな情報など必要なかった。それ以外ありようがないと感じていたからだ。ロシア軍上層部の最も情け深い者たちや親フランス派の者たち、ロシア軍に勤務するフランス人たちでさえ、捕虜に対しては何もしてやることができなかった。いわばロシア軍が置かれていた窮乏状態が、フランス兵たちを滅ぼしたのだ。腹を空かせた有用なロシア兵からパンや衣服を取り上げて、フランス兵に与えるわけにはいかなかった。フランス兵は有害でも憎くも悪くもなかったが、ただ役に立たなかったからだ。中にはそういう振る舞いをした者もいたが、それは例外にすぎなかった。

背後には確実な破滅があり、前方には希望があった。船はすでに焼かれていた。つまりは全軍での逃亡しか救われる道はなく、そしてその全軍逃亡に、フランス軍の全力が傾注されたのであった。

フランス軍がどんどん先へと逃げ、その残兵たちがどんどん惨めな状況に陥れば陥るほど、とりわけペテルブルグの計画のおかげで格別の期待が寄せられていたベレジナ戦の後では、ロシア軍上層部の面々はますます熾烈(しれつ)な執念を燃やし、身内を責め合い、とりわけクトゥーゾフを責めた。ペテルブルグ発のベレジナ作戦の失敗がクトゥーゾフの責任とされるのを見越した者たちは、彼への不満、侮蔑、揶揄(やゆ)を、ますます強く露骨に表すようになった。揶揄や侮蔑は、当然ながら慇懃(いんぎん)な形式をまとって表明され、そうした形をとる限り、クトゥーゾフのほうは自分がなぜ何のために非難されているのか、問うこともできないのであった。人々は彼と真面目に話そうとしなくなった。報告をして彼の判断を仰ぎながら、いかにもやるせない儀式を執り行っているような態度を見せ、彼の背後で目配せをかわし、ことあるごとに欺こうとするのだった。

こうした者たちは皆、まさにクトゥーゾフのことが理解できなかったがゆえに、こんな年寄りとは話す意味がない、自分たちの計画の深い意味など決して通じないだろう、こちらが何を言っても、やれ黄金の橋をかけて逃がしてやれだの、浮浪者同然の集団を率いて国境を越えることはできないだのという、お気に入りの決まり文句（彼らにはこれは決まり文句としか思えなかった）が返ってくるだけだと見切っていた。そんなことはすべて、さんざん彼から聞かされていたのだ。クトゥーゾフが口にすることは、例えば、食糧が来るのを待つべきだとか、みんな長靴も履いていないのだとか、どれもこれも単純なことばかりであり、一方自分たちが提案することは、複雑かつ知的だというわけで、結局、相手は愚鈍な年寄り、自分たちは権力こそないが天才的な指揮官である、というのを自明視していたのである。

とりわけ輝かしい元帥でペテルブルグの英雄であるヴィトゲンシュタインの軍が合流すると、こうした気分と司令部内の陰口が頂点に達した。クトゥーゾフはこれに気づいたが、ため息をついて肩をすくめるばかりだった。ただ一度、ベレジナ作戦の後で、彼は勝手に皇帝に通知したベニグセンに腹を立て、以下のような手紙を送った。

『貴下の病気発作にかんがみて、本状を受け取り次第、カルーガに赴き、かの地で、皇帝陛下よりの今後の指示と任命を待たれたし』

だが、ベニグセンを送り出した後には、コンスタンチン・パーヴロヴィチ大公が軍を訪れた。この戦役の始まった時に軍にいて、クトゥーゾフによって遠ざけられた人物である。このたび大公は軍に到着すると、クトゥーゾフに対して、わが軍の戦果の乏しさと作戦行動の遅滞に対する皇帝陛下の不満を伝えた。皇帝陛下御自身が近日中に軍を訪れるご予定だという。

宮廷の勤務においても軍務と同じく経験豊富な老人であり、この八月には皇帝の意志に反して総司令官に選ばれ、世継ぎである大公を軍から遠ざけ、はては自らの権力をもって、皇帝の意志に逆らってモスクワ放棄を指示した人物であるクトゥーゾフ――そのクトゥーゾフは直ちに悟った――自分の時は尽き、自分の出番は済んで、架空の権力はもはやないのだということを。しかも彼は単に宮廷筋との関連でこれを悟っただけではなかった。一面から言えば、彼は自分が役割を果たしてきた軍事活動そのものが終了したのを見て取り、己の使命が果たされたのを感じていた。また別の面から言えば、ちょうどこのころ彼は、老いた体に肉体的な疲労を覚え始め、骨休めの必要を感じはじめていたのである。

十一月二十九日、クトゥーゾフはヴィルナへ、彼の口癖で言えば、「わが懐かしのヴィルナ」へと馬車を乗り入れた。過去に二度、クトゥーゾフは知事としてヴィルナで勤務した経歴があった。昔のままに残った豊かなヴィルナで、クトゥーゾフは、長いこと味わえなかった快適な生活を得たばかりか、旧友たちと出会い、昔の思い出にも浸ることができた。するとにわかに彼は、軍の仕事にも政治の仕事にも一切背を向けて、坦々とした昔なじみの生活に没入し、周囲の者たちの沸き立つような激情が彼の平穏を妨げぬ限り、そこに浸りこむようになった。あたかも歴史の世界で今起こりつつあることも、これから起ころうとしていることもすべて、自分には一切関係がないといった様子だった。

チチャゴフは、最も熱烈な遮断論者かつ撃滅論者のひとりであり、はじめギリシャへの、次にはワルシャワへの牽制攻撃を主張しながら、命じられた場所にはどうしても行こうとしなかった人物であり、皇帝に大胆な口をきくことで有名な人物であり、一八一一年に講和締結のためにクトゥーゾフを差し置いてトルコに派遣された際に、講和は既に締結済みと見なして、皇帝の前で講和締結の功労者はクトゥーゾフであると認めたことから、クトゥーゾフに恩を売った気になっている人物であったが、その チチャゴフが、ヴィルナの城の前で最初にクトゥーゾフを迎えた。クトゥーゾフはその城に身を置くことになっていたのだ。チチャゴフは海軍の略式制服を着て短剣を下げ、軍帽を脇に挟んだ姿で、部隊報告書と市の鍵を渡した。すでにクトゥーゾフに浴びせられた非難を知っているチチャゴフの一挙手一投足に、若手が耄碌（もうろく）した老人に対して示す例の小ばかにしたような慇懃無礼な態度が、思い切り露骨に表れていた。

チチャゴフと話していたクトゥーゾフは、事のついでに、ボリソヴォで奪われたチチャゴフの荷馬車は、荷物の食器ごと無事だったので、戻ってくるだろうと伝えた。

「それは、私のところには食器も満足にないだろうというお気遣いでしょうか？……いや、それどころか、仮に晩餐会の開催をご所望になっても、十分間に合うほどございますよ」チチャゴフはすごい剣幕で言った。その一言一言に、自分の正しさを証明したいという意志と、クトゥーゾフの思惑もきっとそこにあるという思い込みが、にじみ出ていた。クトゥーゾフはいつもの微妙な、相手の胸の内を見透かしたような笑みを浮かべると、肩をすくめて答えたものだ――「言葉以上の意味はないがね」

ヴィルナでクトゥーゾフは、皇帝の意向に反して、軍の大半を停止させた。側近の者たちの話によると、クトゥーゾフはこのヴィルナ滞在の間に甚だしく気が緩み、肉体的にも衰えを見せた。軍の仕事にも気が乗らず、何もかも配下の将軍たちに任せて、皇帝を待つ間、ただぼんやりと時を過ごしていた。

トルストイ伯爵、ヴォルコンスキー公爵、アラクチェーエフらの随員とともに十二月七日にペテルブルグを発った皇帝は、十二月十一日にヴィルナに到着すると、旅橇のまままっすぐに城に乗り付けた。城門の外には、極寒の最中(さなか)にもかかわらず、百名ばかりの完全正装の将軍と司令部将校、およびセミョーノフ連隊の儀仗兵(ぎじょうへい)が立ち並んでいた。

汗をかいた三頭立て馬橇(トロイカ)を飛ばして先乗りした急使が、「お越しだぞ！」と大音声(だいおんじょう)で告げると、コノヴニーツィンが城門に駆け込み、小さな門衛部屋で待機していたクトゥーゾフに知らせた。

一分後には太った老人の巨体が、完全正装の胸前に全勲章をずらりと並べ、飾り帯を腹に締めた出で立ちで、よたよたと身を揺らしながら表階段に現れた。クトゥーゾフは軍帽を目深にかぶり、手袋を手に持ち、横向きになってもたもたした足取りで一歩一歩階段を降り、降りきったところで、皇帝に渡すべく用意された報告書を手に取った。

人々があくせくと駆けまわり、ひそひそ声が交わされ、さらに一台猛スピードで馬橇が駆け抜けると、全員の目が駆け寄ってくる橇に注がれた。そこにはすでに皇帝とヴォルコンスキーの姿が見分けられた。

こうしたすべてが五十年来の習性で、老いた将軍の身体に不安な作用を及ぼした。そうして、何か気になるように体のあちこちをせわしく触ったり、帽子を直したりしていたが、いざ皇帝が橇から降り、目を上げて自分の方を見ると、俄然はつらつとしてぴしっと直立姿勢を取り、報告書を渡し、持ち前の淡々とした、媚(こ)びを含んだ声で話し出した。

皇帝はクトゥーゾフの頭から足先までを素早い目つきで一瞥(いちべつ)すると、一瞬顔を顰めたが、すぐさま自制を働かせて歩み寄り、両手を広げて老将軍をかき抱いた。この時もまた、古い、馴染みの印象と、胸中の思いとが相まって、その抱擁がいつもの通り、クトゥーゾフに感動を与えた。彼はすすり泣いたのだった。

将校たちやセミョーノフ連隊の儀仗兵たちとあいさつを交わすと、皇帝は今一度老人の手を握り、連れ立って城に入った。

元帥と二人きりになると、皇帝は、追撃の遅滞、およびクラスノエとベレジナにおける失敗に対する自らの不満を表明し、今後の国外遠征に関する自らの考えを告げた。クトゥーゾフは反論もせず、意見も表明しなかった。まさに七年前、アウステルリッツ平原で皇帝の命令を承っていた時と同じ恭順と思考停止の表情が、今その顔に浮かんでいた。

書斎を出たクトゥーゾフが、いつもの重い足取りで、身を揺らしながらうなだれて広間を歩いていると、何者かの声が彼を呼び止めた。

「殿下（ヴァーシャ・スヴェートロスチ）」その誰かは言った。

頭を上げたクトゥーゾフは、トルストイ伯爵とじっと目を見交わすことになった。相手は何か小さなものを載せた銀の小皿を手にして、目の前に立っている。クトゥーゾフは自分が何を求められているのか、呑み込めない様子だった。

ふと何かに思い当たったように、ごくかすかな笑みがそのむくんだ顔に浮かんだかと思うと、彼は深々と、恭しく身を屈（かが）めて、皿の上のものを手に取った。それは聖ゲオルギー第一等勲章であった。[21]

## 11章

翌日、元帥のもとで晩餐会と舞踏会が催され、皇帝も臨席の栄を賜った。クトゥーゾフには聖ゲオルギー第一等勲章が授けられ、皇帝は彼に最大の敬意を表明した。しかし皇帝が元帥に不満を抱いているのは、周知の事柄であった。作法は守られるべきであり、皇帝が率先してその範を示したわけだが、この老元帥は失敗を犯した役立たずだということを、皆が知っていたのである。舞踏会場で、クトゥーゾフがエカテリーナ女帝時代の古式にのっとり、皇帝の入場の際、その足元に戦利品の敵軍旗を倒すように命じると、皇帝は不快そうに顔を顰めて二言三言つぶやいたが、何人かはそこに「おいぼれの道化者」という文句が混じっているのを聞き取った。

クトゥーゾフに対する皇帝の不満はヴィルナに来てから一層強まったが、わけてもその原因となったのは、この先行われるべき戦役の意味を、クトゥーゾフが理解しようとしないか、もしくは理解できないでいるように見えたからだった。

舞踏会の翌朝、皇帝が周囲に集まった将校たちに向かって「諸君はただロシアを救ったばかりではない。諸君はヨーロッパを救ったのだ」と語ると、一同はたちどころに戦争が終わってはいないことを理解した。

ただ一人クトゥーゾフのみがこれを理解しようとせず、新たな戦争はロシアの状況

21　エカテリーナ二世時代の一七六九年に武勲に秀でた軍人を顕彰するために導入された勲章で、第一～第四等の四種があり、最上位の第一等を得たのは、エカテリーナ二世自身をはじめ二十五名、クトゥーゾフは十人目だった。

を改善することも、その名誉を高めることもできず、ただその状況を悪化させ、今が絶頂と彼が見なすロシアの栄光に傷をつけることしかできないという、自説を公言していた。新たな徴兵が不可能であることを皇帝に証明しようとして、彼は国民の窮状を語り、失敗の可能性を語りと、あらゆる手を尽くした。

こんな消極的な気分でいる以上、当然ながら元帥は、来るべき戦争にとって単なる邪魔者であり、ブレーキでしかありえなかった。

老元帥との衝突を回避するための抜け道は、おのずと見出された。すなわち、アウステルリッツ会戦の際やバルクライが率いたこの戦役の開始の時点で行われたように、総司令官に下手に触らず、またわざわざ断ったりもせずに、彼の足元からそっと権力基盤を引き抜いて、それを皇帝ご自身のもとに移してしまおうというのである。

この目的のもとに、司令部が少しずつ改編され、クトゥーゾフの司令部の実質的な権力は根こそぎにされたうえで皇帝の手に渡ってしまった。トーリ、コノヴニーツィン、エルモーロフは、別の任務を命じられた。皆が声高に、元帥殿は極めて衰弱し、体調を崩されていると口にしていた。

自分に代わるものに席を譲るためには、彼は衰弱している必要があった。そして実際、彼の健康状態は悪かったのだ。

ちょうどかつてクトゥーゾフが必要とされた時、自然に、さりげなく、粛々と、彼がトルコから民兵徴募のためにペテルブルグの財務局へと出てきて、それから軍へと移ったように、いまやクトゥーゾフの出番が終わったとなると、同じく自然に、粛々と、さりげなく、彼に代わる新たな、必要とされる活動家が登場したのである。

一八一二年の戦役は、ロシア人の心にとってかけがえのない国民的な意義を持つばかりでなく、また別の、ヨーロッパ的な意義をも持たざるを得なかった。

西から東への諸国民の運動の後には、東から西への諸国民の運動が続くはずであり、その新たなる戦争のためには、クトゥーゾフとは異なった個性と見解を持ち、彼とは別の動機で動く、新たな活動家が必要だった。

ロシアの救済と栄光のためにクトゥーゾフが必要だったのと同じく、東から西への諸国民の運動と国境の復元のためには、アレクサンドル一世が必要だった。

クトゥーゾフは、「ヨーロッパ」「勢力均衡」「ナポレオン」がそれぞれ意味するところを理解していなかった。理解できなかったのだ。敵が滅び、ロシアが解放され、ロシア人であり、まさにロシア人の中のロシア人栄光の絶頂に達した以上、ロシア国民の代表であり、まさにロシア人の中のロシア人である彼にとっては、もはや何一つなすべきことはなかった。祖国戦争の代表者には、死ぬこと以外に何も残っていなかった。そうして彼は死んだのである。[22]

# 12章

たいていの場合がそうであるように、ピエールが捕虜の間に経験した身体的な困苦と緊張の重みを実感したのは、ようやくそうした緊張や困苦が終わってからのことであった。捕虜状態から解放された後オリョールにやって来た彼は、その三日後、キエフに赴こうとしていた時に発病し、そのままオリョールで三か月間病床に臥せっていた。医者たちの話では、胆汁熱とやらにかかったらしい。医者たちは手当てをし、瀉血をし、いろんな薬を飲ませたが、にもかかわらず、彼は結局回復した。[23]

解放されてから病みつくまでの間にピエールの身に起こったことは、本人にほとんど何の印象も残さなかった。彼はただ、灰色の、どんよりとした、雨だったり雪だったりする天気と、内なる生理的なやるせなさ、足や脇腹の痛みといったものばかりを覚えていた。彼はまた、人々が不幸で苦しんでいるという一般的な印象を覚えていた。さらには、好奇心むき出しの質問攻めで自分を悩ませた将校や将軍たちのことを覚えていたし、馬車と馬を手に入れるための自分の奔走ぶりを覚えていたし、最も大事なことに、当時の自分が考える力も感じる力も失っていたことを覚えていた。解放されたその日に、彼はペーチャ・ロストフの遺体を目にした。そして同じ日に、アンドレイ公爵がボロジノ戦の後一月以上も生きていて、つい最近ヤロスラヴリのロストフ家の寄宿先で亡くなったことを知った。そしてその同じ日に、このニュースを彼に伝えてくれたデニーソフが、話のついでにエレーヌの死に言及した。ピエールがとっくに知っていると思い込んでいたのだ。こうしたことがすべて、その時のピエールには、ただただ不思議な話としか思えなかった。そうしたニュースの意味するところを自分は理解できない、という感じがしたのだ。この時の彼はひたすら、すぐにでも、一刻も早く、人々が殺し合っているこの現場を去って、どこか静かな隠れ家へ身を置き、そこで正気に戻って一息ついたうえで、この間に自分が知った不思議な、新しい事柄のすべてをじっくりと考えてみようと焦ったものだ。だがそうしてオリョールに着いた途端、病気になってしまったのである。病気が癒えてわれに返った時、ピエールが身辺に目にしたのは、モスクワからやって来たテレンチーとワーシカの二人の召使と、

22　クトゥーゾフはこの後プロイセン治下の町ブンツラウ（現ポーランド、ボレスワヴィエツ）で風邪をこじらせ、一八一三年四月十六日永眠した。遺体はペテルブルグのカザン聖堂に埋葬された。

23　トルストイは医学や医者の治療行為に懐疑的だった。

例の公爵令嬢姉妹の長女だった。彼女はエレツのピエールの領地に暮らしていたが、彼が助け出されて病気にかかったと聞きつけて、看病に駆け付けたのだった。

回復の途上でピエールは、この数か月の間ついて離れなかった印象からようやく少しずつ解放され、明日自分をどこかに向けて追い立てるような者も、暖かいベッドを自分から取り上げるような者も、誰一人いないし、自分には昼食も、茶も、夜食も、確実に与えられるのだという考えに、徐々に慣れてきた。とはいえ、長いこと、相変わらず捕虜の境遇にいる夢を見た。捕虜から解放された後で知ったアンドレイ公爵の死、妻の死、フランス軍の壊滅といったニュースも、同じく少しずつしか頭に入ってこなかった。

モスクワから連行された時の最初の休憩地で彼が初めて意識した、人間に固有の、生来の完全なる自由の喜ばしい感覚が、回復期のピエールの胸を満たしていた。思いがけないことに、外部の状況に左右されないその内的な自由に、今や有り余るほどの、ふんだんな外的な自由までもが具わっているのだった。彼は馴染みのない、知人もいない町に、ただ一人でいた。誰からも何一つ要求されることもなければ、どこへも送り出されはしなかった。ほしいものは何でも手元にあったし、かつて絶えず彼を悩ませていた妻についての思いも、すでに消えていた。妻ももはやいなかったからである。

「ああ、何と良い気分だろう！ 何と素晴らしいんだろう！」香ばしい肉スープ(ブイヨン)がきれいなクロスで覆われたテーブルに載せて運ばれてくるとき、あるいは夜にふかふかの清潔なベッドに身を横たえる時、あるいは妻もフランス軍ももはやいないのだという思いがふと頭に浮かぶとき、彼は胸の内で言うのだった。「ああ、何と良い気分だろう！ 何と素晴らしいんだろう！」それから、昔からの癖で自分に問う――ふん、それで？ 僕は何をするんだ？ そうしてすぐに自分に答えるのだ――何もしない。ただ生きるのさ。ああ、何と素晴らしいんだろう！

かつて彼がそれゆえに悩み、絶えず探し求めていた当のもの、すなわち人生の目的なるものが、今や彼には存在しなかった。求めるべき人生の目的が、単に今の瞬間に限って、たまたま存在しないというのではなかった。彼は人生に目的などないし、あるはずがないということを実感していた。そしてこの目的の不在が、例の完全なる、喜ばしい自由の意識を与え、それがこの時の彼の幸福感を生んでいたのである。

彼が目的を持ちえないのは、今や信仰を持っていたからである。それは何かの法則や言葉や思想に対する信仰ではなく、生きた、常に感知可能な神への信仰だった。以前の彼は、自分に課した目的の内に神を探していた。目的の探求とは、神の探求にほかならなかった。だが捕虜になっていた間に彼はふと悟った、それも言葉によってでも考察によってでもなく、直接の感覚で悟ったのだ——昔乳母が言っていたとおり、神さまは、ほらここにも、あそこにも、どこにでもいるのだ、ということを。彼が捕虜だった間に悟ったのは、プラトンの中にいる神の方が、フリーメイソンたちが有難がっている世界の建設者（アルヒテクトン）の中にいる神よりも、より大きく、無限で、計りがたいということだった。じっと目を凝らして遠くを見つめていたら、探していたものが自分のすぐ足元にあったのに気づいた、そんな人間にも似た気持ちを彼は味わっていた。これまでずっと周りの人々の頭上のどこか高みを見つめてきたのだったが、そんなに目を凝らしたりせず、ただ目の前を見さえすればよかったのである。

以前の彼は、何ものの内にも偉大なるもの、不可知なもの、無限なものを見出せずにいた。ただそうしたものがどこかにあるはずだと感じ、探していただけだ。近きもの、理解可能なものはすべて、彼にはただ有限な、卑小な、下世話な、無意味なものとしか思えなかった。彼は知の望遠鏡を装備して、遠方を見つめていた。その遠方においては、同じ卑小で下世話なものが、遠くの霧かげに隠れてはっきり見えなかっただけなのに、彼の目には偉大で無限なるものと映ったのだ。ヨーロッパの暮らし、政治、フリーメイソン、哲学、博愛といったものを、彼はそんなふうに受け止めて有難がっていたのだった。しかし当時でさえ、自分で自分の弱みだと見なしていた心理状態に陥った瞬間には、彼の理性がその遠方まで見通して、そこにもまた同じく卑小な、下世話な、無意味なものを見出していたのであった。さて今や、あらゆるものの内に偉大なもの、永遠なもの、無限なものを見出すことを覚えた彼は、そうしたものを見つけ、じっくりと鑑賞して楽しむために、おのずとこれまで人の頭越しに世界を覗いていた望遠鏡を打ち捨てて、自分の周囲の、絶えず変化し、永遠に偉大な、不可知でかつ永遠の生を、喜ばしい気持ちで眺めていた。そうして見つめる対象が身近になればなるほど、彼はますます心が落ち着き、幸せになった。かつて彼の知の営みを破壊し続けていた「なぜ？」という恐るべき疑問は、今や彼には存在しなかった。今やその「なぜ？」という問いに対しては、胸の内に常に一つの単純な答えが用意されていたからである。それは、なぜならば神がいるから、そしてその神の意志なしでは、髪の毛一本たりとも人の頭から落ちることはないのだから、という答えだった。

## 13章

ピエールは、表面的な立ち居振る舞いの点では、ほとんど変化を見せなかった。見た感じはまさに以前通りだった。以前と同様ぼんやりとしていて、目の前のことではなく、何かしら自分だけの、特殊な事柄に心を奪われているように見えた。以前と今の状態の違いはと言えば、以前は、目の前のものごとや自分に話しかけられている事柄が意識から外れてしまっている時には、彼はまるで苦悶する人のように額に皺を寄せ、どこか自分から遠く離れたところにあるものを見極めようとして果たせないといった様子をしていたものだ。今でも同様に、話しかけられている事柄や目の前にあるものから意識が離れていることがあったが、しかし今やそんな時の彼は、うっすらと、なんだか茶化すような笑みを浮かべながら、まさに目の前のものをしげしげと見つめ、語り掛けられていることにじっと耳を傾けており、ただ明らかにその目も耳もまったく別のものを捉えているのであった。以前の彼は、善良でありながらも、不幸な人間に見えた。それで人々は何となく、彼を敬遠しがちだった。今や、彼の口元には絶えず生を喜ぶ笑みが漂い、目には人々への思いやりの光が、『みんなも自分と同じように満足しているだろうか？』という問いとなって輝いていた。だから人々は、彼と一緒にいるのが心地よかったのだ。

以前の彼はお喋りで、喋ると熱くなって、あまり人の話を聞こうとしなかった。今の彼はめったに話に夢中になることはなく、人の話を上手に聞くので、人々は好んで胸の底にしまった秘密を打ち明けるのだった。

例の公爵令嬢は、かつて一度もピエールを好きになったことがなく、老伯爵の死後、自分がピエールの恩を被(こうむ)っている身だと思い知らされて以来、彼に格別の敵意を抱くようになってきた。今度オリョールまでやって来たのも、ピエールの忘恩にもかかわらず、自分は彼の面倒を見てやるのを義務と心得るのだということを、ピエールに見せつけてやろうという意図によるものであったが、しかるに、当人にとってもいまいましく、また意外だったことに、ちょっとオリョールにいた間に、彼のことが好きになっているのを自覚したのであった。ピエールは一切公爵令嬢のご機嫌を取るようなそぶりを見せなかった。ただ興味深そうに彼女を観察していた。以前公爵令嬢は、自分に向けられる彼の視線の内に無関心や嘲笑を感じ取り、それで他の者たちに対してするのと同じように、彼に対して頑(かたく)なになり、自分の生き方の戦闘的な側面だけを相手に見せていた。ところが今や反対に、彼女は、あたかもピエールが自分の人生の最も奥深い層まで理解しようとしてくれているかのような感覚を覚え、はじめは半信半疑で、次には感謝の気持ちを込めて、自分の性格の奥底にある善良な側面を彼に見せるようになったのである。

たとえどんなに狡猾な人間であれ、これほど巧みに公爵令嬢に最良の青春時代の思い出を呼び起こさせ、それに共感を示して、彼女の信頼を勝ち得るような真似はできなかったことだろう。ところがピエールにそんな離れ業ができたコツはと言えば、このひねくれ、干からびて、独特のプライドを持った公爵令嬢の心中に人間らしい感情を呼び起こすことを、ただ自分の歓びとして追求したことに尽きるのだった。

『そう、この人はとっても、とってもいい人なんだわ――悪い連中を避けて、私のような人間の影響を受けているかぎり』そんなふうに公爵令嬢は、自分に言い聞かせたものだった。

ピエールの内に生じた変化には、召使のテレンチーとワーシカもまたそれなりに気付いていた。彼らは、ご主人がだいぶ気さくになったとみていた。テレンチーはしばしば、ご主人さまの夜の着替えを済ませて、ブーツと服を手に持った格好でお休みなさいませの挨拶をした後、すぐに引き下がろうとせずに、ご主人さまが話をはじめはしないかと待ち構えていた。するとたいていの場合ピエールは、相手が話したがっているのに気づいて、呼び止めてやるのだった。

「なあ、ひとつ話してくれよ……いったいどうやってお前たちは食い物を手に入れていたんだい？」彼は訊ねる。するとテレンチーは、廃墟と化したモスクワの話や、亡くなった伯爵の話をしはじめ、そのまま長いこと衣類を持ったまま立ち話をして、また時にはピエールの話に耳を傾ける。そうしてご主人に親しく接してもらったこと、自分が御主人に親愛の情を抱いていることを喜ばしく意識しながら、玄関部屋へと引き下がるのだった。

ピエールの主治医として毎日往診してくる医者は、医者の建前として、自分の一分一秒が苦しむ人類のために貴重なのだというふりを装うのを義務と心得ていたにもかかわらず、何時間もピエールの家に腰を据えて、自分の好きな話をし、また患者一般、とりわけ女性患者の気質に関する観察を披露した。

「いやあ、まさにこんな方となら、ちょっとお話しするのも愉快ですな。この辺の田舎では、なかなか味わえないことです」医者はそんなふうに言うのだった。

オリョールには捕虜になったフランス軍将校も何人か暮らしていて、医者はその一人である若いイタリア人将校を連れてきた。

その将校はピエールのもとに通ってくるようになったが、そのイタリア人がピエールに示す親愛の情の強さには、例の公爵令嬢も笑ったものだった。

どうやらそのイタリア人が幸せを感じるのは、ピエールのもとを訪れて話をかわし、彼を相手に自分の過去のことや、家庭生活や、恋愛の話を語り聞かせ、フランス人に対する、とりわけナポレオンに対する自らの怒りをぶちまける時だけだったようだ。

「もしもロシア人がみんな、多少なりともあなたのような人間だったら」と彼はピエールに言うのだった。「あなた方のような国民を相手に戦争をするなんて、神への冒瀆ですよ。だってフランス軍からこれだけの被害を受けたのに、あなたは連中に恨みさえ抱いていないじゃないですか」

こうして今やピエールがイタリア人将校の熱烈な親愛を勝ち得たのも、ただ単に相手の内にその心の最良の面を呼び覚ましたうえで、それをじっと愛でていたからに他ならなかった。

ピエールのオリョール滞在も最後の頃になって、昔なじみのフリーメイソン会員が彼を訪ねてきた。ヴィラールスキー伯爵、すなわち一八〇七年にピエールを支部に入会させた人物である。ヴィラールスキーは、このオリョール県に大きな領地をもつ裕福なロシア人女性と結婚して、今はこの町で糧食関係の臨時の職に就いていた。

ピエールがオリョールにいるのを知ったヴィラールスキーは、一度も昵懇の間柄になったためしはなかったにもかかわらず、砂漠で巡り会った人同士がたいていするように、友情と親愛の念を表明しにやって来たのだった。このオリョールで退屈していたところへ、自分と階層を同じくして、また関心も共有すると思われる人物と遭遇して、うれしかったのである。

ところが、ヴィラールスキーはすぐにあることに気づいて驚いた――ピエールは真っ当な生活の道をすっかり外れており、内心診断したところでは、無関心とエゴイズムに陥ってしまっているのだった。

「あなたはちょっと無気力になられましたね」彼は相手に言ったものだ。にもかかわらず、ヴィラールスキーには昔よりも今のピエールの方がつき合いやすかったので、毎日彼のもとへ通ってきた。ピエールの方は、今こうしてヴィラールスキーの顔を見てその話を聞きながら、自分自身もつい最近までこれと同じような人間だったのだと考えると、不思議な、信じられぬような気がしてくるのだった。

ヴィラールスキーは妻帯している家庭人で、妻の領地の経営もすれば公務にも携わり、家族の世話もしていた。しかもそうした仕事のすべてを、本人は人生の夾雑物(きょうざつぶつ)と見なし、蔑(さげす)むべきものと思っていた。なぜならば自分一個人と家族の福利を目的とした作業だからである。軍事、行政、政治、フリーメイソンに関する考えが、絶えず彼の意識を引き付けて離さなかった。そしてピエールは、相手の見解を変えようともせず非難もせぬまま、例のごとく絶えず静かで楽しげな、茶化すような笑みを浮かべながら、そうした奇妙な、とはいえひどくなじみ深い現象に見とれているのだった。

ヴィラールスキーや公爵令嬢や医者や、その他この頃会うようになったすべての人々に対するピエールの態度には、ある新しい特徴があって、それが皆の彼に対する好感を生んでいた。それは、誰もがそれぞれの考え方や感じ方やものの見方をする可能性を認め、言葉で人の信念を覆すことの不可能性を認める態度であった。各人が有するそうした真っ当な特殊性は、かつてはピエールを動揺させ、苛立たせたものだったが、今やそれこそが人々に対する彼の関心と興味の基盤となっていた。人の考え方とその人の生活との間の、あるいは人のいろいろな考え方同士の間の食い違いや、時には完全なる矛盾がピエールを喜ばせ、諧謔を含んだ控え目な笑みを浮かべさせるのだった。

実生活上の事柄においてピエールは、今や図らずも自分の内に、以前にはなかった重心というものができたのを感じ取っていた。以前は個々の金銭問題、とりわけ大金持ちの身として非常にしばしば直面する借金の申し込みに、いちいち困惑し、どうしたものかと悩んだものだった。『貸してやろうか断ろうか？』と彼は自問するのだった。『僕には金があり、彼には金が必要だ。しかし、もっと金が必要な者は他にもいる。どちらがより必要としているのか？　でももしかして、二人ともペテン師だったら？』そうした仮定を積み上げたあげく、以前の彼は何の解決も見出せぬままに、与えるものがある限り、あらゆる相手に分け与えていた。自分の資産に関することでも、ある者がこうすべきだと言い、別の者が別の提案をするような場合、かつての彼はそのたびに、これとまったく同じ判断不能の状態に陥ってきたのだった。

今では、自分でも驚いたことに、この種のどんな問題に関しても、彼はもう何の疑いも迷いも感じなくなっていた。彼の内部には今や判定者がいて、本人にも分からぬ何らかの法に則して、何をすべきか、何をすべきでないかを判断してくれるのだ。

以前と同様金銭問題には無関心だったが、今では彼は、何をすべきか、何をすべきでないかを、はっきりと弁(わきま)えていた。彼の内なる新たな判定者の最初の判断対象となったのは、捕虜となったフランス軍大佐からの借金申し込みだった。この人物は彼のところへやって来て、自分の軍功を延々と物語ったあげく、最後に、妻子への仕送りとして四千フラン出してくれと、ほとんど強要口調でピエールに申し込んだのである。ピエールはいささかの困難も緊張も覚えずにこれを断ったが、後になって、昔はどうしようもないほど難しく思われたことが、今ではこんなにもするりとあっけなくできたことに、驚いたものだった。こうして大佐の借金を断る一方で、彼は明らかに金に困っている例のイタリア人将校に対しては、オリョールを去る際に、何とかうまい策を講じて金を握らせねばならないと決めていた。自分が実生活上の問題に対する態度を確立したことをピエールに改めて証明してくれたのが、亡妻の負債問題およびモスクワの屋敷や別荘を建て直すか否かという問題に関する決断だった。

オリョールまで出向いてきた総支配人を相手に、ピエールはすっかり変わってしまった自分の収入の概算を行った。総支配人の見積もりでは、モスクワの火災はピエールにおよそ二百万ルーブリの損害を与えていた。

こうした痛手の慰めとして、総支配人はある試算を示したが、それによれば大きな損失にもかかわらず、ピエールの収入は減らないばかりか増えるというのであった。ただしそれには、妻が残した、払ういわれのない負債の返却を拒否し、さらに毎年八万ルーブリの経費を要するうえに何の収益も生まないモスクワの屋敷とモスクワ郊外の別荘の再建をやめるならば、という条件が付いていた。

「そうそう、もっともだね」ピエールは明るい笑顔を浮かべて言った。「まったく、僕には必要ないものばかりだからね。つまり財産をなくしたおかげで、僕はずっと豊かになったわけだ」

しかし一月になるとモスクワからサヴェーリイチがやって来て、モスクワの状態を伝え、建築士が邸宅と郊外の別荘の建て直しのために作った見積もりを、あたかも決まったことのように伝えた。ちょうど同じころ、ピエールはワシーリー公爵ほかペテルブルグの知人たちからの手紙を受け取った。それらの手紙には、亡妻の負債のことが書かれていた。そこでピエールは、自分があれほど気に入った総支配人の計画に不備があったと判断し、妻の件に決着をつけるために自分はペテルブルグへと赴く必要がある、そしてモスクワに住居を構える必要があると決心した。なぜそうする必要があるかは分からなかったが、それが必要なことは、間違いなく分かったのだ。こうした決断によって、彼の収入は四分の三も減少した。だがそれは必要なことだったし、彼はそれを感じていたのである。

ヴィラールスキーもモスクワへ出かけるところだったので、彼らは一緒の馬車で行くことに決めた。

オリョールでの回復期を通じて、ピエールは歓喜と自由と生命の感覚を味わってきたが、今度の旅行の間自由な世界にいて、何百人という新しい人々と出会ってみると、そうした感覚がますます強いものとなった。旅の間ずっと、彼は休暇中の小学生のような喜びを味わっていた。御者も宿駅長も道中や村で出会う百姓たちも、あらゆる人物が彼にとって新しい意味を持っていた。いつも脇にはヴィラールスキーがいて、やれロシアは貧しいだの、ヨーロッパに遅れているだの、無知蒙昧（もうまい）だのと、絶えず愚痴を言っていたが、そんなヴィラールスキーの存在とその発言も、ただ彼の歓びを高めるばかりであった。ヴィラールスキーが死のような沈滞を見るところに、ピエールは並外れて強靱（きょうじん）な生命力を見ていた。それこそが雪に埋もれたこの広大な空間の中で、全ての、比類のない、一体としての国民の生を支えている力であった。彼はヴィラールスキーには反論もせず、なるほどごもっともといった調子で（というのも、議論してもしょせん何も生まれないし、見せかけの同意こそがそんな不毛な議論を避けるための一番の近道だったから）、ニコニコしながら相手の話を聞いていたものである。

## 14章

掘り返された蟻塚の蟻たちを見ていると、あるものたちはごみくずやら卵やら仲間の死骸やらを引きずって蟻塚から離れていき、またあるものたちは蟻塚に戻っていくが、彼らが何のためにどこへ急いでいるのか、何のために互いにぶつかり合ったり、追いかけ合ったり、喧嘩したりしているのか、説明するのは難しい。同様に、フランス軍が出て行った後、かつてモスクワと呼ばれた場所へと、ロシア人たちが群れをなして集まった原因を説明するのも、また困難である。しかし、蟻塚が完全に破壊されているにもかかわらずその周囲に群がっている蟻たちを見ていると、うごめいている彼らの粘り強さと活力及びそのおびただしい数自体から、たとえすべてが破壊されても、何かしら破壊しえないもの、物質ではないものが残っており、それが蟻塚の力のすべてを成しているのだということが分かってくる。同様に、この十月のモスクワも、行政府も教会も聖物も富も家々も失われていたにもかかわらず、八月のモスクワと同じモスクワであった。すべては破壊されていたが、何かしら物質ではないもの、しかも強靭で破壊しえないものが残っていたのである。

敵が消えた後のモスクワへ四方八方から押し寄せてきた人々の動機は極めて多様な、それぞれ個人的なものであったが、初期においては概ね野蛮な、動物的なものだった。ただ一つ、全員に共通する動機は、かつてモスクワと呼ばれていた場所に行って、そこでひと働きしてみたいというものであった。

モスクワの住民の数は、一週間後にはすでに一万五千、二週間後には二万五千という調子で増えていった。うなぎ上りに増えていくその数は、一八一三年の秋には一八一二年の人口を上回るまでになったのである。

最初にモスクワに入ってきたロシア人は、ヴィンツィンゲローデ部隊のコサックたちと、近隣の村々の百姓たち、およびモスクワから逃げて近郊に身を隠していた元住民だった。荒廃したモスクワに入ってきたロシア人たちは、略奪の形跡を見て自分たちもまた略奪を始めた。フランス軍がやったことを引き継いだのである。百姓たちは荷馬車でモスクワへやって来て、荒れ果てた家屋や通りに放置されていたものを一切合財村々へと運んで行った。コサックたちは運べるだけのものを自分たちの宿営へ持ち去り、家屋の持ち主たちは他所の家で見つけたものをそっくりかき集めては、自分の所有物だという口実をつけて自宅へ持ち帰った。

　しかし第一陣の略奪者集団に続いて第二陣、第三陣が押し寄せ、略奪者の数が増えるにつれて、略奪は日々困難の度を加え、次第に一定の形をとるようになった。

　フランス軍が最初に見たモスクワは、空っぽではあったが有機的かつ正常に機能してきた都市の形態をきちんと備え、商業、手工業、奢侈（しゃし）、行政、宗教の諸部門が残っていた。活動はやめて形骸化していたが、まだ存在していたのだ。商店街も大小の店も倉庫も、バザールもあって、大半はまだ商品を有していた。工場や作業所もあった。贅沢品であふれかえった宮殿や裕福な屋敷もあった。病院も監獄も役所も教会も、大聖堂もあった。フランス軍が長く居座れば居座るほどにそうした都市生活の形式は崩れていき、ついにはすべてが見分けも付かぬひとかたまりの、生命のない略奪の場と化してしまったのである。

　フランス軍による略奪は、長引けば長引くほどますますモスクワの富を破壊し、そして略奪者たちの力を削（そ）いでいった。主都奪還の端緒となったロシア人による略奪は、長引けば長引くほど、参加者の数が増えれば増えるほど、ますます急速にモスクワの富と正常なる都市生活を復興させていった。

略奪者の他にも、好奇心やら職務上の義務感やら打算やら、様々な動機にうながされてやって来たきわめて多様な者たち、すなわち家屋の持ち主、聖職者、上級官吏や下級官吏、商人、職人、百姓などが、ちょうど血液が心臓に集まるように、四方八方からモスクワに流れ込んできたのだった。

一週間もするともう、モノを運び出そうと空の荷馬車でやって来た百姓たちが役人たちに停められ、死体を町から運び出す作業を強制されるようになった。すると仲間の失敗談を聞きつけた別の百姓たちが、小麦や燕麦や乾草を馬車に積んで町まで売りにやって来て、互いに値引き合戦をしたあげく、以前よりも低い価格で売るようになった。大工の組合が高い工賃をあてにして毎日モスクワへ入ってくるので、あちこちで家が新築されたり、焼けた家が改修されたりしていた。商人たちはバラック小屋で商売をはじめた。食堂や旅籠（はたご）も焼け焦げた建物で開業した。聖職者たちは類焼を免れた多くの教会で勤行を再開した。略奪に遭った教会に道具類を寄進する篤志家たちもいた。官吏たちは小さな部屋にラシャを敷いた自分のデスクと書類戸棚を設置した。市当局と警察は、フランス軍の撤退後に残された財産の分配の任に当たっていた。他の屋敷から運ばれてきた品物がたくさん残されていた屋敷の主人たちは、すべての物品をクレムリンの宝物殿（グラノヴィータヤ・パラータ）に集めるのは不当であると文句を言っていた。別の者たちは、フランス軍はいろんな屋敷から持ってきたものを一か所にまとめたわけだから、ある家にあったものをその家の主人にすべて与えるのは不当であると力説した。警察の悪口を言う者もいれば、買収しようとする者もいた。焼けた官品の見積書を十倍に水増しする者もいれば、補助金の請求をする者もいた。ラストプチン伯爵は例のごとく宣伝ビラを書いていた。

## 15章

一月末にピエールはモスクワに到着し、類焼を免れた翼屋（よくおく）に身を落ち着けた。ラストプチン伯爵を訪ね、モスクワに戻っていた何人かの知人を訪ねてから、三日目にはペテルブルグに移るつもりだった。皆が戦勝を寿い（ことほい）でおり、ひとたび滅びてまたよみがえろうとしている首都では、何もかもが生気をたぎらせていた。ピエールを見るとみんな喜んだ。誰もが彼に会いたがり、誰もが彼の見てきたことを根掘り葉掘り訊ねた。ピエールは会う人すべてに対して、自分が格別好意的な気分になっているのを感じた。ただし今の彼は無意識に誰に対しても慎重な態度をとり、自分を拘束するような発言は一切しないようにしていた。重要な質問であれ、ほんの些細な質問であれ、どんな質問をされても、彼の答えは一様にあいまいだった。「どこに住まわれるつもりですか？」とか、「お屋敷を新築されますか？」とか、「いつペテルブルグへお出かけですか、またその際に荷物を一つお願いできますか？」とか、何を訊かれても、彼は「はあ」「おそらく」「考えているところでして」といった、とらえどころのない答えを返すばかりであった。

ロストフ家の人々に関しては、コストロマにいるということは聞いていたが、ナターシャについての思いが頭に浮かぶことはまれだった。仮に浮かぶとしても、それはただ遠い過去の快い思い出にすぎなかった。彼は自分が実生活上のいろんな条件から自由になったばかりでなく、かつて自分が意識的に胸中に掻き立てたような気のするそんな感情からも、自由になった気がした。

モスクワへ来て三日目にピエールはドルベツコイ家の人たちから、ボルコンスキー公爵家のマリヤがモスクワにいるのを知らされた。アンドレイ公爵の死や苦しみや最期の日々については、これまでも幾度となく思いを巡らしたものだったが、それが今あらためてまざまざと頭に浮かんできた。マリヤがモスクワにいて延焼を免れたヴズドヴィージェンカの屋敷に暮らしているということを午餐の席で知らされた彼は、早速その晩に彼女の家へ出かけた。

マリヤのもとへ向かう道中、ピエールはずっとアンドレイ公爵のことを、自分と彼との友情のこと、彼との様々な出会いのこと、とりわけボロジノでの最後の出会いのことを考え続けていた。

『はたしてあの人は、あの時のような恨みがましい気分のまま死んでいったのだろうか？　はたして死の直前に、生の意味が解明されるようなことはなかったのだろうか？』ピエールは思った。彼はあのプラトンのことを、その死のことを思い起こし、自分が無意識に二人の人物を比較し始めていた。両者はあれほどに異なっていながら、自分が両者に抱いていた愛情の点でも、またともにかつて生きていて、今は死んでしまったということからしても、実によく似ていたからである。

きわめて真面目な気分でピエールは、かの老公爵の屋敷に馬車を乗りつけた。屋敷はしっかりと残っていた。荒らされた痕跡は見えたが、屋敷の風格は昔のままだった。ピエールを迎えた厳しい顔つきの老年の召使は、ご主人さまが亡くなられても当家の秩序は変わりませんと客にアピールしたいかのような口調で、お嬢さまは自室に下がられておりまして、お客さまとの面会日は日曜日でございます、と言った。

「取り次いでくれ。もしかしたらお会いくださるかもしれないから」ピエールは応じた。

「承知いたしました」召使は答えた。「ではどうぞ肖像の間へお通りください」

しばらくすると、ピエールのもとに召使とデサールが現れた。デサールが公爵令嬢になり代わってピエールに告げたのは、喜んでお目にかかりたいので、失礼ながら、もしもかまわなければ、そのまま階上の自分の部屋までお通り願いたいとのことだった。

一本の蠟燭(ろうそく)だけで照明された天井の低い小部屋に、マリヤとさらに誰か一人、黒服をまとった人物が腰を下ろしていた。ピエールはこの公爵令嬢にはいつもお相手役(コンパニオンカ)がいたのを覚えていた。ただそうしたお相手役がいったいどこのどんな女性だったのかは、ピエールは知らなかったし、記憶もなかった。『あれもお相手役の一人だろうな』黒服の女性をひと目見て、彼はそう思った。

マリヤは彼を迎えてすっと立ち上がり、片手を差し伸べた。

「ああ」客の口づけを手に受けた後で、すっかり変わってしまった相手の顔を見つめながら、マリヤは言った。「やっとお会いできましたわね。兄は最後の頃、よくあなたのお噂をしていましたわ」そう言いながら彼女は、ピエールに向けていた眼をすっとお相手役の方に振り向けたが、そのどぎまぎした様子がピエールを一瞬ハッとさせた。

「あなたが救出されたと知った時は、大喜びしましたわ。ずいぶん久しぶりに受け取った、たった一つのよい知らせでしたから」また一段と落ちつかぬ様子でお相手役を振り返ると、マリヤは何か言おうとしたが、ピエールがそれを遮った。

「ご想像がつきますか、僕はお兄さまのことを何も知らなかったんですよ」彼は言った。「僕はあの人が戦死したものと思っていたのです。僕が知ったことは全部人づての、また聞きの情報だったんです。分かっているのはただ、お兄さまがたまたまロストフ家の方々のお世話になったということで……何という巡り合わせでしょう！」

ピエールは早口で生き生きと喋っていた。一度だけちらりとお相手役の顔に目を遣り、じっと自分に向けられた、注意深く優しい、興味深げな視線を捉えると、こうした談話の際によくあるように、彼はなんとなく、黒服を着たこのお相手役の女性が、愛すべき、優しい、立派な人物で、自分とマリヤが打ち解けた話をしても邪魔したりしないだろうということを感じ取った。

だが彼が話の最後にロストフ家のことを口にした時、マリヤの顔に浮かんだ動揺の色が一層濃くなった。彼女はまたもやピエールの顔から黒衣の女性の顔へと目を走らせて、こう言った。

「お気づきになりませんの、本当に？」

ピエールはもう一度、青白く痩せた、黒い目と風変わりな口元をしたお相手役の顔に目を遣った。何かしら懐かしい、ずっと忘れていた、ただ感じがいいという以上のものが、その注意を凝らした目の奥からこちらを見ていた。

『いや、しかし、そんなはずはない』彼は思った。『あの厳しい表情をした、痩せた、青白い、ふけた顔が？　あれがあの人であるはずがない。ただ面影が似ているだけさ』だがその時マリヤが「ナターシャよ」と言った。すると注意を凝らした眼をした女性の顔が、まるで錆びついたドアが力ずくで開かれるときのように、ぎこちなく、たどたどしく微笑(ほほえ)んだ。するとその開いたドアの奥から、とっくに忘れていた、特にこの瞬間には思いもよらなかった幸せの香りが不意に立ち上り、ピエールを包んだ。香り立ち、彼を捉え、まるごと呑み込んでしまった。彼女がにっこりと微笑んだ時には、すでに疑いはありえなかった。それはナターシャであり、彼は彼女を愛していた。

最初の一瞬でもうピエールは、彼女にもマリヤにも、そして大事なことに自分自身に向かっても、自分でも知らなかった秘密を思わず明かしてしまっていた。彼はさっと顔を赤らめたが、それはうれしげでもあり、また苦しむ病人のようでもあった。彼は自分の動揺を隠そうとした。だが隠そうとすればするほど、ますますはっきりと――どんなにきちんとした言葉で語るよりももっとはっきりと――自分が彼女を愛しているということを、自分にも彼女にもマリヤにも表明してしまうのだった。『いや、これはただ不意を衝かれただけさ』とピエールは考えた。しかしマリヤと始めた話の先を続けようとした途端に、またもやナターシャにちらりと目を遣ると、彼の顔が一層濃い朱に覆われ、一層強い歓喜と恐怖の動揺がその胸をとらえた。彼はしどろもどろになって、途中で話をやめてしまった。

ピエールがナターシャに気付かなかったのは、こんなところで会おうとは夢にも思わなかったからだったが、しかしまた、一瞥以来彼女のうちに生じた変化があまりにも大きかったからでもあった。彼女は痩せて血色が悪くなっていた。しかし彼女を見違えさせた原因はそれではなかった。彼が部屋に入った瞬間に彼女に気付かなかったのは、かつてはその目に絶えず生命の歓びを宿したひそかな笑みを輝かせていた彼女の顔に、さっき部屋に入って初めてちらりと見た時には、喜びのかげさえ浮かんでおらず、ただ注意深い、優しい、悲しげに問いかけるような眼があったばかりだったからであった。

ピエールの動揺はナターシャの動揺を呼ぶことはなく、ただ彼女の顔全体をかすかに輝かす満足の表情を呼んだのみであった。

## 16章

「ナターシャさんは私のところにお客にいらしているんですよ」マリヤは言った。「ご両親も近日中にお見えになります。お母さまはひどくお力落としで。でもナターシャさんご自身がお医者に診てもらわなくてはいけない状態でしたので、無理やり私といっしょによこされたんです」

「まったく、どんな家庭にもそれぞれ悲しみのタネがありますからね」ピエールはナターシャに向かって言った。「ご存知ですか、あの事があったのは、ちょうど僕たちが救い出された日だったんですよ。僕は弟さんを見ました。実に素晴らしい少年でしたね」

ナターシャは彼を見つめていたが、この言葉への反応は、ただその目がより大きく見開かれ、そこに光が宿っただけだった。

「慰めに何か言ったり考えたりできるでしょうか？」ピエールは続けた。「できません。あんなに素晴らしい、元気はつらつとした少年が、どうして死ななければならなかったのでしょうか?」

「そうですね、難しいでしょうね、今の時代に信仰なしで生きるとしたら……」マリヤが言った。

「いや、そうですね。まったくおっしゃる通りです」ピエールが急いで口をはさんだ。

「なぜですの?」ナターシャがじっとピエールの目を見ながら問いかけた。

「なぜって、どういうこと?」マリヤが言う。「だって、あの世で何が待っているかって考えただけでも……」

マリヤの言葉をしまいまで聞こうともせずに、ナターシャはまた問いかける目でピエールを見た。

「それに」とピエールが後を受ける。「われわれを支配している神がいるのだと信ずる者だけが、この方の、そして……あなたの味わったような喪失を乗り越えることができるからですよ」ピエールは言った。

ナターシャは何か言おうとしてすでに口を開いていたが、急にやめてしまった。ピエールは急いで彼女から顔を背け、またマリヤの方に向き直って、親友だった人物が最後の日々をどう過ごしたかを訊ねた。ピエールの動揺は今ではほとんど消え去っていたが、しかしそれと同時に、彼の感覚では、さっきまでの自由もすっかり消え去っていた。今や自分の言葉と行為の一つ一つに審判者がいて評価を下し、そしてその評価こそが、世界中のすべての人々の評価よりも自分には大事なのだ――彼はそう感じていた。彼は今、自分の言葉で語ると同時に、その自分の言葉がナターシャに与える印象を考慮していた。わざと彼女の気に入りそうなことを語るというのではなかったが、何を語っても、その発言をした自分を彼女の観点から評価していたのである。

アンドレイ公爵の最期の状況を見たままに語るはめになったマリヤは、こうした場合の常として、はじめは口が重かった。だがピエールの発するいろんな問いや、その熱のこもった憂いに揺れるまなざし、興奮のために震える顔に刺激されて、話は次第に、彼女が脳裡に再現することを自ら恐れていた細かな部分にまで及ぶようになった。

「はあ、そうですか、なるほど、なるほど……」マリヤに覆いかぶさるように全身前のめりになって、むさぼるように相手の話を聞きながら、ピエールはそんな相槌を打った。「はあ、はあ、するとあの人は安心の境に到達されたわけですか？　穏やかな気持ちになられたのですね？　あの人はあんなふうに常に全身全霊でただ一つのことを、完全に善き人間になることを求めてこられたわけですから、死を恐れたはずがありません。あの人の欠点も――もしそんなものがあったとしてですが――あの人に起因するものではないのです。ではあの人は穏やかな気持ちになられたのですね？」ピエールは言った。「しかし幸いでしたね、あの人があなたと再会できたのは」急にナターシャの方を向いてその涙をたたえた目を見つめながら、彼は言った。

ナターシャの顔がビクッと震えた。そのまま暗い表情になり、一瞬目を伏せる。話すべきか話さぬべきか――彼女は瞬時ためらっていた。

「ええ、幸いでした」静かな低い声で彼女は言った。「私にとっては確かにあれは幸いでした」彼女はしばし黙り込んだ。「そしてあの人も……あの人も……言ったのです、自分はこうなることを願っていたと。私があの人のところへ行ったとき……」ナターシャの声が途切れた。顔を赤らめ、膝の上で両手を握りしめていたが、不意に、自分を鼓舞するかのように頭を上げると、早口で語り出した。

「モスクワを出る時には、私たち何も知りませんでした。私にはあの人のことを訊ねる勇気がなかったのです。そしたら突然ソーニャが私に告げたのです――あの人が一緒だって。あの人がどんな状態でいるかなんて、私は何も考えませんでしたし、想像すらできませんでした。ただあの人に会わなくては、一緒にいなくてはと思って」身を震わせ、息をあえがせて彼女は語った。そして誰にも口をはさませぬまま、これまで一度も、誰にも話さなかったことを物語った。道中とヤロスラヴリでの暮らしを含めたあの三週間に自分が経験した事柄を。

ピエールはぽかんと口を開けて、涙をたたえた目を片時も逸らさずに、じっと彼女の話を聞いていた。話を聞く彼は、アンドレイ公爵のことも、死のことも、彼女の話すことすらも考えてはいなかった。話を聞きながら彼は、今彼女が語ることによって味わっている苦しみを思い、そんな彼女を痛ましく感じているのだった。

マリヤは涙をこらえようとして顔をくしゃくしゃにしながら、ナターシャのすぐ隣の席で、はじめて聞く兄とナターシャの愛の最後の日々の物語に、耳を澄ましていた。

この苦しくも喜ばしい話を語ることが、どうやらナターシャには必要だったようだ。つまらぬ枝葉末節も大切な秘密もまぜこぜにしながら語るうちに、どうやら話に切りがつかなくなってきたようで、何度か彼女は同じ話を繰り返した。

ドアの向こうでデサールの声がした。ニコールシカを、おやすみのあいさつに入らせてもいいかと訊ねているのだった。

「ええ、これで全部、おしまい……」ナターシャは宣言した。ニコールシカが入ってくると同時に彼女は立ち上がり、ほとんど駆け足でドアに向かうと、厚地のカーテンで覆われたドアに頭をぶつけて、痛いとも悲しいともつかぬうめき声を上げながら、部屋から飛び出していった。

彼女が出て行った戸口を見つめながら、ピエールはなぜかしら、自分が不意に世界で一人ぼっちになってしまった気がしていた。

マリヤが、部屋に入って来た甥っ子に彼の注意を向けることで、われに返らせてくれた。

父親によく似たニコールシカの顔は、今のピエールのように感じやすい気分になっているようなときには、ひどく胸に迫るものがあり、そのために彼はニコールシカにキスをすると急いで席を立ち、ハンカチを取り出して窓辺に寄った。彼はマリヤにいとまごいをしようとしたが、相手は彼を引き留めた。

「いいえ、私とナターシャは、時には二時過ぎまで寝ないで起きているんですよ。どうか、もう少しお残りください。夜食を出すように言いますから。階下にいらしてくださいね、私たちもすぐに参りますから」

ピエールが部屋を出る前にマリヤは彼に言ったのだった。

「あの人が兄のことをあんなふうに語るなんて、これが初めてですわ」

# 17章

ピエールは明るく照明された大きな食堂に案内された。しばらくすると足音が聞こえ、マリヤとナターシャが入って来た。ナターシャは落ち着いていたが、その顔はまたもやあの笑みのない、厳しい表情に固まっていた。マリヤもナターシャもピエールも一様に、通例真面目な、打ち解けた会話を済ませた後に訪れる、決まりの悪い感覚を味わっていた。さっきまでの会話を続けるのは不可能だったが、くだらない話をするのも気が引けるし、かといって黙っているのも居心地が悪かった。なぜなら、話したい気持ちがあるのにこんなふうに黙っているのは、いかにも不自然な気がしたからである。三人は黙って食卓に歩み寄った。給仕たちが椅子を引き、また寄せて、皆が着席した。ピエールは冷たいナプキンを拡げると、沈黙を破る決心をしてナターシャとマリヤを見た。すると、二人も同時に自分と同じ決心をしたのがはっきり見て取れた。人生への満足感と、悲哀ばかりでなく喜びもまた存在するのだという認識が、両者の目の光に表れていたからである。

「ウオッカを召し上がりますか、伯爵?」マリヤが声をかけると、その言葉がたちまち過去のかげを追い払ってしまった。

「ご自分のことを話してください」マリヤは続けた。「あなたに関しては、とても信じられない奇跡のような話が飛び交っているんですよ」

「まったく」今や癖になった、控えめな、茶化すような笑みを浮かべて、ピエールは応じた。「当の僕自身、自分が夢に見たこともないような突飛な出来事を語り聞かされるほどですからね。あのマリヤ・アブラーモヴナは僕を自宅へ招いて、僕の身に起こったこと、あるいは起こったはずのことを、僕にすっかり語ってみせました。ステパン・ステパーノヴィチもまた、僕がどういう話をするべきかを、僕に伝授してくれたのですよ。僕は気がついたんですが、興味深い人物というのになると、概してひどく楽ですね（僕も今や興味深い人物ですから）。なにせ客に呼ばれて話を聞いていればいいのですから」

ナターシャがにっこり笑って何か言おうとした。

「私たちがうかがった話では」マリヤが先を越した。「あなたはモスクワで二百万もの損失を被られたとか。それは本当ですの」

「それどころか、僕は三倍も豊かになりましたよ」ピエールは言った。亡妻の借財と新築の必要とで自分の財政状況が一変したにもかかわらず、ピエールは相変わらず、自分は三倍も豊かになったと言い続けているのだった。

「僕が間違いなく勝ち得たものとは」彼は続けた。「つまりは自由でして……」彼はまじめに語り始めようとしたのだが、先を続けるのを思いとどまった。あまりに自己中心的な話題だと気づいたからだ。

「でも、家を建てていらっしゃるのでしょう？」

「ええ、サヴェーリイチの命令でして」

「ところで、あなたがモスクワに残られた時には、まだ奥様が亡くなられたことをご存じなかったのですか？」マリヤはそう口にして、とたんに赤面した。自由を得たという先ほどの彼の言葉に続いてこんな質問をすれば、自分が彼の発言に、本来含まれていなかったかもしれぬ意味を持たせてしまうことになると気づいたからだ。

「知りませんでした」ピエールは答えた。自由についての彼の発言にマリヤが与えたような解釈を、悪くとる気はさらさらないようだった。「僕が知ったのはオリョールに行ってからです。ご想像もつかないほどのショックを、僕は受けました。僕たちは模範的な夫婦ではありませんでしたが」ちらりとナターシャに目を遣り、その顔に、この人は自分の妻をどのように評価するだろうかという好奇の色を読み取ると、彼は早口で言った。「しかし妻の死は僕にはひどいショックでした。二人の人間が争っている場合、常に非は双方にあります。ところが、片方がもはやいなくなったとなると、その相手に対するこちらの非が、にわかに恐ろしく重くなるのですよ。しかもその死に方が……友もなく、慰めもなく死んでいったのですから。僕は妻をとても、とても哀れに思います」言い終えた彼は、ナターシャの顔にうれしげな共感の表情を読み取って満足した。

「ともかく、これであなたはまたもや独身の花婿候補というわけですね」マリヤが言った。

ピエールは急にひどく真っ赤になり、長いことナターシャの方を見ないように努めていた。ついに思い切って彼女に目を遣ると、その顔は冷たく、厳しく、軽蔑を含んでいるようにさえ彼には見えたのである。

「ところで私たちはあなたがナポレオンに会って話をしたと聞いているんですが、それは本当ですか？」マリヤが訊ねる。

ピエールは笑い出した。

「いや、根も葉もないことですよ。みんな必ず思い込むんですね――捕虜になるということは、すなわちナポレオンの客になることだって。僕はナポレオンを見たことがないばかりか、彼の噂を聞いたことさえありません。僕ははるかに下層のグループに交じっていたんです」

夜食も終わりかけて、はじめは自分の捕虜生活を語るのを拒んでいたピエールも、徐々にその話に引き込まれていった。

「でも、あなたがナポレオンを殺害するつもりでお残りになったのは本当のことでしょう？」ナターシャが軽く微笑んで訊ねた。「私、あの時見抜いたんですよ、あのスーハレフの塔のところであなたとお会いした時。覚えていらっしゃいますか？」

ピエールはその通りだったと打ち明けたが、この質問を境に、徐々にマリヤととりわけナターシャが繰り出すいろいろな問いに導かれるようにして、自分の体験をこと細かに語り始めたのだった。

はじめのうち彼は、このところ人々に、そしてとりわけ自分に向けるようになった、例の茶化すような、おだやかな目つきで物語っていたのだったが、そのうちに、自分が目撃した悲惨な出来事や人々の苦しみに話が及ぶと、われ知らず話に身が入って、いかにも数々の強烈な印象を味わってきた人物が記憶をたどるような、興奮を押し殺した声で語り始めたのだった。

マリヤはつつましく微笑みながらピエールを見たりナターシャを見たりしていた。彼女はその話の全体に、ひたすらピエールその人と彼の優しさを感じ取っていた。ナターシャは片肘を突いた姿勢で、話の展開とともに表情を変えながら、一瞬も目を離さずにピエールを見つめていた。彼の語ることを、彼と一緒に追体験しているようだった。その眼付きばかりか、彼女が発する嘆声やちょっとした問いからも、ピエールには、彼女が自分の話の中から、まさに自分が伝えたかったことを理解してくれているのが分かった。明らかに彼女は、彼が口にしたことだけでなく、言いたいけれども言葉にならなかったものまで含めて理解していた。自分が守ってやろうとして逮捕されたときの例の子供と女性のエピソードを、ピエールはこんなふうに語った。

「悲惨な光景でしたよ、子供たちはほったらかされて、火事に巻き込まれた子供たちまでいたのですから……僕の目の前で、一人の子供が助け出されましたが……荷物を奪い取られ、イヤリングまではぎ取られた女性たちが……」

ピエールは赤面して一瞬口ごもった。

「そこへ騎兵斥候がやって来て、略奪なんかしていない者まで含めて、男は全員捕まってしまったんです。この僕もね」

「あなたはきっと、ぜんぶを話してはいませんね。きっとご自身で何かなさったんでしょう……」ナターシャはしばし間をおいて言った。「何か良いことを」

ピエールはさらに先を続けた。処刑の話になると、彼は残忍な細部は避けて通ろうとしたが、しかしナターシャは何一つ省略しないよう要求した。

ピエールはあのプラトン・カラターエフのことを語りかけたが（彼はすでに席を立って歩き回っており、ナターシャはその姿を目で追っていた）、そこでふと言葉を止めた。

「いや、あなた方にはお分かりいただけないでしょう、僕があの無教養な人物からどんなことを学んだか。なにしろただのおバカさんなんですから」

「いいえ、いいえ、お話しください」ナターシャは言った。「その人どこにいるのです？」

「殺されました、ほとんど僕の目の前で」こうしてピエールは語り出した、自分たちの撤退の最後の時期のことを、プラトンの病気のことを（彼の声は終始震えていた）、そして彼の死のことを。

自分の体験に関するこんなふうな思い出話を、ピエールはいまだかつて誰にもしたことがなかったし、また胸の内で想起したこともなかった。今彼は、あたかも自分の経験したことのすべてに新しい意味を見出しているかのようだった。今こうしてすべてをナターシャに物語る彼は、男性の話を聞く際に女性が与えてくれる、たぐいまれなる喜びを享受していた。それはいわゆる「賢い」女性ではだめで、そうした女性は話を聞きながら、語られる内容をせっせと覚え込んで自分の知恵の肥やしにしたり、場合によっては同じ話をそのままよそで喋ろうとしたりするか、あるいは話されたことを勝手に自分に引き寄せて解釈し、少しでも早く自分の小さな頭の中で生産された気の利いたお話を披露しようとするかである。そうではなくて、話し手に喜びを与えてくれる本当の女性とは、男性が表明するものの中から最良のものをくまなく選び取り、自らに吸収してくれる存在なのだ。無意識のうちにナターシャは全身の神経を集中させていた。ピエールの発する言葉も、声の震えも、まなざしも、顔の筋の震えも、身振りも、何一つ彼女は逃さなかった。まだ発せられていない言葉さえ敏捷にとらえて、自らの開かれた心にそのまま持ち込み、ピエールのあらゆる精神活動の隠された意味を解明しようとしていた。

マリヤも話を理解し、共感してはいたが、しかし彼女は今や別のことに気付いて、すっかりそちらに気を取られていた。ナターシャとピエールが愛し合って幸せになる可能性に気付いたのだ。すると初めて頭に浮かんだその考えが、彼女の胸を喜びで満たしたのだった。

深夜の三時だった。給仕たちがうんざりした嶮(けわ)しい顔つきで蠟燭を替えにやって来たが、誰も気づきさえしなかった。

ピエールは自分の話を終えていた。ナターシャは目に光と生気を宿したまま、じっと注意深くピエールを観察し続けている。あたかもひょっとして彼がまだ口にしていないことがあれば、その言い残した部分まで理解したいと願っているかのようだった。ピエールは気恥ずかしいようなうれしいような当惑顔で時折ちらりちらりと彼女の方をうかがいながら、別の話題に話を向けるにはここでどう言うべきかと考えを巡らしていた。マリヤは黙り込んでいた。もう三時で、寝るべき時間だということは、誰の頭にも浮かばなかった。

「やれ不幸だとか苦しみだとか、人は言いますがね」ピエールは言った。「でも、もし今この瞬間に僕が、捕虜になる前のままでいたいか、それともああいったすべてのことをもう一度初めから経験したいかと問われたら、僕は、ぜひもう一度捕虜になって馬の肉を食いたいと答えますね。慣れた道から放り出されると、われわれはもうおしまいだと思いがちですが、そんなときこそようやく新しい、より良いことが始まるんですよ。命があるうちは幸せもあるのです。この先いくらでも、いくらでもね。これはあなたに言っているんですよ」ナターシャに向き直って彼は言った。

「そう、その通りですね」そういう彼女は、全く別のことに答えているのだった。「私だって、すべてを最初から経験できさえしたら、他に何も望みませんわ」

ピエールはじっくりと彼女の顔を見つめた。

「そう、他に何も」ナターシャは念を押すように言った。

「間違っています、間違っていますよ」ピエールは声を高くしていった。「僕はこうして生きているし、生きたいと思っていますが、これは僕の罪ではありません。あなただってそうなんですよ」

不意にナターシャが両手に顔を伏せ、泣きだした。

「どうしたの、ナターシャ？」マリヤが言った。

「何でもない、何でもないわ」彼女は泣きながら、ピエールに向かってにっこりと微笑んだ。「おやすみなさい、寝る時間ですわ」

ピエールは立ち上がって別れを告げた。

マリヤとナターシャはいつも通り寝室でまた一緒になった。二人はピエールの話したことについてしばし語り合った。マリヤはピエールについての意見を口にしなかったし、ナターシャも彼のことは口にしなかった。

「では、おやすみ、マリー」ナターシャは言った。「あのね、私よく心配になるの――私たちまるで自分たちの気持ちを貶（おとし）めるのを恐れるみたいに、あ、あの方（アンドレイ公爵）の話をするのを避けているけれど、そのせいで忘れてしまうんじゃないかって」

マリヤは深いため息をつき、そのため息によってナターシャの言葉の正しさを認めた形になった。しかし言葉の上では彼女は相手に同意しようとしなかった。

「でもありうるかしら、忘れるなんて？」彼女は言った。

「私、今日いろんなことを話して、すごくよかったわ――辛くて、切なくて、そしてよかった。とってもよかったわ」ナターシャは言った。「あの人はあの方のことが本当に好きだった――そう私は確信しているわ。だからこそあの人にお話ししたのよ……かまわなかったかしら、あの人にお話しして？」不意に頬を染めて彼女は訊ねた。

「ピエールさんのこと？　もちろんよ！　あんなに素晴らしい人ですもの」マリヤは言った。

「ねえ、マリヤ」不意にナターシャは、マリヤが久しく目にしていなかったようないたずらっぽい笑みを顔に浮かべて言った。「あの人、何だか清潔ですべすべでみずみずしくなったわね。まるでお風呂上がりみたいに、といっても精神的なお風呂上がりだけれど。そう思わない？」

「そうね」マリヤは言った。「あの人、ずいぶんご立派になられたわ」

「フロックコートが短めのところも、髪を短く刈っているところも、まさに、もうまさにお風呂上がりそのものでしょう……お父様も昔よく……」

「私、分かるわ、兄があの人ほど好きだった相手はいなかったというのが」マリヤは言った。

「そうね、しかもあの人はあの方とは違っているわ。よく言うでしょう、全く違った男性同士ほど仲が良くなるって。きっと本当なんだわ。確かに、あの人はあの方に全く似ていないでしょう?」

「そうね、しかも素晴らしい人よ」

「じゃあ、おやすみなさい」ナターシャは答えた。さっきと同じいたずらっぽい微笑みが、あたかも忘れ物のように、長いこと彼女の顔に残っていた。

## 18章

ピエールはこの日長いこと寝付けなかった。部屋の中を行ったり来たりしながら、渋い顔をして何か難しいことを考え込んでいたかと思うと、不意に肩をすくめて身ぶるいをしたり、うれしそうににっこり笑ったりするのだった。

彼はアンドレイ公爵のことを、ナターシャのことを、二人の愛のことを考え、ナターシャの過去に嫉妬したり、そのことで自分を責めたり、また赦したりした。すでに朝の六時になっていたが、彼はひたすら部屋の中を歩き回っていた。

『仕方がないさ。だってそうせずにはいられないんだから！　どうしようもないじゃないか！　つまり、そうするしかないんだ』そう自分に言い聞かせると、そそくさと着替えをしてベッドに横たわった。幸せで興奮してはいたが、心中には疑いも迷いもなかった。

『やるしかない、この幸福がどんなに不思議な、ありえないようなものだとしても、全力を尽くすんだ、あの人と夫婦になるために』彼は自分に言い聞かせた。

すでにこの数日前にピエールは金曜日をペテルブルグへの出発日と決めていた。目を覚ました時にはすでに木曜日だったので、サヴェーリイチがやってきて旅行の支度をいたしましょうかと訊ねた。

『なに、ペテルブルグだと？　ペテルブルグがどうした？　ペテルブルグに誰かいたっけ？』声には出さなかったが、彼は思わずそう自問したのだった。『ああ、何かそんな計画があったなあ、ずっと前。あれはずっと前の、まだこういうふうになる前のことで、俺は何かの用でペテルブルグへ行こうとしていたんだ』彼は思い出した。『どうしてだ？　いや、それは僕だって行くかもしれんさ。それにしても、なんて気立てのいい、几帳面な男なんだ、何でも覚えているじゃないか！』サヴェーリイチの老けた顔を見ながら彼は思った。『それにこの笑顔の感じのいいこと！』

「どうだ、まだ自由の身になりたくないかね、サヴェーリイチ？」ピエールは訊いた。

「旦那さま、私どもに自由なんて無用でございますよ。亡くなられた伯爵さまの（天国に安らいたまえ）代からお仕えしてまいりましたし、こうして旦那さまのもとでも、おかげさまで気持ちよく働かせていただいておりますから」

「じゃあ、子供たちは？」

「子供たちも大丈夫でございますよ、旦那さま。このような旦那さまのもとでなら、ちゃんと暮らしていけますから」

「じゃあ、僕の跡継ぎの代は？」ピエールは言った。「だって、僕だって結婚するかもしれんだろう……ありうることだからな」無意識に笑みを浮かべて彼は言い添えた。

「僭越ながら、結構なことではございませんか、旦那さま」

『何と軽々しく考えていることだろう』ピエールは思った。『分かっていないんだな、これがどんなに恐ろしい、危険なことかを。時期尚早かもしれないし、手遅れかもしれないんだぞ……ああ恐ろしい！』

「いかがいたしましょうか？　明日お出かけになられますか？」サヴェーリイチは訊ねた。

「いや、少し日延べしよう。決まったら教える。手間をかけてすまないな」そう答えると、ピエールはサヴェーリイチの笑顔を見ながらふと思った。『しかし妙な話だな、今ではペテルブルグどころじゃなくて、まずはあの事を片付けなくてはいけないのに、この男はそれを知らないんだ。待てよ、この男はきっと知っているのに知らんふりをしているに違いない。一つ相談してみようか？　お前はどう思うって？』ピエールはしばし考えた。『いや、またいつかにしよう』

朝食の席でピエールは例の公爵令嬢に告げた――昨日あのボルコンスキー家のマリヤさんを訪ねたところ、そこにたまたま、思いがけないことに、あのロストフ家のナタリヤさんがいた、と。

公爵令嬢は、ピエールの会った相手がロストフ家のナタリヤであろうがどこかのアンナ・セミョーノヴナであろうが、この知らせに何ひとつ特別なものを感じていないといった表情をつくっていた。

「あなた、あの方を知っていますか？」ピエールは訊ねた。

「ボルコンスキー家のご令嬢ならお目にかかったことがあります」相手は答えた。「聞いた話では、ロストフ家の息子さんとのご縁談があるとか。うまくいけば、ロストフ家にとっては最高でしょうね。すっかり零落されたという話ですから」

「そうじゃなくて、ロストフ家のお嬢さんの方を知っていますか？」

「例の事件があった時、耳にしただけです。おいたわしいことで」

『だめだ、この人は分かっていないか、それとも空（そら）を使っているのだ』ピエールは思った。『この人にも話さない方がいい』

この公爵令嬢もまたピエールの旅行中の食糧の準備をしているところだった。

『この人たちはみんな、なんと気立てのいい人たちなんだろう』ピエールは思った。『今ではもう、きっと気も乗らないであろう仕事を、こうして一所懸命にやってくれているんだから。しかもそれがみんなこの僕のためなんだ。それこそ驚きだよ』

ちょうどこの日、ピエールのもとを警察署長が訪れて、略奪品を本日元の所有者に返却するので、代理人をクレムリンの宝物殿（グラノヴィータヤ・パラータ）まで遣わされたいと告げた。

『ほら、この人物も同じだ』警察署長の顔を見ながらピエールは思った。『実に立派な、美男の署長で、しかも気立てがいい！　こんな時にこんな些細な仕事まで引き受けているなんて。それなのにこの人物は、腹黒くて私腹を肥やしていると言われている。バカバカしい！　それに、仮に私腹を肥やしたところで、どうしてそれがいけないんだ？　そういう教育を受けてきたんだから。しかもみんながやっていることだし。いや、実に感じのいい、人のよさそうな顔で、僕を見ながら笑っているじゃないか』

　ピエールは午餐を呼ばれにマリヤの家を訪れた。

　左右に家々の焼け跡が残る通りを馬車で行く間、彼は廃墟の美に胸を打たれていた。家々の暖炉の煙突や崩れた壁が、ライン川やローマの円形劇場（コロッセオ）を想起させる絵のような姿で、互いが互いのかげになりながら、延焼したいくつもの街区にまたがって、延々と続いているのだった。すれ違う辻馬車の御者やその乗客も、建築用材を切り出している大工も、物売りの女や小店の主も、誰もが晴れ晴れとした顔でピエールを見ながら、まるでこう言っているようだった――『ほら、あの人だ！　ひとつ見てやろうじゃないか、この先どうなるかをね』

　マリヤのいる屋敷に入ろうとしたとき、ピエールはふと、昨日自分がここに来てナターシャと出会い、話をしたことが、本当のことだったのかという疑念に襲われた。『もしかしたら、僕の妄想だったんじゃないか。こうして入っていっても、誰もいないかもしれない』だが、部屋に入るか入らぬかのうちにもう、彼は瞬時にして自分の自由が奪われたのを覚え、それによって彼女の存在を全身全霊で感じ取ったのである。彼女は昨日と同じ緩やかな襞のついた黒のドレスを着て、髪型も昨日と同じだったが、しかし全くの別人と化していた。もしも昨日彼が部屋に入ったとき彼女が今の姿をしていたならば、彼は一瞬たりとも見誤ることはなかったであろう。今の彼女は彼がまだほとんど少女として知っていた彼女と、そして後にアンドレイ公爵の婚約者として知っていた彼女と、まったく同じだった。朗らかに問いかけるような光がその目に煌めき、顔には親しみのこもった、妙にいたずらっぽい表情が浮かんでいた。

午餐の後ピエールは、一晩中でも居続ける気でいたが、マリヤが教会の終夜禱に出かけるというので、一緒に家を出た。

翌日ピエールは早めに訪れ、食事をしてから夜おそくまで残っていた。マリヤもナターシャも見るからに客を歓迎しており、ピエールの側も今や生活の関心はすべてこの家に集中していたのだったが、さすがに日もくれる頃には三人はあらゆることを語りつくし、会話は絶えずあれこれと他愛のない話題をめぐるばかりで、しばしば話が途切れるようになった。この晩のピエールときたら、またとことん長居したので、マリヤとナターシャは早くお帰りにならないかしらとばかりに、しきりに目を見交わしていた。ピエールもそれに気付いてはいたのだが、立ち去ることができなかった。いかにもやりきれない、居づらい雰囲気になって来たのだが、それでも彼は腰を据えていた。立ち上がって出て行くことはできなかったからである。

いつまでもらちが明かないと見切ったマリヤは、自分から席を立つと、片頭痛がするのでと言いながら、お別れの挨拶をし始めた。

「では明日はペテルブルグへお発ちになるのですね？」彼女は言った。

「いいえ、行きませんよ」びっくりして、まるで気を悪くしたかのような声でピエールは急いで返事した。「あ、いや、ペテルブルグですか？　ええ、明日。ただし、まだお暇乞いはしませんよ。言伝をうかがいにお寄りしますから」マリヤの前に顔を赤らめて立ったままそう言いながら、彼は帰ろうとしなかった。

ナターシャは彼にお別れの手を差し伸べると、部屋を出て行った。マリヤは反対に、出て行く代わりに安楽椅子に腰を落とすと、光を帯びた深いまなざしで、厳しくまじまじとピエールを見据えた。ついさっきまでありありとにじませていた疲労の色は、もはや跡形もなかった。彼女は重く長いため息をついたが、それはまるで長い会話に備えているかのようだった。

ピエールの困惑と気づまりはナターシャが去った途端にすっかり解消し、舞い上がったような活気がそれに代わった。彼は素早く自分の肘掛椅子をマリヤのすぐそばまで移動させた。

「ええ、僕もあなたにお話ししたかったんです」言葉に答えるかのように相手のまなざしに答えながら、彼は言った。「マリヤさん、僕を助けてください。僕はどうすればいいのでしょう？　希望が持てるでしょうか？　マリヤさん、親友だと思って聞いてください。僕にはちゃんと分かっています。自分があの人に値しないのは分かっていますし、今はこんなことを口にすべきではないということも分かっています。でも僕はあの人の兄になりたいのです。いや、そうじゃない……僕にはなれない……」

彼は言葉を切ると、両手で顔と目を拭った。

「つまり」と先を続ける。どうやら筋道を立てて話そうと自分を叱咤したようだった。「自分でも分からないのですよ、いつからあの人を好きになったのか。でも僕はただあの人だけを、あの人一人をずっと愛してきたし、そして今も、あの人がいなかったらどう生きていけばいいか分からないほど愛しているのです。今あの人に結婚を申し込む決心はつきません。でも、もしかしてあの人が僕の妻になってくれるかもしれないのに、自分がそのチャンスを逃してしまうかと思うと……そう思うと……ゾッとするのです。教えてください、僕は希望が持てるでしょうか？　教えてください、僕はどうしたらいいんでしょうか？　マリヤさん」そう言ったまましばし黙り込むと、答えようとしない相手を促すように、そっとその手に触れた。

「私も、あなたがおっしゃったことについて、考えていたところです」マリヤは答えた。「私の答えはこうです。あなたのおっしゃる通り、今あの人に恋愛の話をするのは……」マリヤはふと口ごもった。今彼女に恋愛の話をするのは無理だと言いたかったのだが、口ごもったのは、一昨日突然がらりと豹変したナターシャの様子から、仮にピエールが愛を打ち明けても、彼女は腹を立てたりしないどころか、むしろただそれだけを待ち望んでいるのだということが分かっていたからである。

「あの人に今話すのは……無理です」それでもやはりマリヤは言った。

「では、僕はいったいどうしたらいいのでしょう？」

「このことは私に任せてください」マリヤは言った。「私には分かっています……」

ピエールはマリヤの目にじっと見入った。

「というと……」彼は言った。

「私には分かっています、あの人は愛している……愛するようになります、あなたを」マリヤは言い直した。

彼女がまだその言葉を言い終わるか終わらないかのうちに、ピエールは弾かれたように椅子から立ち上がり、びっくりしたような顔つきでマリヤの手を握った。

「どうしてそう思われるのです？　僕は希望を持っていいとお考えなんですね？　本当にそう思われますか？」

「ええ、思いますとも」笑みを浮かべてマリヤは言った。「ご両親に手紙をお書きなさい。あとは私にお任せください。いい時が来たら、あの人に言います。これは私も願っていることですから。そして私の感じでは、これはきっと実現しますよ」

「いや、まさかそんな！　ああ、なんてうれしいんだろう！　でもまさかそんな……なんてうれしいんだろう！　いや、まさか！」マリヤの手に口づけしながらピエールは言うのだった。

「ペテルブルグにお出かけになったら。その方がよろしいですよ。私、あなたにお便りしますから」彼女は言った。

「ペテルブルグへ？　出かけるのですね？　分かりました、ええ、出かけましょう。でも明日お宅へ伺ってもよろしいですか？」

翌日ピエールは別れのあいさつに来た。ナターシャはこの数日よりも元気がなかった。しかしこの日、時折彼女の目を見やりながら、ピエールは自分が消えていき、もはや自分も彼女もいなくなって、ただ幸せの感覚だけがあるような、そんな感じを覚えていた。『本当だろうか？　いやまさか』彼女の一つ一つのまなざしが、仕草が、言葉が自分の胸を歓びで満たしてくれるたびに、彼は胸の中でそうつぶやくのだった。お別れを言いながら彼女の細い、痩せた手を握った時、彼は心ならずもいつもより長めにその手を自分の手の中にとどめていた。

『本当にこの手が、この顔が、この目が、僕とは全く無縁な女性美の宝物が、本当にこのすべてが永遠に僕のものとなり、僕自身が僕にとってそうであるような、当たり前の存在になるのだろうか？　いや、そんなはずはない！……』

「さようなら、伯爵」彼女は大きな声で彼に言った。「私、あなたを心からお待ちしていますわ」小声でそう付け加える。

そしてこの簡単な言葉と、それに伴う彼女のまなざしと表情とが、この後二か月の間、ピエールの尽きせぬ思い出と、謎解きと、幸福な空想のタネとなったのである。『私、あなたを心からお待ちしていますわ……そう、そう、あの人は何て言ったんだっけ？　そうだ、私、あなたを心からお待ちしていますわと言ったんだ。ああ、僕は何て幸せ者なんだ！　いったいどうしたことだ、僕がこんなに幸せになるなんて！』ピエールはそう自問するのだった。

## 19章

今のピエールの心の中では、かつてエレーヌに求婚した際に似たような状況下で生じたようなことは、何も生じなかった。

あの時のように、自分の言った言葉を病的な羞恥とともに繰り返すこともなければ、自分に向かって『ああ、どうして僕は言うべきことを言わなかったんだ、どうして、どうしてあの時「僕はあなたを愛しています」などと言ってしまったんだ？』と問いかけることもなかった。今は反対に、彼女の言った言葉、自分の言った言葉の一つ一つを、表情や笑みのあらゆる細部とともに繰り返し思い浮かべつつ、何一つ消し去ろうとも付け加えようとも思わなかった。ただただ繰り返していたかったのである。自分が始めたことが良いことだったか悪いことだったかという迷いは、今や影すらもなかった。ただ一つだけ恐るべき疑念が時折脳裡に去来した。これはすべて夢ではないか？ マリヤさんは間違っていたんじゃないか？ 僕はあまりにもいい気になって、うぬぼれ過ぎているんじゃないか？ 僕はすっかりその気になっているけれど、きっと、いざマリヤさんがあの人に打ち明けると、あの人は笑って答えるだろう。「とんでもない話だわ！　あの人、きっと勘違いしているのよ。だって分かりそうなものなのに、あの人は人間、ただの人間なのに、私は？……私は全く別の、高級な存在なのよ」

こんな疑念だけがしばしばピエールを襲った。計画を立てることも、今や彼は一切しなかった。目の前の幸せがあまりにも夢のようなものに思えて、これが成就しさえすれば、もはやその先には何もあり得ない。すべてがそこで終わる――そんな風に思われたのだ。

自分にはそんな素地はないとピエールが思っていた、有頂天の、思いがけぬ狂気が彼をとらえた。生きる意味のすべて、それもただ自分にとってだけでなく、全世界にとっての生きる意味のすべては、ただ自分が愛すること、そして彼女に愛されるという願いをかなえることに存すると、彼には思えた。時には誰も彼もがただ一つのこと、すなわち彼の将来の幸せにしか関心を持っていないように思えた。また時には、人々が皆、彼自身と同じように喜んでいながら、ただその喜びを懸命に押し隠し、他の関心事にかまけているふりをしているだけのような気がした。一つ一つの言葉や動作にも、彼は自分の幸福への暗示を見出した。行き会う人々に暗黙の了解をほのめかすような、意味ありげな、幸せそうなまなざしや笑みを投げかけて、相手を驚かすこともしばしばだった。だが人々が彼の幸せを知らない可能性に思い当たると、彼はそうした人々を心から憐れんで、諸君が夢中になっていることはまったくつまらぬ、意味もない、一顧だに値しないことなのだと、何とか説明してやりたい気持ちを味わうのだった。

勤務の口を提案されたり、何か大きな国家の事業や戦争が論じられて、これこれの出来事がどのような結末を迎えるかに全人類の幸せがかかっているのだというような説が述べられたりするようなときには、彼は控えめな、いたわるような笑みを浮かべて耳を傾けながら、あれこれと奇抜なコメントを発して、話し相手の度肝を抜いてみせた。だが、人生の本当の意味を、すなわち彼の気持ちを理解しているとピエールが感じている人々も、明らかにそれが分かっていない不幸な人々も含め、すべての人々がこの時期のピエールには彼の内で輝いている明々とした光に包まれて見えたので、彼はたとえどんな人間に出会おうともすぐさま、その相手の内にある限りの善きもの、愛するに値するものを、何の苦もなく見出してしまうのだった。

亡妻関連の文書や書類を調べている際にも、彼は妻の思い出に何の感情も覚えず、ただ自分が今知っている幸せを妻が知らなかったことに哀れを覚えるばかりであった。このたび新しい職務と勲章を得て鼻高々になっている元の岳父ワシーリー公爵は、ピ

■ベズーホフ家

老伯爵（キリール・ヴラジーミロヴィチ）――ピエール（伯爵の庶子）

＊エカテリーナ（カティーシ、ベズーホフ伯爵の姪）

＊オリガ（ベズーホフ伯爵の姪）

■クラーギン家

公爵（ワシーリー）

公爵夫人（アリーナ）

イッポリート（長男）

アナトール（次男）

エレーヌ

＊ドーロホフ……ピエールの昔の決闘相手。小規模のパルチザン部隊を率いる。

■ドルベツコイ家

公爵夫人（アンナ・ミハイロヴナ）――ボリス（近衛隊将校）

ジュリー（ボリスの妻）

**アンナ・パーヴロヴナ・シェーレル**……宮廷女官。

**ナポレオン**（ボナパルト）……フランスの皇帝。

**アレクサンドル一世**……ロシアの皇帝。

**クトゥーゾフ**（ミハイル・イラリオーノヴィチ）……ロシアの将軍。ロシア軍総司令官。

**デニーソフ**……アウステルリッツの戦い以来のニコライの戦友。パルチザン部隊を率いる。

**プラトン・カラターエフ**……ピエールとともに捕虜となったロシアの農民兵。

## 『戦争と平和6』　おもな登場人物

### ■ボルコンスキー家

**老公爵**（ニコライ・アンドレーヴィチ）

**アンドレイ**（長男）

**リーザ**（リザヴェータ、アンドレイの妻）

**ニコライ**（ニコーレンカ、息子）

**マリヤ**（アンドレイの妹）

**＊マドモワゼル・ブリエンヌ**（マリヤの侍女）

**ベルグ**（ヴェーラの夫、ロシア第二軍団参謀次長）

### ■ロストフ家

**伯爵**（イリヤ・ロストフ）

**伯爵夫人**（ナタリヤ）

**ヴェーラ**（長女）

**ニコライ**（長男）

**ナタリヤ**（ナターシャ、次女）

**ピョートル**（ペーチャ、次男）

**＊ソフィヤ**（ソーニャ、伯爵の姪）

エールには涙をそそる、お人好しの、かわいそうな老人に見えた。

後になってピエールはしばしばこの幸せな狂気の時期のことを思い出したが、この時期に自分が人々や状況に対して胸の内で下した判断はすべて、彼にとっていつまでも正しいものとして残っていた。この時の人々や物事に対する考え方を後から覆すようなことはしなかったばかりか、むしろ、胸の内に迷いや矛盾を感じたような場合には、彼は自分がこの狂気の時期に抱いていた考え方に立ち戻った。するとその考え方がいつも正しかったと分かるのだった。

『もしかしたら』と彼は考えるのだった。『僕はあの時、本当に奇妙で滑稽に見えたかもしれないが、あの時の僕は外見ほどおかしくなっていたわけではない。それどころか、あの時の僕は他のどんな時よりも賢く、洞察力に満ちていて、人生で理解するに値するものをすべて理解していたのだ。なぜかと言えば……幸せだったからだ』

ピエールの狂気とは何だったかと言えば、それは彼が人々を愛するに際して、かつてのように、彼が人々の長所と名付けていた個別の理由を前提とせずに、心に愛があふれるままに、まずやみくもに人々を愛しては、後から愛するに足る疑う余地のない理由を見つけていたという現象だったのである。

# 20章

あの最初の日の晩、ピエールが去った後でナターシャは、うれしそうな、茶化すような笑みを浮かべながら、マリヤにむかって、ピエールさんはフロックも髪型もまるで風呂上がりみたいだと言ったものだったが、あの時以来何かしら秘められた、自分自身にも分からない、しかも抑えきれないものが、ナターシャの胸に芽生えた。

顔も挙措もまなざしも声も、すべてが彼女の内で突然変化してしまった。本人にも思いがけなかった生命力が、幸福への期待が外へと噴出し、充足を求めていた。最初の晩からナターシャはあたかも自分の身に起こったことをすべて忘れたかのようだった。あれ以来一度も自分の身の上を嘆いたことはないし、過去のことは一言も口にしなかったし、将来の楽しい計画を立てることを恐れなくなっていた。ピエールのことはあまり話題にしなかったが、マリヤが彼の名を口にすると、久しく消えていた輝きがその目に点り、口元に不思議な笑みの皺が浮かぶのだった。

ナターシャに生じた変化ははじめマリヤを驚かせたが、その意味を理解すると、その変化が彼女を悲しませた。『こんなに早く忘れてしまえるなんて、あの人はそんな程度にしか兄を愛していなかったのかしら』生じた変化について一人きりで思いめぐらしていると、そんな考えがマリヤの頭に浮かんできた。だが、ナターシャと一緒にいる時には、彼女に腹を立てることも、責めることもなかった。ナターシャを虜にしている目覚めた生命の力は、明らかに抑えることの出来ぬ、本人にも意想外のものであり、そんなナターシャを目の前にすると、マリヤも、たとえ胸の内でさえ彼女を責める権利は自分にはないと感じるのだった。

ナターシャはその新しい感覚に丸ごと、真率に身を委ねた結果、今の自分が悲しんでおらず、喜び楽しんでいることを隠そうともしなかった。

例のピエールとの深夜の打ち明け話の後、マリヤが自室に戻ると、ナターシャが敷居際で待ち受けていた。

「あの人、言ったんでしょう？　そうでしょう？　言ったんでしょう？」彼女は繰り返し訊ねた。いかにもうれしそうな、そして同時にうれしがっていることを詫びるような哀れっぽい表情が、その顔に宿っていた。

「私ドアのかげで盗み聞きしようと思ったんだけれど、でもあなたがあとで教えてくれるって分かっていたから」

自分を見るナターシャの目つきは、マリヤには実によく分かる、胸に迫るものだったし、はらはらしているその様は実に哀れだったが、それでもナターシャの言葉ははじめマリヤを傷つけた。兄のことを、兄の愛を思い起こしたのだ。

『でも、仕方がないわ！　この人はこうしかできないんだから』マリヤはそう考えると、悲しげな、そして幾分厳しい顔つきになって、ピエールが自分に言ったことをすべてナターシャに伝えた。ピエールがペテルブルグへ行こうとしていると聞くと、ナターシャはびっくりした。

「ペテルブルグですって？」彼女は訳が分からないというように繰り返してみせた。だが、マリヤが悲しい表情をしているのを見て取ると、その悲しみの原因に思い当たって、不意に泣き出した。「マリー」彼女は言った。「教えて、私どうしたらいいの。私、悪い女になりたくはない。何でもあなたの言うとおりにするから。どうか教えて……」

「あなた、あの方が好きなのね？」

「ええ」ナターシャは小声で答えた。

「だったら何を泣いているの？　私もあなたのことを喜んでいるのよ」マリヤは言った。もはや涙に免じて、ナターシャの喜びぶりをすっかり赦していた。

「でもこれはすぐにじゃなくて、いつかそうなるということよ。ちょっと考えてみて、どんなにうれしいことでしょう、私があの方の妻になって、あなたがニコライ兄さんと結婚したら」

「ナターシャ、そのことは言わないでって言ったでしょう。あなたの話をしましょう」

二人はしばらく黙っていた。

「でも、なんでまたペテルブルグなんかに！」不意にナターシャはそう言うと、急いで自分で自分に答えた。「いいえ、いいえ、そうする必要があるのよ……。そうでしょう、マリー？　そうする必要があるのよね……」

（第4部終わり）

# エピローグ

# 第1編

## 1章

一八一二年から七年がたった。荒れ狂ったヨーロッパ史の海は、それぞれの岸辺に収まった。海は静まったかに見えたが、しかし人類を動かす謎の力は（謎というのも、その運動を規定する法則がわれわれに分かっていないからだが）、その活動を続けていた。

歴史の海の表面が静止しているように見えるにもかかわらず、時間の動きと同じく、人類は不断の運動を続けていた。人々が結びついて様々な集合が作られては壊れ、諸国家の形成と解体、諸民族の移動の原因が準備されつつあった。

歴史の海は、かつてのように一方の岸辺から他方の岸辺へと押し寄せるのではなく、奥深いところでふつふつとたぎり立っていた。歴史的人物たちは、かつてのように一方の岸辺から他方の岸辺へと波に乗って運ばれていくのではなく、どうやら一つところで渦巻いているように見えた。かつては軍の先頭に立ち、戦争や行軍や戦闘を命ずることで大衆の運動を体現していた歴史上の人物たちが、今では政治・外交上の構想や法律や条約を駆使して、たぎり立つ運動を体現しようとしていた……。

歴史的人物たちのこうした活動を、歴史家たちは反動と呼んでいる。

歴史家たちは、自分たちが反動と名づけたものの原因となったと思しき一連の歴史的人物たちの活動を描く際に、彼らを厳しく糾弾している。アレクサンドル一世やナポレオンからスタール夫人、フォーチー、シェリング、フィヒテ、シャトーブリア

1　スタール夫人、149ページの注17参照。フォーチー（ピョートル・スパスキー、一七九二～一八三八）はロシア正教会の掌院。反動家で、アラクチェーエフと結託してフリーメイソンや聖書協会を迫害、アレクサンドル一世の政策に影響を及ぼした。シェリング（一七七五～一八五四）はドイツの哲学者。青年期にフランス革命の精神に共鳴してラ・マルセイエーズをドイツ語に翻訳したが、後に保守化した。フィヒテ（一七六二～一八一四）はドイツの哲学者。十九世紀初頭まではフランス革命に共感的だったが、その後反仏的になり、「ドイツ国民に告ぐ」（一八〇八）では、ナポレオン軍からのドイツの解放を説いた。シャトーブリアン（一七六八～一八四八）はフランスの作家。反革命派、親革命派、王政復古派と、何度も立場を変えた。

ン[1]といった者たちまで、当時の有名人たちはすべて、歴史家たちの厳しい審理をくぐったうえで、それぞれ進歩に寄与したか反動に寄与したかによって、正当化されたり断罪されたりするのである。

歴史家たちの描くところでは、ロシアでもこの当時同じく反動がおこり、しかもその反動の張本人はアレクサンドル一世であった。すなわち、同じ歴史家たち自身が、その治世の数々の自由主義的な新機軸とロシア救済の立役者（たてやくしゃ）と記述してきた、あのアレクサンドル一世である。

中学生から学のある歴史家まで、およそ現代ロシアの物書きで、アレクサンドル一世の治世のこの時期の振る舞いを誤りとして、彼に石を投げない者は一人もいない。『彼はこれこれのように行動すべきであった。この場合は彼は正しく振る舞ったが、この場合は間違っていた。彼は治世の当初と一八一二年時点では立派な行動をしたが、ポーランドに憲法を与え、[2]神聖同盟[3]を作り、アラクチェーエフに権力を与え、ゴリーツィンと神秘主義を奨励し、続いてシシコーフとフォーチーをけしかけたその行動は間違っていた[4]。彼が軍の先頭に立ったのは誤りだった。セミョーノフ連隊を解散させた[5]のは過ちだった、等々』

歴史家たちが自らの蓄えた人類の幸福に関する知識を根拠にアレクサンドル一世に

浴びせる非難をすべて列挙するとしたら、百数十ページを費やすことになるだろう。
こうした非難は何を意味しているのだろうか？

---

2　ナポレオンが一八〇七年のティルジットの和約に基づいて作ったワルシャワ公国の後継として、ウイーン会議後の一八一五年、アレクサンドル一世がいわゆるポーランド立憲王国を作ったことを指す。同国は名目上ロシア帝国との同君連合だったが、実質的には完全なロシアの従属国だった。

3　ウイーン会議直後の一八一五年九月、アレクサンドル一世の提唱によりロシア・オーストリア・プロイセン三国の君主間で結ばれ、後に英国・オスマン帝国・ローマ教皇を除く全ヨーロッパの君主が加わった同盟。キリスト教の友愛と正義の精神で平和の維持をはかるという名目のもと、一八四八年の諸革命で復古体制が崩壊するまで、自由主義・国民主義運動を抑圧する枠組みとして機能した。

4　アラクチェーエフ（一七六九～一八三四）はロシアの国家評議会軍事部議長。祖国戦争後アレクサンドル一世の命を受け、大規模な屯田兵制度による国家復興を試みたが、その苛酷な手法で怨嗟を買い、屯田兵たちの反乱を招いた。ゴリーツィン（一七七三～一八四四）はアラクチェーエフとともにアレクサンドル一世の「反動期」を仕切った政治家の一人。宗務院長、聖書協会会長、国民教育相。シシコーフ（一七五四～一八四一）は海軍提督、文学アカデミー会員、作家。ロシアの文章語論争において、保守・古典派の「ロシア語愛好者談話会」を率いて新文体派の「アルザマス会」と対抗した。

歴史家たちがアレクサンドル一世を称賛する際の根拠とする行動――例えば、治世初期の自由主義的な振る舞い、ナポレオンとの戦い、一八一二年に示した強靱さ、一八一三年の遠征といったもの――は、神聖同盟だのポーランド国家の再生だの二〇年代の反動だのといった、当の歴史家たちが彼を糾弾する根拠としている行為と全く同じ源泉から、すなわちアレクサンドルの人格をあのようなものとなした血筋や教育や生活から、生まれてきたものではないだろうか？

ではこうした非難の眼目は、いったいどこにあるのか？

そもそもアレクサンドル一世のような、人間の権力の最高位に立っている歴史的人物は、いわば自らの身に集中的にふり注ぐあらゆる歴史の光線を浴び、そのまばゆい焦点にいるようなものである。そうした人物は、権力とは切っても切れない、この世でもっとも強力なる陰謀や虚偽や追従やうぬぼれの影響を身に受ける。それはまた、生涯のどの瞬間においても、絶えずヨーロッパで生じているあらゆる出来事への責任を身に感じていた人物であり、しかもそれが架空の人物ではなく、われわれ皆と同じ生身の人間で、自分の個人的な習慣や情熱や、善・美・真への志向を持っていたのである。そうした人物が、五十年前に高潔でなかったからというのではなくて（そのことで歴史家は責めたりしない）、若いころから学問に携わり、つまりひたすら本を読み講義を受け、その本やら講義やらをノートに書き写すことに専心してきた現代の教授さまが今日有しているような、人類の幸福のビジョンを持っていなかったからといって、非難されているわけなのだ。

だが、仮にアレクサンドル一世が五十年前に、諸国民の幸福とは何かというビジョンにおいて誤っていたとしても、当然想定せざるを得ないのは、アレクサンドル一世を論断している歴史家もまたまったく同様に、ある一定の時が経てば、人類の幸福とは何かというビジョンにおいて誤っていたという結果になるということである。歴史の発展をたどっていけば、何が人間の幸福かという考えが、年が変わるごとに、あるいは新しい歴史家が現れるたびに、くるくる変わっているのが分かるから、こうした想定はなおさら自然でかつ必然的なものだ。つまり善だと見えたことが十年たてば悪になり、逆もまた真となる。それどころか、歴史において何が悪で何が善であったかという点について、全く正反対の見解が同時に存在するのに気づかされる。すなわちポーランドに与えられた憲法や神聖同盟をアレクサンドル一世の功績だと評価する者

5　セミョーノフ連隊は十七世紀末に作られた皇帝親衛隊。対ナポレオン戦争にも活躍したが、一八二〇年に残忍な指揮官の更迭を求めて反乱を起こし、鎮圧されて解散させられた。二五年のデカブリストの乱の先触れともみなされるこの事件は、政権が反動化する一つの契機となった。

もいれば、過ちだと非難する者もいるのだ。

アレクサンドル一世やナポレオンの活動について、それが有益だったとか有害だったとか断ずることはできない。何にとって有益で何にとって有害だったかを言い切ることができないからだ。もしその活動が誰かの気に入らないとしたら、気に入らない理由は単に、何が幸福かに関するその人物の狭い解釈にそれが一致しないということにすぎない。私にとっての幸福といえば、一八一二年にモスクワのわが父の家が焼け残ったことだろうか、それともロシア軍の栄光だろうか、それともペテルブルグ大学その他の大学の繁栄だろうか、それともポーランドの自由だろうか、それともロシアの国威だろうか、それともヨーロッパの勢力均衡だろうか、それともある種のヨーロッパ的教養、すなわち進歩だろうか――いずれにせよ認めざるを得ないのは、あらゆる歴史的人物の活動は、ここにあげたような目的の他に別の、より普遍的で私などの理解できない目的を持っていたということである。

だが仮に、いわゆる学問が、あらゆる矛盾を調停する力を持ち、歴史的人物や事件に対する恒久不変の善悪の尺度を有するものだとしてみよう。

さらに、アレクサンドル一世がすべてを別様になし得たと仮定してみよう。すなわち彼を今批判している者たち、人類の運動の最終目的を知っていると公言している者たちの指示に従い、そうした今日の批判者が提供しそうな国民主義、自由、平等及び進歩（せいぜいこのぐらいだろう）の綱領に沿って、やってのけることができたとしてみよう。つまりそうした綱領が利用可能なものとして出来上がっており、アレクサンドル一世がそれに沿って行動したと仮定するのだ。ではその場合、当時の政府の方針に反対して、そのために歴史家たちに正しくまた有益であると評価されてきたあらゆる者たちの活動は、果たしてどうなるであろうか？　おそらくその者たちの活動はなかっただろうし、生きた痕跡も何も残らないということになるだろう。

もしも人間の生活が理性でコントロールできるとなれば、生きる可能性が失われてしまうのだ。

## 2章

歴史家たちは、偉人たちが人類の先頭に立って、ロシアないしフランスの国威発揚であれ、ヨーロッパの勢力均衡であれ、革命思想の伝播であれ、進歩一般であれ、あるいはほかの何であれ、一定の目的の達成へと導いていくのだと考えているが、もしそうだとすれば、歴史の諸現象は偶然と天才という概念抜きでは説明できない。

もしも十九世紀初めの一連のヨーロッパの戦争の目的が、ロシアの国威発揚にあったとするならば、その目的は戦争も侵略も一切前提とせずに達成可能だったことだろう。また目的がフランスの国威発揚にあったとしたら、その目的は革命も帝国もなしで達成できたであろう。もしも目的が思想の普及だったなら、出兵よりも出版の方がよほど首尾よく目的を遂げられたはずだ。もしも目的が文明の進歩だったとしたら、人々の命と富を蕩尽するようなことをせずとも、文明を普及するためのもっと目的に見合った手段があっただろうことは、ごく容易に想像できる。

では、なぜ出来事はこのように起こって、別のようには起こらなかったのか？

それは、たまたまそうなったからにすぎない。「偶然が状況を作り、天才がそれを利用した」と歴史は語る。

それにしても、偶然とははたして何だろう？　天才とははたして何だろうか？

偶然と天才という言葉は、実在するものを何も意味してはおらず、したがって定義できない。この両語は、ただ現象に対する理解の一定の段階を意味しているばかりである。ある種の現象がどうして生じるのかが、私には分からない。自分にはしょせん知り得ないことなのだと私は思う。それで知ることをあきらめて、「偶然さ」と言う。並の人間業の域をはるかに超えた行動を生む力を、私が目撃する。何故そんなことができるのかが、私には分からない。そんな時「天才だ」と言うのだ。

ある羊が毎晩羊飼いによって特別な仕切りに連れていかれて餌をもらい、そのせいで他の羊より倍も肥えたりすれば、そいつは羊の群れからすれば、天才に見えるはずだ。そして毎晩まさにその羊が並みの羊小屋でなく特別な仕切りで燕麦をもらい、しかも、まさにそのでっぷりと脂ののった羊が、食肉用に処理されたりすれば、それはきっと天才性と一連の並外れた偶然との驚くべき符合と受け取られるはずである。

だが仮に羊たちが発想を変えて、自分たちの身に起こることがすべて自分たち羊の目的をかなえるためにのみ生じるのだと考えるのをやめ、自分たちの身に起こることが自分たちには理解できない目的を持っているかもしれないということを認めさえすれば、彼らはたちまち、食肉用に肥育された例の羊の身に起きたことに整合性と一貫性を見出すことだろう。仮にその羊が肥育された目的は理解できないまでも、少なくとも彼らは、その羊の身に起こったことがすべて偶発的なことではないと知るだろうし、その結果、もはや偶然という概念も天才という概念も彼らには必要でなくなることだろう。

近くて分かりやすい目的を知ることを断念し、究極の目的はわれわれには分からないのだと認めることで、はじめてわれわれは歴史的人物たちの人生に一貫性と整合性を見出すだろう。その時、並みの人間業の域を超えた彼らの行動の原因がわれわれに開示され、そしてわれわれは偶然と天才という言葉を必要としなくなるのである。

ヨーロッパ諸国民の騒擾の目的はわれわれには分からず、分かるのはただ、はじめフランスで、次にイタリアで、アフリカで、プロイセンで、オーストリアで、スペインで、ロシアで、人々が殺されたという事実である。そして西から東へ、さらに東から西へという運動こそがそれらの出来事の本質でありかつ目的である——いったんそう認めてしまいさえすれば、われわれはナポレオンやアレクサンドルの性格の内に特殊なものや天才的なものを見出す必要がなくなるばかりか、両者も他の者たちとまったく同じ、ただの人間であると思わざるを得なくなる。そしてこの者たちをこの者たちたらしめた数々の細かな出来事を偶然として説明する必要が失せるばかりか、むしろそうした細かな出来事はすべて必然だったのだということが、明らかになるだろう。

究極の目的を知ることをあきらめた時、われわれははっきりと悟る——どんな植物に対しても、今それがつけている花や種をおいてそれ以上にふさわしいものを考え出すのは不可能であるように、アレクサンドル一世とナポレオンが果たすべきであった使命にとって、何から何まであれほどにふさわしい過去をまるごと有した人間は、まさにあの両名をおいて他に考えられないのである。

## 3章

十九世紀初頭のヨーロッパで起きた諸事件の根本的、本質的な意味は、ヨーロッパ諸国民が大挙してまず西から東へと、次に東から西へと軍事行動を行ったということにある。その運動の嚆矢（こうし）となったのは、西から東への動きだった。西欧の諸国民がこの時行ったモスクワにまで達するような軍事行動を敢行するには、次の条件が必要であった――（一）彼らが東の軍団との衝突に耐えるほどの規模の戦闘集団として組織されていること、（二）彼らがあらゆる既存の伝統や習慣を捨てていること、および（三）軍事行動を行うにあたって、それに伴って生ずるべき欺瞞、略奪、殺人を、自分にもみんなにも正当化できるような人物を、指導者に持つこと。

そしてフランス革命を皮切りに、古い、不十分なサイズの集団が解体され、旧来の習慣や伝統が失われ、一歩また一歩と、新たなる規模の集団が、新たなる習慣と伝統が形成され、そして以降の運動の先頭に立って、起こるべきことの全責任を一手に引き受けてくれるべき人物が、準備されていったのである。

信念もなく、習慣もなく、伝説もなく、名もなく、フランス人でさえない一人の人物が、何やら不思議きわまるいくつもの偶然のおかげで、フランスを激動させていたいろんな党派の間を潜り抜け、どの党派にも属さぬまま、ひのき舞台に上っていく。同僚たちは無知で、敵は弱くだらしない、本人は真顔で嘘をつき、見事な、自信たっぷりの偏狭さを備えている——それが、この男を軍のトップに押し上げていく。イタリア駐留フランス軍スタッフの多士済々ぶり、敵の戦闘意欲のなさ、子供っぽいがむしゃらさと自信とが、彼に軍人としての栄光をもたらす。どこへ行こうと、無数のいわゆる偶然が彼に伴う。フランスの統治者たちの不興をこうむると、それがかえって彼に幸いする。敷かれたレールを変えようという彼の試みは成功しない。イタリアで軍務に就こうとすれば断られるし、トルコへの赴任もうまくいかない。ロシアでの戦争の際、何度か破滅の危機に瀕するが、そのたびに思いがけぬ形で救われる。ロシア軍は、まさに彼の栄光を打ち砕く力を持ちながら、様々な外交的配慮から、彼がヨーロッパにいる間は入ってこようとしない。[6]

　イタリアから戻った彼は、パリの政府が崩壊の途次にあって、そこに加わる者が否応なく摩滅して消えていくのを見る。するとひとりでに彼にはその危険な状況からの突破口が開ける——意味も理由もないアフリカ遠征である。ここでもまた例の通りのいわゆる偶然が彼に付きまとう。難攻不落のマルタ島が一発も撃たずに降伏し、飛び切り杜撰(ずさん)な作戦がどんどん成功する。この後は小舟一艘たりとも通さなかった敵の海軍が、一大軍隊を通過させてしまう。アフリカではほとんど丸腰の住民に対して悪行の限りが尽くされる。しかもその悪行を働いた者たち、とりわけ彼らの指導者は、これは大成功であり名誉であり、かのカエサルやマケドニアのアレクサンドロス大王にも比肩すべき成果であり、したがって善きことであると、自分を納得させてしまう。

自分のすることを何一つ悪と見なさぬばかりか、自らのいかなる犯罪行為も訳の分からぬ奇天烈(きてれつ)な意味を付与して誇りと化してしまうというのが、かの栄光と偉大さの理想の本領であるが、この人物及び彼と結びついた人間たちを導いていくべきその理想が、アフリカの地でのびのびと育まれていく。彼が何をしようと、すべてうまくいく。疫病も彼には寄り付かない。捕虜を残忍に殺しても、咎(とが)めだてされない。困苦の中に仲間を置き去りにした、子供のように軽率で気まぐれで卑劣なアフリカからの撤退も、彼の功績とされ、またもや敵の艦隊が、二度も彼を取り逃がしてしまう。自分

6　北イタリアでスヴォーロフとバグラチオンのロシア軍がフランス軍を負かしたのが、一七九八〜九九年のナポレオンのエジプト遠征中だったことを踏まえている。

の犯してきた幸運な犯罪にすっかり酔いしれたこの人物が、自分の役を演じる用意の出来た状態で、何の目的もなくパリに戻ってくると、一年前には彼を破滅させるおそれのあった共和国政府の崩壊が、今や最終段階に達しており、彼のごとき党派的にまっさらな人物の株は上がるばかりだった。

彼には何の計画もなく、すべてを警戒していたが、しかしいろんな党派が彼に飛びつき、参加を要請した。

イタリアとエジプトで育んだ栄光と偉大さの理想、狂気のごとき自己賛美、堂々と罪を犯し、真顔で嘘をつく能力を備えた彼一人のみが、今後起こることを正当化する力を持っている。

彼を待ち受けている場所にとって彼は必要な存在であり、それゆえ、彼の意志いかんにかかわらず、またその優柔不断や計画の不在、犯しまくる数々の失敗にもかかわらず、権力奪取の陰謀に巻き込まれ、そしてその陰謀が成功してしまう。

彼は執政官会議に押し込まれる。怯えた彼は、身の破滅を感じて逃げ出そうとする。失神するふりをしたり、意味もないことを口走ったりするが、それはまさに破滅につながるべき振る舞いだった。しかるに、かつては抜け目なく傲慢だったフランスの執政官たちが、今では自分たちの役割は終わったと感じて、ナポレオン以上にうろたえており、権力を保持してナポレオンを滅ぼすために言うべきだった言葉を口にせずじまいだった。

偶然が、無数の偶然が、彼に権力を与え、そしてあらゆる人間が、まるで申し合わせたかのように、その権力の樹立に力を貸す。偶然が当時の執政官たちの性格を、彼に従うように作り上げる。偶然がロシアのパーヴェル一世の性格を作り上げ、彼の権力を承認させる。偶然が反ナポレオンの陰謀を生み、しかも彼を傷つけぬどころかその権力を固めてしまう。偶然がかのアンギャン公を彼の手中に落とし、図らずも殺害させてしまうが、これがまさに、他のどんな手段によるよりも強烈に、彼は力を有するがゆえに権利を有する者だということを、大衆に納得させてしまう。偶然の配剤で、彼は自分を破滅させかねないイギリス遠征に全力を傾注しながら、いつまでもその意図を実行せず、たまたまマックのオーストリア軍を攻撃すると、相手は戦わずして降伏してしまう。偶然と天才が彼にアウステルリッツでの勝利を与え、偶然によって全ての人が、すなわち単にフランス人ばかりでなく、以降の出来事に関与しないイギリスを除いた全ヨーロッパが、かつては彼の犯罪に恐怖と嫌悪を表明していたにもかかわらず、いまや彼の権力を認め、彼が自らに与えた称号を認め、偉大さと栄光という彼の理想を認めてしまう。それが皆の目に何かしら素晴らしくかつ合理的なものと映ったのだ。

まるでその後の出来事を見計らって準備運動をするかのように、西の諸国の軍隊が一八〇五年、六年、七年、九年と東へ向けて進み、強く大きくなっていく。一八一一年には、フランスで編制された一群の人間集団が、中部ヨーロッパの諸国民と合流し、一つの巨大な集団となっていく。そうした人間集団が肥大していくにつれて、運動の先頭に立つ人物を正当化する力も一層増してゆく。大きな動きに先立つ十年ほどの準備期間に、この人物はヨーロッパのすべての王侯と手を結んでいる。正体をさらけ出した世の支配者たちは、栄光と偉大さというナポレオンの無意味な理想に対抗すべき筋の通った理想を、何ひとつ提示できない。彼らは先を争うようにして、自分の卑小さを彼に見せつける。プロイセン王はこの偉人に取り入ろうとして自分の妻を送り込む。オーストリア皇帝はこの人物が両皇帝[7]の皇女たるわが娘を寝間に受け入れてくれたのを愛顧のしるしと受け取る。諸国民の聖所の守り手たるローマ法王は、自らの宗教を用いてこの偉人の格上げに貢献する。ナポレオン自身が自らの役割を果たすべく準備するというよりは、むしろ周囲が寄ってたかって、起こりつつあることとこれから起こるべきことの全責任を彼が一手に引き受けるよう、お膳立てをするのである。およそこの人物がなすいかなる行為も、悪事も、あるいは些細な欺瞞でさえ、周囲の者の口に上ると、たちまちにして偉大なる事業となってしまう。ドイツ人たちは彼のために思いつく限り最良の祝典を捧げる――それがイエナ・アウエルシュタットの戦勝記念だ。[8]一人彼のみが偉大なのではなく、彼の祖先も、兄弟も、継子も、義兄弟たちも偉大だということになる。すべては彼の理性の最後の力を奪い取り、その恐るべき役割に向けて準備させるために行われる。そして彼の準備が整った時には、戦力もまた準備されている。

侵攻軍はひたすら東へ向かい、最終目的地のモスクワに達する。首都は奪われ、ロシア軍は、アウステルリッツからヴァグラムまで、[9]それまでのどんな戦いで彼の敵軍が負った痛手よりも大きな痛手をこうむる。だがここで突然、それまで破竹(はちく)の勢いの勝利によって、彼をまっしぐらに所期の目的に向けて導いてきてくれた例の偶然と天才に代わって、ボロジノでの鼻風邪から酷寒やモスクワを焼くことになった火花にい

7　オーストリア皇帝が神聖ローマ皇帝を兼ねていたことを示す。

8　一八〇六年十月にイエナとアウエルシュタットでフリードリヒ・ヴィルヘルム三世率いるプロイセン王国軍がナポレオンのフランス軍に敗れたことを踏まえた皮肉。

9　一八〇九年七月、ウイーン近郊の町ヴァグラムでナポレオン軍とカール大公率いるオーストリア軍との間で行われた戦闘。

たるまで、無数の逆の偶然が現出する。そして天才ぶりに代わって、例を見ないほどの愚かしさや卑小さが顔を出すのだ。

侵略軍は敗走し、来た道を引き返し、さらに敗走するが、今やあらゆる偶然が彼に味方するのではなく、たえず彼を裏切る。

東から西への逆向きの運動がなされる様は、これに先立つ西から東への運動の際と、驚くほど酷似している。一八〇五年、七年、九年の時と同じく、大きな運動に先駆けて、まず東から西への試行的な運動が起こっているし、全軍が巨大なひとかたまりの集団と化してしまう現象も同じなら、途中から中央ヨーロッパの諸国民が合流するのも同じ、途中で逡巡(しゅんじゅん)が生じるのも、目的地に近づけば近づくほどスピードが上がるのも、まったく同じである。

パリという最終目的地にいよいよ到着する。ナポレオンの政府と軍は壊滅だ。ナポレオン自身はもはや意味を持たず、することなすことがすべて、どこから見ても惨めで忌まわしいことばかりだ。しかしまたもや説明しがたい偶然が生じる。同盟諸国はナポレオンこそが諸悪の根源だとして、彼を恨んでいる。武力も権力もなくし、悪事と奸計を暴かれたナポレオンは、ちょうど十年前に、そして一年後に彼らの目に映るような、無法な悪党と見なされてしかるべきであった。しかるに何かしら不思議なめぐりあわせで、誰一人そんな見方はしない。彼の役割はまだ終わっていない。十年前及び一年後には無法な悪党と見なされた人物が、フランスからわずか二日で行ける島に送られ、しかもそこを領地として与えられた上に、親衛隊と、何かしらの用途のための数百万もの金まで付けてもらえたのである。

## 4章

諸国民の運動は、ようやく元の岸辺に収まり始める。大運動の波が引き、静まった海にできたいくつかの渦を、外交官たちが巡る。まさに自分たちが運動を鎮めているのだと自負しながら。

しかし静まった海に不意にうねりが立つ。外交官たちは自分たちが、すなわち自分たちの間の不合意が、この新たなる軋轢（あつれき）の原因だと考え、互いの君主同士の戦争を覚悟する。彼らの目には、状況は解決不能に見える。だが彼らが高まりを感知したうねりは、彼らが予期しなかった方向から訪れる。かつてと同じ波が、またもや同じ起点から起こったのだ――すなわちパリから。それは西からの運動の最後の揺り戻しであり、解決不能と見えた外交の行き詰まりを打破し、この時代の軍事活動に終止符を打つべき、最後のひと揺れである。

フランスを荒廃させたあの人物が、単身、何の密約も手勢もなしで、ふらりとフランスに現れる。どんな番兵でも捕まえられそうなものだが、不思議な偶然で誰も彼を逮捕せぬばかりか、皆が大喜びで迎えるのだ——つい昨日まで糞味噌に言い、一月後にはまた糞味噌にけなすことになるこの人物を。

全員総出の最後の一幕をそれにふさわしいものとするために、この人物はまだ必要だったのだ。

幕は終わり、最後の役が演じ切られた。俳優は衣装を脱いで眉墨(まゆずみ)や頬紅を拭うように命じられる。彼にはもはやお呼びはかからない。

その後何年かの間、この男は島で孤独のうちに過ごしつつ、自分を相手に惨めな喜劇を演じ、もはやその必要もないのに自己の行動を正当化しようとして、つまらぬことをほのめかし、嘘を吐き、かつて目に見えぬ手に操られていた時には権力者と見なされていた人物の正体を、全世界にさらすことになる。

芝居を終えた舞台監督が役者の衣装を脱がせ、彼の姿をわれわれに示して言うのだ。

「ごらんなさい、皆さんが信じていた男の姿を！　これが彼の正体です！　もはやお分かりですね、あなた方を操っていたのは、彼ではなく、この私なのです」

だが、動きの力に目をくらまされていた人々は、長いこと事態が呑み込めない。東から西への反動の先頭に立っていたアレクサンドル一世という人物の生涯のほうが、はるかに一貫性と必然性を呈しているように見える。

他の者たちを制して東から西への運動の先頭に立とうとする人間には、何が必要なのか？

必要なのは正義感、ヨーロッパの出来事への関心、それもつまらぬ利害に目を曇らされていない、距離を置いた関心である。同僚となる当時の君主たちのレベルを超えた、高度な徳を備えていることである。慎み深い魅力的な人格である。ナポレオンへの個人的な恨みである。そしてそのすべてをアレクサンドル一世は具えていた。すべてが、彼のそれまでの全生涯における無数の、いわゆる偶然によって準備された。彼の受けた教育も、治世の初期のリベラルな政治ぶりも、取り巻きの助言者たちも、そしてアウステルリッツもティルジットもエアフルトも、すべてがその準備に貢献したのだ。

国民戦争の間は、この人物は必要ないので何もしない。だが全ヨーロッパ戦争の不可避性が明らかになるや否や、この人物は即座にしかるべき場所に身を現し、ヨーロッパ諸国民を結集させ、目的地へと導いていく。

目的は達成される。一八一五年の最後の戦争の後には、アレクサンドルは、人間に手の届く限りの権力の頂点にいる。果たして彼はその権力をどう行使するのか？　ヨーロッパの調停者であるアレクサンドル一世、若いころからひたすら自国民の幸福を目指し、自国で最初の自由主義的新機軸の導入者となったこの人物は、今やこの上ない権力を手にしており、いよいよ統治下の諸国民の福祉を実現できる可能性を得たかに見える。ところが、追放されたナポレオンが、もしも自分に権力があれば、いかに人類を幸福にできるかという、児戯的なまやかしのプランを立てているこの時に、自らの使命を果たし、自らの身に神の手を感じたアレクサンドル一世は、にわかにその見せかけの権力を無意味なものと認めて顔を背け、それを、自らが軽蔑する卑しむべき者たちの手に渡して、ただこう言うのだ。

『われらに帰するなかれ、われらに帰するなかれ、汝の名（みな）に帰したまえ！[10]』余は諸君と同じ人間にすぎない。余が人間として生き、わが魂と神のことを考えるに任せてほしい」

太陽も、そして天空（エーテル）の一つ一つの原子も、それ自体の内で完結した球体であると同時に、人間には計り知れぬほど巨大な全体の中の一粒子にすぎない。それと同様に、個々の人間はそれぞれの目的を身中に抱えているが、実はそうした個別の目的を抱えているのは、人知ではうかがい得ぬ全体の目的に奉仕するためなのである。

花にとまっていた蜜蜂が子供を刺す。すると子供は蜜蜂を怖がって、蜜蜂の目的は人を刺すことだと言う。詩人が花に吸い付いている蜜蜂に見惚（みと）れ、蜜蜂の目的は花々の香気を吸い込むことだと言う。養蜂家は蜜蜂が花粉を集めて巣に持ち帰るのを見て、蜜蜂の目的は蜜を集めることだと言う。また別の養蜂家は、群れの生活をより詳しく調べて、蜜蜂が花粉を集めるのは、幼い蜂を育て、女王蜂を養うためであり、その目的は種の存続だと言う。植物学者は蜜蜂が雌雄異株の花の花粉を身に着けて雌しべに飛び移り、受粉させるのに気づき、そこにこそ蜜蜂の目的を見ようとする。別の人間が、植物の移動拡散を観察するうちに、蜜蜂がそうした移動拡散を助けているのに目を留めれば、その新しい観察者は、それこそが蜜蜂の目的だと言うかもしれない。しかし蜜蜂の最終目的は、このように人知で解明できるいかなる目的を数えあげようと

---

10　旧約聖書詩編一一五の略。もとは「エホバよ栄光をわれらに帰するなかれ　われらに帰するなかれ　なんぢのあはれみと汝（なんぢ）のまこととの故によりてただ名（みな）にのみ帰したまへ」舊新約聖書文語訳（日本聖書協会）。同じ言葉が祖国戦争戦勝記念メダルの裏にアレクサンドル一世の命により刻まれていた。

も、尽くされるものではない。むしろそうした目的を解明する人間の知恵が高度化すればするほどに、最終目的の計り難さも、ますますはっきりしてくるのだ。

人間にできることは、単に蜜蜂の生活とそれ以外の生命現象との間の相関を観察することでしかない。歴史的人物と諸国民の目的に関しても、事情は全く同じである。

## 5章

ナターシャは一八一三年にピエール・ベズーホフに嫁いだが、この結婚が、古いロストフ家における最後の慶事となった。同じ年にイリヤ老伯爵が死に、通例にもれず、家長の死とともにこの旧家は崩壊したのである。

この前年には、モスクワの火災と疎開、アンドレイ公爵の死とナターシャの悲嘆、ペーチャの死、伯爵夫人の悲しみと、いろんな出来事が次から次へと起こり、それがみな老いた伯爵の頭に打撃となって降りかかった。どうやら伯爵は、そうしたすべての出来事の意味が理解できず、また自分には理解する力もないと感じていたらしく、気持ちの上ですっかり老いた頭を垂れていたが、それはまるで新たな打撃が自分を見舞ってひと思いに息の根を止めてくれるのを、待ち望んでいるような具合だった。怯えて途方に暮れているかと思えば、妙に元気で積極的に見えることもあった。

ナターシャの結婚式は束の間、外向きの用事で気をまぎらわせてくれた。伯爵はディナーやら夜食やらを注文しては、明らかにはしゃいで見えるように努めていた。だがそんなはしゃぎぶりも、かつてのように周囲に伝染することはなく、かえって、伯爵を知り、愛する者たちの同情を掻き立てるのだった。

ピエールが新妻を連れて去ってしまうと、伯爵はすっかりしゅんとして、気がふさぐと訴えるようになった。何日かすると加減が悪くなり、病床に臥せる身となった。発病してすぐに、医者の慰めにもかかわらず、伯爵は自分がこのまま起き上がれぬ身であることを悟った。夫人は二週間着替えもせずに、夫の枕もとの肘掛け椅子で過ごした。薬を飲ませるたびに、夫はすすり泣きながら、黙って妻の手に口づけするのだった。最後の日、彼はさめざめと泣きながら、妻とその場にいない息子に対して、財産を潰してしまったことの許しを乞うた。何よりもそれが一番、気が咎めていたのである。領聖と聖傅機密[11]を受けると、彼は静かに死んでいき、翌日には故人に対する最後の務めを果たしに知人たちが大挙して訪れて、ロストフ一家の借家は人であふれ

11　臨終に際して体に聖油を塗る儀式。

た。そうした知人たちはすべて、伯爵の屋敷でさんざん飲み食いしてダンスをし、さんざん彼を笑いものにしてきた者たちだが、今や皆一様に内心で自分を責め、感きわまりながら、まるで誰かに言い訳しているかのように口にしたものだ。「まあとにかく、素晴らしいお方でしたよ。あんな人物は、今日日はもはやお目にかかれませんな……。いや弱点といったって、いったい弱点のない人間がいるでしょうか？……」

まさに伯爵の経済状況が乱脈を極め、このままもう一年もしたらどうなっていたか分からないというときに、彼はぽっくり死んだのである。

父親の訃報が届いた時、ニコライはロシア軍の一員としてパリにいた。彼は即刻退役を申し出ると、許可を待たずに休暇を取ってモスクワに帰って来た。家計の状況は伯爵の死後一月ですっかりあらわになり、誰も想像すらしていなかったような諸々の細かな借金の山が、皆を驚かせた。借財が資産の二倍もあったのだ。

肉親や友人は、ニコライに相続放棄を勧めた。だがニコライは、相続放棄などすれば自分にとって神聖な父親の思い出に傷をつけることになると思い、放棄の勧めに耳を貸さず、借財返済の義務もろとも遺産を相続した。

債権者たちは、伯爵の存命中はその野放図な人のよさが与える漠然とした、しかし強い影響力に縛られた格好で、長いことおとなしくしてきたのだったが、それが突然、そろって督促を始めた。お決まりのごとく、誰が先に返済を得るかの競争が起こり、例のミーチェンカのように贈り物の約束手形を手にしている連中が、今やもっともしつこい取立人と化した。ニコライは猶予ももらえなければ息抜きも許されなかった。自分たちの損失（仮にそれが損失だとすれば）の責任者たる老人を一見気の毒がっているように見えた者たちが、進んで返済を引き受けた、明らかに自分たちに対して責任のない若き相続者に、今や無慈悲に襲い掛かって来たのだった。

ニコライが見込んだ金繰りは、一つもうまくいかなかった。領地は競売にかかって半値で売られ、負債の半分は結局未返済のまま残った。ニコライは妹の夫のピエールが申し出てくれた三万ルーブリを借り受け、文字通り本物の借金だと認められる部分の返済に充てた。そして、残りの借財の未返済で、債権者たちが脅かすように債務監獄行きとならないために、改めて勤務に就くことにした。

軍隊では彼は次期連隊長候補だったが、軍に戻るのは不可能だった。今や母親にひしとしがみつかれて、最後の生きるよすがとされている身だったからだ。それゆえ、モスクワに残って以前の彼を知る人々の間で暮らすのは気が進まなかったにもかかわらず、また文官職を毛嫌いしていたにもかかわらず、彼はモスクワで文官の職に就いた。そして好きな軍服を脱いで母親とソーニャとともに、シーフツェフ・ヴラージェクの小さな借家に移り住んだ。

ナターシャとピエールはこの時ペテルブルグに居を構えており、ニコライの状態がはっきり呑み込めていなかった。すでにピエールから金を借りているニコライは、自分の窮状を相手から隠しておきたかったのだ。ニコライの状況がとりわけ困難だったのは、千二百ルーブリの年俸で自分とソーニャと母の生活を賄わざるを得ぬばかりか、母親がわが家の貧窮状態に気づかず暮らせるよう、計らってやらねばならなかったからである。母親の伯爵夫人は、子供の頃から馴染んできた贅沢ができないような暮らしがあるなどとはおよそ理解できず、息子にどんな苦労を掛けているのかも知らずに、しょっちゅう、知人の女性を迎えにやるためにわが家にありもしない馬車を出せと言ったり、自分用の高価な食べ物や息子用のワインを注文したり、ナターシャやソーニャや当のニコライに贈り物をしたいからと、金をねだったりするのだった。

ソーニャは家事を引き受け、叔母である伯爵夫人の世話をし、本を読んでやり、夫人の気まぐれや秘めた悪意を耐え忍び、そしてニコライが自分たちの窮状を母親に隠そうとするのに協力していた。ニコライはソーニャが母のためにしてくれるすべてのことに、到底返済できぬ恩義の借りを身に負っているのを感じ、彼女の忍耐と献身ぶりに感嘆していたが、それでもできるだけ彼女から距離を取ろうとしていた。

ソーニャがあまりにも完璧で、何一つ非の打ち所のないことを、彼は胸の内で責めているかのようだった。彼女の内には人間の長所として称えるべきものがすべてそろっていたが、彼の愛を誘うようなものは乏しかった。それで彼女を評価すればするほど、彼女への愛がうすれていくような気がしていた。自分に自由を与えると書き送ってきたあの手紙の、あの言葉をいいことに、今や彼女に対して、二人の間にあったことはすべてとっくに忘れ去られ、決して繰り返されたりはしない、といった態度を取っていた。

ニコライの状況はますます悪化していくばかりだった。給料の一部を貯蓄しようという考えは、夢にすぎなかった。貯金どころか、母親の要求をかなえるために、小さな借金を重ねていた。そうした自分の状況から抜け出す道は、一向に浮かばなかった。親族が勧めるように、金持ちの跡取り娘と結婚するなどというのは、考えるだけでも虫唾が走った。別の抜け道となるべき母親の死ということは、一度も頭に浮かばなかった。何一つ願わず、何一つ期待もせず、胸の奥底で、自分の状態に愚痴も漏らさず耐え抜くことに、暗い自虐的な快楽を覚えていた。あれこれと同情の言葉を浴びせたり、様々な屈辱的な援助を申し出たりする昔の知人たちを極力避け、気晴らしも娯楽もすべて避け、家にいても特に何もせず、ただ母親とトランプのカードを並べたり、黙って部屋の中を歩き回ったり、次から次へとパイプを吹かしたりするばかりだった。あたかも不機嫌でいることによってのみ自分の状況に耐えることができると感じて、自分の内の不機嫌な気分を懸命に守り通そうとしているかのようであった。

## 6章

冬の初めにマリヤはモスクワにやって来た。巷のうわさから彼女はロストフ家の状況を知り、「息子が母親のために身を犠牲にした」のも知った。町ではそんなふうに言われていたのである。

『あの方ならきっとそうなさると思っていたわ』彼への愛が裏打ちされるような喜びを覚えて、マリヤは胸の内で言ったものだった。自分がかつてロストフ家のみんなと近しい、ほとんど親戚のような関係にあったのを思い起こしたマリヤは、彼らを訪問するのが自分の義務だと感じた。とはいえヴォロネジでのニコライとの関係を思い起こすと、訪ねるのが怖く思えた。しかし、自分を叱咤激励したあげく、モスクワに来て数週間後に、彼女はロストフ家を訪問したのである。

最初に彼女に応対したのはニコライだった。伯爵夫人の部屋に行くには、彼の部屋を通らざるを得なかったからである。彼女の顔にニコライが向けた最初の一瞥には、マリヤが目にしたいと思っていた喜びの表情の代わりに、かつて見たこともないような、冷たく素っ気ない、横柄な表情が浮かんでいた。ニコライは彼女の健康について訊ねると、母親のところに案内し、五分ばかり同席しただけで、部屋から出て行ってしまった。

マリヤが伯爵夫人の部屋から出てくると、ニコライはまた彼女を迎え、やけに勿体ぶった素っ気ない態度で玄関まで送って行った。伯爵夫人の健康についての彼女の言葉にも、彼は一言も答えようとしなかった。『あなたに何のかかわりがあるのです？僕を放っておいてください』とその目は語っていた。

「何でのこのこやって来るんだ？　何が欲しいんだ？　ああいったお嬢さま方には我慢がならないよ、お愛想ばかり言って！」マリヤの箱馬車が家からはなれて行くと、ニコライはいかにも憤懣やるかたないといった様子で、ソーニャのいる前で声に出して言った。

「ああ、どうしてそんなことをおっしゃるの、ニコライさん！」喜びを隠しきれないような声でソーニャは言った。「あの方、とっても良い方だし、それにお母さまも大変お気に入りなのよ」

ニコライは何も答えず、もはやマリヤのことは一切話題にしたくもないといった様子だった。ところがこの訪問以来、母親が毎日何度も彼女の話題を持ち出すようになった。

母親は彼女をほめそやしては、ぜひお返しの訪問をして来いと息子にしつこく勧め、自分ももっとお目にかかりたいものだという希望を表明した。しかも彼女の話をするたびに、母親は決まって不機嫌になった。

ニコライは母がマリヤの話を出すときには、つとめて黙っているようにしていたが、その沈黙が母を苛立たせたのだ。

「あの方はとても立派な、素晴らしいお嬢さまですよ」母は言うのだった。「だからお前も、あの方のお宅に伺いなさい。お前もちょっとは誰かと会わないとね。だって退屈でしょう、いつも私たちとばかりいるなんて」

「でも僕は全く気が進みませんから、母さん」

「会いたがっていたかと思えば、今度は気が進まないと言う。お前のことは、はっきり言って、理解できないわ。退屈そうにしているかと思えば、急に誰にも会いたくないなんて」

「いえ、僕は退屈だなんて言っていませんよ」

「あら、お前が自分で言ったんでしょう、あの方に会いたくもないって。あの方はとっても立派なお嬢さまで、お前もずっと気に入っていたじゃない。それが今になって急にあれこれと理屈をつけて。何でも私に隠すのね」

「そんなつもりは全くないですよ、母さん」

「私が何か嫌なことを頼んでいるだけよ。礼儀の上でも必要だと思うからね……それでお願いしたんだけれど、もうこれ以上おせっかいは焼かないわ。お前が母親に隠し事をするようならね」

「じゃあ、行ってきますよ、もし母さんがお望みならば」

「私はどうだっていいのよ、あなたのためを思っているだけなんだから」

ニコライはため息をつき、口髭を嚙みながらトランプのカードを並べた。何とか母親の気をそらそうとしたのだ。

次の日も、その次の日も、さらに次の日も、判で押したように同じ会話が繰り返された。

ロストフ家を訪れてニコライから思いもよらぬ冷たいあしらいを受けた後で、マリヤは内心で、自分から先にロストフ家を訪問する気になれなかったのももっともだと、頷いたものだった。

『こういうことになるのは初めから分かっていたわ』自尊心の助けを借りつつ彼女は自分に言い聞かせた。『私はあの方に何の用もないし、ただあのおばあさまにお会いしたかっただけ。あのおばあさまにはいつも親切にしていただいて、私、いろいろとお世話になったから』

だがそんな理屈では彼女の気持ちは治まらなかった。あの訪問を思い出すと、後悔に似た気持ちに苛(さいな)まれるのである。もう二度とロストフ家には行くまい、こんなことは全部忘れてしまおうと固く決意したにもかかわらず、なんだか自分がどっちつかずの状態にいるような気がして仕方がない。いったい何が自分を苦しめているのかと自問してみると、それはまさに自分のニコライに対する関係だと認めざるを得なかった。冷たくて慇懃無礼な彼の態度は、彼女に対する彼の感情からきているものではなかった(彼女にはそれが分かっていた)。あの態度は何かを覆い隠すものだった。その何かを自分は解明しなくてはならないし、それまでは安らかな気持ちにはなれないだろう――そう彼女は感じたのである。

真冬の一日、彼女が学習室で甥の勉強をみていると、ニコライの来訪が告げられた。自分の秘密を漏らすまい、うろたえたところは見せまいと固く決意すると、彼女はマドモワゼル・ブリエンヌを呼び寄せて、一緒に客間に出て行った。

ニコライの顔をひと目見た途端、彼が訪ねて来たのはただ礼儀上の義務を果たすためだと見て取ったマリヤは、自分も相手とまったく同じ態度を貫こうと心に決めた。

二人は伯爵夫人の健康状態について、共通の知人たちについて、戦争関係の最新ニュースについて話をかわしたが、それが過ぎたら客が立ち上がっても失礼にならないという十分間が過ぎると、ニコライは腰を上げて暇乞いを始めた。

マリヤはマドモワゼル・ブリエンヌの助けを借りてしっかりと会話を持ちこたえてきたが、最後の瞬間になっていよいよ彼が立ち上がった時、自分に何の関係もない話をするのに疲れ果てたうえに、なぜ自分だけがこんなにわずかしか人生の歓びに恵まれていないのだろうという思いにとらわれるあまり、光を宿した眼を前方に向けてじっと座ったまま茫然自失状態に陥って、彼が立ち上がったのにも気づかなかった。

ニコライはちらりと彼女に目を遣ったが、相手の茫然とした状態に気づかなかったふりをしようとして、マドモワゼル・ブリエンヌに二言三言話しかけ、それからもう一度マリヤを見た。彼女は相変わらずじっと座ったままで、その優しい顔には苦悩が現れていた。不意に彼女が哀れに思え、もしかしたら自分が彼女の顔に浮かんでいる悲しみの原因なのではないかという考えが、ぼんやりと頭に浮かんだ。彼女を救いたい、何か気持ちのいい言葉をかけてやりたいと思ったが、何を言えばいいのか思いつかなかった。

「ではお暇(いとま)します、公爵令嬢(おじょうさま)」彼は言った。マリヤはハッとわれに返り、顔を真っ赤にすると、重い息を吐いた。

「あら、どうもすみません」ちょうど目が覚めたような感じで彼女は言った。「もうお帰りですの、伯爵。では、ごきげんよう！　あ、お母さまに差し上げるクッションは？」

「ちょっとお待ちを、今持ってまいりますから」マドモワゼル・ブリエンヌがそう言って部屋を出て行った。

二人とも黙ったまま、ちらりちらりと互いに目を遣っていた。

「まったく、公爵令嬢(おじょうさま)」ついにニコライが悲しげな笑みを浮かべて言った。「ついこの間のことのように思えますが、ずいぶん時がたってしまったんですね、ボグチャロヴォ村で初めてお会いしたあの時から。あの頃はわれわれみんなが不幸に思えましたが、でも僕はいくら払っても惜しくないと思いますよ、あの時に戻れるならば……でも、戻れはしない」

彼がこう語るあいだ、マリヤはキラキラした目でじっと彼の目を見つめていた。彼女は必死に彼の言葉の隠れた意味を理解しようとしているようだった。それが自分への彼の気持ちを解き明かしてくれるだろうからと。

「ええ、そうですわね」彼女は言った。「でも、あなたは過去を惜しむ必要などありませんでしょう、伯爵。私に理解できる限りでは、今のあなたのようなお暮らしをなさっていれば、将来いつになっても喜ばしい気持ちで今を振り返ることがお出来でしょう。なぜなら、今あなたがなさっているような献身的な生活は……」

「僕はそういうお褒めの言葉を戴くわけにはいきません」彼は急いで彼女を遮った。「それどころか、僕は絶えず自分を責めています。でも、こんな話、面白くも楽しくもないですよね」

そうして彼の目は、さっきまでの素っ気ない冷淡な表情に戻った。だがマリヤはすでに彼の内に再び、自分が知り、愛していた、まさにあの人物を見出し、今やひたすらその人物を相手に語りかけるのだった。

「私が今のようなことをあなたにお話ししても、赦していただけるものと思っていましたわ」彼女は言った。「私、とても近くなった気持ちでいましたのよ、あなたと……あなたのご家族と。ですから、私がご心配申し上げても、出過ぎた真似だとはお考えにならないのではないかと思ったんです。でも私の間違いだったんですね」彼女は言った。その声が急に震えた。「私には分かりません、なぜなのか」気を取り直して彼女は言った。「昔のあなたはもっと違う方でしたわ、そして……」

「なぜなのか──理由は無数にありますよ（彼はなぜなのかという言葉を特に強調した）。あなたには感謝しています、公爵令嬢」彼は静かに言った。「時には辛いこともありますが」

『なるほど、そういうわけだったのね！　そういうわけだったのね！』マリヤの胸で内なる声が言った。『いいえ、私がこの人の内で愛しているのは、ただこの朗らかで優しい、率直なまなざしだけでもないし、美しい外見だけでもない。私はこの人の高貴で強靭な、献身的な精神を見抜いたのよ』彼女は自分に語り掛けた。『そうだ、この人は今貧しいのに、私は裕福だ……。そうよ、ただそれだけのせいで……。つまり、もしそれさえなければ……』頭の中で以前の彼の優しさを思い出し、目の前には今の彼の気立てのよさそうな、沈んだ顔を見ているうちに、ふと彼女は彼の冷たさの理由を理解した。

「なぜなんですの、伯爵、なぜ？」彼女は突然、思わず叫ぶような声を上げて、相手のそばに寄った。「教えてください、なぜなの？　教えてくださるべきですわ」彼は黙っていた。「私には分かりませんわ、伯爵、あなたの言うなぜなのかが」彼女は先を続けた。「でも、私は辛いのです、私は……。あなたには正直に申し上げますわ。あなたはなぜかしら私から以前の友情を取り上げてしまおうとしている。それが私には悲しいのです」彼女の目も声も涙ににじんでいた。「私の人生にはほんの少しの幸せしかないので、ちょっとでも失うことが辛いのです……。赦してくださいね、さようなら」彼女は突然に泣き出して、部屋から駆け出した。

「公爵令嬢（おじょうさま）！　待ってください、お願いです」彼女を引き止めようと彼は叫んだ。

「公爵令嬢（おじょうさま）！」

彼女は振り返った。何秒かの間、二人は黙って互いの目を見つめ合っていた。すると、遠くて手の届かなかったものが、急に、近い、手の届く、しかもかけがえのないものと化していた……

……………………………………

## 7章

一八一四年の秋、ニコライはマリヤと結婚して、妻と母とソーニャとともに禿山（ルイスィエ・ゴールィ）に移り住んだ。

その後三年間で彼は、妻の領地を手放すこともなしに残りの負債を完済し、死んだ従姉の残してくれたささやかな遺産で、ピエールから借りた金も返済した。

さらに三年たって一八二〇年になるころには、ニコライはすっかり経済状況を立て直していて、禿山(ルイスィエ・ゴールィ)のそばに小さな領地を買い足したうえに、父の持っていたオトラードノエ村を買い戻す交渉までしていた。それが彼の宿願だったのである。必要に駆られて領地の経営に手を付けた身ではあったが、じきにすっかり農業経営の魅力にはまり込み、それこそがニコライの愛する仕事、それもほとんど唯一の仕事になっていた。ニコライは素朴な経営者で、新機軸、とりわけ当時流行しかけていたイギリス式の新機軸を好まず、経営の理論書の類をあざ笑い、工場も、金のかかる作物も、高額な穀物の播種(はしゅ)も嫌い、何か一つの部門を切り離して運営するようなことは一切しなかった。彼の目の先にあるのは常にひとまとまりとしての領地のみであって、そのどこか個別の一部分ではなかった。その領地の中でも主な関心対象は、地中や空気中の窒素だの酸素だのでもなく、特殊な犂(すき)だの肥料だのでもなくて、これがあるからこそ窒素も酸素も犂も肥料も効果を発揮するという大切な道具、すなわち働き手としての百姓だった。農業経営に手を染めてそのいろいろな部分が分かり始めたころ、百姓がとりわけ彼の注意を引いた。彼には百姓が単なる道具ではなく、目差すべき目標でもあり審判者でもあると思えたのだ。彼はまず百姓をじっと観察して、相手が何を必要としているのか、何を悪いと思い何を良いと思うのかを理解しようとした。そしていかにも自分が采配を振り、命令しているかのようなふりをしながら、実は単に百姓たちのやり方や言葉や、何が良くて何が悪いのかという判断を、学んでいたのだった。そしてようやく百姓の好みや志向を理解し、百姓の言葉で話してその言葉の隠れた意味を理解することを学び、自分が彼らの仲間になれたと感じると、そのときはじめて彼は思いのままに百姓を使いこなせるようになった。すなわち百姓に対して、まさに自分に要求されている務めが果たせるようになった。するとニコライの農業経営は目覚ましい成果を上げるようになったのである。

領地の管理に着手する際、ニコライはすぐにある種の洞察力を発揮して、管理人、村長（むらおさ）、総代の任命にあたって、仮に百姓たち自身が選ぶことを許されるとしたらきっとこうなるだろうという候補を見極め、その者たちを任命した。そして過たず、彼の決めた役員はずっと代わることはなかったのである。肥料の化学成分を研究するよりも、帳簿の借方と貸方（彼はこの両語をバカにしたような調子で口にするのを好んだ）に没頭するよりも先に、彼はまず農民の持っている家畜の数を調べ、あらゆる手段を尽くしてその数を増やそうとした。農民の家族に分家を許さず、家族規模を最大に保とうとした。のらくら者、放蕩者、虚弱者を一様に取り締まり、共同体から排除すべくつとめた。

種まきの時期および牧草や穀物の収穫の時期には、彼は自分の畑も百姓の畑もまったく同様に面倒を見た。ニコライのところほど早くきちんと種まきがすみ、刈り入れがされ、たくさんの収益が出る地主農場は、めったになかった。

屋敷勤めの農奴たちのことは、穀潰し呼ばわりして一切かかわりを持つことを好まず、周囲の誰もが言うところでは、ほったらかしにして甘やかしていた。そんな屋敷勤めの者の件で何かの処置が必要な時、とりわけ処罰の必要が生じた場合などは、彼はよく態度に迷って家族のみんなに相談した。ただし新兵徴募に百姓の代わりに屋敷付きの農奴を供出することができるような場合には、彼は瞬時のためらいもなくそうした。一方普通の百姓が相手ならば、彼はどんな処置をするにも一切迷うことはなかった。彼の命令は、一人かせいぜい数人が反対するだけで、皆に支持される——それを自分で承知していたからである。

自分がそうしたいからというだけの理由で誰かを苦しい目にあわせたり罰したりすることも、また個人的な希望だけから誰かに楽をさせたり褒美を与えたりすることも、彼は同様に自分に許さなかった。すべきこととすべきでないことを見極める尺度が何なのか、彼には説明しようとしてもできなかっただろうが、しかしその尺度は彼の胸の内に確固としたゆるぎないものとして存在していたのである。

何かうまくいかないことや示しのつかぬことがあると、彼はよく腹立ちまぎれに「まったく、わがロシアの民衆が相手では」などと口にしては、百姓など我慢がならんという気になったものだった。

だが、そのわがロシアの民衆なるものとその生活ぶりを彼は全身全霊で慈しんでおり、まさにそれ故にこそ、優れた収益をもたらしてくれるまたとない農業経営の方法とスタイルを、理解し、体得することができたのだった。

伯爵夫人となったマリヤは、夫のこうした百姓への偏愛ぶりに焼きもちを焼き、仲間に加われないのを残念がっていたが、しかし彼女には無縁なその別世界で夫が味わう喜びや悲しみを、理解できてはいなかった。夜明けとともに起きて午前中一杯を畑か打穀場で過ごし、播種なり草刈りなり取り入れなりを済ませて自分のもとに茶を飲みに帰ってくる夫が、どうしてあんなふうに妙に生き生きと楽しそうにしているのか、彼女には理解できなかった。マトヴェイ・エルミーシンとかいう豊かなやりくり上手の百姓が、一家総出で一晩中麦束を運び、まだ誰のところでも取り入れがすんでいないこの時期に、彼のところでは麦束の山が並んでいる――そんな話を夢中になって語る夫がいったい何に感心しているのか、彼女には分からなかった。ひからびかけた燕麦の芽に暖かな小雨がしきりに降り注ぐとき、どうして夫があんなにもうれしそうに窓からバルコニーへと足を運びながら、口髭の下で口元をほころばせ、目くばせをしてみせたりするのかも、あるいはまたどうして、乾草刈りや取り入れの時期に、迫ってきた黒雲が風に追い払われてしまうと、真っ赤に日焼けした汗まみれの夫が髪に蓬（よもぎ）や蓼（たで）の臭いを付けて打穀場から帰って来て、うれしそうに両手を擦り合わせながら「よし、あとほんの一日で、うちの分も百姓たちの分も、みんな打穀場に収まるぞ」と言ったりするのかも、彼女には分からなかった。

さらに彼女に合点がいかなかったのは、生来心優しく、いつも彼女の願いをいち早く察してくれる夫が、仕事を休ませてほしいと自分のところへ泣きついてくる農婦なり百姓なりの願いを取り次ぐと、どうしてあんなに怒り狂うのか、どうしてあの優しいニコライが、きっぱりと彼女の願いを退けて、怒った声で、ひとの仕事に口出ししないでほしいと言うのかということであった。夫には夫だけの、熱愛する世界があり、そこには自分の理解できない何かの決まりがあるのだ——そうマリヤは感じていた。

時たま彼女が、夫を理解しようとしながら、自分の領地の百姓たちに善行を施していることを彼の功績として話題にすると、夫は怒ってこんなふうに答えるのだった。

「まったくの見当外れさ。そんなことは一度だって考えたこともないし、連中の幸福なんて、およそ僕の目的には入っていないよ。そんなのはみんな絵空事、女々しいたわごとさ、そんな隣人の幸せなんて言うのはね。僕に必要なのは、うちの子供たちが路頭に迷わないようにすることだよ。僕は自分が生きている間に一財産築き上げなくちゃならない——それだけだ。そのために秩序が必要だし、厳格さも必要なんだ……それだけのことさ！」威勢よく拳を握りしめて彼は言うのだった。「それにもちろん公平さもね」彼は言葉を継いだ。「なぜなら、もし農民が着るものもなく腹を空かせて、やせ馬が一頭しかいないようだったら、自分のためにも僕のためにも働けやしないからね」

そして、恐らくはニコライが、自分は他人のため慈善のために何かをやっているんだという考えを自分に許さなかったからこそ、彼のなすことはすべて実を結んだのである。彼の資産は急速に膨らんでいった。近隣の百姓たちは彼のところへやって来て、自分を買い取ってほしいと申し出た。そして彼が死んだ後も長いこと、皆の間には彼の経営ぶりが有難い思い出として残った。「立派な旦那だったなあ……。百姓のことを先にして、自分のことは後回しだ。かといって甘やかしはしなかった。早い話が、あれこそ旦那さまよ」

# 8章

領地経営に関連して一つニコライの苦のタネになったのは、激昂しやすい自分の性格が、すぐに暴力に訴えるかつての軽騎兵時代の習慣と結びついていたことだった。初めの頃は、彼はそのことが非難に値するとは全く思わなかったが、しかし結婚して二年目になると、その種の制裁行為に対する彼の見方が急に変わった。

ある時、夏のことだったが、ボグチャロヴォの村長(むらおさ)が呼び出されてきた。死んだドロンの後継者で、いろんなごまかしやら不行き届きやらで告発されたのだ。ニコライは村長を迎えて表階段に出て行ったが、村長が彼の言葉に二言三言答えたかと思うと、玄関部屋で怒声と殴打の音が響いた。朝食に戻って来たニコライは、刺繡枠(ししゅうわく)の上に深く頭を垂れて座っている妻に歩み寄ると、いつも通りその朝してきたことをすべて話し、ついでに例のボグチャロヴォの村長のことにも触れた。マリヤは赤くなったり青ざめたり唇をぎゅっと結んだりしながら、相変わらず頭を垂れて座ったまま、夫の言葉に一言も答えようとしなかった。

「まったく図々しい悪党だよ」思い出しただけでいきり立って彼は言った。「酔っぱらっていて気がつきませんでしたとでも言うならまだしも……おや、どうしたんだい、マリー？」急に彼は訊ねた。

マリヤは頭を上げて何か言おうとしたが、またすぐにうつむいて唇を閉ざしてしまった。

「どうした？　何があったんだね、お前？……」

不美人のマリヤは、泣くと必ず美しくなった。彼女は決して痛みや怒りで泣くことはなく、泣くのは常に悲しみや憐憫(れんびん)からだった。そして泣いている時には、その光を宿した眼が抗いがたい魅力を帯びるのである。

ニコライがその手を取ると同時に、彼女はもはやこらえる力を失って、わっと泣きだした。

「ニコラ、私、見たの……あの人は悪いわ、でもあなたは、なぜあなたは！　ニ、ニコラ！……」そう言うと彼女は両手で顔を覆ってしまった。

ニコライは黙り込み、顔を真っ赤にすると、妻から身を離して、部屋を歩き回り始めた。妻がなぜ泣いたのかを彼は理解したが、しかし自分が子供の頃から馴染んできて、ごく当たり前のことと見なしていたことが悪いことだという妻の考えに、胸の内でにわかには納得できなかったのである。

『これはただのきれいごと、女々しいたわごとなのか、それとも妻が正しいのか？』彼は自分に問いかけた。一人ではその問題が解けぬまま、もう一度苦しみと愛をたたえた妻の顔に目を遣ると、彼はたちまち悟った——妻が正しい、そして自分はすでに久しく自分自身に対して罪を犯していたのだと。

「マリー」妻に歩み寄ると、彼はそっと呼び掛けた。「あんなことはもう二度としないよ。君に約束する。二度としない」赦しを請う少年のように、声を震わせながら彼は繰り返した。

マリヤの目からさらに激しく涙があふれ出た。彼女は夫の手を取って口づけした。「ニコラ、あなたこのカメオ、いつ壊したの？」話題を変えようとして、夫の手指をしげしげと見ながら彼女は言った。そこにはラオコーンの頭のついた指輪がはまっていた。

「今日さ、やっぱりあの時にね。ああ、マリー、もうあのことは思い出させないでくれ」ニコライはまた真っ赤になった。「名誉にかけて約束する、もうあんなことはしないって。これを生涯の記念にするよ」壊れた指輪を指さして彼は言った。

この時以来、村長や管理人相手の談判で、ついカッとなって逆上し、こぶしを握り締めそうになると、ニコライは指にはめた壊れた指輪をくるくる回して、怒りのもととなった人間の前で目を伏せてしまうようになった。それでも年に一度か二度、ついついわれを忘れてしまうことがあり、そんな時は妻のもとにやってきて打ち明けたうえで、今度こそ、これを最後にすると、改めて約束するのである。

「マ、マリー、君はきっと僕を軽蔑しているだろうね？」彼は妻に言う。「僕は軽蔑されても当然だ」

「その場を離れるのよ、一刻も早く離れるの、もしも自分が抑えられないと感じたらね」悲しげな声でそんなふうに言って、マリヤは夫を慰めようとするのだった。県の地主貴族の間では、ニコライは尊敬されてはいたが好かれてはいなかった。貴族たちの関心事に彼は興味を示さなかった。そしてそのせいで、ある者たちは彼を傲慢な奴だと思い、別の者たちは愚か者だと思っていたのである。春の種まきから収穫まで、夏の間彼の時間はすべて農事関連の仕事に費やされた。秋には、農事に取り組んだのと同じ職業的な真剣さで猟に没頭し、自前の狩猟隊を連れて一か月か二か月も狩猟旅行に出かけた。冬には別の村々をめぐったり読書にいそしんだりした。読むのは主として歴史書で、毎年一定の金額をそうした本の購入に充てていた。本人の言うところの「しっかりとした蔵書」を構築しようとしており、買った本はすべて読むことを決まりとしていた。真面目な顔で書斎に座ってそうした本を読む作業は、はじめは自分に課した義務だったのが、やがてすっかり習慣となり、しかもそれが特別な種類の喜びと、真面目な事柄に従事しているという意識をもたらしてくれるのだった。冬には、仕事で出かける以外大半の時間は家にいて、家族と一緒に過ごし、母子の間の細かなやり取りに首を突っ込んだりした。妻との仲はますます親密になり、相手の内に日々新しい精神の宝を発見していた。

ソーニャはニコライの結婚以来、彼の家に暮らしていた。結婚に先立ってニコライは、自分とソーニャの間にあったことを花嫁にすべて打ち明け、その際自分を責めてソーニャを褒めた。彼はマリヤに、従妹のソーニャに優しく親切にしてやってくれと頼んだ。マリヤはこの話は完全にニコライに非があると感じ、ソーニャに対する自分の疚しさも感じた。自分の財産がニコライの選択に影響したのだと考え、ソーニャには一点の咎（とが）も見いだせず、彼女を愛したいと願った。しかし実際には愛せなかったばかりか、しばしば自分の胸の内に彼女への悪感情を見出し、しかもそれを打ち消すことができないでいた。

ある時マリヤは親友のナターシャを相手に、ソーニャのこと、ソーニャに対する自分の公平を欠く感情のことを話していた。

「あのね」ナターシャが言った。「ほらあなた、福音書をよく読んでいるでしょう。

あの中に一か所、まさにソーニャのことを言っているところがあるのよ」

「どこのこと？」マリヤは驚いて訊ねた。

「『有てる人は與へられ、有たぬ人は取らるべし』[12]というところ、覚えている？　あの人は有たぬ人なのよ。なぜだか、それは分からないけれど。あの人には、もしかしたら自己愛がないのかも。分からないけれど、でもあの人のものは奪われる、これまでも奪われたのよ。私、ときどきあの人が可哀そうでたまらなくなるの。前には、どうしてもニコライ兄さんとあの人を結婚させたいって思っていたわ。でもなんだかいつも私、そんなふうにはならないって予感していたみたい。あの人は無駄花なのよ、ほら苺にあるような、分かる？　私、あの人を気の毒に思うときもあるけれど、でも、そんな運命もあの人には私たちが感じるほどには応えていないんじゃないかと思うときもあるの」

マリヤはナターシャに、福音書のその言葉をそんなふうに解釈するのは間違っていると説明したが、にもかかわらず、ソーニャを見ていると、ナターシャの解釈に同意

12　マルコによる福音書第四章二十四〜二十五節「汝らが量る量にて量られ、更に増し加へらるべし。それ有てる人は、なほ與へられ、有たぬ人は、有てる物をも取らるべし」（日本聖書協会文語訳）の一部。

せずにはいられなかった。事実、どうやらソーニャは自分の置かれた立場を苦にしていないようで、すっかり無駄花としての役割に甘んじていた。彼女はどうやら一人一人の人間よりも、むしろ家族全体の方を大切にしているように見えた。ちょうど猫のように、人につくよりも家についた塩梅(あんばい)である。彼女は老伯爵夫人の世話をし、子供たちをかわいがって甘やかし、自分の得意なこまごまとした仕事をいつでもすすんでしようとした。だがなぜかしら、そうした心尽くしを受ける側は、ろくに有難がりもしないのだった……。

　禿山(ルイスィエ・ゴールィ)の屋敷は新たに建て替えられたが、もはや亡き公爵の頃のような豪勢さはなかった。

　まだ金詰まりだった頃に着手された建物群は、質素を通り越していた。昔の石の土台の上に建てられた大きな母家(おもや)は木造で、内側にだけ漆喰(しっくい)が塗られていた。大きくて広々としたその家の床は色塗りもされていない板張りで、家具としてはごく質素な硬いソファーと安楽椅子、自前の白樺で家つきの家具職人たちが作ったテーブルや椅子が並んでいた。とにかく広く、召使たちの部屋もあれば、来客専用の区画もあった。ロストフ家とボルコンスキー家の親類が、時には十六頭もの馬車隊を仕立て、何十人もの召使を連れて、家族総出でやってきては、何か月も泊まっていった。その他にも年に四度、主人夫妻の聖名日と誕生日に、百人からの客が一日二日訪れた。それ以外の時期は、いつもの仕事、お茶、自家製の食材を使った朝食、昼食、夜食といった規則正しい生活が、坦々と営まれていたのである。

## 9章

一八二〇年十二月五日、冬の聖ニコライ祭の前日だった。この年はナターシャが子供と夫とともに、初秋から兄の家に客として滞在していた。ピエールは自分の特別な用事でペテルブルグに出かけていた。本人が言うには三週間の予定だったが、すでに滞在は七週目にかかっており、今か今かと帰還が待たれていた。

十二月五日には、ベズーホフの一家の他に、ニコライの旧友がロストフ家に客に来ていた。退役将官のワシーリー・デニーソフである。

六日の記念日の当日には客が集まることになっており、ニコライも普段着の上っ張りを脱いでフロックコートを着込み、先のとがった細いブーツを履いて、自分があらしく建てた教会へ出かけ、その後で人々の祝辞を聞き、客たちに前菜を勧めたり貴族会の選挙の話や収穫の話をしたりしなくてはならないのは承知していた。だが前日の今日は、まだ自分はいつもの通りに過ごす権利があると思っていた。昼前はリャザン県の村の管理人が妻の甥の領地に関して作った計算書を調べ、仕事の手紙を二通書き、打穀場と畜舎と厩舎をぐるっと見回った。地元教会の祭り日でもある明日には村中で酒盛りが予想されるので、その対策も立ててから昼食に戻ると、妻と差し向かいで話をかわす暇もなく、二十人分の食器が並んだ長いテーブルに着いた。そこには家の者がみんな集まっていた。テーブルについていたのは、母親、母のところに滞在している老嬢のベローワ、妻、三人の子供、女の家庭教師と男の家庭教師、甥とその家庭教師、ソーニャ、デニーソフ、ナターシャ、彼女の三人の子供、彼らの女家庭教師、ミハイル・イワーノヴィチ老人、この禿山(ルイスィエ・ゴールィ)で隠居生活を送っている亡き公爵の建築士という面々だった。

妻のマリヤはテーブルの反対側の端に座っていた。夫が席に着いた途端、ナプキンをホルダーから外して目の前のグラスや杯を急いで脇にのけたそのしぐさから、マリヤは、夫の機嫌が悪いのを見て取った。夫は時々、特にスープの前、それも農場からじかに昼食の席に来たような場合、こんなふうになった。マリヤはそんな夫の気分をよく分かっていて、自分自身の気分が良い時には、まず夫がスープを飲み終わるのをのんびり待ってから、おもむろに話しかけ、特に理由もなく不機嫌になっていたことを夫に打ち明けさせるのだった。だが今日の彼女は、いつもの見守るような対応をすっかり忘れて、夫が理由もなく自分に腹を立てていることに傷つき、不幸な気持ちになった。彼女は夫にどこに行って来たのかと訊ねた。夫は答えた。彼女はさらに、農事は万事順調かと訊ねた。夫は彼女の不自然なトーンに顔を顰め、そそくさと答えた。

『やっぱり間違いない』とマリヤは思った。『でも、あの人は何で私に腹を立てているんだろう?』夫が自分に答えた時の口調に、マリヤは自分への悪意と、話を打ち切りたいという願望を感じた。自分の言葉が不自然な調子になっているのを感じながら、それでも踏みとどまることができずに、彼女はさらにいくつかの質問を続けたのだった。

デニーソフのおかげで食卓の会話はじきに全員が加わる活発なものとなり、マリヤは夫とは口をきかずに通した。皆が席を立って老伯爵夫人のもとへお礼を言いに集まって来ると、マリヤは手を差し伸べながら夫に口づけし、なぜ私に怒っているのかと訊ねた。

「君はいつも変なことばかり考えるね。怒る気なんてまったくないのに」夫は言った。

しかし「いつも」という夫の言葉が、マリヤへの答えを告げていた――そうさ、怒っている、だが理由は言いたくない、と。

ニコライは妻と大変折り合いよく暮らしていたので、ソーニャや老伯爵夫人のように嫉妬（やきもち）心から両者の不和を願うような者たちでも、ケチをつける隙を見出せぬほどだった。だがそんな二人の間にも、波風が立つ瞬間はあった。時として、まさに最高に幸せな期間の後に、不意によそよそしさや、反感が芽生えるのだ。そんな感情が一番現れがちなのは、マリヤが妊娠している時だった。今の彼女もそうした時に当たっていた。

「さて、紳士並びに淑女の皆さま」ニコライが大きな、まるで浮かれているような声で言った（マリヤには、夫が自分を悲しませるためにわざとそんなふうに振る舞っているのだと思えた）。「僕は朝の六時から動き回っています。明日はまた大変な日ですから、今日のところはこれで休ませていただきますよ」そう言ったきり彼は、マリヤには一声もかけぬまま、小さな休憩室に引っ込んでソファーに横になってしまった。

『ほら、いつもこうだ』マリヤは思った。『みんなとは話をするのに、私だけ相手にしない。よく分かったわ、あの人は私のことが嫌いなんだ。特にこんな状態の私が』彼女は自分の大きなおなかを眺め、そして自分の姿を鏡に映して見た。顔は黄ばんで血色が悪く、やつれていて、目がいつになく大きく見えた。

すると何もかもが不愉快に思えてきた。デニーソフの大声や高笑いも、ナターシャの話し声も、そしてとりわけちらりとこちらを見たソーニャの目つきも。ソーニャは常に、マリヤが自分の苛立ちをこじつけるために、真っ先に選ぶ標的だった。

客に交じってしばらく座っていたが、皆の話していることが何一つ頭に入ってこなかったので、彼女はそっと部屋を出て、子供部屋に入っていった。

子供たちは並べた椅子にまたがってモスクワへ行こうとしているところで、一緒に行こうと彼女を誘った。腰を下ろしてしばらく一緒に遊んだが、夫について、夫の理由もない怒りについての思いがいつまでも彼女を苦しめ続けた。彼女は立ち上がると、苦労してつま先立ちで歩きながら、小さな休憩室へと向かった。

『もしかしたら、あの人は眠っていないかもしれない。話し合ってみよう』彼女は自分に言った。長男のアンドリューシャが母親の真似をして、後から抜き足差し足で付いてきていたが、マリヤはそれに気づいていなかった。

「マリヤさん、あの人寝ているみたいよ。お疲れだから」大きな方の休憩室を抜ける時ソーニャの声が聞こえた（マリヤはどこへ行ってもソーニャに出くわすような気がしていた)。「アンドリューシャがお父さまを起こさないといいわね」

振り返ると、後ろにアンドリューシャがいるのが見えたので、ソーニャの言うとおりだと思ったが、まさにそのせいで頭がカッとなった。きつい言葉を投げ返すのをかろうじてこらえたのが外目にも明らかだった。マリヤは何も言わぬまま、ソーニャの言うことは聞かないぞとばかり、アンドリューシャに向かって片手で、騒いではいけないけれどそのままついておいでというサインをしてみせると、部屋の戸口へと歩み寄った。ソーニャは別の戸口から出て行った。ニコライが眠っている部屋から規則正しい寝息が聞こえてくる。細かな響きの隅々まで、妻には馴染みの寝息である。その寝息に耳を傾けていると、目の前に夫の滑らかな美しい額が、口髭が、顔全体が浮かんできた。よく夫が眠っている時、彼女が夜のしじまの中で長いこと見つめていた、あの顔が。ニコライが急に身を動かしてうめき声を立てた。するとその途端、アンドリューシャがドア越しに叫んだ。

「パパ、ママがここにいるよ」

マリヤは驚いて青ざめ、息子を手振りで制した。息子が口をつぐむと、一分ほどマリヤには恐ろしい沈黙が続いた。ニコライは起こされるのが大嫌いだということを、彼女は知っていたのだ。不意にドアの向こうで新たなうめきと身動きする音が聞こえたかと思うと、ニコライの不満そうな声が言った。

「一分間も休ませてくれやしない。マリヤ、そこに居るのか？　どうして子供を連れてきたんだ？」

「私、ただちょっと様子を見に来ただけ、つい気がつかずに……ごめんなさい……」

ニコライは咳払いをしてまた黙り込んだ。マリヤは戸口から離れ、息子を連れて子供部屋へ戻った。五分後、父親のお気に入りの、小さな、黒い目の、三歳の娘ナターシャが、パパが小さな休憩室で寝ていると兄に教わって、母親が気づかぬうちに父のところに駆けだして行った。黒い目の幼子は大胆にドアをギーと開けると、頼りないあんよでちょこちょこと元気いっぱいソファーに歩み寄り、向こうむきに眠っている父の寝姿を確かめると、つま先立ちになって、肘枕をしている父の片手に口づけした。ニコライがうっとりとした笑顔を浮かべて振り返った。

「ナターシャ、ナターシャ！」ドアの向こうから動顚したマリヤのささやき声が聞こえてくる。「パパはお眠なのよ」

「いいえ、ママ、パパはお眠なんかじゃない」幼いナターシャが自信たっぷりに答える。「だってパパ、笑ってるもん」

ニコライは足を床に下ろして身を起こすと、娘を両手で抱きあげた。

「入っておいで、マ、ー、シャ、」彼は妻に声を掛けた。マリヤは部屋に入って夫の隣に腰を下ろした。

「私、気がつかなかったの、さっきアンドリューシャが後ろからついてきたのを」彼女はおずおずと言った。「私はただ……」

片手で娘を抱いたまま妻を見たニコライは、その顔に申し訳なさそうな表情が浮かんでいるのを認めると、もう一方の手で妻を抱き寄せ、髪に口づけした。

「ママにキスしてもいいだろう?」彼はナターシャに訊いた。

ナターシャは、はにかんだようににっこり笑う。

「もう一度」命令するような身振りでニコライが妻に口づけした場所を指さしながら、ナターシャは言った。

「分からないな、どうして君は僕が不機嫌だなんて思うのか」ニコライは言った。

妻が胸に抱えている疑問を承知していて、それに答えているのだった。

「あなたには思いもよらないでしょうけど、あなたがあんなふうになると、私、もう悲しくて、寂しくて。ついつい思ってしまうの……」

「マリ、ー、もうよせよ、そんなつまらんことは。よくも恥ずかしくないもんだ」ニコライは明るく妻を制した。

「私、思ってしまうのよ、あなたが私を愛してくれるはずはない、私はこんなに不器量だし……それはいつものことだけど……おまけに今は……こんなおなかで……」

「おやおや、君もおかしな人だね！　きれいだから好きなんじゃない、好きだからきれいなんだって言うだろう。きれいだから愛してもらえるなんてのは、あのマルヴィーナ[13]とかそのたぐいの女たちだけさ。はたして僕は妻を愛しているか？　愛しているんじゃない、ただ単に、ああ、なんて説明すればいいかな。とにかく、君がいなくなったり、今みたいに僕たちの間がぎくしゃくしたりすると、僕はまるでだめになったみたいに、何も手につかなくなるんだ。例えば、僕は自分の指を愛しているだろうか？　愛してなんかいない。でも、ためしにこの指を切り取ってごらん……」

「いいえ、私が言うのは違う、でも分かるわ。じゃあ、あなたは私のこと、怒ってはいないのね？」

「ひどく怒っているさ」ニヤニヤしながらそう言うと、ニコライは立ち上がって寝乱れた髪を撫でつけてから、部屋の中を歩き始めた。

---

13　いわゆるオシアン伝説で、オシアンの息子オスカルの婚約者であり、トスカルの娘であるヒロイン。竪琴の名手。

「分かるかい、マリー、僕が何を考えているか?」彼はそんなふうに切り出した。仲直りがすんでしまうと、早速妻の前で、考えていることをそのまま言葉にし始めたのだ。相手に聞く気があるかなどと問うことはしなかったし、彼にとってそれはどうでもいいことだった。自分の頭に浮かんだということは、つまりは妻の頭に浮かんだと同じことだったからだ。こうして彼は、ピエールを説き伏せて春までここに残らせようという、自分の意図を妻に話した。

夫の話を聞き終え、いくつか自分の意見を述べた後、今度はマリヤが自分の考えていることを口に出して語り始めた。それは子供たちについての考えだった。

「こんなに小さくても、もう女なのよ」ナターシャを示しながら彼女はフランス語で言った。「あなたたち男性は、私たち女は論理的でないといって責めるわよね。でもこの子を見て。これが女の論理よ。私が、『パパはお眠(ねむ)なの』と言ったら、この子は、『いいえ、だってパパ、笑ってるもん』って答えたじゃない。そうしてこの子の言ったとおりだったわ」幸せそうに微笑みながらマリヤは言った。

「いや、まったくだなあ!」そう言うとニコライは力強い腕に娘を抱き、高く掲げて肩に乗せると、両足を押さえて肩車で部屋を歩き始めた。父親も娘も同じように意味もなく幸せな顔になっていた。

「待って、もしかしたら、あなたえこひいきなんじゃないかしら。この子ばかりかわいがって」マリヤがそっとフランス語で言った。

「そうだね、でも仕方ないよ……目立たないようにするさ……」

この時、玄関部屋と控えの間でドアの滑車の音がして、訪れた客のものと思しき足音が聞こえた。

「誰か来たね」

「きっとピエールさんよ。行って確かめてくるわ」そう言ってマリヤは部屋から出て行った。

妻のいない間にニコライはちょっと羽目を外し、娘を肩車したままギャロップで部屋を駆けまわった。すっかり息が切れると、彼は声を上げて笑っている娘をさっと肩からおろし、胸に抱きしめた。跳ねまわったことがダンスを連想させたので、ニコライはわが子の丸々とした幸せそうな小さな顔を眺めているうちに、いつか年をとった自分がこの子を社交界に連れ出すようになって、かつて亡き父が娘とダニーラ・クーポルを踊ったように、一緒にマズルカを踊る頃には、この子はいったいどんな娘になっているだろうか、などと考えていた。

「やっぱりいらしたわよ、ニコラ」しばらくして部屋に戻ったマリヤが告げた。「ナターシャもこれで元気になったわ。まったく、あの人が大はしゃぎして、それからすぐに帰りの遅れた旦那さんをとっちめたところなんか、いい見ものだったわよ。さあ、早くいきましょう、早く！ もう、いい加減に離れなさい」父親にしがみつきっぱなしの娘を見て、彼女は苦笑して言った。ニコライは娘の手を引いて出て行った。

マリヤは一人休憩室に残った。

『昔の私だったら、決して、決して信じられなかったでしょうね』彼女は自分を相手に呟いた。『こんなにも幸せになれるなんて』彼女の顔は笑みに輝いた。だがまさにその瞬間、深いため息をつくと、その深いまなざしに静かな悲しみが浮かんだ。あたかも彼女が味わっている幸福の他にもう一つ別の、この世では手に入らない幸福があって、そのことを彼女は、ふとこの瞬間に思い起こしたかのようだった。

## 10章

ナターシャは一八一三年の初春（しょしゅん）に結婚して、一八二〇年にはすでに女の子三人と男の子一人がいた。男の子は彼女がどうしても欲しがって生まれたもので、今自分の乳で育てているところだった。彼女は太って横幅も広くなっており、この力強い母に、かつての痩せっぽちですばしっこいナターシャの面影を見つけるのは困難だった。目鼻立ちもはっきりして、落ち着いて柔らかい、すっきりした表情になっていた。その顔には、かつて彼女の魅力をなしていた、あの絶えず燃えている生気の炎はなかった。今や外目に見えるのは、ほぼ顔と体ばかりであり、魂はすっかり影をひそめていた。目に映るのはただ、一匹の強く美しい、多産な牝であった。ただごくまれに、今でもかつての炎が彼女の内に燃え立つことがあった。それは、今回のように出かけていた夫が戻って来た時や、病気だった子が回復した時や、あるいはマリヤとともにアンドレイ公爵の思い出話をしている時や（夫がアンドレイ公爵の思い出に嫉妬していると思い込んでいる彼女は、夫とは決してこの話はしなかった）、そしてめったにないことだが、結婚以来すっかりやめてしまった歌を、何かのきっかけでひょいと歌うような時に限られていた。成熟した美しい身体に昔の炎が燃え立つそうした稀な瞬間には、彼女は以前よりもまた一段と魅力的になるのだった。

結婚以来ナターシャは夫とともにモスクワで、ペテルブルグで、モスクワ近郊の村で、そして母のもと、つまり兄の家で暮らしてきた。社交界でベズーホフ伯爵の若妻を見かけることは少なく、出会った人たちも、彼女には不満だった。可愛くも愛想よくもなかったからである。別に一人で引きこもっているのが好きだったわけではないが（好きか嫌いかは彼女自身分からなかったが、自分ではむしろ嫌いだと思えた）、ただひたすら子を孕み、産み、育てながら、絶えず夫の生活に関わっている彼女にしてみれば、そうしたいろんな務めを満足に果たすためには、社交界をあきらめるほかはなかったのである。独身時代のナターシャを知っている者たちは皆、ナターシャがすっかり変わってしまったことを、何かしら異常なことのように驚いていた。ただ一人老伯爵夫人だけは、母親の直感で、ナターシャを突き動かしている力の根源が、単に家庭を持ちたい、夫を持ちたいという欲求に他ならないのを見抜いていた。それはいつかオトラードノエ村で、ナターシャ自身が冗談というよりは本音として叫んだことだった。だから母親は、ナターシャを理解できない者たちが驚くことに驚いてみせながら、自分にはナターシャが模範的な妻と母親になることがずっと前から分かっていましたよと、繰り返し語ったのである。

「あの娘はただ、夫と子供をとことん愛しているっていうだけですよ」伯爵夫人は言うのだった。「愚かしいほどにね」

賢い連中、とりわけフランス人が説く黄金律によれば、娘は結婚しても自分にかまわなくなってはいけない、自分の才能をあきらめず、娘時代よりもさらに外見に気を使い、かつて夫になる前の男性を魅惑したのと同じように、夫を魅惑し続けなくてはならないというが、ナターシャはそんな心得を守ろうとはしなかった。それどころかナターシャは、すぐに自分の魅力をなすものをすべて放棄してしまった。中でも人並み外れて強い魅力の一つが、歌だった。まさにそれが強い魅力だったからこそ、彼女はそれを捨てたのである。そうして彼女は、いわゆる、自分にかまわない女になった。立ち居振る舞いにも、言葉遣いのデリカシーにも無頓着なら、一番きれいなポーズを夫に見せることにも、おしゃれをすることにも無関心、あれこれうるさく言って夫に気詰まりな思いをさせないなどという気配りとも無縁だった。何もかも、およそそうした心得とは正反対のことを彼女はしていた。かつて本能が用いることを教え込んだ魅惑法の類は、今の夫の目にはただ滑稽としか映らないだろうと彼女は感じていた。最初の瞬間から彼女は夫にわが身をまるごと、すなわち全身全霊を捧げ、すべてをくまなく夫の目にさらしてきたからである。自分と夫の絆（きずな）を支えているのは、かつて夫を自分に引き寄せたような詩的な感情ではない。二人の絆は何かしらもっと別のもの、ちょうど自分の心と体のつながりと同じような、はっきりとは言えぬが強固なものによって支えられている――そう彼女は感じていたのだ。

自分の夫を魅了するために髪をカールさせたり、クリノリン・スカートをまとったりロマンスを歌ったりするなどということは、ただ自分自身の気に入るためにおめかしするのと同じように、奇妙なことだと彼女には思えた。他人に気に入ってもらうためにおめかしするというのなら、もしかしたら今でも楽しいのかもしれないが（彼女にはその判断はつかなかった）、しかしそんな暇は全くなかった。彼女が歌もおしゃれも言葉遣いへの配慮も止めた一番の理由は、まさにそんなことにかまけている時間が一切ないということだった。

周知のとおり、人間には、たとえどんなに些細なものに見えようと、何か一つのことに全身で没頭するという能力がある。そして周知のとおり、どんなに些細なものごとであれ、意識を傾注して取り組むならば、すべて例外なく無限大に広がっていくのである。

ナターシャがすっかり没頭している対象とは、家庭だった。それはすなわち、常にしっかりと自分に、家に、結びつけておくべき夫であり、さらに、孕み、産み、養い、育てるべき子供たちであった。

そして心惹かれるこの対象に、頭でではなく、全身全霊で打ち込めば打ち込むほど、その対象は彼女の気くばりのおかげで大きく成長し、一方彼女の力はますます弱く頼りないものと感じられてきた。それで、いつも同じことに全力を傾注しながら、なおかつ自分が必要と思うだけのことを十分にし尽くせないでいるのだった。

女性の権利とか、夫婦間の関係とか、夫婦それぞれの自由と権利とかに関する取りざたや議論は、いまだ今日のように「問題」という名前を与えられてこそいなかったが、当時もちょうど今日と同じような形で存在していた。しかし、ナターシャはそうした問題に興味を覚えなかったばかりか、それらがさっぱり理解できなかった。

当時も今日と同様、そうした問題はただ、結婚の内に夫婦が互いから得る快楽ばかりを、つまり結婚の出発点だけを見ようとする人間にとってのみ、存在したのだ。そうした者たちは、家庭という結婚の意義の全体を見ようとしていないのである。

そうした議論も、また食事からより多くの快楽を得るにはいかにすべきかといったたぐいの今日的議論も、食事の目的は栄養の摂取であり、結婚の目的は家庭であると受け止めている人々にとっては、昔も今も存在しないのだ。

食事の目的が体に栄養を与えることだとするなら、一度に二人前も平らげてしまう人間は、仮により多くの快楽を得るとしても、目的は達成できない。一つの胃袋では二人前も消化できないからだ。

結婚の目的が家庭にあるとするなら、多くの妻や夫を持ちたいと思う者は、仮により多くの快楽を得るとしても、決して家庭を持つことはできまい。

食事の目的が栄養摂取で、結婚の目的が家庭だとすれば、問題の解決法は、単に胃袋が消化できる以上の食事をとらないこと、家庭に必要な以上の妻や夫をもたないこと、すなわち一婦と一夫にしておくことに尽きる。ナターシャは夫を必要とし、その夫が彼女に与えられた。そして夫は彼女に家庭を与えた。だから他の、もっといい夫がほしいなどという気持ちは一切なかったばかりか、目の前の夫および家庭に奉仕することに己の精神力のすべてを注いでいたために、もしも事情が異なっていたらどうなっていただろうかなどと想像する余地はなく、またそんな想像に何の興味も覚えなかったのだ。

ナターシャは一般に社交を好まなかったが、その分、マリヤや兄や母やソーニャといった身内の仲間を大切にしていた。髪も梳かさず部屋着のままで、子供部屋から嬉しそうな顔で大股で出て行った彼女が、緑便ではなく黄色い便の付いた襁褓を見せると、これであの子もかなり良くなったわねと慰めの言葉を聞かせてもらえるような、そんな者たちとの付き合いを大事にしていたのだ。

彼女は極端に自分にかまわなくなっていたので、着ているものも髪型も、場違いな言葉遣いも、やきもちも（彼女はソーニャにも、家庭教師にも、美人にも不美人にも、あらゆる女性に嫉妬した）、することなすことが近親者すべてのからかいのタネになっていた。ピエールは妻の尻の下に敷かれているというのが共通の見解であり、また実際その通りだった。結婚生活の最初の数日間に、ナターシャはもう自分の要求するところを宣言していた。夫の生活は一分一秒に至るまで妻と家庭のものであるという、全く耳新しい妻の考え方に、ピエールはすっかり驚かされた。妻の要求にうろたえながらも、ピエールは満更でもない気がして、従うことにしたのである。

ピエールは尻に敷かれた結果、他の女性の機嫌をとるどころか、笑顔で話をすることも慎み、クラブや食事の会にただ何となく、暇つぶしのために出かけるのも、思い付きで金を使うのも控え、仕事の旅行以外は長期間旅に出るのも遠慮していた（学問のことは何も分からないまま、大いに尊重していた妻は、学問の用事も仕事に数えていた）。その代わり、わが家にいる時の彼は、自分自身だけでなく家族全員を思う通りに扱う十全な権利を与えられていた。ナターシャは、家では夫の奴隷の立場に身を置いていた。ピエールが仕事をしている時、すなわち自分の書斎で読んだり書いたりしている時は、家じゅうの者がつま先立ちになって歩いていた。ピエールが何かを好きだと言いさえすれば、その好きなことが必ずかなえられた。彼が希望を表明するだけで、ナターシャがさっと立ち上がってその希望を果たしに駆け出すのである。

家じゅうがひたすら夫の命令と思しきものに、すなわちナターシャが懸命にくみ取ったピエールの希望に従って動いていた。生活の仕方、住む場所、知り合う相手、付き合う相手、ナターシャの仕事、子供たちの教育——すべてが、ピエールの表明した意志に沿ってなされていたばかりか、ナターシャは、話の合間にピエールがもらしたいろんな考えの中から導きうる結論を懸命に見抜こうとしていた。そうして彼女は確かにピエールの希望の骨子を見抜いていたし、いったん見抜いたとなると、一度決めた方針を断固守り抜こうとした。ピエールの方が自分の希望を変更しようとしても、彼女は相手の武器で相手に戦いを挑むのだった。

かつてピエールにもナターシャにも生涯忘れられぬ思い出となった、辛い時期があった。最初に生まれた赤ん坊が虚弱児で三人も乳母を変えなくてはならず、ナターシャが絶望のあまり病みついてしまったのだ。そんなある日ピエールは、乳母を使うのは不自然でかつ有害であるという、自分が完全に賛成していたルソーの思想[14]を妻に伝えた。すると次の赤ん坊が生まれてからは、ナターシャは、母親が、医者が、そして当の夫までもが、当時はまだ聞いたこともない有害なこととして、母乳保育に反対したにもかかわらず、自分の意志を貫きとおし、以来すべての子供を自分の乳で育て上げたのである。

これはしょっちゅうあったことだが、たまたま気分がイラついて延々と夫婦で言い合いをした後、しばらくしてふと気づくと、目の前の妻の言葉ばかりか振る舞いの中にまで、まさにさっきまで彼女が反対していた自分の考えが現れているのが分かって、ピエールは喜んだり呆れたりしたものである。しかもそんなときピエールが見出すのは、単に自分と同じ考えというのではなくて、自分の発言の内から、議論の熱や駆け引きの生んだ余分な夾雑物(きょうざつぶつ)をすべて取り除いた、純化された自分の考えであった。

七年の結婚生活の後、ピエールは自分が悪い人間ではなかったという喜ばしい、ゆるぎない意識を覚えるようになっていたが、そんな自覚を持てるようになったのも、妻の中に反映された自分の姿を見ていたからである。自分の中では、良いところも悪いところもごちゃ混ぜになって、互いに打ち消し合っているような気がしたものだ。だが妻の中に反映された自分は、本当に良いところだけでできていて、あまり良からぬ部分はすべて排除されていた。しかもそうした自分の像は、論理的な思考の産物ではなく、別の、神秘的で直接的な、反映の産物なのであった。

14 ジャン=ジャック・ルソー『エミール』第一編に述べられた主張を指している。

## 11章

二か月前、すでにロストフ家の客となっていたピエールは、フョードル公爵なる人物からペテルブルグへ来られたしという手紙を受け取った。ペテルブルグでピエールが主な発起人の一人となっているある協会のメンバーの関心を引いている重要問題を議論しようというのである。

夫の手紙はすべて読むことにしているナターシャは、その手紙を読むと、夫のいない辛さが身に染みているにもかかわらず、自分からペテルブルグに行っていらっしゃいと勧めた。夫の知的で抽象的な方面の仕事をすべて、理解できないながらも彼女はきわめて重要なものと考えていて、たえず夫のそうした活動の邪魔をすることを恐れていた。手紙を読んだ後、おずおずと目で問いかけるピエールに対して、彼女は、行っていらっしゃい、ただしいつ帰るかははっきり決めていってね、というお願いの言葉で答えた。こうして四週間家を留守にする許可が下りたのである。

そのピエールの旅行予定期間は二週間前にすぎてしまい、それ以来ナターシャはひたすら、恐れ、悲しみ、苛立つばかりであった。

昨今の情勢に不満を覚えている退役将官のデニーソフは、この二週間のうちにやって来たのだったが、ナターシャを見ると、昔愛した人のへたくそな似顔絵を見せられたような気がして、驚き嘆いたものだった。かつて自分を魅惑した女性から彼が目にし、耳にしたのは、しょんぼりとふさぎ込んだまなざしと、頓珍漢（とんちんかん）な受け答え、それに子供部屋の話ばかりだったのである。

このところずっとナターシャは落ち込んで苛立ってばかりで、とりわけ母親や兄やマリヤが彼女を慰めるつもりで、ピエールをかばって帰りが遅れている理由をあれこれ考えだしたりすると、余計に苛立ちが募るのだった。

「何もかも全部くだらない、つまらないことばかりよ」ナターシャは言うのだった。「何の役にも立たない、あの人の思想とやらも、ああいったバカげた協会なんかも全部」自分がその大きな重要性を固く信じている当の事柄を、彼女はそんな言葉で罵った。そうしてたった一人の男の子ペーチャ［ピョートル］に乳をやるために、子供部屋へと立ち去るのだった。

わずか生後三か月のほんの小さな生き物が自分の胸に抱かれ、その口の動きと小さな鼻の息を感じる時、彼女は他の誰からも得られぬような、心安らぐ、賢い言葉を語り掛けられている気がした。その生き物は語り掛けていた――『ママは怒ってるね、やきもちを焼いてるね、パパに仕返ししてやりたいんだね、怖いんだね。でもほら、僕がパパだよ。僕がパパなのさ……』こう言われて返す言葉はなかった。それはもはや、正否を超えた真理だったからだ。

この不安な二週間ナターシャは、安らぎを求めてあまりにも頻繁にこの幼子のもとへ行っては世話をしたため、乳の与えすぎで子供は体調を崩してしまった。子供の病気は彼女を恐怖に陥れたが、ある意味でそれこそがまさに彼女に必要なことだった。子供の看病をすることで、夫についての心配ごとを楽にやり過ごせたからだ。

彼女が授乳している最中に車寄せのあたりでピエールの箱橇の音が響くと、どうすれば奥様が喜ぶかを心得ている乳母が、音も立てずに素早い足取りで駆け付け、満面に笑みを浮かべながら戸口から入って来た。

「お帰りなの？」眠りかけた子供を身動きして起こさぬように気遣いながら、素早くひそひそ声でナターシャは訊ねた。

「お帰りになりましたよ、奥さま」乳母も小声で答える。

ナターシャの顔がさっと紅潮し、ひとりでに足が動いた。だが、飛び上がって駆け出すわけにはいかなかった。赤ん坊がまた小さな目を開けると、こちらを見た。『ママはそこにいるね』まるでそんなふうに言っているかのような顔で、子供はまたけだるげに唇をちゅぱちゅぱと動かした。

そっと乳を外すと、ナターシャは子供の体をちょっとゆすってから乳母に渡し、速足で戸口へ向かった。だがドアの手前でふと立ち止まると、あたかも喜びに舞い上がってそそくさと子供を置いていくのに気が咎(とが)めたかのように、くるりと振り返った。乳母は両肘を上げて赤ん坊を手すり越しにベビーベッドに寝かせようとしているところだった。

「いいから、いらしてください、いらしてください、奥さま、ご心配はいりません、いらしてください」にこにこしながら乳母がささやいた。乳母と奥さまの間に出来つつあった打ち解けた関係が、その口調に表れていた。

それを聞くとナターシャは、足取りも軽く控えの間へと駆けだした。パイプを片手に書斎から広間へと出てきたデニーソフは、このときはじめて自分の知っているナターシャに再会した。彼女の顔がすっかり様変わりしていて、そこから明るくキラキラした喜びの光が、奔流となってほとばしっていたからである。

「帰って来たわ！」駆け抜けざまにナターシャに声をかけられると、デニーソフまでが、もともとあまり好きでないピエールの帰還に心が弾むのを覚えたのだった。控えの間に駆け込んだナターシャの目に、毛皮外套を着た背の高い人物がマフラーを解いている姿が飛び込んできた。

『あの人だ！　あの人だ！　本当だ！　ほら、あの人だわ！』自分に念を押すと、彼女は飛ぶように夫に駆け寄って抱き着き、夫の頭を自分の胸に押し付けるようにして抱きしめた。それからちょっと身を放して、霜の張り付いた血色のいいうれしそうなピエールの顔をのぞき込んだ。『そう、この人だ。幸せそうな、満足した顔をして……』

するとと急に彼女は、この二週間自分がさんざん味わわされてきた待ちぼうけの辛さを、すっかり思い出した。顔に浮かんでいた歓喜の輝きが姿を隠し、険しい表情になると、叱責と悪罵の言葉が奔流となってピエールに浴びせかけられた。

「そうよ、あなたは楽しかったでしょうよ！　散々いい目を見て、楽しい思いをして……。でも、私はどうなのよ？　せめて子供たちをかわいそうに思ってくれてもいいじゃない。私はお乳をやっているのに、そのお乳が悪くなってしまって。ペーチャはもう少しで死ぬところだったわ。なのに自分は散々楽しんで。そう、さぞかし楽しかったでしょうよ」

ピエールは、これ以上早く帰るのは不可能だったのだから、自分に非はないのが分かっていた。妻のこの爆発ぶりがはしたないということも分かっていた。さらには、二分もすればこれが治まるということも分かっていたし、一番肝心なことに、自分自身が今、愉快で楽しい気分であることも分かっていた。にっこり笑ってみたいところだったが、しかしそんなことは思いもよらなかった。それで哀れっぽい、怯えきった顔で身を縮めていた。

「帰れなかったんだよ、本当に！　それで、ペーチャは？」

「もう大丈夫、行きましょう。それにしても、よく気が咎めないこと！　見せてやりたかったわ、あなたがいない間、私がどんなだったか、どれほど苦しんだか……」

「君は元気かい？」

「いいから、行くわよ」夫の手を握ったまま彼女は言った。そして二人は自分たちの部屋のある方へ歩き出した。

ニコライが妻とともにピエールを探しに来たとき、ピエールは子供部屋で、大きな右の手のひらに目覚めたばかりの乳飲み子をのっけて、あやしているところだった。歯のない口を開けたふっくらとした乳飲み子の顔には、ずっと楽しそうな笑みが浮かんでいる。吹雪はとっくにおさまっており、夫と息子をうっとりと眺めるナターシャの顔には、明るい、喜ばしい陽光が輝いていた。

「それで、フョードル公爵とはちゃんとぜんぶ話がついたの？」ナターシャが言った。

「うん、うまくいったよ」

「見て、すわってる（これは赤ん坊の首がすわっているという意味だった）。ああ、この子にはまったくはらはらさせられたわ！」

「ところで、公爵夫人には会った？　本当なの、あの人の方からあの方を好きになったって？」

「ああ、信じられるかい……」

その時ニコライとマリヤが連れ立って入って来た。ピエールは息子を抱えたまま身を屈めて二人に挨拶のキスをすると、あれこれと問われるままに返事をした。だが、伝えるべき面白い話題は山ほどあるにせよ、明らかに、小さなニットの帽子をかぶって頭をゆらゆらさせている赤ん坊こそが、ピエールの関心をすっかり独り占めにしていた。

「まあ、かわいらしいこと！」赤ん坊をじっと見つめてあやしながらマリヤが言った。「ねえあなた、私、どうしても納得がいかないわ」彼女は夫のニコライを振り返った。「どうしてあなたには分からないのかしら、こんなにもかわいらしい赤ちゃんの魅力というものが」

「分からないし、受け付けないんだ」冷たい目で赤ん坊を見ながらニコライは答えた。「ただの肉のかたまりさ。行こう、ピエール」

「こんな憎まれ口を利くけれど、この人はとてもやさしい父親なのよ」マリヤは夫を弁護して言った、「ただ、子供がせめて一歳かそれくらいにならないと……」

「あら、ピエールは赤ちゃんをあやすのがとても上手よ」ナターシャが言う。「本人が言うには、この人の手はちょうど赤ん坊のお尻を乗せるようにできているんですって。ほら見て」

「いや、別にそのためだけじゃないけれどね」急に笑い出してそう言うと、ピエールは赤ん坊をひょいと抱え直して乳母に渡した。

## 12章

実際の家庭がみなそうであるように、禿山（ルイスィエ・ゴールィ）の家にもいくつかの全く異なった世界が同居していて、それぞれが自分の独自性を保持しつつ、譲るところは譲り合い、混じり合うことで一つの調和のとれた全体を作っていた。楽しいことにせよ悲しいことにせよ、家の内で起こる出来事はみな一様に、これらすべての世界にとって重要であったが、ただし何かの出来事を喜んだり悲しんだりする際に、それぞれの世界は完全に独自の、他とは無関係な理由を持っているのだった。

ピエールの帰還もまた、喜ぶべき重要な出来事であり、そういうものとして皆がそれぞれに受け止めた。

召使たちは、会話や感情表現からではなく、行動や生活形態から人を判断するという点で、ご主人たちの確実なる審判官であるが、彼らがピエールの帰還を喜んでいたのは、ピエールがいると当家のご主人が毎日領地を歩き回るのをやめて、機嫌よく優しくなるのを知っていたからであり、おまけに、祭りの日に皆に豪華なプレゼントがいただけるからであった。

子供と家庭教師たちがピエールの帰還を喜んだのは、ピエールが誰よりも一番、自分たちをみんなの活動に引き込んでくれるからだった。これ一曲でどんなダンスでも踊れるという触れ込みの、例のエコセーズをクラヴィコードで弾けるのは彼一人だったし（それが彼の弾ける唯一の曲だったが）、しかも彼はきっとみんなにプレゼントを持ってきてくれたにちがいなかった。

アンドレイ公爵の息子のニコーレンカ[15]［ニコライ］は、今や十五歳の、痩せっぽちで亜麻色の巻き毛と美しい目をした、病気がちな賢い少年になっていたが、この少年が喜んだのは、ピエールおじさん（と少年は彼を呼んでいた）こそが彼の讃嘆と熱愛の対象だったからだった。ピエールへの愛は誰かに特別に吹き込まれたものではなかったし、少年がピエールに会うのもごく稀なことだった。彼の育ての親のマリヤは、あらゆる手を尽くして、ニコーレンカが夫のニコライを自分が愛するのと同じように愛するよう仕向け、それで彼は叔父のニコライを愛するようになった。だがその愛にはうっすらと侮る（あなど）ような色合いが混じっていた。その点ピエールは崇拝の的だった。少年はニコライ叔父さんのように軽騎兵になりたいわけでも聖ゲオルギー勲章をもらいたいわけでもなく、ピエールのように学問のある、賢い、善良な人になりたかったのだ。ピエールがそばにいるといつも少年の顔が喜びに輝き、ピエールに話しかけられると、赤面して息を詰まらせた。ピエールの言うことは一言も漏らさず胸に留め、後からデサールと一緒に、あるいは自分ひとりで思い起こしながら、ピエールの一つ一つの言葉の意味を考えてみるのだった。ピエールのこれまでの人生、一八一二年以前の不幸の数々（これについて少年は、たまたま耳にした人々の言葉から漠然とした

15　一八〇六年生まれのニコライは、幼児だった小説本編では、ほぼ一貫してニコールシカ（坊や）と呼ばれてきたが、十五歳（満十四歳）となったここではニコーレンカ少年として登場する。トルストイの自伝風三部作『幼年時代』『少年時代』『青年時代』の同名主人公の十代の姿を思わせるところがある。

詩的なイメージを勝手に作り上げていた)、モスクワでの冒険、捕虜生活、プラトン・カラターエフ(この人物のことはピエールからじかに聞いた)、ナターシャへの愛(ナターシャにもまた少年は特別な愛情を覚えていた)、そして肝心な、自分の父へのピエールの友情(父親のことは少年は覚えていなかった)——こうしたことのすべてが、少年にとってピエールを英雄化し、神聖化していたのである。

父親とナターシャに関する折々の話の断片から、ピエールが亡き父の話をするときの興奮ぶりから、ナターシャがやはり父の話をするときの、慎重で畏敬に満ちた優しい口調から、ようやく愛というものが分かりかけてきた少年は、ナターシャを愛していた父親が死に際に彼女を親友に託したという解釈を、一人で作り上げていた。少年の記憶にない父親自身は、彼には想像することもできぬ神のようなものと思われ、父のことを考えると思わず胸がつぶれ、悲しみと感動の涙があふれてくるのだった。そんなわけで少年は、ピエールを、常にあらゆる集団を活気づかせ、まとめてくれる人物として歓迎していた。

妻はもちろんのこととして、家族のうちの大人たちは、暮らしを気楽に、穏やかにしてくれる親友として彼を歓迎していた。

老いた女性たちは、彼が持ってきてくれるプレゼントもさることながら、何よりもナターシャがまた元気になったことを喜んでいた。

自分がいろんな世界からいろんな見方をされているのを感じ取ったピエールは、それぞれが期待しているものを速やかに提供すべくつとめた。

大変なうっかりもので忘れっぽいピエールも、このたびは妻の拵えてくれた一覧表のおかげで、義母と義兄から依頼されたものも、ベローワ老婦人へのプレゼントの服地も、甥っ子たちのおもちゃも、何一つ忘れずに全部買ってきた。結婚したての頃は、買うと引き受けたものは全部ちゃんと買い、一つも忘れないでという妻の要求が奇妙に思え、はじめての旅行で自分が何もかも忘れてきた時の妻の深刻な落胆ぶりに驚いたものだった。だが後になると、彼もこのことに慣れた。ナターシャが自分のものは何一つ頼もうとせず、他の者たちのものを頼むのも、彼が自分で申し出る時だけだったと気づいた彼は、今や家族全員の贈り物を買うというこの作業に自分でも思いがけない子供のような喜びを覚えるようになり、何一つ決して忘れないようになった。もしもナターシャに叱られるとすれば、それはただ余計なものや高価すぎるものを買った時だけだった。たいていの者がナターシャの欠点だとみなし、ピエールには長所だと思える性質、すなわち身なりにかまわないことと大雑把なことに加えて、ナターシャにはさらに、吝嗇（けち）という性質が加わったのである。あれこれとたくさん金のかかる大きな屋敷で大家族での暮らしを始めたその時以来、気がつけばピエールは、驚いたことに、昔の半分の生活費しか使っておらず、このところ、とりわけ先妻の借財のせいで乱れていた経済状況も、持ち直し始めたのだった。

生活費が安く済むようになったのは、生活にタガがはまったからだった。気分次第でいつ何時（なんどき）でも生活の仕方をがらりと変えてしまえるような、一番金のかかる贅沢を、もはやピエールはしていなかったし、する気もなかった。自分の生活のあり方は今や永遠に、死ぬまで決まっていて、自分にはそれを変える権利はない――そう彼は感じていた。だから今の暮らしが安上がりだったのだ。

楽しげな、笑みを含んだ顔で、ピエールは自分のしてきた買物を整理していた。

「どうだい！」小店の主人のような手つきで更紗（さらさ）の生地を拡げてみせながら、彼が言うと、長女を膝に乗せて向かい側に座っていたナターシャは、夫の顔に向けていたキラキラした目を、素早く彼が示しているものへと移した。

「ベローワさん用ね？　とてもいいじゃない」ナターシャは指で品質を確かめる。

「これならアルシン[16]一ルーブリというところね、そうでしょう？」

ピエールは値段を言った。

「高いわ」ナターシャは応ずる。「でも、子供たち、きっと喜ぶでしょうね。お母さまも。ただ、こんなものを私に買ってくださったのは、無駄だったわね」この当時まだ流行し始めたばかりの真珠をちりばめた金の櫛(くし)にじっと見惚れて、つい口元をほころばせながら、彼女は言い添えた。

「アデールの店で乗せられちゃったんだよ。買え買えってしつこくてね」ピエールは言い訳する。

「いったい、いつすればいいのよ？」ナターシャはお下げの髪に櫛を差した。「きっとマーシャを社交界に出す時ね。もしかしたらそのころにはまた流行るかもしれないから。さあ、行きましょう」

そうして二人は贈り物を携えて、まずは子供部屋を、次に伯爵夫人のもとを訪れた。ピエールとナターシャがそれぞれ包みを小脇に挟んで客間に入っていくと、伯爵夫人はいつも通りベローワ老婦人と一緒に座ってグラン・パシアンス[17]をしているところ

16　長さの単位で、約七十一センチ。

17　パシアンス（＝我慢）は一般にソリティアないしペイシェンスと呼ばれるトランプの一人遊びのフランス語名で、グラン・パシアンス（ダブル・ペイシェンス）はその複雑な方の種類を示す。

だった。

伯爵夫人はもう六十を越えていた。髪は真っ白で室内帽をかぶり、その襞飾りが顔全体を取り巻いていた。顔は皺だらけで上唇はへこみ、目はどんよりと曇っていた。息子と夫を立て続けに失って以来、夫人は自分がこの世にぽつんと忘れられた、何の目的も意味もない存在となったような気がしていた。食べたり飲んだり寝たり覚めたりしてはいたが、生きてはいなかった。生活は彼女に何の印象も与えてくれなかった。人生に求めるものは何一つなく、ただ安らぎがほしいだけだったが、その安らぎは死のうちにしかなかった。だがまだその死が訪れないうちは、彼女は生きていなくてはならなかった。すなわち、自分の時間を、自分の生命力を使わなければならなかった。ごく小さな子供か、きわめて高齢の老人に見られるようなものが、彼女においてはひときわ目立って見えた。その生活には外向きの目的は何一つうかがえず、ただ自分の様々な志向や能力を働かせようという欲求のみが目立っていた。食べたり、眠ったり、考えたり、話したり、泣いたり、仕事をしたり、腹を立てたりと、いろんなことが彼女に必要だったのは、単に彼女に胃袋が、脳が、筋肉が、神経が、肝臓があったからに他ならない。そうしたことすべてを彼女は何の外的な動機付けもなしに行っていて、その点で壮年期の人間とは違っていた。壮年期の人間の場合は、何か目指すべき目的があるために、その裏側にある別の目的、すなわち自分の力を使うという目的が見えない。彼女の場合、喋るのは、単に肺と舌を動かすという生理的な必要があったからであり、赤ん坊のように泣くのは、洟をかみたかったからだ、という具合だった。活力に満ちた人間にとっては目的となることが、彼女にとっては明らかに口実なのだった。

例えば朝方、とりわけ前の晩に何か脂っこいものを食したような場合には、伯爵夫人は腹を立てたいという欲求を覚えたものだが、そんな場合に彼女が選ぶ手近な口実が、ベローワ老婦人の耳が遠いことであった。

彼女は部屋の片隅から、別の片隅にいる相手に何か小声で話しかける。

「今日はどうやら、すこし暖かいようね」とささやくように言うのだ。そこで相手が「いいえ、もうお着きになったわよ」などと頓珍漢な返事をすると、腹立たしげにこぼすのだった。「やれやれ、耳もお頭も悪いのね！」

もう一つ口実とされるのは嗅ぎたばこで、伯爵夫人にはいつも嗅ぎたばこが、乾いていたり、湿気ていたり、あるいは固まっていたりする気がした。そんなことでイライラした後には、胆汁があふれ出て、それが顔に出るので、小間使いたちはそれを確かな指標として、いつまたベローワ老婦人の耳が聞こえなくなり、また嗅ぎたばこが湿気て、そしていつまた奥様の顔が黄色くなるかをうかがい知ることができた。胆汁を働かせる必要があったのと同様に、伯爵夫人には時々残った思考能力を働かせる必要も生じたので、そのための口実となっていたのがトランプ遊びであった。軽く泣く必要が生じたときは、口実となるのは亡き夫であった。心配する必要が生じたときの口実は息子のニコライと彼の健康であり、悪態をつきたくなった時の口実とされるのは息子の妻マリヤであった。発声器官に運動させる必要があると（これは大概晩の六時台に、暗い部屋で食後の休みを取った後に生じたが）、話す口実とされたのはいつも同じ昔の出来事で、聞かせる相手もいつも同じメンバーだった。

老夫人のこうした状態を家の者はみな理解していたが、誰一人それを口に出す者はおらず、誰もが最大限の努力を傾けて、そうした夫人の欲求を満たしてやろうとしていた。ただ稀に、ニコライ、ピエール、ナターシャ、マリヤが互いの間で交わす視線や苦笑いの内に、夫人の状態はお互いに分かっているという意識が表現されるだけだった。

だが、見交わされる視線は、そればかりでなくまた別のことも語っていた。すなわち、夫人はすでに人生において自分のなすべきことをし終えたのだということを、いま目に見えている姿が彼女のすべてではないということを、自分たちもみないつか同じようになるのだということを、今でこそああして哀れな姿をさらしているが、かつては今の自分たちと同じように生命力に満ちた、大切な存在だった人のために、自分を抑えて言うことを聞いてやれるのは、喜ぶべきことだということを、彼らの視線は語っていた。死を忘れるな(メメント・モリ)――それこそが彼らの視線のメッセージだったのだ。家じゅうでこのことを理解せず、老夫人を避けていたのは、ただ全く出来損ないの愚かな連中と、小さな子供たちだけだった。

## 13章

ピエールが妻と一緒に客間を訪れた時、老伯爵夫人は例のごとくグラン・パシアンスという知的作業に没頭したいという精神状態にあった。したがって、ピエールか息子が戻って来た時のお決まり通り「あらあら、やっとお帰りね、待ちくたびれたわ。でもまあよかった」という挨拶で迎え、贈り物を受け取ると、また別の決まり文句で「ありがたいのは贈り物よりも気持ちよ、ありがとうね、こんなお婆さんに気を使って下さって……」とお礼を言ったものの、この瞬間の彼女がピエールの来訪を歓迎していなかったのは明らかだった。まだやりかけのトランプ遊びを中断させられたからである。夫人はまずはゲームを最後までやり、それからやっと贈り物にとりかかった。贈り物の中身は見事な細工のトランプケース、羊飼いの娘たちを描いたセーヴル製の鮮やかな青の蓋つき茶碗、およびピエールがペテルブルグの細密画家に特注した、亡き伯爵の肖像が入った金の煙草入れだった（これは伯爵夫人が以前から欲しがっていたものである）。彼女はこの時泣きたい気持ちではなかったので、肖像には冷淡にちらりと目をくれただけで、むしろトランプケースに興味を示した。

「ありがとうね、あなた、うれしいわ」いつもの通りのセリフで彼女は礼を言った。「でもね、一番うれしいのは、あなたが帰って来てくれたことだわ。でないともう、とんでもないことになっていたんですから。ちょっとはご自分の妻を叱ってやってよ。まあ、どういうんでしょう？　あなたがいないと、この娘ったら、もう頭がおかしくなったみたい。何も目に入らないし、何も覚えていやしないんだから」これも夫人の決まり文句であった。「ほら見て、ベローワさん」彼女は最後に言った。「こんなケースを息子がプレゼントしてくれたのよ」

ベローワ老婦人は贈り物を褒め、さらに自分のもらった更紗に大喜びしたのだった。

ピエールにもナターシャにもニコライにもマリヤにもデニーソフにも、話す必要はあっても伯爵夫人の前では口にしない話題がたくさんあった。それは別に何かを夫人から隠しておきたいからというわけではなくて、夫人が世間のいろんなことからすっかり取り残されているため、夫人のいる前で何か話し始めると、彼女がむやみに投げかける見当はずれな質問にいちいち答え、すでに何度もした話をまた繰り返さねばならないからだった。誰それはもう死んだとか、誰それは結婚したとかと念を押したところで、どうせ相手はまた忘れてしまうのだ。だがそれでもみんなはいつものように、茶の時間に客間のサモワールの近くに座を占め、ピエールが伯爵夫人の質問に答えていた。やれワシーリー公爵が老けたとか、やれ伯爵夫人のマリヤ・アレクセーエヴナがくれぐれもよろしくと言っていたとかという、夫人自身にも無用なら誰にも興味のない話ばかりであった。

誰も興味はないが無くてはすまされないそんな会話が、お茶の時間ずっと続いた。丸テーブルと、ソーニャが傍らに陣取っているサモワールの周囲には、当家の大人たちが全員、お茶を前にして集まっていた。子供たちと男女の家庭教師はすでに茶を飲み終わっており、彼らの声が近くの休憩室から聞こえてきた。誰もがいつも通りの席で茶を飲んでいた。ニコライが座っているのはペチカのそばの小テーブルで、彼の茶はそこに運ばれるのだった。年を取って顔の毛がすっかり白くなり、そのせいで大きな黒い目が余計に飛び出して見えるボルゾイ犬のミルカが、彼のすぐわきの安楽椅子に寝そべっていた（これは先代のミルカの娘だった）。縮れ毛の髪も口髭も頰髯（ほおひげ）も半分白くなったデニーソフは、将官の制服の前をはだけた格好で、マリヤの隣に座っていた。ピエールは妻と老伯爵夫人の間に座を占めていた。彼はよく心得ていて、老婦人の関心を引きかつ彼女に理解できそうな事柄を選んで話していた。彼は外面的な社会の出来事を語り、さらに老伯爵夫人の同世代の者たちの中で、かつて一つのグループを構成していた人たちのことを語った。その人たちは、もとは実質的で活動的なグループとしてまとまっていたのだったが、今やその大半が世間に四散していて、ちょうど伯爵夫人と同様に、自分たちが人生で蒔いた種の落穂拾いをしているところだった。だがまさにその彼ら、自分の同世代人たちこそが、老伯爵夫人にとっては格別に重要な、本物の世界のように思われるのだった。生き生きと語るピエールの様子から、ナターシャは今回の彼の旅行が面白いものだったこと、夫には話したいことがたくさんあるのに、伯爵夫人の手前控えているのだということを見て取った。家族のメンバーでないためピエールの気づかいにも気づいていなかったデニーソフは、話題に不満だっただけでなく、ペテルブルグで起こっていることに大いに関心があったせいで、絶えずピエールに声をかけては、つい最近セミョーノフスキー連隊で生じた事件のことだとか、アラクチェーエフのことだとか、聖書協会[18]のことだとかを話してくれと促した。時にはピエールも誘いに乗って話し始めるのだが、そのたびにかならずニコライとナターシャがピエールを制止して、イワン公爵やマリヤ・アントーノヴナ伯爵夫人のご健康といった話題に引き戻すのだった。

「そえにしても、まったくおかしなことだあけじゃないか、ゴスネウ[19]にしても、ターイノワ[20]にしても」デニーソフが問いかけた。「いったい、いまでもまだ続いているのかい？」

「続いているかですって？」ピエールが叫んだ。「これまでにない勢いですよ。聖書協会とくれば、今や政府も同じことですからね」

18　聖書の翻訳・普及を目的とした超宗派の国際的組織で、ロシア聖書協会はゴリーツィン公爵の発意により皇帝の支持を得て一八一三年に発足、短期間に大きな発展を遂げたが、ゴリーツィンが宗教・国民教育相の地位を追われたため政府筋の支持を失い、一八二六年に一端閉鎖された。一八三一年に福音聖書協会として事業が受け継がれ、一八五八年にアレクサンドル二世のもとで協会は完全に復活した。

19　ヨハネス・ゴスネル（ゴスナー、一七七三〜一八五八）のこと。カトリックからプロテスタント系福音運動へと転身したドイツ人聖職者で、ロシア聖書協会の招きで一八二〇年にペテルブルグに来たが、著書『イエス・キリストの生涯と教えの精神』が神秘主義として批判され、一八二四年に追放された。

「それはどういうことなの、あなた？」老伯爵夫人が茶を一口飲んで訊ねる。食事の後の腹立ち気分で、何かはけ口を求めている様子でもあった。「どうしてそんなふうに言えるの、政府だなんて。私、分からないわ」

「それはね、母さん」ニコライが割って入る。母親の言語への翻訳法を心得ているのだ。「例のアレクサンドル・ニコラーエヴィチ・ゴリーツィン公爵が創った協会だからですよ。大変な権力の持ち主だと言いますからね」

「アラクチェーエフとゴリーツィン」ピエールがうっかり口をはさむ。「今やこの二人で全政府ですからね。しかもその政府ときたら！　何でも陰謀視して、あらゆることを恐れている始末で」

「あら、あのゴリーツィン公爵のどこがいけないっていうの？　とてもご立派な方よ。私も昔あのマリヤ・アントーノヴナのお宅でよくお見かけしたけれど」さも心外そうに言った伯爵夫人は、皆が黙りこくっているのをいっそう心外に感じて、先を続けた。「今どきはどんな人のことも悪く言うようになったのね。聖書協会だって、いったい何がいけないというの？」そう言うと彼女は立ち上がり（皆も合わせて腰を上げた）、厳しい顔つきのまま、さっさと休憩室の自分のテーブルへ向かった。

皆がしょんぼりと黙り込んだところへ、隣室から子供たちの笑い声や話し声が響いてきた。きっと何か楽しいことがあって盛り上がっているのだ。

「できた、できたわ！」皆のざわめきに交じって幼いナターシャのうれしそうな絶叫が聞こえた。ピエールはマリヤとニコライと目配せをかわして（妻のナターシャはもともと目に入っていた）、うれしそうに笑った。

「あれこそまさに妙なる調べというやつだね！」彼は言った。

「あれはアンナ・マカーロヴナが靴下を編み上げたのよ」マリヤが言った。

「おや、ちょっと行って見てこよう」ピエールが勢いよく席を立った。「分かるかい」戸口のところで立ち止まって彼は言った。「僕がなぜあの調べを格別に好むのか？　それはね、ああいう声が第一に教えてくれるからさ、万事がうまくいっているってことをね。今日も馬橇で帰ってくるとき、家が近くなればなるほど不安が募ってくるんだ。そうして控の間に入った途端、あのアンドリューシャが何かで笑い転げ

20　エカテリーナ・タターリノワ、旧姓ブクスゲウデン（一七八三〜一八五六）。バルト・ドイツ系の女性神秘家で、一八一五年からペテルブルグで活動、予言力を持つと見なされるようになる。去勢派や鞭身派などのセクトと関係して作られた彼女の秘教的サークル「聖霊同盟」にはロシア上流階級も関与し、ゴリーツィン公爵も支持者の一人だった。一八二〇年代の反神秘主義運動で影響力を失い、一八三七年に解散、タターリノワは修道院に幽閉された。

ているのが聞こえたので、ああ、つまりみんな無事だったんだなと……」

「分かる、分かるな、その気持ちは」ニコライが頷く。「僕も行きたいけどだめなんだ。だってあの靴下は僕への内緒のプレゼントだからね」

ピエールが子供たちのいる部屋に入っていくと、笑い叫ぶ声が一層激しくなった。

「では、アンナ・マカーロヴナ」ピエールの声がする。「こちらへ、真ん中にいらっしゃい。これから僕が号令をかけますから、いち、に、さん、とね。おまえはここに立って。おまえはお父さんが抱っこしてやろう。さあ、いち、に……」ピエールが号令をかけると皆がシーンと黙り込んだ。「さん！」子供たちの歓声が部屋中に響き渡る。

「二つだ、二つになった！」

これは靴下が二枚になったと言っているのだった。アンナ・マカーロヴナは、彼女だけが知っている秘密のやり方でいっぺんに二枚の靴下を編み棒で編み、編みあがるといつも子供たちの前で、厳粛な手つきで一枚の靴下の中からもう一枚を取り出してみせるのだった。

## 14章

この後間もなく子供たちがおやすみの挨拶にやって来た。子供たちはみんなとキスを交わし、男女の家庭教師たちはお辞儀をして、立ち去った。デサールだけが自分の教え子とともに残った。デサールは小声で教え子に、階下に降りるよう促した。

「いいえ、先生、僕は叔母に頼んで残らせてもらいます」同じく小声で教え子のニコーレンカが答えた。

「叔母さま、残らせてください」ニコーレンカは叔母に歩み寄って言った。懇願と興奮と歓喜の表情を浮かべている。マリヤは甥の顔をひと目見るとピエールを振り返った。

「あなたがいらっしゃると、この子、離れられなくなって……」

「デサールさん、じきにあなたのところへお返ししますから。ではおやすみなさい」スイス人の家庭教師におやすみの握手をしながらこう言うと、ピエールは笑顔でニコーレンカを振り返った。「君とは全然顔を合わせていなかったね。マリヤさん、そっくりになってきたじゃないですか」マリヤを見てそう付け加える。

「父にですか？」真っ赤になって、うっとりとしたキラキラと輝く目でピエールを見あげながら、少年は言った。ピエールはうんと頷いてみせると、子供たちのおかげで中断した話の先を続けるのだった。マリヤはカンバスに向かって刺繍をしていた。ナターシャは片時も目を離さずに夫を見つめていた。ニコライとデニーソフは、立ち上がってパイプを持ってこさせて一服したり、しょんぼりした顔でじっとサモワールの番をしているソーニャのところへ行って茶をもらったりしながら、ピエールにあれこれと質問を発していた。縮れ髪の病弱そうな少年は、目を輝かせながら、誰の目にも止まらぬ片隅にひっそりと座っていたが、ただ服の折り襟から突き出た細い首に乗ったその縮れ髪の頭だけは、ピエールのいる方に向けられていた。時たまびくりと身を震わせ、何やらひとりでつぶやいているのは、明らかに何か新鮮で強烈な感情を味わっているのだった。

会話は、政権の最上層部に発するこの当時のゴシップをめぐって延々と続いていた。普通たいていの人が、国内政治の最も重要で興味深い部分と見なす話題である。軍務が思うように行かなかったことから政権に不満を持っていたデニーソフは、目下ペテルブルグで行われていると思しき愚行の数々を確かめて溜飲を下げ、強く容赦のない表現でピエールの発言に対するコメントを発していた。

「昔は、出世したいなあドイツ人になえと言わえたもんだが、今じゃあのタターイ、ノワやクユドネウ夫人[21]とダンスして、エッカウツハウゼン[22]だの何だのを読まなくちゃなあん。へん！　いっそわが勇者ボナパウトをもう一度放してやえばいいんだよ！　あいつなあきっと、バカな考えを叩き出して正気に戻してくえうだおうぜ。まったく、あきえてものも言えん、一兵卒のシュヴァウツ[23]ごときにセミョーノフ連隊を任せうなんて！」

デニーソフのように何もかも悪く考えようとする気持ちはニコライにはなかったが、彼もまた政府について論じることは極めて有意義で大切なことだとみなしており、A

21　クリュドネル夫人（一七六四～一八二四）。タターリノワと同じバルト・ドイツ系の女性神秘主義者。一八一五年のパリでアレクサンドル一世に近づき、一八二一年にペテルブルグを訪れてゴリーツィン公爵の妻ら神秘家と交際、予言者として影響力を振るおうとしたが、成功せず、追放された。

22　エッカルツハウゼン（一七五二～一八〇三）。ドイツの神秘主義者で、理想的君主主義と汎ヨーロッパ主義の立場からロシア皇帝に影響を及ぼそうとした。

23　フョードル・エフィーモヴィチ・シュヴァルツ（一七八三～一八六九）。祖国戦争で功績を上げた将官で一八二〇年に前出のセミョーノフ連隊の連隊長となったが、その冷酷さと些末主義に反発した将兵が同じ年に反乱を起こし、同連隊が解散に追いやられる原因となった。

がどこそこの大臣に任命され、Bはどこそこの総督に任命されたとか、陛下はこれこれのことをおっしゃったが大臣はこれこれのことを述べたとかいうことをことごとく、きわめて重大な問題と受け止めていた。だから彼もそうしたことに関心を持つ必要を覚えて、ピエールにしきりに質問したのである。そんな二人の話し相手の質問に引きずられて、会話はありきたりな政権上層部のゴシップの域をなかなか出ようとしなかった。

だが夫の振る舞いや考えを知り尽くしているナターシャは、夫が先刻から、話題を変えて自分の胸に秘めた思いを打ち明けようとしながらできないでいるのに気づいていた。そのためにピエールはわざわざペテルブルグに行って、新しい友人のフョードル公爵と話し合いをしてきたのだ。そこで彼女は助け舟を出すつもりで「フョードル公爵の方のご用件はどうだったの？」と問いかけた。

「用件て、どんな？」ニコライが訊ねた。

「相かわらず一つのことばかりさ」ピエールは周囲を見回して答えた。「みんな気づいているんだ――状況は全く思わしくない、このまま放っておいてはいけない、力の及ぶ限りこれに立ち向かうのがすべての良心的な人間の務めであると」

「良心的な人間にいったい何ができるというのかな？」ちょっと顔を曇らせてニコ

ライが応じる。「何かできることがあるんだろうか？」

「それはね……」

「ちょっと、書斎へ移ろうか」ニコライが言った。

しばらく前から授乳に呼ばれるのを予期していたナターシャは、乳母の呼ぶ声を聞きつけて子供部屋に向かった。マリヤも彼女に従った。男性陣が書斎に移ると、ニコーレンカも叔父の目を盗んでそっと同行し、かげになった窓辺の書き物机に向かって腰を下ろした。

「さて、お前さん、何をしでかすつもりなんだね？」デニーソフが訊ねた。

「どこまでも夢みたいな話だよ」ニコライが言う。

「つまり」ピエールは語り出した。腰も下ろさぬまま、部屋の中を歩き回るかと思うとまた立ち止まり、例の舌足らずな口調になって、喋りながらしきりに両手でいろんな仕草をしている。「つまりこういうことなんだ。今のペテルブルグの状況はというと――皇帝は何事にも介入しない。例の神秘主義にすっかり心酔しているわけだ（今のピエールは相手かまわず神秘主義を容赦しなかった）。皇帝はひたすら平穏を求めるのみで、その平穏を皇帝に与えることができるのは、例の良心にも法にも頓着なく、何でもひと思いにぶった切って片付けてしまおうとする、マグニツキーとかアラクチェーエフとかいった連中ばかりだ……。例えば、仮に君が自分で領地の管理をせず、ただ平穏だけを望んでいるとしたら、領地管理人が残忍な奴であればあるほど、君はそれだけたやすく目的を達せられる――そうじゃないかい?」彼はニコライに向かって言った。

「それで、話の狙いは何さ?」ニコライが問う。

「つまり、こうして何もかもがだめになっていく。裁判所には賄賂(わいろ)が横行し、軍隊はひたすら棒笞で殴る体刑と、行進だけの教練と、屯田兵制度だ。国民は苦しみ、文化は抑圧されている。若者が、良心ある者が、ことごとく滅ぼされるのだ! 誰もがこのままではすまないと気づいている。何もかもがあまりに張りつめていて、きっと今にはじけてしまうだろう」ピエールは言った(およそ政府というものができて以来、どこの政府であれその活動を観察する者は、必ずこう言うのである)。「僕はペテルブルグで、みんなに言ったんだ」

「みんなって?」デニーソフが訊いた。

「まあ、分かるだろう」意味ありげな上目遣いになってピエールは言った。「フョードル公爵と仲間のみんなにさ。文化啓蒙や慈善活動を推し進めるのは、もちろんまことに結構なことさ。立派な目的だ、それに尽きる。ただし現在の状況下で必要とされるのは、もっと別のことだ」

この時ニコライが、甥っ子の存在に気づいた。苦々しい顔になると、彼は甥っ子に歩み寄っていった。

「なぜここにいるんだ?」

「どうした? いいから、いさせてやりなよ」ニコライの腕をつかんでそう言うと、ピエールは先を続けた。「啓蒙や慈善じゃ足りない。だから僕はみんなに言ったんだ——今必要なのは別のことだ。張りつめた弦がいつ切れるかと、手を拱いて待っているだけじゃなく、避けがたいクーデターをみんなして待っているだけじゃなく、少しでも多くの人々が緊密に連携して、社会の破局を食い止めるべきなんだ。若く力に満ちた者たちが、みんなあちら側に引っ張られて、堕落してしまう。ある者は女に、ある者は地位に、またある者は虚栄に、金に惹かれ、そうしてあちら側の陣営に移ってしまうのだ。君たちや僕のような独立独歩の自由な人間は、すっかりいなくなってしまう。僕は主張する——会員の輪を広げよう。合言葉には単なる『善行』だけじゃなくて、『独立』と『行動』も加えるべきだ、と」

ニコライは甥っ子をそのままにして、腹立たしげに肘掛椅子を寄せて腰を下ろしたが、ピエールの話を聞きながら不満そうに咳払いをすると、ますます不機嫌な顔になった。

「で、何が目的なんだ、その行動って？」彼は大声で質した。「それに、君たちは政府に対してどういう立場をとるんだ？」

「それは決まっているさ！　補佐役の立場だよ。結社は秘密でなくたっていいんだ、政府が認めてくれるならね。反政府なんかじゃないどころか、本当の保守主義者の集まりだよ。完全な意味での地主貴族の会さ。僕たちはただ、明日にもプガチョフの輩[24]が現れて僕や君の子供を斬り殺したり、自分があのアラクチェーエフの手で屯田兵に送られたりすることがないようにしたいだけだ。ただそのために、全社会の福祉と全社会の安全を共通の目的として、手を取り合おうとしているんだよ」

「なるほど、だが秘密結社である以上、どうしても敵対的で有害な、悪しか生まないようなものに決まっているさ」声を高くしてニコライが言った。

「どうしてだい？　だってあの道徳同盟[25]が、ヨーロッパを救ったあの組織が（この当時の人はまだ、ロシアがヨーロッパを救ったと考える大胆さを持ちあわせてはいなかった）、何か有害なことをしたかい？　道徳同盟というのは文字通り徳のための同盟、つまり愛であり、助け合いだ。まさにキリストが十字架の上で説いたことだよ」

話の途中で部屋に入ってきたナターシャは、うれしそうな顔で夫を見つめていた。

べつに夫の話の内容に喜んだわけではない。そんなことには関心さえ覚えなかった。何もかもひどく単純で、おまけに自分が以前から知っていたことに思えたからだ（そんな気がしたのは、そうした諸々の考えが湧き出てきた源泉、すなわち夫の心を、彼女が知り尽くしていたからだった）。ただ彼女は、活気づいて夢中になっている夫の姿を見てうれしかったのである。

それに輪をかけて歓喜に舞い上がったような眼でピエールを見つめていたのが、皆に忘れられた、折り襟から細い首を突き出したあの少年だった。ピエールの一言一言に胸を焼かれた少年は、自分でも気がつかぬまま、発作的な指の動きによって、叔父の机の上にあった封蠟や羽根ペンを、手当たり次第にへし折っていた。

「君はすっかり思い違いをしているんだ。ドイツの道徳同盟というのは今言った通

24　コサックの指揮官で、一七七三年ヴォルガ・ウラル地方を舞台にロシア史上最大の農民反乱を起こしたエメリヤン・プガチョフを指す。

25　道徳同盟は一八〇八年にプロイセンに作られた愛国的結社でフランスの影響力の排除を暗黙の目的としていた。一八〇九年にナポレオンの意向で解散させられたが、地下に潜り、一八一二年とそれ以降の政治状況に大きな影響力を持った。革命的リベラリズムへの志向も持ち、ロシアが主導した神聖同盟とは対立的立場をとった。

りのものだし、僕が提唱しているのも同じものなんだよ」

「ちょっと待った、あの腸詰野郎どもには道徳同盟も結構だおうさ。だが俺にはそんなもの分かあんし、第一発音さえできやしない」デニーソフの大きな、断固とした声が響いた。「何もかもおぞましい、胸の悪くなうようなことばかいだというのは俺も認めうが、ただし道徳同盟となうと俺には分かあんし、気に食わん。いっそただの反乱なあ、大歓迎さ！　それなあ俺も仲間になうぞ！」

ピエールがにやりとし、ナターシャが声を立てて笑ったが、ニコライはなおさら眉根を寄せ、ピエールに向かって、クーデターなど起こる気配もないし、ピエールが言っている危機なんて全部ピエールの想像の中にしかないのだということを、論証しようとした。ピエールは反対のことを論証する。知力にかけてはピエールの方が上で、機転も利くので、ニコライは自分が窮地に追いやられたのを感じた。これがなおさら彼を激昂させた。というのも、彼は胸の内で、理屈によってではなく、何かしら理屈よりももっと強いものによって、自分の意見が間違いなく正しいのを知っていたからである。

「ひとつ言っておこう」立ち上がって、いらいらした手つきでパイプを口の端にくわえようとしたあげく、ついにはそれを投げ捨ててニコライは言った。「あんたに証明することは俺にはできない。あんたは、わが国はおぞましいことだらけでクーデターが起こると言うが、俺はそんな気配はないというだけだ。ただし、あんたが軍人の宣誓も形だけのものにすぎないと言うなら、それに対して俺はこう言ってやる――あんたは俺の一番の親友だ。それはあんたも知っているだろう。しかしもしもあんたがたが秘密の結社を作って政府に敵対し始めたら、それがどんな政府であろうが、俺は政府に従うことが自分の義務だとわきまえている。だからあのアラクチェーエフが、今すぐ騎兵中隊を率いてあんたがたを襲撃し、斬り殺してこいと俺に命令したら、俺は一瞬たりともためらわずにそうするだろう。批判は好きなようにすればいいさ」

この発言の後には気まずい沈黙が続いた。最初に沈黙を破ったのはナターシャで、彼女は夫を弁護して兄を攻撃した。彼女の弁護は弱くてへたくそだったが、それでも目的は遂げた。会話がまたよみがえり、しかももはや先ほどのニコライの発言のような、ぎすぎすした敵対的な調子ではなくなっていた。

夜食の席に向かおうと皆が立ち上がった時、ニコーレンカがピエールに歩み寄った。血の気の失せた顔にキラキラと光を宿した眼をしている。

「ピエールおじさん……おじさんは……いや……もしも父が生きていたら……父はおじさんに賛成したでしょうか？」少年は訊ねた。

ピエールはにわかに理解した——自分の話を聞いている間に、この少年の内ではさぞかし独自の主体的な、複雑でかつ力強い感情と思索の作業がなされていたに相違ないのだ。そして自分の発言をすべて思い起こしたとき、彼はこの少年の耳に入れてしまったことをひどく後悔した。しかし返事をしないわけにはいかなかった。

「そうだと思うよ」渋々そう答えると、彼は書斎から出て行った。

うつむいた少年は、その拍子に初めて自分が机の上でしでかしたことに気付いたようだった。彼は真っ赤になり、叔父に歩み寄った。

「叔父さま、赦してください、知らないうちにあんなことをしてしまって」折れた封蠟と羽根ペンを指さして彼は言った。

ニコライは怒りにぶるっと身を震わせた。

「分かった、もういい」封蠟と羽根ペンの残骸を机から払い落としながら彼は言った。そして明らかにこみ上げる怒りを無理やり抑え込みながら、甥から顔をそむけた。

「そもそもお前は、ここにいてはいけなかったんだ」彼は言った。

# 15章

夜食の席での話題はもはや政治でも社会でもなく、がらりと趣を変えて、ニコライにとって一番楽しい一八一二年の思い出話になった。話を持ち掛けたのはデニーソフで、そこではピエールも、格別愛嬌のあるひょうきん者になっていた。こうして一家の者たちは、きわめて親密な気分のままそれぞれの部屋へ散っていったのであった。

夜食の後ニコライが書斎で着替えをし、ずっと主人を待っていた支配人に指令を与えてから、寝間着姿で寝室に入っていくと、妻はまだライティングデスクに向かっているところだった。何か書いていたのだ。

「何を書いているんだい、マリー?」ニコライは訊ねた。マリヤは顔を赤らめた。自分の書いていたものが夫に理解もされず、良くも思われないのではないかと危ぶんだのだった。

できれば書いていたものを夫に隠しておきたかったが、しかし同時に、夫に見られ、説明せざるを得なくなったことがうれしくもあった。

「日記なのよ、ニコラ」そう答えると彼女は夫に青いノートを差し出した。それには彼女のしっかりした大きな字で、びっしりと書き込みがなされていた。

「日記？……」ちょっと馬鹿にしたような声で言うと、ニコライはノートを手に取った。書かれている言葉はフランス語だった。

『十二月四日。今日は長男のアンドリューシャが起きても着替えをしたがらなかったので、マドモワゼル・ルイーズが私に助けを求めた。息子は駄々をこねてなかなか言うことを聞こうとしない。脅しつけてもますます癇癪（かんしゃく）を起こすばかりだった。そこで私は自分に任せるようにといって、息子を放置したまま乳母と一緒に他の子供たちを起こしにかかり、息子には、お母さんはあなたなんか嫌いよと言ってやった。息子はショックを受けたように、長いこと黙り込んでいた。それから、寝間着姿のまま私に飛びついてくると、わんわんと泣き出して長いことなだめることもできなかった。おそらく私を悲しませたことが何よりもつらかったのだ。その後、晩になってカードを渡すと、息子はまたひとしきり私にキスしながら哀れな声で泣いた。あの子は優しくしてやれば何でも言うことを聞いてくれる』

「ここにあるカードっていったい何だい？」ニコライは訊ねた。

「この頃私、毎晩上の子たちに、その日の行いを評価したメモを渡すことにしているの」

ニコライは、自分を見つめる光を含んだ眼をちらりと見遣ると、さらにページをめくって読み続けた。日記に書いてあるのはすべて、子供たちの生活の中で母親が特に注目した事柄ばかりであり、そこにそれぞれの子供の性格の記述や、育児の仕方に関する一般的な考察が加えられているのだった。大半はおよそ他愛もない些事ではあったが、母親にとっても、今こうしてはじめて育児日記を読んでいる父親にとっても、決してそうは思えないのだった。

十二月五日の欄には次のように書かれていた。

『ミーチャが食事の席でいたずらをした。父親がミーチャにはアイスクリームをやるなと命じた。ミーチャはもらえなかったが、他の子たちが食べている間、あの子はどんなに悲しそうな、欲しそうな目で見ていたことだろう！　子供への罰に甘いものをやらないというのは、かえって欲を募らせると私は思う。ニコラに言わなくては』

ニコライはノートを置いて妻を見た。光を宿した眼が問いかけるように彼を見つめていた（日記の内容に賛成してくれるかどうかの問いだった）。もちろんニコライは、賛成するばかりか、妻にすっかり感動していた。

『もしかしたらこの種のことをこれほど事細かく考える必要はないかもしれないし、もしかしたら全く無用なことなのかもしれない』──そんなふうにも思えたが、しかし子供たちの心の涵養（かんよう）というただ一つの目的のために、こうして弛（たゆ）むことなく、いつもいつも気持ちを張り詰めている妻のあり方が、ニコライを感動させたのである。仮にニコライが自分の心情を自覚できたならば、彼はきっと、自分の妻への揺るぎない、優しい、誇らしい情愛の根本にあるものが、つねにこうした妻の精神性への感嘆の念であることに気付いたことだろう。それは妻が不断に身を置いている、ニコライにはほとんど手の届かない、高度な精神世界への感嘆だった。

　妻がこんなにも賢く美しいことを彼は誇りに思い、自分が精神の世界においては妻の足元にも及ばぬことを自覚していたが、それだけに一層彼は、こんなにも優れた精神の持ち主である妻が自分のものであるばかりか、自分自身の一部をなす存在であることを、喜んでいるのだった。

「いや、全く君の言う通りだよ」彼は感に堪えぬという表情で答えた。そしてしばらく間をおいてから、さらに言った。「今日、僕はみっともないまねをしてしまった。君がいないときに書斎でね。ピエールを相手に言い合いになって、ついカッとしてしまったんだ。でも、仕方がなかったんだよ。相手が全くの子供のようなものだからね。もしもナターシャがしっかり手綱を引き締めていなけりゃ、いったいどうなってしまうか知れやしない。想像がつくかい、あいつが何でペテルブルグへ行って来たのか……奴らはあそこで組織を……」

「ええ、知っているわ」マリヤは言った。「ナターシャが教えてくれたから」

「そうか、じゃあ知っているんだね」口論のことを思い出しただけで激してきたニコライが言った。「奴は僕を説きふせようとしたんだ――すべての良心的な人間の務めは、政府に立ち向かうことであり、それに比べれば宣誓や義務などというのは……といった調子でね。君がいなかったのが残念だよ。おかげでみんなが僕の敵に回ったんだからね、デニーソフも、ナターシャも……。ナターシャときたら、全く笑止千万さ。普段はしっかり亭主を尻の下に敷いているくせに、いざ議論となると、自分の意見なんかまったくなくて、ただ亭主の言葉を口まねするばっかりなんだから」最も大切な、身近な人をあえて責めたくなるという、例のあらがいがたい衝動に身を委ねて、ニコライは言い添えた。自分がナターシャについて言ったことが、そっくりそのまま妻に対する自分の態度についても当てはまることを、失念していたのである。

「ええ、それは私も気づいていたわ」マリヤは言った。

「義務と宣誓が何よりも優先するとこっちが言うと、彼はとんでもないことを論証し始めた。君がいなかったのが残念だよ。君ならどう言ったかな？」

「私の考えでは、あなたが正しいわ。ナターシャにもそう言ったのよ。ピエールさんは、みんながひどい目にあって、苦しみ、堕落しかかっている、そして私たちの務めは隣人を救うことだというのね。もちろんその通りよ」マリヤは言った。「でもあの人は忘れているわ――もっと私たちの身近なところに、神ご自身がお示しになった、別の務めがあることを、そして私たちは自分の身を危険にさらすことは許されても、子供達の身を危険にさらすのは許されないことを」

「そう、それだ、まさにその通りのことを僕は奴に言ってやったんだよ」すかさず口をはさんだニコライは、実際に自分がその通りのことを口にしたような気になっていた。「ところが奴は意見を変えようとせず、やれ隣人愛だの、キリスト教だのと喋り散らす。それも全部ニコーレンカのいるところでね。あの子、こっそり書斎に紛れ込んでいて、いろんなものを壊しちまったんだよ」

「ああ、実はね、ニコラ、あの子のことでは私もしょっちゅう悩まされているのよ」マリヤは言った。「あんなに変わった子でしょう。それに私、自分の子供にかまけてあの子を忘れていないかって、気が咎めて。私たちはみんな子供がいるし、身内がいるけれど、あの子一人だけ、誰もいないんですものね。いつも一人きりで、じっと考えているのよ」

「いや、別に、あの子のことで君が自分を責める必要はないと思うよ。最高に優しい母親が自分の子供にしてやれるようなことは全部、君はあの子にしてきたし、今もしているんだからね。そして僕ももちろんそれを喜んでいる。あれは素晴らしい、実に素晴らしい少年だからね。今日あの子はなんだか無我夢中でピエールの話に聞き入っていたな。そして驚いたことに、夜食のために部屋を出ようとして、ふと見ると、僕の机の上にあったものをみんな、あの子がぐちゃぐちゃに壊していたんだ。でもすぐに打ち明けたよ。僕はあの子が嘘を言うのを見たことがないからね。素晴らしい、実に素晴らしい少年だよ！」ニコライは念を押すように繰り返した。内心ではニコーレンカが気に食わないのだが、それでいていつも素晴らしい子だと認めたいと思っているのだった。

「何もかも、やっぱり母親とは違うわよ」マリヤは言った。「何か違うなって感じて、それが負担になるの。確かに素晴らしい子だけれど、でも私、あの子のことが心配でたまらない。もっと人と交わるといいんでしょうね」

「いずれにせよ、長いことじゃないさ。今年の夏にはあの子をペテルブルグに連れて行くよ」ニコライは言った。「それにしても、ピエールときたら昔からずっと夢想家だったけど、これからもそのまんまだな」書斎での会話によほど興奮したらしく、ニコライはまた話を元に戻して続けた。「まったく、この僕に何の関係があるっていうんだ、アラクチェーエフが悪人だとか何だとか、僕の知ったことか。こっちは所帯をもって、借金まみれで監獄行きになりかねないところだったし、おまけに、そんなことに気づきもしなけりゃ分かりもしない母親がいたんだ。それから君と子供たちと仕事。いったいこの僕が朝から晩まで事務所で働いたり仕事で駆けずり回ったりしているのは、自分の楽しみのためだとでもいうのか？　いいや、母親を安心させて、君に借りを返し、子供達を僕がそうだったような貧しい身の上にさせないためには、自分が働かなければならないと分かっているからやっているんだ」

マリヤは夫に言ってあげたかった——人はパンのみにて満たされるわけではない、あなたはそうした仕事のことを重要視しすぎている、と。だがそれを言うべきでもなければ言っても無駄だと分かっていたので、ただ夫の手を取って口づけするにとどめた。夫は妻のその振る舞いを自分の考えへの賛意と肯定のしるしと受け止め、しばし沈思黙考した後、声に出して自分の思考を続けた。

「実はな、マリー」彼は言った。「今日タンボフ県からイリヤ・ミトロファーヌィチ（これは領地支配人だった）がやってきたけれど、彼の話では、例の森はすでに八万の値がつくということだ」こうしてニコライは、顔を輝かせながら、ごく近い将来にオトラードノエの領地を買い戻す可能性があることを話し始めた。「あと十年も生きていれば、僕は子供たちに残してやれるんだ……絶好な状態でね」

マリヤは夫の話に耳を傾け、夫が自分に語ることをすべて理解していた。こんなふうに声に出して考える時には、夫は時折彼女に、自分が何と言ったかを問いただし、彼女が別のことを考えていたのがばれたりすると腹を立てる——それが分かっていたからだ。だが、ずっと耳を傾けているには大変な努力をしなければならなかった。夫の話していることに、少しも興味が持てなかったからである。じっと夫を見つめながら、彼女は別のことを考えるというのではないが、別のことを感じていた。彼女は夫という人物に対して、従順な、優しい愛を感じていた。夫は決して彼女の理解していることのすべてを理解してはくれなかったが、それ故になおさら強く、切ないほどの愛（いと）おしさを込めて、夫を愛しているような気がした。その感情が彼女をまるごと呑み込んで、夫の計画の詳細に注意を払うのを妨げるのだったが、それ以外にも彼女の脳裡には、夫の話していることとは全く無関係な考えが去来していた。彼女が考えていたのは甥のことだった（ピエールの発言に甥が興奮していたという夫の話は、彼女には衝撃だった）。繊細で多感な甥の性格のいろんな特徴が、頭に浮かんでくる。そして気がつくと彼女は、甥のことを考えながら、同時に自分の子供たちのことを考えていた。甥と自分の子供たちを比べるのではなく、両者に対する自分の感情を比較していた。そしてニコーレンカに対する自分の感情に何かが欠けているのに気づいては、悲しい気持ちになるのだった。

時には、そうした違いは年齢からくるものだという気がすることもあったが、それでも彼女は甥への疚(やま)しさを覚え、胸の内で、自らの過ちを正し、なし難きをなすことを自分に誓うのだった。つまり、この人生において、夫も、子供たちも、ニコーレンカも、すべての隣人たちも、キリストが人類を愛したのと同様に愛していこうと決意したのである。マリヤの心は常に無限なもの、永遠なもの、完全なものを志向しており、それゆえ決して安らぎを得ることはかなわなかった。その顔には、肉体の重荷を背負った精神の、秘められた気高い苦悩を示す厳しい表情が浮かんでいた。ニコライはそんな妻にふと目を遣った。

『ああ！　もし妻が死んだら、俺たちはどうなるんだろうか。彼女がこんな顔をすると、ついそんなことを考えてしまう』しばしそんな思いを巡らした後で、彼は聖像(イコン)の前に立って、晩の祈りを唱え始めた。

# 16章

夫と二人きりになったナターシャもまた、夫婦だけにできるような会話をしていた。つまり論理学のあらゆる法則に逆らって、判断、推論、帰結といった手続きを完全にすっ飛ばし、全く特殊な手段によって、ただならぬ明晰さとスピードでお互いの考えを察し、また伝え合っていたのだ。ナターシャはこうした方法で夫と話すことにすっかり慣れきっていたので、ピエールが論理的に考えたりすると、それが自分と夫との間に何かうまくいっていないことがあるという確実なしるしになった。夫が何かを論証しようとして、理屈っぽく落ち着き払った口調で語りだし、自分も相手に引きずられて同じことをしだすようなとき、これはきっと口げんかになるなと彼女は悟るのだった。

彼らが二人きりになり、ナターシャが大きく見開いた幸せそうな目で静かに夫に歩み寄り、そしてやにわに、さっと夫の頭を捕まえて自分の胸に押しつけ「さあ、もう全部私のもの、私のものよ！　どこにも行かせない！」と口走ったその瞬間から、論理学のあらゆる法則に逆らった今の会話が続いていた。まったくバラバラないろんな話題が一度に語られているということをとっても、これは論理学を外れていた。同時にたくさんのことを話し合うことが明晰な理解を妨げないばかりか、逆に、それこそが互いを完全に理解し合っていることの確かな印だったのである。

夢の中では、何もかもがあやふやで無意味で矛盾していて、確かなのはただその夢を支配している感情だけであるが、それと同じように、理性のあらゆる法則に逆らったこのコミュニケーションにおいては、筋道立っていて明瞭なのは言葉ではなく、二人を支配している感情であった。

ナターシャがピエールに語ったのは、兄の暮らしぶりのこと、夫がいない間自分がものすごく辛い思いをして、生きた心地もしなかったこと、マリーのことが前よりも一層好きになったこと、マリーはあらゆる点で自分よりも優れていること、であった。話の中でナターシャは、本気でマリーの方が上だと認めていると打ち明けたが、しかしそうは言いながらも同時に彼女はピエールに、やっぱり自分の方がマリーよりも、他のすべての女性よりも好きでいてほしいと要求した。とりわけペテルブルグでいろんな女性に会って来た後の夫に、いま改めてそのことをはっきり言ってほしかったのだ。

ナターシャの言葉に答えてピエールは、ペテルブルグで女性のいる夜会や食事会に出入りするのが、自分にとっていかに耐え難かったかを物語った。

「貴婦人とお話しする呼吸なんかすっかり忘れてしまってね」彼は言った。「ただ退屈なだけだったよ。とりわけ今回は忙しかったからね」

ナターシャはじっと夫の顔を見つめてから先を続けた。

「マリーは、もうまったく素晴らしい人よ！」彼女は言った。「なんてよく子供のことが分かるのかしら。まるで子供の心だけを見ているみたい。例えば昨日ミーチェンカが駄々をこねた時もね……」

「ああ、あの子は父親にそっくりだからね」ピエールが口をはさんだ。

ミーチャとニコライが似ているというコメントを夫が発した理由が、ナターシャにはピンときた。妻の兄と言い合ったことが後味の悪い思い出として残っていたので、その件についてナターシャの意見が聞きたかったのだ。

「ニコライ兄さんの欠点は、みんなが認めていることでなければ、決して賛成しないというところよ。ところがあなたは、私の解釈では、まさに自分の道を切り開く（ウーブリール・ユヌ・カリエール）ことを大事にしているんだものね」かつてピエールが言った言葉を繰り返しながら彼女は言った。

「いや、ポイントは」とピエールは言った。「ニコライにとっては考えるのも議論するのも遊びで、ほとんど暇つぶしにすぎないということさ。例えば彼は蔵書を集めているけれど、それが、買った本を読み終わらないうちは新しい本を買わないっていう原則を立てているんだ。シスモンディ[26]だろうがルソーだろうがモンテスキューだろうがね」にやりとピエールは笑顔で付け加えた。「もちろん分かっているだろう、僕がどれほど彼を……」自分の発言を和らげようとして言いかけた夫の言葉をナターシャは遮った。そんな必要はないと感じさせたかったのだ。

「じゃあ、あなたが言いたいのは、兄にとって考えるのは遊びだと……」

「そうさ、ところが僕にとっては、考えること以外のすべてが遊びなんだ。ペテルブルグにいた間もずっと、誰に会おうとなんだか夢の中のことのような気がしていた。考えることに没頭している時は、他のことは全部遊びにすぎないのさ」

「ああ、残念だったわ、あなたが子供たちに挨拶しているところを見逃したのが」ナターシャが言った。「どの子が一番喜んだの？　きっとリーザでしょう？」

「その通り」そう答えてピエールはまた気になっている話題を続けた。「ニコライは、僕たちは考えるべきじゃないという。でも、僕には無理だ。もちろん、ペテルブルグでも僕はそれを自覚したよ（君にははっきり言えるけど）。僕がいない間に全部だめになりかけていたのさ、みんながそれぞれ勝手な方向へ引っ張っていくもんだからね。

だが僕は幸いみんなを団結させることができた。それに僕の思想も実に単純明快だったからね。そもそも僕は、われわれはこれこれのことに反対すべきだ、などと言っているわけではない。われわれのほうが間違っているかもしれないからね。僕が言うのは、善を愛する者たち同士が手を取り合おう、そして一つの旗を、行動的な善の旗を掲げよう、ということだ。セルギー公爵というのは立派な人物だよ、頭もよくて」

ピエールの思想が偉大な思想だということに関してなら、ナターシャには疑う余地すらなかったが、ただ一つのことが彼女を戸惑わせていた。それは彼が自分の夫だということだった。『社会にとってこんなにも重要で必要な人物が、その上私の夫でもあるなんて、本当だろうか？　どうしてこんなことになったんだろう？』彼女はその疑念を夫に表明してみたかった。『本当にこの人が一番賢いということを判断できるような人がいるとしたら、それはいったいどんな人だろう』そう自問して彼女は頭の中で、ピエールが大いに尊敬している人々を一人一人挙げてみた。だが夫に聞いた話から判断する限り、彼が誰よりも敬っている人物とは、例のプラトン・カラターエフ

26　ジャン＝シャルル＝レオナール・シモンド・ド・シスモンディ（一七七三〜一八四二）。スイスの古典経済学者で、資本主義産業システムに警戒的だったところから、初期社会主義者の仲間に数えられる。

をおいて他にはいなかった。

「ねえあなた、私が何を考えているか分かる？」彼女は言った。「プラトン・カラターエフのことよ。あの人だったらどう？　今のあなたに賛成してくれるかしら？」ピエールはそんな質問をされても、少しも驚きはしなかった。妻の思考の歩みが理解できたからだ。

「プラトン・カラターエフかい？」そう言って考え込んだ彼の様子は、見るからに、この問題に関するプラトンの判断ぶりを真剣に想定してみようとしているようであった。「彼には理解できないだろうが、でもきっと賛成してくれると思うよ」

「私、あなたがすごく好き！」ナターシャが不意に言った。「すごく好きよ。すごく！」

「いや、賛成してくれないだろうな」ちょっと考えてからピエールが言った。「彼が賛成するとしたら、僕たち一家の暮らしの方だろう。あの人は何にでも品格と幸福と平安を求めようとする人だったから、きっと僕も誇りをもって自分の家族を見せてやれたことだろう。さっき君は、僕たちが別れていた時のことを言っていたね。けれど君には信じられないだろう、別れていた後で僕が君に対してどれほど特別な気持ちを覚えるか……」

「ほら、またそんなふうに……」ナターシャが言いかけた。

「いや、そうじゃない。僕が君を愛さなくなることなど決してない。しかも、これ以上はないほど愛している。でも今の気持ちはまた特別で……それはもちろん……」

彼は最後まで言い切らなかった。見交わした二人の視線が残りのセリフを語ってくれたからである。

「まったくバカなことを言うものね」だしぬけにナターシャが言った。「やれ甘い新婚生活だとか、やれ最初のうちが花だとか。そんなことない、今が一番いいわ。あなたが遠くに出かけさえしなければね。覚えている、喧嘩したときのこと？　いつも悪いのは私だったわ。いつも私。なのに何で喧嘩したかなんて、私、覚えてもいないのよ」

「原因はいつも同じさ」ピエールは笑みをうかべて言った。「やきも……」

「言わないで、私、耐えきれない」ナターシャが叫ぶ。すると彼女の目の中に、冷たい、意地悪そうな光が点った。「あなた、あの女に会ったの？」しばしの沈黙の後、彼女はさらに言った。

「いいや、それにたとえ会ったとしても気づかなかっただろうよ」

二人はしばし黙り込んだ。

「ねえ、知っている？　あなたが書斎で話している時、私、あなたを見ていたのよ」垂れこめた暗雲を追い散らそうとするかのように、ナターシャが口を開いた。「まったく、あなたときたら瓜二つね、坊やと（彼女は息子のことをこう呼んでいた）。あら、あの子のところへ行く時間だわ……お乳が張って来た……でも、離れるのが辛いわ」

数瞬の間二人は黙り込んでいた。それから不意に、全く同時にお互いの顔を見て、何か言いかけた。ピエールの顔には得意と興奮の表情が、ナターシャの顔には静かな、幸せそうな笑みが浮かんでいた。かち合ってしまった二人は言葉を止め、お互いに先を譲ろうとした。

「いや、君は何を言いかけたの？　言ってごらん、言ってごらん」

「いいえ、あなた先に言って、私のはまったく大した話じゃないから」ナターシャが言った。

ピエールがまず言いかけたことを言った。それは例のペテルブルグでの成功に関する得意げな考察の続きであった。この瞬間の彼は、自分が全ロシア社会に、そして全世界に新しい方向性を与えるべき使命を担ったような気になっていたのである。

「僕が言いたかったのはただ、大きな成果をもたらすような思想はみな、常に単純だということさ。僕の思想とはつまり、もしも悪い人間どもが互いに結びついて勢力を張っているのだとしたら、良心的な人間もまた、ひたすら同じことをするしかないということに尽きる。実に簡単だろう」

「そうね」

「じゃあ、君の言いたかったことは？」

「べつに、大した話じゃないわ」

「いや、いいから言ってごらん」

「でも、ただのつまらない話よ」さらに明るくにっこりと微笑んで、ナターシャは言った。「私ただ、ペーチャのことを言いたかったの。あのね、今日乳母があの子を引き取りに来たら、あの子キャッキャと笑って、目をつぶって、私にしがみついたの。きっと、かくれたつもりだったんだわ。可愛いったらありゃしない。ほら、あの子泣いている。じゃあ、私行くわね！」

そうして彼女は部屋を出て行った。

ちょうどこの頃、階下のニコーレンカの暮らす一画では、いつも通り寝室に小さなランプが点っていた（少年は暗がりを恐れていて、この欠点はどうしても矯正できなかった）。家庭教師のデサールは、いつもながら四つも枕を敷いて頭を高くして眠り、そのローマ風の鉤鼻が規則正しいいびきの音を立てていた。ニコーレンカはつい今しがた目を覚ましたばかりで、冷たい寝汗にまみれ、目を大きく見開いて、ベッドの上で上体を起こしたまま、前方を見つめていた。怖い夢を見て目が覚めてしまったのだ。夢の中には彼とピエールが、ちょうどプルタルコス[27]の本の挿絵にあるような鉄兜をかぶった姿で登場した。二人は巨大な軍団の先頭に立って進んでいた。軍団は、空中一杯に張り巡らされた白い斜めの線からできていたが、それはちょうど秋に空を飛ぶ蜘蛛[28]の糸で、デサール先生が「聖母の糸」と呼んでいるものに似ていた。前方には栄光が待ち受けており、それも同じく糸状のものだったが、ただもうすこししっかりしていた。彼とピエールの二人は軽やかに喜々として前進し、どんどん目標に近づいて行った。突然二人を動かしていた糸が弱くなり、もつれ始めた。体が重くなる。するとニコライ叔父さんが二人の前に、恐ろしくも厳めしい姿で立ちはだかった。

「これはお前たちの仕業か？」折れた封蠟と羽根ペンを指さしながら叔父さんは言った。「俺はお前たちを愛している。だがアラクチェーエフの命令で、最初に前に出た者を殺す」ニコーレンカはピエールを振り返った。だがピエールはすでにいなかった。ピエールは父親のアンドレイ公爵になっていた。そして父親には姿も形もなかった。だが彼はそこにいた。父親を見ながらニコーレンカは、情愛が人を弱くするのを感じた。自分が力もなく骨もない、ふよふよしたものになった気がした。父親は彼を愛撫し、慰めてくれた。だがニコライ叔父さんがどんどん彼らめがけて迫って来た。恐怖がニコーレンカを捉え、そして彼は目覚めたのだった。

『父さんだ』と彼は思った。『父さんだ（家にはよく似た肖像画が二枚あったにもかかわらず、ニコーレンカは一度として父親のアンドレイ公爵を人間の姿で思い描いたことがなかった）、父さんが僕と一緒にいて、僕を撫でてくれた。僕に賛成し、ピエールおじさんに賛成してくれた。父さんにどんなことを言われても、僕はそれを成し遂げるだろう。あのムキウス・スカエウォラ[29]は自分の片手を焼いた。どうして僕の

---

27　一世紀から二世紀にかけての古代ローマのギリシャ人著述家。有名な『対比列伝』（『英雄伝』）は後世のシェイクスピアらの著作の源泉となった。

28　蜘蛛の幼体が糸を出して風や上昇気流に乗り、空中移動するバルーニングと呼ばれる現象を指している。

29　ガイウス・ムキウスは『対比列伝』に登場する共和政初期のローマの伝説的な英雄。ローマを包囲する敵の王を暗殺しようとして誤って従者を殺して捕らえられ、裁かれそうになったが、屈せずに自分の右手を焼いて反骨の志を示したところから敵の王に赦され、左手(スカエウォラ)のムキウスと呼ばれるようになったという。ムキウスのエピソードはトルストイの愛読したルソーの『告白』第一部第一巻でも言及されている。

人生にも同じことが起こらないといえようか？　みんなが僕に勉強させたがっているのは分かっているし、僕はちゃんと勉強する。でもいつか勉強なんかやめて、そして成し遂げてやるんだ。僕が神に願うのはただ一つ、プルタルコスの登場人物たちにあったのと同じことが、僕の身にも起こりますようにということだけだ。そうなったら、僕も同じことをするのだ。いや、僕ならもっと立派に成し遂げてやる。みんながそれを知り、僕を愛し、僕を誉めそやすだろう』するとにわかにニコーレンカは嗚咽が胸にこみあげるのを感じ、泣き出した。

「具合が悪いのですか？」デサールの声がした。

「いいえ」ニコーレンカはそう答え、枕の上にあおむけになった。『親切な、良い人だ。僕はあの人が好きだ』彼はデサールについてそんなことを思った。『それにピエールおじさんときたら！　ああ、何と素晴らしい人だろう！　で、父さんは？　父さん！　父さん！　そうとも、僕は成し遂げてやる、あの人でさえ満足するようなことを……』

# 第2編

## 1章

歴史学が扱う対象は、諸国民と人類の生活である。人類の生活のみならず、一国民の生活でさえ、それを直接理解して言葉で言いつくす、すなわち記述するのは不可能なことに思える。

一国民の生活という一見捉え難きものを記述し、把握するために、古代の歴史家たちは皆、同じ一つの手法を用いていた。国民を統治するほんの一握りの人間の活動を記述するやり方である。そうした者たちの活動が、古代の歴史家にとっては全国民の活動を表現していたわけだ。

どのようにして一握りの人間が国民を自分の意志通りに行動させることができたのか、またその指導者たちの意志自体は、何によって操られていたのか――こうした問いへの古代人たちの答えは以下のようだった。すなわち、前の問いに対しては、ある選ばれた人間の意志に国民を従わせようとする神の意志があったからだと答え、後の問いに対しては、同じ神が、その選ばれた人間の意志をあらかじめ定められた目的へと向けたのだと答えたのである。古代人にとってこうした問題は、神が人間の業に直接関与するのだという信念によって解決されたのだった。

近代の歴史学は理論上、先のいずれの考え方も排除している。人間は神の支配下にあり、各国民がそこに向かって導かれていく一定の目的があるのだという古代人の信仰を排したからには、近代の歴史学は権力の表れ方を研究するのではなく、権力が形成される原因を研究するのが当然だろうと思える。ところが近代の歴史学はそれをしてこなかった。理論では古代人の世界観を否定しながら、実際にはそれに従っているのだ。

神のような権力をさずかり、神の意志によってじかに導かれている者たちに代わって、近代歴史学が担ぎ出したのは、非凡な、人間離れした能力をさずかった天才か、あるいは単に君主からジャーナリストに至るまで、きわめて多様な特性を持った大衆の指導者たちであった。かつて古代人が人類の活動の目的だと受け止めていた、ユダヤ、ギリシャ、ローマ各国民それぞれの、神意にかなった目的に代わって、近代歴史学は自分たち独自の目的を掲げた。それはフランス国民の、ドイツ国民の、イギリス国民の繁栄という目的、さらにめいっぱい抽象度を上げた場合には、全人類の文明の繁栄という目的であるが、全人類といっても通例意味されているのは、巨大な大陸の北西部の小さな一角を占めるいくつかの国民にすぎなかった。

近代歴史学は古代人の信じていたものを覆しながら、それに代わる新しい歴史観を提起しなかったので、状況の論理に引きずられて、古代的な王権神授説や運命観を否定したつもりになっていた歴史家たちが、別の道をたどってまったく同じ結論に達することになった。すなわち（1）諸国民は一握りの人間たちによって指導される、（2）諸国民および人類がそれを目指して進んでいく一定の目的がある、ということを認めるに至ったのだ。

ギボン[1]からバックル[2]に至るまで近代の歴史家の著作はすべて、見かけ上の意見の不一致やそれぞれの観点の違いがあるにもかかわらず、この二つの古い、不可避的な命

1　エドワード・ギボン（一七三七～九四）。イギリスの歴史家で、『ローマ帝国衰亡史』の著者。
2　ヘンリー・バックル（一八二一～六二）。イギリスの歴史学者で、『文明の歴史』の著者。

題を根底に持っている。

第一に、歴史家は、人類をリードしてきたと彼が見なす個々の人間の活動を記述する（ある歴史家はただ君主、軍司令官、大臣たちだけをそうしたリーダーと見なし、別の歴史家は君主の他に雄弁家、学者、改革者、哲学者や詩人もそれに加える）。第二に、人類が導かれつつある目的が歴史家には分かっている（ある歴史家にとっては、その目的とはローマ、スペイン、フランス諸国家の威信であり、別の歴史家にとっては、それは自由であり、平等であり、ヨーロッパと呼ばれる世界の小さな一角の特殊な文明である）。

一七八九年、パリで不穏な動きが生じ、それが拡大し、あふれ出し、そして西から東への諸国民の運動として現れる。何度かその運動は東へ向かってなされ、そして東から西への対抗運動と衝突する。一八一二年にそれが極限のモスクワにまで到達すると、それから驚くべき対称形を描いて、東から西への対抗運動が行われる。第一の運動とまったく同様に、中間の諸国民を引き連れながら。この逆向きの運動は西における運動の出発点であるパリにまで達し、そして静まる。

この二十年の間に広大な農地が荒れっぱなしにされ、家は焼かれ、通商は流れを変え、何百万もの人々が貧窮したり金持ちになったり移住したりし、隣人愛の掟を信奉する何百万ものキリスト教徒が、互いに殺し合った。

このすべてはいったい何を意味するのか？　なぜこんなことが起こったのか？　何がこの者たちに家を焼かせ、自分と同じ人間たちを殺させたのか？　何がそうした出来事の原因だったのか？　どんな力が人々にそのような振る舞いをさせたのか？　過ぎ去りし運動の時代の遺物や伝承にふと出会うとき、人類が自らに投げかける自然な、素朴な、きわめて当然の問いがこれである。

人類の良識は、こうした問いへの解答を学問としての歴史学に求めようとする。なぜなら歴史学は、諸国民と人類の自己認識を目的としているからだ。

仮に歴史学が古代人の世界観を保持していたならば、こう答えただろう——神が自らの民への褒美として、あるいは罰として、ナポレオンに権力を授け、自らの神的な目的を達成するために、その意志を操ったのだと。そしてこれが完全かつ明快な答えとなったことであろう。ナポレオンの神的な意味を信じるも信じないも勝手であるが、しかしそれを信じる者にとっては、かの時代の全歴史を通じて、すべてに納得がいき、ただ一つの矛盾もあり得ないことだろう。

しかし近代の歴史学はこのように答えることはできない。神が人間の業に直接関与するという古代人の考えを科学が認めないからには、歴史学も別の答えを出さなければばならないのだ。

近代の歴史学はこうした問いに答えて、次のように言う――諸君はその運動が何を意味するか、それがなぜ起こり、どんな力がああした出来事を引き起こしたのか、知りたいのだね？　では聞きたまえ。

「ルイ十四世は極めて傲慢でうぬぼれの強い人物だった。彼にはこれこれの愛人がいて、これこれの大臣がおり、そしてフランスに悪政を敷いた。このルイ王の世継ぎたちも同じく出来の悪い者たちで、やはりフランスに悪政を敷いた。彼らにもこれこれの寵臣とこれこれの愛人がいた。また、ある種の人々がこの当時本を書いた。十八世紀の末にパリに二十名ほどの者が集まり、万人は平等であるとか自由であるとか語り始めた。そのせいでフランス中の人々がお互いに、斬殺したり溺死させたりし始めた。[3]その人々は王を殺し、さらにたくさんの人々を殺した。ちょうどこの時フランスには一人の天才的な人物がいた。ナポレオンである。彼はいたるところであらゆる敵に勝利した、つまりたくさんの人間を殺したが、それは非常な天才だったからである。それから彼は何のためにかアフリカ人まで殺しに出かけて行って、きわめて見事に彼らを殺し、おまけに極めて狡猾で頭のよい人間だったので、フランスに戻ると、皆に向かって自分に従えと命じた。すると皆が彼に従った。皇帝になると、彼はまた人殺しのためにイタリア、オーストリア、プロイセンへ出かけて行った。そしてそれらの地でもたくさんの人を殺した。ロシアにはアレクサンドル皇帝がいたが、この人物はヨーロッパの秩序を回復しようと決意し、そのためにナポレオンと戦争をした。ところが一八〇七年には両者は急に仲良くなった。が、一八一一年にはまた喧嘩をはじめ、またもや二人してたくさんの人々を殺し始めた。そうしてナポレオンは六十万の人間を引き連れてロシアに侵入し、モスクワを攻略した。しかしその後突然モスクワから逃走した。するとアレクサンドル皇帝は、シュタイン[4]や他の者たちの助言によってヨーロッパを団結させ、その平和の破壊者に対抗する同盟軍にまとめ上げた。ナポレオンの同盟国はすべて、にわかに彼の敵に回った。そして新生の同盟軍は、新たな兵

3　フランス革命末期のいわゆる独裁恐怖政治期には、反対派勢力を大量に処分する方法として溺死刑が用いられた。一七九三年から翌年にかけて行われたナントの大量溺死刑では、処刑者を廃船に詰め込んでロワール川に流し、船底を外すという方法で、カトリックの司祭に始まり一般市民に至るまで数千人が殺害されたという。

4　ハインリヒ・フリードリヒ・フォン・シュタイン（一七五七〜一八三一）。プロイセンの政治家。首相として世襲隷農制の廃止や市民自治制の導入など一連の近代化を進めたが、ナポレオンの圧力で失脚し、ロシアに亡命した。

力を集めたナポレオンに立ち向かった。同盟軍はナポレオンを打ち破り、パリに入ると、ナポレオンを退位させ、エルバ島へ流したが、その際、皇帝の称号は剝奪せず、敬意の限りを尽くした——この五年前と一年後には誰もがこの人物を無法者の悪党と見なしていたにもかかわらず。こうして、それまでフランス人にも同盟国にもただ馬鹿にされていただけのルイ十八世が、君主となった。ナポレオンは古参近衛隊の前で落涙しつつ退位し、流刑地へと赴いた。この後、手練手管に長けた政治家や外交官たち（とりわけ他に先んじてまんまと要職に就き、それによってフランスの国境を拡げたタレイラン）[5]が、ウイーンで話し合いをし、その話し合いによって諸国民を幸福にしたり不幸にしたりした。すると突然、外交官や君主たちが喧嘩をしそうになった。彼らはすんでのところでまたもや自国の軍隊に殺し合いを命ずるところだった。しかしその時、ナポレオンが一大隊を率いてフランスに到着すると、彼を憎んでいたフランス人たちは、すぐに揃って彼に屈服してしまった。だが同盟諸国の君主たちはこれに腹を立て、再度フランス軍との戦争に乗り出した。天才ナポレオンはこれに敗れ、にわかに悪党呼ばわりされて、セントヘレナ島に連れていかれた。その地でこの追放者は、懐かしき者たちと愛するフランスから切り離されたまま、断崖の上でゆっくりと死を迎えつつ、自らの偉業を後世に伝えた。一方ヨーロッパでは反動が生じ、君主たちは皆、またもや自国民を虐げ始めた」

これが諸々の歴史書をからかうための戯画的模写（カリカチュア）だと考えるのは、間違いである。それどころかこれは、個人の回想記集や各国史から、一般史や新種の時代文化史にいたるまで、あらゆる歴史記述が提供している、矛盾だらけの、問いに答えていない解答を、この上なくソフトに表現したものに他ならない。

こうした解答の奇妙さや滑稽さの原因は、近代歴史学が、ちょうど耳の遠い人と同じで、誰も訊ねていない質問に答えようとしているところにある。

歴史学の目的が人類および諸国民の運動を記述することだとすれば、まずこれに答えておかなければ後のことがさっぱり分からなくなってしまうという第一の問いは、すなわち「いかなる力が諸国民を動かしているのか？」というものである。この問いを前にしながら近代歴史学は、やれナポレオンが大天才だったとか、ルイ十四世はひ

5 シャルル＝モーリス・ド・タレイラン＝ペリゴール（一七五四〜一八三八）。激動期のフランスの政治家。革命期に三部会議員、国民議会議長、外交官として活動。ジャコバン派と対立して亡命した後、執政政府の外相を経てナポレオン帝政初期の外相として貢献するが、対ヨーロッパ政策で対立して離反。ナポレオンの失脚後臨時政府の代表を務めた後、ルイ十八世の外相としてウイーン会議で活躍、正統主義を唱えてフランスの国益を守った。

どく傲慢だったとか、あるいはさらに、これこれの作家がこれこれの書物を書いたとかいうことを、せっせと述べ立てているのである。

すべては極めてもっともらしく響くし、人類はそれを認めるにやぶさかではないが、ただし人類が問うているのはここにあるようなことではない。もしもわれわれが、神自体のうちに起因する神の力があって、その力がナポレオンだのルイ王だの作家だのを通じて、絶えず一律に自分の民を支配しているのだと認めているのだとすれば、こういう歴史記述もすべて面白いのかもしれない。だが、そうした力をわれわれは認めていないのだから、ナポレオンだのルイ王だの作家だのを語る前に、そうした面々と諸国民の運動との間に存在する関係を示さなくてはならないのだ。

もしも神の権力に代わる別の力が登場したのなら、その新しい力が何なのかを説明しなければならない。まさにその力こそが、歴史学の関心事のすべてだからである。

歴史学はあたかもその力を自明なもの、周知のものと想定しているかのようである。だが、どんなにその新しい力を既知のものと認めたいと願ったところで、山ほどの歴史記述を読んだ人間は、歴史家たち自身でさえこれだけ解釈の違うこの新しい力というものが、はたして完全に周知のものだろうかと、つい首をかしげざるを得ないのである。

## 2章

いかなる力が諸国民を動かしているのか？

伝記作家や各国史家といった個別史家は、その力を、英雄や君主に本来的に備わっている権力だと捉えている。そうした者たちの記述では、出来事はもっぱら、ナポレオンであれアレクサンドルであれ他の誰であれ、ともかく個別史家たちが描いている当の人物の意志によって生じることになっている。出来事を動かしている力は何かという問いに対するこうした歴史家たちの答えは説得力があるが、しかしそれはそれぞれの出来事を描く歴史家が一人しかいない間のことにすぎない。異なった国の異なった考え方を持つ歴史家たちが同じ一つの出来事を叙述し始めるや否や、彼らが出す答えはたちまちすっかり意味を失ってしまう。なぜならその力が個々の歴史家によっててんでんバラバラに解釈されているばかりか、時には全く正反対の解釈がなされているからである。ある歴史家が事件はナポレオンの権力によって引き起こされたと主張すれば、別の歴史家は、それはアレクサンドルの権力によって引き起こされたのだと主張し、また別の歴史家は、誰か別の人物の権力によって引き起こされたと主張する。

そのうえ、この種の歴史家たちは、同じ一人の人物の権力の基盤をなしている力の解釈においてさえ、相矛盾する答えを出しているのだ。ナポレオン主義者であるティエールは、ナポレオンの権力は彼の人徳と天才性に根差すものだと言い、共和主義者のランフレ[6]は、それは彼のいかさまと国民への欺瞞の上に築かれたものだと言う。こうしてこの種の歴史家たちは、互いに互いの命題を葬り去り、まさにそのことによって、出来事を引き起こす力という概念自体を葬り去ってしまう。そして歴史の根本的な問いに対しては、何の答えも出せないのである。

すべての国民を扱う一般史家は、出来事を引き起こす力に対する個別史家の見解の過ちを認めているように見える。彼らはその力を、皇帝や君主に備わった権力だとは認めず、たくさんの力が多様な方向に働き合う結果だと考える。戦争や一国民の征服を描く際にも、一般史家は出来事の原因を一人物の権力に求めようとするのではなく、その出来事と関連した多くの人々の間の相互作用に求めようとするのだ。

この見方によれば、歴史的人物の権力は多くの力の産物なのであるから、もはやそれ自体は出来事を引き起こす力とはみなし得ないように思える。ところが一般史家たちは多くの場合、またもや権力という概念を、それ自体が出来事を引き起こす、出来事の原因となる力という意味で用いているのだ。彼らの記述では、歴史的人物はそれぞれの時代が生んだものであって、その権力はいろんな諸力が生んだものにすぎないとされるかと思えば、また権力が出来事を生む力であるとされたりする。例えばゲルヴィヌス[7]やシュロッサー[8]その他は、ナポレオンが、革命や一七八九年の諸理念やその他諸々のものの産物であると論証するかと思えば、一八一二年の遠征やその他自分たちの気に入らない出来事は、誤った方向に向けられたナポレオンの意志の産物であり、一七八九年の諸理念自体が、ナポレオンの恣意によって発展を阻(はば)まれたのだと、臆面もなく語るのである。革命の諸理念と社会全体の気運がナポレオンの権力を生み出した、しかるにそのナポレオンの権力が、革命の諸理念と社会全体の気運を圧殺したというわけだ。

この奇妙な矛盾はたまさかのものではない。一足ごとにこんな矛盾にぶつかるばかりか、むしろ一般史家たちの叙述はすべて、終始一貫この種の矛盾の羅列で出来上

6　ピエール・ランフレ（一八二八〜七七）。フランスの歴史家。
7　ゲオルグ・ゴットフリート・ゲルヴィヌス（一八〇五〜七一）。ドイツの思想家・歴史家で、歴史の普遍性の解明から人類史の再構成を構想していた。
8　フリードリヒ・クリストフ・シュロッサー（一七七六〜一八六一）。ドイツの歴史家で『ドイツ国民のための世界史』の著者。

がっているのである。この矛盾は、一般史家たちが分析の場に足を踏み入れながら、道半ばで立ち止まってしまうことから生じている。

合成された力、あるいは総力に対して、それを構成する部分の力を全部洗いだすためには、部分の力の総和が合成された力に等しくなるようにしなければならない。しかるにこの条件を、一般史家は決して守ったためしがない。だから彼らは、総力を説明しようとすると、不十分な部分の力に加えて、総力との差を埋め合わせるような、別の説明のつかない力を許容せざるを得ないのである。

個別史家は一八一三年の遠征もしくはブルボン王朝の復興を記述するとき、これらの事件はアレクサンドル皇帝の意志によって生じたと断言する。だが一般史家のゲルヴィヌスはそうした個別史家の見解に反駁して、一三年の遠征およびブルボン王朝の復興は、アレクサンドル皇帝の意志以外に、シュタイン、メッテルニヒ、スタール夫人、タレイラン、フィヒテ、シャトーブリアンおよびその他の者たちの活動に起因するものだと、躍起になって示そうとする。この歴史家は確かに、アレクサンドル皇帝の権力をタレイラン、シャトーブリアンその他の部分の力に分解したのだが、これら部分の力の総計、すなわちシャトーブリアン、タレイラン、スタール夫人その他の相互作用は、明らかに総力の全体に及ばない。すなわち何百万ものフランス国民がブルボン王朝に服従したという現象を引き起こすには足りない。シャトーブリアン、スタール夫人その他が互いにこれこれの発言をし合ったということから生じるのは、単に彼ら相互の関係であって、何百万もの人間の服従という現象ではない。それゆえ、どのようにしてそうした彼らの関係から何百万もの人間の服従が生じたか、つまりどのようにして一つのAに等しい部分の力から千のAに等しい総力が生まれたかを説明するために、歴史家はまたもや、自らが諸力の結果だとして否定している権力の力を、許容せざるを得なくなる。つまり総力との差を埋め合わせるような、説明しがたい力を認めざるを得なくなるのだ。実際この通りのことを一般史家たちは行っている。そしてその結果、個別史家と矛盾するばかりか、自分たち自身とも矛盾をきたすのである。

田舎の住民は、雨が降る理由をよく知らないままに、今降ってほしいのか晴れてほしいのか次第で、やれ風が雨雲を追い払っただの、やれ風が雨雲を吹き寄せただのという言い方をする。全体史家もこれとまったく同じである。すなわち、自分たちがそれを望む場合、それが自分たちの理論にうまく当てはまるような場合には、権力は諸事件の結果であると言い、また別のことを論証せざるを得ないような場合には、権力が諸事件を引き起こすと言うのだ。

一般史家たちは時折、作家や女性たちを、出来事を引き起こす力と見なすことがあるが、文化史家と呼ばれる第三の歴史家たちは、一般史家たちの敷いたこの道をたどりながら、この力を全く別様に解釈している。彼らは、歴史を動かす力がいわゆる文化に、知的活動に内在するとみているのだ。

文化史家たちは自分たちの先祖である一般史家たちの姿勢を、すっかり踏襲している。仮にある種の人々が互いにこれこれこんな態度を取り合ったからという形で歴史的な出来事が説明可能だとすれば、これこれの人々がこれこれの本を書いたからという形でそれが説明できないはずはないからである。この種の歴史家たちは、あらゆる生（なま）の現象に付随する膨大な数の前兆の中から知的活動の前兆を選り出して、この前兆こそが原因であるというのだ。しかし、出来事の原因が知的活動に潜（ひそ）んでいたことを彼らがいかに手を尽くして証明しようとしても、知的活動と諸国民の運動との間に何らかの関連があることを認めるのにさえ、大きな譲歩がいるだろうし、ましてや諸国民の運動が知的活動によって導かれたなどということに至っては、到底認めるわけにはいかない。なぜなら、人類平等の教えからフランス革命におけるあの残忍きわまる殺人行為が生まれ、愛の教えから数々の悪逆非道な戦争や処刑が生まれてくるといった現象は、こうした仮説を覆すものだからである。

だが、仮にこうした文化史に満載されている手の込んだ議論がすべて正しいとして、諸国民が思想と呼ばれる何らかの説明しがたい力に支配されているのを認めるとしても、やはり歴史の根本的な問題は答えのないままに残るか、もしくはかつての君主権力説や、一般史家が持ち込んだ助言者その他の者たちの影響説に、もう一つ新しい「思想の力」説が加わるに過ぎないし、その力と大衆との関係は説明を要する。ナポレオンが権力を持っていたからある事件が起こったのだという説明は理解できるし、多少譲歩すれば、ナポレオンが他の様々な影響と一緒になって、事件の原因となったという説明もまた理解できる。だがどうして『社会契約論』[9]という書物のせいで、フランス国民同士が互いを溺死させるような事態が生じたのかは、この新しい力と出来事との間の因果関係が説明されなければ理解できないのである。

同じ時を生きる全てのものの間に関係があることは疑いない。したがって人々の知

9　ジャン゠ジャック・ルソーの主著。一七六二年刊。人間が自然状態において持っていた自由と平等を近代社会において担保するため、個人の利益と公共の利益を共に尊重する市民が契約を結び、「一般意志」をもつ政治社会を確立することを提案している。市民を国家と一般意志の形成主体とする点で、人民主権論と法の支配という民主主義の二大原理を基礎づけるものであり、フランス革命以降の近代国家論に多大な影響を与えた。

的活動とその歴史的運動との間に何らかの関係を見出すことは可能であり、それは、人類の運動と、商業だの手工業だの園芸だの、その他お好みのものとの間に、そうした関係を見出せるのと同じことである。だが、文化史家たちが知的活動こそ歴史的運動全体の原因ないし表現だと思わせたがる理由は、理解しがたい。歴史家たちがそのような結論に導かれる理由として考えられるのは、次の二つである。（1）歴史を書くのは学者であるから、学者にとっては自分たちの階層の活動が全人類の運動の根拠となっていると考えるのが自然であり、また好ましいことである。これはそっくりそのまま、商人や農民や兵士にも当てはまることだ（そうしたことが口にされないのは、単に商人や兵士が自分で歴史を書かないからに過ぎない）。（2）精神活動、啓蒙、文明、文化、思想――これらはすべてはっきりしない、曖昧な概念なので、その旗印のもとでは、もっと意味の曖昧な、どんな理論にも応用可能な言葉を、いくらでも便利に用いることができるのである。

だが、この種の歴史記述の内面的な価値はさておき（おそらくそれらは誰かのために、あるいは何かのために必要なのだろう）、総じて一般史がますますその方向にまとまっていこうとしている文化史なるものの顕著な特徴は、出来事の原因とされる宗教や哲学や政治の教説を詳細かつ真剣に検討しながら、いざ実際の歴史上の出来事、例えば一八一二年の遠征のような出来事を記述せざるを得なくなった途端、知らず知らずのうちにそれを権力の産物として描く羽目になって、この遠征はナポレオンの意志の産物であるなどと断言することである。そう語ることによって、文化史家たちは否応なく自己矛盾に陥ってしまう。つまり自分たちが考え出した新しい力なるものが歴史的な出来事を表現しておらず、歴史を理解する唯一の手掛かりは、自分たちが認めないふりをしている権力なのだということを、証明してしまうのだ。

## 3章

蒸気機関車が走っている。あれはどうして動いているのかという問いが発せられる。百姓は、あれは悪魔が動かしているんだと言う。別の者は、蒸気機関車が走るのは車輪が動くからだと言う。また別の者は、動く原因は風になびく煙にあると主張する。百姓を言い負かすのは難しい。言い負かそうとしたら、誰かが彼に悪魔などいないことを証明するか、あるいは別の百姓が、悪魔じゃなくてドイツ人が動かしているのだと証明してやる必要がある。その時はじめて百姓たちは、いろんな矛盾から、二人とも間違っていたと気付くだろう。しかし、原因は車輪の動きだと言う者は、自分で自分を否定していることになる。分析の場に足を踏み入れたなら、先へ先へと進まざるを得ず、彼は、車輪の動きの原因を解明しなければならないはずだからだ。蒸気機関車の動きの究極の原因、すなわち機関の中で圧縮される蒸気にたどりつくまでは、彼には原因の探求をやめる権利はない。一方、蒸気機関車の動きを後ろにたなびく煙で説明するような者は、車輪についての説明が原因に結びつかないのを察して、ぱっと見に気づいた特徴を取りあげ、勝手にそれが原因だとこじつけただけである。

蒸気機関車の運動の原因を説明することのできる唯一の概念は、目に見える運動に等しい力という概念である。

諸国民の運動を説明することのできる唯一の概念とは、諸国民の全運動に等しい力という概念である。

しかるにその概念として様々な歴史家たちが想定しているのは、それぞれ全く異なった、しかもどれ一つとして見かけの運動に等しくない力ばかりである。ある者たちはそこに英雄たちにじかに具わった力を見ようとするが、これは蒸気機関車の中に悪魔を見ようとする百姓と同じだ。またある者たちはその他のいくつかの力から派生した力を見ようとするが、これは車輪の運動説に等しい。三番目の者たちは知的な影響力を見ようとするが、これはたなびく煙説に等しい。

カエサルであれアレクサンドロスであれ、あるいはルターであれヴォルテールであれ、個々人の歴史ばかりが書かれていて、ある出来事に関与するすべての人間、一人の例外もなくすべての人間の歴史が書かれないうちは、人々の活動を一つの目的に向けさせる力という概念を抜きにして、人類の運動を記述するのは全く不可能である。そして歴史家たちが唯一知っているそうした概念が、権力である。

この概念こそが、現在のような記述法によりながら歴史資料を操ることを可能にしてくれる唯一の操縦桿（そうじゅうかん）なのであり、かのバックルのように、別の手法もわきまえずにこの操縦桿を取っ払ってしまうような者は、単に歴史資料を扱う最後の可能性を失ってしまうだけである。歴史現象の解明に権力の概念が不可欠なことを最もよく証明しているのが、当の一般史家や文化史家たち自身であり、彼らは権力の概念を否定したつもりでいながら、一歩ごとにやむなくその概念を用いているのである。

歴史学はこれまでのところ、人類の諸問題に関する限り、流通貨幣すなわち紙幣や硬貨のようなものである。個人史や各国民史は紙幣にそっくりだ。それらは自分の使命通り立派に通用し流通して、誰にも害を与えないばかりか、有益でさえある。だがそれも、それらが何によって保証されているのかという問題が起きなければの話だ。いかにして英雄たちの意志が出来事を生むのかという問いを忘れさえすれば、ティエール流の歴史は面白くてためになるし、そればかりか詩情さえ帯びたものとなる。だが、紙幣の場合に、作りやすいからといって濫造したり、人々が金に換えたがったりすると、その実質的な価値に疑いが生ずるのとまったく同様に、この種の歴史の場合も、あまりにもたくさん同類が出現したり、誰かが素朴な気持ちから「いったいどんな力でナポレオンはこんなことができたんだろう？」などと質問して、いわば流通貨幣を実質的な概念という純金に換えようとしたりすると、その実質的な意義に疑いが生じるのである。

一般史家や文化史家は、いわば紙幣の不便さに気付いて紙幣の代わりに金の密度をもたない金属の硬貨を作ろうとする人々のようなものだ。確かに硬貨はできるだろうが、それは単に硬いというだけにすぎない。紙幣ならまだしも無知な者を騙すこともできるが、硬いだけで値打ちのない硬貨では誰一人騙せまい。金は単に交換に使われるだけでなく、実用に供されてはじめて金といえるが、同じように一般史家も、「権力とは何か？」という本質的な問題に答えることができた時、はじめて金たりえるのである。一般史家たちはこの問題に矛盾した答えを出すばかりだし、文化史家はそもそもこの問題を遠ざけて、全く別の問題に答えている。そして金貨に似ているだけのコインが流通可能なのは、単にそれを金貨だと認めることに同意した人間の仲間内と、金が何たるかを知らない者たちの間だけであるように、一般史家や文化史家たちも、人類の本質的な問題に答えないまま、何らかの自分たち自身の目的のために、あちこちの大学において、また彼らがまじめな書物と呼ぶような本を好む読者群の中で、流通貨幣の役を演じているのである。

## 4章

神が一国民の意志を一人の選ばれた者に従わせ、その人物の意志が神に従うという古代人の考え方を否定したからには、歴史学は次の二者択一をすませずには、一歩たりとも矛盾なしでは進めないことになった。すなわち、神が人類の事柄に直接介入するというかつての信仰に回帰するか、あるいは歴史的な出来事を引き起こす権力という名の力の意義をきちんと説明するかの二者択一である。

前者のような回帰は不可能だ。信仰が壊れてしまっているからである。それゆえ、権力の意義を説明する必要がある。

軍を召集して戦争に行けと、ナポレオンが命じた。こうした考え方はわれわれにはごく普通のものであり、われわれはこうした見方に慣れきっているので、ナポレオンがこれこれの言葉を発するとどうして六十万もの人間が戦争に出かけるのかという問いは、われわれには無意味に思える。彼には権力があったから、彼の言うことが実行されたのだ、というわけだ。

この答えは、権力が神によって彼に与えられたということをわれわれが信じるならば、完全に満足のいくものだ。しかしいったんわれわれがそれを信じないとなると、一人の人間が他の人間たちに対して持っている権力とは一体何なのかを定義することが必要となる。

この権力とは、かのヘラクレスの権力のような、強者の弱者に対する権力、すなわち肉体的な力の行使、もしくは力を行使するぞという威嚇に立脚した権力ではありえない。それはまた、ある種の歴史家たちが、歴史上の活動家たちは英雄、すなわち特別な精神力と知力およびいわゆる天才性を授かった人々であったと口にするときに、おめでたい頭で思い浮かべているような、精神的な力の優越に基づくものでもあり得ない。この権力が精神的な力の優越に基づくものでないというのは、かのナポレオンのように精神的な長所については非常に見解が分かれている英雄タイプの人間は措くとして、歴史がわれわれに示すとおり、ルイ十一世であれメッテルニヒであれ、何百万もの人間を操った者たちは、精神的な力においては何の秀でた特徴も有していなかったどころか、むしろ反対に大半が、自分たちが操っている何百万の人々のどの一人と比べても、精神的に劣っていたからである。もしも権力の源泉が、権力者の肉体的な特性にも精神的な特性にもないとするならば、当然その権力の源泉は、個人の外部に、すなわち権力者と大衆との関係にあるはずだ。

まさにその通りに権力を解釈しているのが法学である。権力の歴史学的解釈を純金と交換することを保証する、まさに歴史の両替商だ。

権力とは、明示された了解もしくは暗黙の了解によって、大衆に選ばれた統治者に委ねられた、大衆の意志の総体である。

法学とは、国家及び権力がすべて整備可能であるとすれば、いかにそれらを整備すべきか、という考察からできている学問であり、その法学の領域内でなら右の定義は全く明瞭だが、しかし歴史に応用しようとすると、権力のこの定義はさらなる説明を必要とすることになる。

法学の国家と権力に対する見方は古代人の火に対する見方と同じで、対象を何か無条件に存在するものとして捉えている。ところが歴史学にとっては、国家および権力は単なる現象であり、それはちょうど現代の物理学にとって火が四大元素の一つではなく、現象であるのと同じである。

　歴史学と法学の間のこの根本的な見解の差のせいで、法学は、自己の見地からいかに権力を整備すべきかとか、時間を越えて確固不動に存在する権力とは一体何かとかいったことを、詳しく論じることができるのだが、しかし時間の中で変貌していく権力の意味という歴史的な問題に対しては、何一つ答えることができないのだ。

　仮に権力が統治者に委ねられた意志の総体だとするなら、はたして反逆者プガチョフ[10]は大衆の意志の代表者であろうか？　もしそうでないならば、どうしてナポレオン一世は代表者なのか？　なぜナポレオン三世は、ブーローニュで捕まった時には犯罪者だったのに、後には彼に捕まった者たちの方が犯罪者だということになったのか？[11]　時にはわずか二、三名の人物の関与で起きる宮廷内革命の場合も、同じく大衆の意志は新しい人物に委ねられるのか？　国際紛争の場合、国民大衆の意志は自国を占領した者に委ねられるのか？　一八〇八年には、ライン同盟[12]の意志はナポレオンに委ねられたのか？　一八〇九年にロシア軍がフランス軍と連合してオーストリアとの戦争に向かった時、ロシアの国民大衆の意志はナポレオンに委ねられたのか？

　こうした問題に答えるには、次の三つの立場がある。

（1）大衆の意志は常に、大衆が選出した統治者（たち）に無条件に委ねられるのであり、したがって、新たなる権力の出現、いったん委ねられた権力に対する挑戦はすべて、真の権力に対する侵害としか見なし得ないとする立場。（2）大衆の意志はある一定の明確な条件のもとで統治者に委託されるものであると見なし、権力への圧迫、権力との衝突、さらにはその破壊を含めたすべてが、為政者が権力を委ねられた際の条件を遵守しなかったせいで生ずるとする立場。

---

10　エメリアン・プガチョフは十八世紀のコサックのリーダーの一人。エカテリーナ二世治下の一七七三年、農奴、下層民、少数民族などの不満分子を組織し、ヴォルガ沿岸を舞台に大規模な反乱（プガチョフの乱）を起こしたが、その際、エカテリーナ二世の元夫で彼女を支持する近衛部隊のクーデターで暗殺された先帝のピョートル三世の名を僭称した。最盛期二万五千を数えた反乱軍は、一時南ウラル一帯を制覇したが、カザンで皇帝軍に敗北、モスクワ進撃はならなかった。プガチョフは味方の裏切りで逮捕され、一七七五年にモスクワで公開処刑された。

11　ナポレオンの甥であるルイ（ナポレオン三世）は、一八四〇年に英仏海峡に面した都市ブーローニュで政権簒奪を狙った二回目の決起を企み、逮捕投獄されたが後に逃亡。一八四八年の二月革命で七月王政が崩壊すると、パリに戻って憲法制定議会議員補欠選挙に当選、年末には大統領選挙に当選して大統領の地位に就いた。

12　一八〇六年、ナポレオンがプロイセン、オーストリアと対抗する目的で西南ドイツ諸邦を集めて作った同盟。これによって神聖ローマ帝国は崩壊した。

（3）大衆の意志が条件付きで統治者に委託されることを認めるが、ただしその条件は不明かつ不定であり、権力の乱立、権力間の闘争や淘汰は、ひとえに、大衆の意志の委託先がある者たちから別の者たちに変わる際の、その不明な条件を、統治者が満たした度合いに応じて生ずる、とする立場。

実際、歴史家たちは大衆と統治者の関係を、まさにこの三つの立場から説明している。

ある歴史家たち、すなわち先述のような個別史家や伝記史家は、精神構造が単純なゆえに権力の意味の問題を理解せず、大衆の総意が無条件に歴史的人物に委託されると認めているようだ。それゆえ何かある一つの権力を語る場合、こうした歴史家は、自分が語るその権力こそが唯一絶対の、本物の権力であると考え、その本物の権力に逆らう他の力はすべて、権力ではなく権力の侵害であり、暴力だと想定するのである。

彼らの理論は、未発達でのどかだった歴史の初期にはうまく当てはまるが、様々な権力が一時に勃興し、対抗しあうような諸国民の生活の複雑な激動期に当てはめようとすると、次のような不都合が起こる。すなわち、正統主義者の歴史家が国民公会[13]も執政政府[14]もナポレオンも押しなべて権力侵害者だと証明しようとするのに対して、共和制主義者やナポレオン支持者（ボナパルティスト）は、それぞれ国民公会こそが、いや帝政こそが、真の権力であり、他はすべて権力侵害だと論じようとするのである。こんなふうにお互いを否定し合ってばかりいる限り、これらの歴史家の権力解釈が、頑是ない子供の役にしか立たないことは自明である。

別の種類の歴史家たちは、こうした歴史観の虚偽性を認めたうえで、権力とは大衆の総意が条件付きで統治者に委託されたものであり、歴史的人物は国民が暗黙の了解で彼らに指示した政治綱領（プログラム）を実行するという条件でのみ、権力を保持しているのだと述べる。だがその条件とは何なのかということをこうした歴史家はわれわれに語ってくれないか、あるいは語ったとしても、しょっちゅうお互いに矛盾したことを言っているのだ。

それぞれの歴史家が、国民の運動の目的は何かという各自の見解に従って、その条件とはフランス国民の、あるいは別の国民の威信だとか、富だとか、自由だとか、啓蒙だとかと考えている。しかし、その条件を何と考えるかについての歴史家間の食い

13　革命政府の中枢機関として一七九二年から九五年まで存在した一院制の議会。

14　一七九九年ブリュメール十八日のクーデターで総裁政府が倒れてから一八〇四年ナポレオンが帝位につくまでのフランスの政体。行政権は執政三人にゆだねられていたが、実権は第一執政ナポレオンの手中にあった。

違いはさておき、ともかくそうした条件を満たす単一で汎用の政治綱領が存在することを認めたとしても、われわれは歴史の諸事実がほとんど常にこうした理論を裏切っているのに気づかされる。もしも権力を委ねる前提となる条件が国民の富、自由、啓蒙の達成だとするならば、どうしてルイ十四世やイワン四世[15]はのうのうと治世を全うしたのに、ルイ十六世やチャールズ一世[16]は国民によって処刑されたのか？　この問いに対する歴史家たちの答えは、綱領を裏切ったルイ十四世の行動がルイ十六世の運命に反映したのだというものだ。だがいったいなぜその行動はルイ十四世や十五世の身に反映しなかったのか、なぜまさにルイ十六世の身にそれは反映しなければならなかったのか？　またどれほどの期間それは反映するのか？　こうした質問には答えがないし、またあり得ない。同じくこうした見地に立つ場合にほとんど説明されない事柄は、国民の総意が何世紀もの間ずっと自国の統治者とその子孫に委託されたままであったのが、なぜある時急に、ほんの五十年ばかりの間に、国民公会に、執政政府に、ナポレオンに、アレクサンドル皇帝に、ルイ十八世に、またもやナポレオンに、シャルル十世に、ルイ・フィリップ[17]に、共和国政府に、ナポレオン三世にと、次々に委託先を変えていったのかである。次から次へとこんなにも目まぐるしく生じた民意の移動、それも特に国家間の侵略や同盟のケースを説明するには、これらの歴史家は否応なく、こうした現象の一部はもはや正当な民意の委託ではなく、外交官やら君主やら政党の党首やらの、狡知や失敗や奸計や脆弱さから生じた偶然なのだと、認めざるを得なくなる。つまり、内紛、革命、侵略といった歴史現象の大半は、これらの歴史家にとってはもはや自由な意志の委託の産物ではなくて、一人もしくは何人かの人物の、誤った方向に向けられた意志の産物であり、つまりはこれもまた権力の侵犯なのである。それゆえ歴史上の諸事件は、この種の歴史家によってもまた、理論からの逸脱と見なされてしまうのだ。

こうした歴史家は、ある種の植物が種から発芽する際に双葉になるのを見て、植物はどれも必ず双葉の形で成長すると頑固に思い込む植物学者に似ている。ところが棕櫚(しゅろ)も茸(きのこ)も楢(なら)の木でさえも、十分に生長して枝を伸ばせば、もはや双葉の面影などどこ

15　十六世紀のロシアの前身であるモスクワ・ルーシの皇帝(ツァーリ)で、強引・残忍な手法で国家の強大化を進めたことからイワン雷帝と称された。

16　十七世紀前半のイギリス王。イングランドの慣習を無視して専制を行い、議会と対立した結果清教徒革命が起こり、処刑された。

17　ルイ・フィリップ（一七七三～一八五〇）。一八三〇年の七月革命で成立した七月王政の王。大商人や自由主義的貴族を支持基盤に民衆運動を抑圧、「株屋の王」と批判された。

にもないので、そうした植物学者にすれば、理論からの逸脱ということになるのだ。

第三の歴史家たちは、大衆の意志は条件付きで歴史的人物たちに委託されるが、ただしその条件はわれわれには不明だと認めている。歴史的人物たちが権力を持っているのは、単に自分たちに委託された大衆の意志を遂行するからに過ぎないと、彼らは言うのだ。

だがその場合、仮に諸国民を動かしている力が歴史的人物たちにあるのではなく、諸国民自身にあるのだとすれば、そうした歴史的人物の意味はいったいどこにあるのか？

この歴史家たちは言う――歴史的人物は大衆の意志を体現している。歴史的人物の行動は、大衆の行動を代表するものである、と。

だがその場合、大衆の意志の表現となっているのは歴史的人物の全行動か、それともその一定の側面だけなのかという問いが生ずる。仮にある種の人間が考えているように、歴史的人物の全行動が大衆の意志の表現なのだとすれば、ナポレオンだのエカテリーナ[18]だのの伝記が、こまごました宮廷のゴシップまで含めて、諸国民の生活の表現だということになるが、これは明らかに馬鹿げている。また仮に他の自称歴史哲学者たちが考えているように、単に歴史的人物の行動の一側面のみが諸国民の生活の表現となるのだとすれば、歴史的人物の行動のどんな側面がその国民の生活を表現しているかを特定するには、まず予め国民の生活とは何なのかを知る必要がある。

こうした困難に直面すると、この種の歴史家たちは、できるだけ多くの現象に適用できるような、極めて曖昧で漠然とした、一般的な抽象理念を考え出し、その抽象理念こそが人類の運動の目的だと語る。中でももっともありきたりの、ほとんどすべての歴史家に受け入れられている一般的な抽象理念が、自由、平等、啓蒙、進歩、文明、文化である。人類の運動の目的として何らかの抽象理念を掲げたうえで、歴史家たちは、最も多くの功績を後世に残した人間たちを研究する。それは皇帝、大臣、司令官、著述家、改革者、法王、ジャーナリストといった面々で、優先度は、それぞれの人物がある一定の抽象理念をいかに推進したか、もしくは抑圧したかという、彼らの判断によるのである。しかし、人類の目的が自由、平等、啓蒙もしくは文明にあるなどということは何によっても証明されないし、人類の統治者や啓蒙家と大衆との関係にしても、大衆の意志の総体は常にわれわれの目に留まるような人物に委託されるという

18　十八世紀のロシア女帝エカテリーナ二世（在位一七六二～九六）。啓蒙専制君主として開明的な文化活動を行ったが、フランス革命に危機感を覚え、保守化した。革命を逃れたフランス人亡命者を受け入れたことでも有名。

勝手な想定に基づいているにすぎない。したがって、移住し、家を焼き、農耕を放棄し、互いに殺し合うような無数の人間たちの活動は、家も焼かず農耕もせず自分の同類を殺しもしない十人かそこらの人間たちの活動を描写しても、決して表現されないのだ。

歴史は一歩ごとにそれを証明している。前世紀末における西欧諸国民の騒擾と彼らの東への突進は、ルイ十四世だの、十五世だの、十六世だのとその愛人や大臣たちの活動によって、またナポレオンやルソーやディドロやボーマルシェの生活によって、説明がつくのか？

ロシア国民の東への、カザンやシベリアへの移動は、イワン四世の病的な性格や彼とクルプスキー[19]の文通の詳細な描写に表現されるのか？

十字軍時代の諸国民の運動は、ゴドフロア[20]やルイ王たち[21]や彼らの愛人たちを研究すれば説明されるのか？　何の目的もなく、統率もなく、浮浪者の群れや隠者ピエール[22]までが加わって行われた西から東への諸国民の運動は、われわれには不可解なままだ。そしてさらに不可解なままになっているのは、いよいよ歴史的人物たちによってその遠征の合理的で神聖なる目的が、すなわちエルサレムの解放という目的が提起された時、その運動が頓挫してしまったことである。法王たち、王たち、騎士たちが、民衆を聖なる地の解放に向けて駆り立てようとした。だが民衆は行こうとしなかった。なぜならかつて彼らを運動に駆り立てた例の正体不明な原因が、もはや消え去っていたからである。ゴドフロアや吟遊詩人（ミンネジンガー）[23]たちの歴史が諸国民の生活を包含しきれないのは明らかである。しかもゴドフロアや吟遊詩人たちの歴史はゴドフロアや吟遊詩人たちの歴史として残ったのに、諸国民の生活と彼らの衝動の歴史は、不明なままなのだ。

諸国民の生活をわれわれに説明してくれることがさらに少ないのは、著述家や改革者の歴史である。

文化史はわれわれに著述家なり改革者なりの意欲や生活条件や思想を説明してくれる。ルターがカッとしやすい性格でこれこれの演説をしたとか、ルソーは疑い深く、

19　アンドレイ・ミハイロヴィチ・クルプスキー（一五二八～八三）。十六世紀モスクワ・ルーシの公で、イワン四世の友だったが、後に離反し、リトアニア大公国に亡命、ロシアと戦った。

20　ゴドフロア・ド・ブイヨン（一〇六一～一一〇〇）。下ロレーヌ公で十一世紀末の第一回十字軍の指導者のひとりとしてエルサレムを奪回した。

21　同じく後の十字軍を率いたルイ七世と九世を指す。

22　第一回十字軍を率いた修道士。

23　中世ドイツで諸侯の城を回っていた宗教色の強い吟遊詩人群を示す。

これこれの本を書いたとかいったことを、われわれは知る。しかしなぜ宗教改革の後で諸国民が斬殺し合ったのか、そしてなぜフランス革命期に互いを処刑し合ったのかということは、知ることはできない。

仮に、最新の歴史家たちがやっているように、両タイプの歴史を一つにまとめれば、それは君主たちと著述家たちの歴史となることだろうが、しょせん諸国民の生活史にはならないのである。

## 5章

諸国民の生活史は何人かの人間の伝記に押し込めることはできない。なぜならその何人かの人間とそれぞれの国民との間の関係が見出せないからだ。その関係の基盤を民意の総和が歴史的人物に委託されることにあるとする理論は、仮説であって歴史の経験に裏打ちされてはいない。

大衆の意志の総和が歴史的人物に委託されるという理論は、法学の分野ではきわめて多くのことを説明してくれるかもしれないし、その目的には欠かせないものかもしれない。だが歴史に応用しようとすると、革命や侵略や内乱が生じた途端、すなわち歴史が始まった途端に、その理論は役立たずになってしまう。その理論が覆し難いものと見えるのは、まさに民意の委託という行為がいまだかつて行われたことがなく、したがって検証するすべがないからだ。

仮にどんな事件が起こって、どんな人間がその事件をリードしようとも、この理論は常に一様の判断を下すことができる——あの人物が事件をリードしているのは、人々の総意が彼に委託されたからだ、と。

この理論が歴史の諸問題に与える解答は、ちょうど移動する家畜の群れを眺めながら、群れがどんな方向に進むのかの理由を、牧場の場所ごとの牧草の質の違いも、追い立てる牧夫の存在も無視したまま、先頭にどんな個体が立っているかによって説明する人の解答と似ている。

「群れがあの方向に進んでいるのは、先頭に立っている個体が群れを率いているからであり、残りのすべての家畜の総意があの群れのリーダーに委託されているのだ」

無条件の権利委託を認める第一グループの歴史家たちは、そんなふうに答える。

「もしも先頭に立っている個体が交替するなら、それは、ある個体が群れ全体で選んだ方向へと導いてくれるかどうかという判断に基づいた、家畜の総意の委託先が、一頭のリーダーから別のリーダーへと変わったからである」大衆の総意は、自分たちが既知のものとみなしている条件付きで統治者に委託されると考える歴史家たちは、そう答える（この手の観察法をとる場合よく起こりがちなのは、全体の進む方向が変わった場合、観察者が自分の選んだ方向と照らし合わせて、群れの先頭ではなく脇に、あるいは時によるとしんがりにいた者をリーダーだと思い込んでしまうことである）。「もしも先頭に立つ個体が絶えず交代し、群れ全体の方向も絶えず変わるとすれば、その原因は、われわれに分かっているある方向をとるために、家畜たちが自分たちの意志を、われわれが目をつけている何頭かの個体に委託しているからであり、群れの動きを見極めるためには、群れのあちこちにいる、われわれが目をつけた個体のすべてを観察しなければならない」君主からジャーナリストに至るまですべての歴史的人物をその時代の表現者だと認める歴史家たちは、そう語る。

大衆の意志が歴史的人物群に委託されるという理論は、単なる言い換え（パラフレーズ）にすぎない。つまり、問いの言葉を別の言葉で表現しただけのことである。

歴史的な出来事の原因は何か？——権力である。権力とは何か？——権力とは民意の総和が一人の人物に委託されたものである。いかなる条件で大衆の意志が一人の人物に委託されるのか？——その人物によって全人民の意志が表現されるという条件である。つまり権力とは権力である。つまり権力とはひとつの言葉であり、その意味はわれわれには分からない。

もしも人類の認識の領域が抽象的な思考に限られているのなら、人類は学問が与える権力の説明を批判したうえで、権力とは単なる言葉であって現実には存在しないものだと結論してもよかろう。だが人間が現象を認識するためには、抽象的な思考の他に経験という手段もあり、それを用いて思考の結果を検証することができる。そして経験が語るのは、権力とは言葉ではなく、実際に存在する現象だということである。

権力という概念抜きでは人間の活動の総体の記述は一つとして成り立たないのは言うまでもないとして、権力の存在は、歴史ばかりか現在の出来事の観察によっても証明される。

何かの事件が起きる時には必ず、その人物の意志によってその事件が起こったのだと思えるような、一人または複数の人間が現れるものである。ナポレオン三世が指令を出すと、フランス人がメキシコへ行く。プロイセン王とビスマルクが指令を出すと、軍がボヘミアへ行く。ナポレオン一世が命令すると、軍がロシアへ行く。アレクサンドル一世が命令すると、フランス人がブルボン家に服従する。経験がわれわれに示すところによれば、どんな出来事が起ころうと、それは常に、そうせよと命じた一人または何人かの人物の意志とかかわっているのだ。

歴史家たちは、神が人間の事柄に関与することを認める古い習慣に従って、出来事の原因を、権力を授かった人間の意志の表現と見なしたがるが、そうした結論は考察によっても経験によっても裏付けられない。

一方から言えば、考えてみれば分かるように、人間の意志の表現、すなわち彼の言葉は、例えば戦争とか革命とかいった出来事に現れた全体的な活動の、単なる一部分にすぎない。それゆえ、何かの不可解な、超自然的な力、すなわち奇跡を認めない限り、言葉が何百万という人間の運動の直接の原因だと認めるのは不可能である。また他方から言えば、仮に言葉が出来事の原因となりうると認めた場合でさえ、歴史が明かす通り、歴史的人物の意志の表現はたいていの場合何の作用も生まない。つまり彼らの命令はしばしば実行されないか、時には、彼らの命令と全く正反対のことが生ずることさえある。

神が人間の事柄に関与すると認めない限り、権力を出来事の原因と受け取るわけにはいかないのである。

権力とは、経験の観点からすれば、個人の意志の表明と、他の人間たちによるその意志の実現との間に存する依存関係である。

この依存関係の条件を解明するためには、われわれは何よりもまず意志の表明という概念を、神の問題としてではなく人間の問題として考え直してみなければならない。もしも、古代人の歴史が示すように、神が命令を与え、自らの意志を表現するのであれば、その意志の表現は時間を超越しているし、外的な動機づけからも自由である。神と出来事とを関係づけるものは何もないからである。しかし時間の中で活動し、互いに関係づけられた人間たちの間での命令行為、つまり意志の表現を論じる場合には、われわれは命令と出来事との関係を解明するために、次の二つの条件を再考する必要がある。すなわち（1）すべてのことが生起するための条件、つまり出来事とそれを命じた人物の双方の運動の、時間的な連続性、および（2）命令する人物とその命令を実行する人々との間にある、必然的な関係性という条件、である。

## 6章

時間を超越した神の意志の表現のみが、何年も、あるいは何世紀もかけて完了する一連の出来事の全体にかかわることができるのだし、外的な動機付けから自由な神のみが、自分の意志だけで人類の運動の方向を規定することができる。それに対して人間は、時間の中で活動し、自分から出来事に関与する立場である。

見過ごされていた第一の条件、すなわち時間的な条件を考え直してみると、われわれは次のことに気づく――すなわち、どの一つの命令をとってみても、それに先行し、その実行を可能としてくれる命令がなければ、実行不可能である。

どの一つの命令をとってみても、それがポンと勝手に出されて、しかも一連の出来事をすべて含んでいるなどというようなためしは決してない。どの命令も別の命令を受けて発生するのだし、しかも決して一連の出来事全体にかかわることはなく、常に出来事のある一段階にのみかかわるものである。

例えば、ナポレオンが軍に戦争へ行くことを命じたと言う場合、われわれは、順を追って発せられた互いに関係しあう一連の命令をひとまとめにして、一時点で表明された一個の命令と見なしている。ナポレオンはロシア遠征を命令することなどできなかったし、一度だって命令したことはない。今日はこれこれの文書をウイーン宛て、ベルリン宛て、ペテルブルグ宛てに書き送れと命じ、明日はこれこれの布告や陸軍、海軍、経理部への指令書を書けと命じ、といったふうに延々と無数の命令を発しているうちに、それがひとつながりの命令群となって一連の出来事の流れに乗り、ついにはフランス軍をロシアへと導くことになったのである。

ナポレオンは帝位にあった間ずっとイギリス遠征の命令を出し続け、他のどんな計画にも勝る努力と時間をこの計画に注いだが、にもかかわらず在位期間を通じて一度として自分の意図を実行しようとせず、むしろ幾たびも口に出した所信によれば同盟するほうが有利な相手とみなしていたロシアへの遠征を実行したが、こうしたことが生じたのは、前者の命令群が出来事の流れと嚙み合わず、後者は嚙み合ったという事情による。

命令が確実に実行されるためには、人間は実行され得るような命令を発する必要がある。だが実行され得る命令と実行され得ない命令を識別することは、何百万もの人間がかかわるナポレオンのロシア遠征のようなケースばかりでなく、ごく単純な出来事においてさえ、不可能である。なぜならいずれの場合であれ、命令を実行しようとすれば常に無数の障害が立ちふさがる可能性があるからだ。実行された命令の背後には常に、無数の実行されなかった命令の山がある。不可能な命令はどれも出来事に結びつかず、それゆえ実行されない。可能な命令だけが、互いに結びついて一連の脈絡を持った命令群を形成し、それが一連の出来事の流れと嚙み合って、そして実行されるのである。

出来事に先立つ一つの命令がその出来事の原因であるという誤った観念をわれわれ

は持ちがちだが、そんな誤解が生まれるのは、ある出来事が起こり、数多くの命令のうちで出来事群と結びついたいくつかの命令が実行されると、われわれは実行不可能なゆえに実行されなかった命令群のことを忘れてしまうからである。さらに、こうした意味でのわれわれの迷妄の主たる源泉は、歴史記述においては、例えばフランス軍をロシアに導いた諸々の出来事のような、一連の数えきれない、多種多様な、こまごまとした出来事群が、それがもたらした結果に照らして一つの出来事としてまとめられ、さらにそれに合わせて、一連の命令群もすべて、単一の意志表明としてまとめて扱われてしまうからである。

われわれは、ナポレオンがロシア遠征を望み、そして実行したという言い方をする。だが実際には、ナポレオンの全活動を眺めても、決してそのような意志の表明にあたるものは見出せず、見出せるのはただ、きわめて雑多で曖昧な方向性を持った、幾通りもの命令や意志表明の連なりである。実行されなかった数え切れぬほどのナポレオンの命令を尻目に一八一二年遠征に関わる一連の命令だけが実行されたのは、別にそれらが実行されなかった他の命令と違っていたからではなく、その一連の命令が、フランス軍をロシアへと導いた一連の出来事と嚙み合っていたからである。ちょうど型抜き板を使って何かの形を描くときと同じで、どんな向きにどんなふうに絵の具を塗っていくかなどは問題ではなく、型の上から縦横無尽に満遍なく絵の具を塗った結果、刳り貫かれたところだけが形として残る、といった調子なのだ。

このように、命令と出来事との関係を時系列的に検討すると、命令は決して事件の原因とはなり得ず、両者の間にはある一定の依存関係があることに気付く。

その依存関係の正体を理解するためには、神からではなく人から下される命令のすべてにかかわる、いまひとつ、見過ごされていた第二の条件を再考する必要がある。それは命令する人間自身が出来事の関与者であるという条件である。

これはつまり命令者の命令相手に対する関係であり、それこそが権力と呼ばれるものに他ならない。その関係は以下のようなものである。

共同の活動をするためには、人々は常に何らかのチームに編成される。そのチームの中では、集団行動のために立てられる目的は様々であるが、行動に参加する人々の間の関係は、いつも同じだ。

チームに編成された人々の構成は常に以下のようになる——すなわち、チーム編成の目的である集団行動に対して、最も直接にかかわる人間の数が一番多く、直接関与の度合いの最も少ない人間の数が一番少ないのである。

集団行動の遂行のために編成されるあらゆるチームのうちで、最もはっきりと際立った形をしたものの一つが、軍隊である。

あらゆる軍隊には、まず階級の一番低いメンバーである兵卒がいて、これが常に最大多数を占める。次は階級がより上の伍長や下士官で、その数は兵卒より少ない。さらに上位の者となると、その数はさらに減り、といった具合で、軍の最高権力まで行けば、それはただ一人の人間に集中している。

軍の構成は、ずばり円錐形で表現できる。最大の直径を持つ円錐の基底部を構成するのが兵卒であり、その上の、やや小さな部分が、その上官で、といった具合に上っていき、円錐の頂点まで行くと、そこにいるのが司令官である。

最大の数を数える兵卒たちは円錐の一番下にいてその基底部を構成している。この兵卒が、敵を刺し、斬り、焼き、奪いといったことを自らの手でじかに行うが、その行動に対する命令は常により上位にいる者から受けるばかりで、自分では決して命令はしない。下士官は(下士官となると数はより少ない)、兵卒よりは行動そのものに着手することは少なく、すでに命令する立場だ。将校となると行動すること自体はさらに稀な分、一層命令の機会が多い。将軍はもはや、もっぱら軍に目標を示して出撃命令を下すばかりで、自ら武器を手にすることはほとんどない。司令官はもはや行動そのものに直接関与することは決してあり得ず、ただ多数の人間の動きに関して包括的な指図を与えるのみである。農業でも商売でもいろんな官庁でも、共同活動のために作られたチームにはすべて、これと同じ人間関係が現れるものだ。

したがって、円錐形のあらゆる継ぎ目や、軍の階級や、どこかの官庁やら共同事業やらにおける序列や地位などを、底辺からてっぺんまでいちいち人工的に切り分けてみるまでもなく、人々が集団行動の遂行のために組織される場合に必ず働く、以下のような相互関係の構成の法則が浮かび上がってくる――つまり、行動の遂行に直接関わる度合いが多い者たちほど、命令する機会は少なく、またその人数は他より多い。行動自体に直接関与する度合いが少ない者ほど、命令する機会が多く、またその人数はより少ない。このようにして最下層から上っていって最後の一人まで行くと、その人物は出来事への直接関与は最小限で、他の誰にもまして自分の活動を命令に特化している。

まさにこうした命令者の命令相手に対する位置関係が、いわゆる権力の概念の本質をなしている。

あらゆる出来事が生じる際の時間条件を再考することから、われわれは、命令はそれが対応する一連の出来事の流れに合致する場合にのみ実行されるということを発見した。さらに、命令者と実行者との間の関係に必要な条件を再考することから、われわれわれは、命令者はその本来の性質上、出来事そのものに関与する度合いは最小で、その活動はもっぱら命令に特化されていることを発見した。

## 7章

何らかの出来事が起こりつつあるとき、人々はその出来事に関する各自の意見や願望を表現する。そして出来事は多くの人々の集団行動から生まれるわけだから、数多くの意見や願望やらのどれか一つは、近似的にせよ必ず実現されることになる。そうして表明された意見の一つが実現されると、その意見が出来事と結びつけられて、出来事に先立つ命令のように受け止められるのだ。人々が丸太を引っ張って運んでいる。どんなふうにどっちへ引っ張るべきか、各人が意見を言う。しまいまで運び終えてみると、作業は中の一人が言った意見のとおり行われたことが判明する。その男が命令したことになる。これが命令と権力の原始的な形態である。

自分の手で働くことの方が多かった人間は、自分がなしたことに思いを巡らしたり、共同の行動の結果がどうなるかを予測して命令を発したりする機会は少なかった。命令することの方が多かった人間は、言葉を使って活動してきた結果、当然手を動かして働く機会は少なかった。一つの目的に向けて活動する人々の集団が大きくなればなるほど、共同の活動に直接関与する度合いが減り、より多くその活動が命令に向けられるような人間のグループが、はっきり分かれていく。

一人で行動している時の人間は、常に自分のうちで一定の継続的な思考を働かせていて、それが自分のこれまでの活動を導き、現在の活動を正当化し、今後の行動計画の指針を与えてくれると思っている。

それとちょうど同じことが集団の場合にも行われていて、行動に直接参加しない人々には、頭を使って共同活動を評価し、正当化し、計画する役が割り振られるのである。

われわれの知っている、あるいは知らない原因から、フランス人たちが互いを溺死させたり斬殺したりし始める。するとそれにともなって、出来事に見合った正当化がなされる。フランスの福祉と自由と平等のためにはこれが必要なのだという、民意が表明されるのだ。人々が殺し合いをやめると、またその出来事にも、権力の集中とヨーロッパへの反撃の必要云々といった正当化が伴う。人々が西から東へと進み、自分と同じ人間をどんどん殺すと、その出来事もまた、フランスの栄光、イギリスの卑劣さ云々といった言説でフォローされる。歴史がわれわれに示す通り、出来事に対するこのような正当化には何ら普遍的な意味はなく、人権を認めるがゆえに人を殺すとか、イギリスを辱めるためにロシアで大量の人殺しをするとかいったふうに、自己矛盾に陥っている。ただしこのような正当化は、同時代においては不可欠な意義を有しているのだ。

この種の正当化は、出来事を起こしている人々の道義的責任を払拭してくれる。こうした言説の一時的な用途は、ちょうど汽車の先頭についていてレールを掃除してくれるブラシの用途に似ている。つまり人々の道義的責任感というレールを掃き清めてくれるのだ。もしもこうした正当化がなされなかったなら、出来事を調べるたびに浮かんでくる、どうして何百万もの人々が一緒になって犯罪を、戦争を、人殺しをするのだろうかといった、もっとも単純な問いさえ、説明がつかないことだろう。

今日のヨーロッパのように国家生活や社会生活の形式が複雑化した状況下では、たとえどんな出来事であれ、元首なり大臣なり議会なり新聞なりによってあらかじめ命令やら指令やら指図やらがなされていなかったような出来事を、たとえ一つでも思いつくことができるだろうか？　どんな集団行動であれ、国家の統一のためとか民族のためとかヨーロッパの勢力均衡のためとか文明のためとかという言葉によって正当化されないものがあり得るだろうか？　つまりどんな出来事が起ころうとすべてが必ず何らかの願望の表明に合致するのであり、したがって、一人もしくは何人かの人間の意志の産物として正当化されるのである。

動いている船がどんな進路をとろうと、前方には常に、その船が掻き分ける波の流れが見える。船上にいる人間にとっては、その流れの運動が唯一目につく運動だろう。

ただその流れの一瞬一瞬の運動を間近から観察し、その運動を船の運動と比べてみることによってのみ、われわれは一瞬一瞬の波の動きが船の動きによって規定されていることを納得する。そして自分たちが知らぬ間に動いていたせいで、波の方が動いていると錯覚していたことに気付くのだ。

歴史的人物たちの一瞬一瞬の動きを追って（つまりあらゆる出来事が生起する必要条件としての、運動の時間的連続性という条件を再検証して）、歴史的人物と大衆との必然的な関係から目を離さなければ、これと同じことをわれわれは発見することだろう。

船が一方向に進んでいる時は、前方にあるのはいつも同じ流れであり、船が頻繁に方向を変えると、前を行く流れも頻繁に変わる。しかしどう向きを変えようとも、常に動く船の前には流れがある。

どんな出来事が起ころうと必ず、まさにそのことが予見され、指図されていたということが明らかになる。船がどこに向かおうと、水の流れが、船を導くのでもなければその動きを強めるのでもなく、ひたすら前方で逆巻いている。そして遠くから見るわれわれには、それが単に勝手に動いているばかりではなく、船の動きを導いているようにも見えるのだ。

歴史家たちは、出来事に対する命令と位置づけられる歴史的人物の意志表明ばかりを調べて、出来事は命令に左右されると考えてきた。われわれは、出来事自体、および歴史的人物たちと大衆との間の関係を検討して、歴史的人物と彼らの命令の方が出来事に左右されていることに気付いた。この結論の確かな証明となるのは、次のことである。すなわち、いくら命令が出されても、他の原因がない限り、出来事は生じない。だがいったん出来事が生じると、それがどんな出来事であれ、様々な人物が絶え間なく表明してきた諸々の意志の総体の中に、意味内容とタイミングの点からその出来事に対する命令と見なしうるものが見つかるのである。

この結論に達したことで、われわれは（1）権力とは何か？（2）どのような力が諸国民の運動を引き起こすのか？という歴史の二つの根本問題に、まっすぐにはっきりと答えることができる。

（1）権力とはある人間の他の人間たちに対する関係のあり方であり、そこにおいては、当の人間が進行中の集団行動に意見や命令や弁明を出す度合いが高いほど、彼がその行動に関与する度合いが低い。

（2）諸国民の運動を引き起こすのは、歴史家たちが考えてきたのとちがって、権力でも知的活動でもなければ、またその両者を合わせたものでもなく、ある出来事に関与するすべての人々の活動であり、その人たちの集団では常に、出来事に直接関わる度合いの高い者たちほど責任の度合いが低く、逆もまた真という仕組みになっている。

メンタルな面から見れば、出来事の原因となるのは権力であり、フィジカルな面から見れば、それは権力に従う者たちである。だがメンタルな活動はフィジカルな活動抜きには考えられないから、出来事の原因はそのいずれでもなく、両者を合わせたものだということになる。

あるいは、別の言葉で言えば、われわれが検討しているような現象には、原因という概念は当てはまらない。

この最終的な分析においてわれわれは果てしない堂々巡りに陥るが、それは思考のあらゆる領域において、対象をもてあそぶのでない限り、人間の理性が到達するぎりぎりの限界である。電気は熱を生み、熱は電気を生む。原子は引き寄せ合い、また反発し合う。

熱と電気の関係を語り、原子間の関係を語る時、われわれはどうしてそれが起こるのかを語れぬまま、なぜなら他には考えられないから、なぜならそうなるようになっているから、それが法則だから、そうなるのだと言う。歴史現象にも同じことが当てはまる。なぜ戦争や革命が起こるのかをわれわれは知らない。われわれが知っているのはただ、戦争なり革命なりが行われるためには、人々がある種のチームに編成され、そして全員が参加するということだけである。だからわれわれは言うのである——それはそうなるようになっているのだ、なぜなら他には考えられないし、それが法則だから、と。

## 8章

仮に歴史が外的な現象を扱うものだとしたら、以上の単純かつ明快な法則を立てれば十分だろうし、われわれは考察を終了してもよかろう。だが歴史の法則は人間にかかわるものである。物質の一粒子ならば、自分は引力や斥力の必要性など全く感じないから、そんな法則は嘘だなどとわれわれに反論することはあり得ないが、歴史の対象である人間は、自分は自由であって、それゆえ法則などには従わないと、はっきりと言う。

人間の意志の自由という問題の存在は、たとえ口には出されずとも、歴史の一歩一歩に感じられる。

真面目に思考する歴史家はすべて、否応なくこの問題に到達してきた。歴史のあらゆる矛盾や曖昧さも、歴史学が誤った道をたどるのも、ひとえにこの問題が解決されていないことに端を発しているのだ。

もしも各人の意志が自由であり、したがって誰もが好きなように振る舞うことができるのならば、歴史全体が脈絡のない偶然の連なりとなる。

仮に何百万もの人間のうちのたった一人が、千年間に一度でも、自由に、すなわち自分のしたいように振る舞う可能性を得たならば、その人間のたった一度の法則に反した自由な行動が、何にせよ全人類に当てはまる法則が存在するという可能性を打ち消してしまうのは明白である。

また仮に、人々の行動をつかさどる法則がたった一つでもあるならば、自由意志はありえないことになる。人間の意志はその法則に従うはずだからである。

この矛盾こそ、太古から人類の最高の知性の関心を呼び、太古から大きな意味を持つものとして提起されてきた、意志の自由の問題の核心である。

問題は、神学であれ歴史学であれ倫理学であれ哲学であれ、どんな観点に立つにせよ、人間を観察対象として眺める場合には、われわれは、人間があらゆる存在物と同様に従うべき一般的な必然の法則を見出すが、ひとたび人間を自分の内側から、われわれが意識するとおりのものとして眺めると、われわれは自分を自由であると感じる、という点にある。

この意識は、理性とは全く別個の、独立した自己認識の源泉である。人間は理性を通じて自分自身を観察するが、自分自身を知るのはただ意識を通じてのみである。

自分を意識しなければ、いかなる観察も、理性の適用もあり得ない。

理解し、観察し、推論するためには、人間はまず自分を生きているものと意識しなくてはならない。自分が生きているものだと知ることは、とりもなおさず自分が欲するものだと知ることであり、つまりは自分の意志を意識することである。己の生命の本質をなすその己の意志を、人間は自由なものとしてしか意識することができないのだ。

もしも自分を観察する人間が、自分の意志が常に同じ一つの法則に従って方向づけられていると気づいたなら（その自己観察の対象が食物摂取の欲求だろうが、脳の働きだろうが、あるいは他の何だろうが）、彼はその常に一様な意志の方向付けを、まさに自分の意志に対する拘束と受け止めるほかはない。だが自由でないものには拘束もあり得ない。自分の意志が拘束されていると人が感じるとすれば、それはまさにその人が意志を自由なものと意識しているからである。

「私は自由ではない」とあなたは言う。ところが私は、片手を上げ、また下げてみせる。誰でも分かるように、この非論理的な応答は、反論の余地のない自由の証明である。

この答えこそが、理性に左右されない意識の表現なのだ。

もしも自由の意識が理性とは別個の、独立した自己認識の源泉でなかったなら、それは論理的判断と経験に従っていたことだろう。だが現実にはそのような従属関係は決してないし、考えることさえできない。

一連の経験と論理的判断が個々の人間に、観察対象としての人間は誰でも一定の法則に従っていることを示すと、人間はその法則に屈服し、一度知った引力の法則なり物質の不可入性の法則なりを決して否定しない。ところが同じ一連の経験と論理的判断が彼に、人間が自分のうちに意識しているような完全なる自由はありえないものであり、あらゆる行動は人間の身体や精神の構造、性格、その人間に作用する様々な誘因に左右されているのだということを示しても、人間は決してそうした経験と論理的判断の導く結論に従おうとしないのだ。

経験と論理的判断から石が下に向かって落ちるのを確かめると、人間は疑うことなくそれを信じて、いかなる場合にも自分の知った法則の通りになることを予期する。だが、自分の意志が法則に従っていることを同じく疑う余地なく確かめても、人間はそれを信じようとしないし、信じることができないのだ。

条件が同じで性格も同じなら、人間は必ず前と同じことをする——経験と論理的判断が何度このことを示そうとも、人間は、条件も性格も同じまま、いつも同じ結果に終わったその行為に、たとえ一千回目にとりかかる際にも、必ず、未経験だった時とまったく同様に、自分はしたいようにすることができるのだという揺るぎない自信を持っているものである。同一条件下で二通りの行動を発想することはありえないということを論理的判断と経験がいかに強固に証明しようとも、人間は誰でも、野蛮人だろうが思想家だろうが関係なく、そうした不条理な発想（それが自由の本質である）のない人生など、自分には思いも寄らないと感じる。どんなにあり得ないことだろうと、それはあるのだと。なぜならば、そうした自由のイメージがなかったら、人は人生を理解できないばかりか、一瞬たりとも生きることができないだろうからである。生きることができないというのも、人間のあらゆる欲求、あらゆる生への衝動は、ひとえに自由の拡大への欲求だからである。富と貧困、有名と無名、権力と服従、力と弱さ、健康と病気、教養と無知、労働と余暇、満腹と飢え、善と悪――これらはすべて自由の大小を表すペアにすぎない。

自由のない人間を思い浮かべるとすれば、生命のない人間のイメージしか浮かんでこない。

理性にとって自由の概念が、同時に二つの行為をする可能性とか、理由のない行動とかのように、不条理な矛盾撞着だとすれば、それは単に意識が理性に従わないことを証明しているに過ぎない。

あらゆる思想家が認め、すべての人が例外なく感じているこの抑えがたく打ち消しがたい、経験にも論理的判断にもあらがう自由の意識は、それなくしてはどんな人間もイメージできないものであるが、まさにその自由の意識が、問題のもう一つの側面を構成している。

人間は、万能、至善かつ全知の神の被造物である。そうした人間の自由の意識から罪の観念が生まれてくるとすれば、その罪とはいったい何だろうか？――これは神学の問題である。

人間の行動は統計学によって表される普遍かつ不易の法則に従っている。そんな人間の自由の意識から社会的責任の観念が生まれてくるとすれば、人間の社会的責任とは一体何だろうか？――これは法学の問題である。

人間の行動は、生まれつきの性格と彼に働く様々な誘因から生まれる。自由の意識から良心や行動の善悪の意識が生まれてくるとすれば、その良心や行動の善悪の意識とは一体何だろうか？――これは倫理学の問題である。

個としての人間は人類全体の生活と関係しており、人類全体の生活を規定している諸法則に従う存在と想定される。だがその同じ人間が、そうした関係から独立した、自由な存在としてイメージされている。では諸民族の、そして人類の過去の生活は、どのように考えられるべきか――人々の自由な活動の産物としてか、あるいは不自由な活動の産物としてか？――これは歴史学の問題である。

ただし今日のように知識が一般に広まって人々が自信過剰になった時代には、無教養を広める強力な道具である書籍出版の普及によって、意志の自由の問題は土台を移し替えられて、もはや問題自体が成り立たなくなってしまった。現代では、大半のいわゆる先進的なる者たち、すなわち蒙昧（もうまい）な輩（やから）の集団が、問題の一面しか扱っていない自然科学者たちの著作を、あたかも問題全体の解決のように受け止めている。

霊魂も自由も存在しない、なぜならば人間の生命は筋肉の運動によって表現され、筋肉の運動は神経の活動によって条件づけられているからだ。霊魂も自由も存在しない、なぜならばわれわれは遥か昔に猿から発生したからだ――こんなふうに彼らは喋り、書き、本にして出している。自分たちが今日生理学やら比較動物学やらを使って必死に証明しようとしている必然の法則なるものが、すでに何千年も前にあらゆる宗教、あらゆる思想家によって認められているばかりか、一度も否定されたためしはないということを、夢にも知らないのだ。彼らは気づいていないが、この問題における自然科学の役割は、単に問題の一面を解明する道具としての機能に限られる。観察する立場から言えば理性も意志も単に脳の分泌作用(セクレシオン)でしかないし、一般法則に従うならば人間ははるか昔に低級な生き物から発達したらしいといったことは、それこそ何千年も前にあらゆる宗教や哲学の理論によって認められていた、理性の観点から言えば人間は必然の法則に従っているのだという真理を、単に新しい角度から説明しているにすぎないからだ。だがそんな説明は、自由の意識に根差す、別の、正反対の側面を持ったこの問題の解決に、いささかも近づけてはくれない。

人間がいつとも知れぬ時に猿から生まれたというのならば、それは人間がある決まった時に一握りの土から生まれたというのと同じ程度に、理解可能である（前者の場合は未知のXは時期であり、後者の場合は発生自体である）。だが人間の自由の意識と人間が従う必然の法則とがどのように一つに折り合うのかという問題は、比較生理学や動物学では解き得ない。なぜなら蛙や兎や猿には、筋肉・神経活動しか観察できないが、人間には筋肉・神経活動に加えて意識があるからだ。

この問題を解決するつもりでいる自然科学者とその信奉者たちは、ちょうどおめでたい左官職人たちに似ている。彼らは教会の壁の片方だけを塗ってくれと頼まれたのに、監督の親方が留守なのをいいことに、仕事の興が乗るのに任せて、窓も、イコンも、足場も、まだ固まっていない方の壁も、すっかり漆喰で塗り上げてしまい、そのあげく、自分たち左官職人の立場から見て、すべてが均一でまっ平らに塗れたといって喜んでいるのだ。

## 9章

自由と必然の問題を解くうえで、歴史学は、この問題に取り組んできた他の知の分野に比べて、次の利点を持っている。すなわち、歴史学にとってこの問題は、人間の意志の本質自体に関わるものではなく、過去の一定の条件下においてその意志がいかに発現したかという解釈に関わる問題なのである。

この問題の解決に際して、歴史学の立場は他の諸学に対して、思弁科学に対する実験科学の立場にあたる。

歴史学が研究対象とするのは、人間の意志そのものではなく、意志に関するわれわれの解釈である。

それゆえ歴史学にとっては、神学や倫理学や哲学におけるような、自由と必然という二つの対立物がどうして一つにまとまるかという、解きがたい謎は存在しない。歴史学が検討するのは、すでにその対立物の合一化を内部で済ませてしまった人間の生についての解釈である。

実生活においては、個々の歴史的出来事も人間の行動も、すこぶる明快ではっきりと理解され、どの出来事も一部は自由、一部は必然と考えられるにもかかわらず、そこにいささかの矛盾も感じられない。

自由と必然がいかにして合一化するか、何がその両概念の本質かという問いを解決するために、歴史哲学は他の諸学がたどってきたのとは逆の道をたどることができるし、またそうするべきである。すなわち歴史学は、まず自分自身のうちで自由と必然の概念を決定し、出来上がった定義に生の諸現象を当てはめようとするのではなく、常に自由と必然に左右された形で現れる膨大な量の歴史現象のうちから、自由と必然の概念そのものの定義を導き出すべきなのだ。

たくさんの人間あるいは一人の人間の行為に対するいかなる解釈を検討してみても、結局行為というものは、一部は人間の自由の産物、一部は必然の法則の産物だと理解するほかはない。

語る話題が民族移動や蛮族の襲来だろうが、ナポレオン三世の命令だろうが、あるいはつい一時間前に一人の人物がいくつかの散歩コースから一つを選択したという行為だろうが、われわれはそこにいささかの矛盾も見出すことはない。それらの人間の行動をつかさどっていた自由と必然という尺度が、われわれから見ればはっきり定まっているからだ。

われわれが現象をどんな観点から検討するか次第で、自由の大小に関する解釈が変わることはしょっちゅうある。だが常に変わらないのは、人間のどんな行為も自由と必然のある種の組み合わせとしか思えないということだ。どんな行動を観察しても、われわれはそこにある程度の自由とある程度の必然を見出す。そしてどんな行為であれ常に、そこに自由が多ければ多いほど必然は少なく、必然が多ければ多いほど自由は少なく、われわれには見えるのだ。

必然に対する自由の比率は、その行為がどんな観点から検討されるかによって、小さくもなれば大きくもなる。ただ両者は常に反比例の関係にある。

水に溺れかけて他人にしがみつき相手を沈めてしまう人、赤ん坊の授乳に疲れて腹をすかせたあげく食べ物を盗む母親、訓練で叩き込まれた通り実戦で命令一下無防備な相手を殺す男——こうした人々は、彼らが置かれた状況を知る者にとっては、相対的に罪が浅い、すなわち自由の度合いが低く、必然の法則に従う度合いが高かったと感じられるし、逆に本人が溺れかけていたこと、母親が飢えていたこと、兵士が実戦中だったことなどを知らない者にとっては、自由の度合いが高かったものと感じられる。まったく同様に、二十年前に殺人を犯し、それ以来世間でずっと平穏無害に暮らしてきた人間は、二十年後にそれを調査する人間にとっては、より罪が軽く思える。つまり彼の行為は必然の法則によって生じたものと見えやすいが、同じ犯行でも一日後にそれを調査した人間にとっては、より自由度が高く見えるのだ。さらにまったく同様に、正気でない者、酔っぱらい、強い興奮状態にある者の行うことはいずれも、それを行った者の精神状態を知る人にとっては、自由度が低く必然の度が高いものと見え、それを知らない人にとっては、自由度が高く必然の度が低いものと見える。この種のあらゆるケースにおいて、行為が検討される視点次第で、自由を読みとる度合いが大きくなったり小さくなったりするのであり、またそれに応じて必然を読みとる度合いが小さくなったり大きくなったりする。つまり必然と見える度合いが増すほど自由と見える度合いが減り、そして逆もまた真なのである。

宗教も人類の良識も法学も、そして歴史学自体も、みな一様に必然と自由の間のこの関係を理解している。

例外なくどんなケースにおいても、われわれがそこに自由と必然を見てとる度合いが増えたり減ったりする場合、その判断基準となるものは次の三つしかない。

（1）行為の遂行者の外界に対する関係
（2）行為の遂行者の時間に対する関係
（3）行為の遂行者の行為の原因に対する関係

第一の判断基準は、その人間が外界に関係している度合いが、われわれに見えやすいか見えにくいか、すなわちそれぞれの人間が自分と同時に存在しているすべてのものに対して占めている特定の位置が、どの程度はっきり分かるかということだ。この基準によれば、水に溺れかけている人間は陸上にいる人間よりも自由度が低く、必然に従う度合いが高いということは明白だ。同じくこの基準によれば、人口密度の高い場所で他人と密接な関係をもって暮らしている人間の行動や、家族、仕事、企業に縛られている人間の行動は、一人ぽつんと暮らしている人間の行動よりも、疑いもなく自由度が低く、必然に従う度合いが高いとみなされる。

仮にわれわれが人間を、周囲のあらゆるものとの関係を抜きにして単体として問題にするならば、その人間の行為はすべて自由なものと見えることだろう。だが、たとえどんなものであれその人間の周囲のものとの関係を見出し、彼の話し相手の人間であれ、彼の読む本であれ、彼のする仕事であれ、さらには彼を取り巻く空気であれ、あるいは彼の周りのものに降り注ぐ光であれ、何らかの対象と彼との間につながりを見出すならば、われわれは、そうした条件の一つ一つが彼に影響し、彼の行為のたとえほんの一面でも誘導しているのに気づく。そしてわれわれが気づく影響が多ければ多いほど、その人物を自由とみる度合いが減り、彼が必然の法則に従っているとみる度合いが増すのだ。

第二の判断基準は、人間の世界に対する時間的な関係が見えやすいか見えにくいか、すなわちある人間の行為が時間の中で占めている位置がどの程度明瞭に理解できるかということである。この基準からすると、人類の発生という結果をもたらした最初の人間の堕落は、現代人の結婚よりも明らかに自由度の低い行為だったとみなされる。

またこの基準からすると、何世紀も前に生きていて、時間を隔てて私と結びついている人々の生活や活動は、私にはまだその結果も見通せない現代人の生活や活動ほどには、自由なものと思えない。

　この意味での自由と必然の大小の解釈の度合いは、行為がなされてからそれに対する判断が行われるまでの、時間間隔の大小によっている。

　仮に、自分が今から一分前に、今とほぼ同じ条件下で行った行為を見直すとしたら、自分の行った行為は間違いなく自由なものだったと思えるだろう。だが仮に、一月前に自分が行った行為を見直すとしたら、条件が変わっているせいで、もしもその行為がなされていなかったら、その行為から生まれてきたたくさんの有益なこと、楽しいこと、おまけになくてはならないことまでもが生じなかったであろうと、否が応でも認めざるを得ないだろう。仮に記憶力を駆使して、さらに遠い十年かそれ以上も昔の行為にまで思いを馳せるなら、自分の行為の結果がますます際立って感じられ、もしその行為がなかったらどうなっていただろうかと想像するのも難しいことだろう。記憶によって古い過去にさかのぼればさかのぼるほど、あるいは同じことであるが、推論によって前に進めば進むほど、自分の行動が自由であるという私の判断はますます怪しくなってくるのだ。

人類全体に関わる事柄に自由意志が介在しうる度合いについても、われわれは同じ信憑性（しんぴょうせい）の漸減（ぜんげん）を歴史の中に見出す。起こったばかりの現代の出来事は、われわれには間違いなくすべて特定可能な者たちの手になる「産物」と見える。しかしもっと過去にさかのぼった場合には、出来事とその不可避的な結果が二重写しになってしまい、他にどうなった可能性があるかといった想像は、一切できなくなってしまうのだ。こうして振り返る出来事が過去に遡れば遡るほど、それだけ出来事の恣意性の度合いが減るようにわれわれには感じられる。

オーストリア＝プロイセン戦争[24]は、われわれには間違いなく狡猾なるビスマルクその他の策動の結果であると見える。

ナポレオン戦争となると、すでに首をかしげるところもあるが、しかしいまだわれわれには英雄たちの意志の産物だと感じられる。だがこれが十字軍となると、われわれはそれをもはやしっかりと一定の場所に収まった、それなくしてはヨーロッパ近代史もあり得なかった出来事だとみなすのである（とはいえ十字軍時代の記録者たちに

24　作者が作品執筆中だった一八六六年にプロイセン王国とオーストリア帝国の間で起きた戦争で、プロイセン＝オーストリア戦争（普墺戦争）の名で知られる。

とってみれば、この事件もまたある何人かの人間の意志の産物にすぎなかったのであるが）。民族移動の話となると、今日ではヨーロッパ世界の刷新がアッティラ[25]の恣意に委ねられていたなどという考えは、誰の頭にも浮かばない。観察対象を歴史の奥深くに移せば移すほど、出来事を生んだ人々の自由ということがますます疑わしくなり、それだけ必然の法則が自明視されてくるのだ。

　第三の判断基準は、因果の連鎖がたどりやすいかたどりにくいかということだ。われわれの理性は不可避的にこの無限の因果の連鎖を追求しようとする。解釈の対象となっている現象も、したがって人間の一つ一つの行為も、先立つものの結果として、また次に続くものの原因として、その連鎖の中に一定の自分の位置を占めているはずだからである。

　この基準によって、一方では、観察の結果割り出された、人間の従う生理的、心理的、歴史的法則にわれわれがよく精通し、行為の生理的、心理的あるいは歴史的原因を正確に見極めることができればできるほど、また他方では、観察対象となる行為自体が単純で、行為者の気質と頭脳が複雑でなければないほど、われわれにとって自他の行為が自由であり、必然性に従う度合いが少ないものと見えるのである。[26]

　悪事であれ善行であれ、あるいは善悪にかかわらない行為であれ、われわれにその行為の原因が全く不明なときには、われわれはその行為を最大限に自由なものと認める。それが悪事なら最大の罰を要求するし、善行ならば最大に評価する。善悪にかかわらない場合には、そこに最大の自主性、独創性、自由を認める。だが仮に無数の原因のうちたった一つでも分かっていれば、われわれはもはやある程度の必然をそこに認め、犯罪の場合には処罰の要求を減らし、善行の場合には功績の評価を下げ、独創的と見えた行為の場合はその自由度の評価を落とすのである。仮に犯罪者が悪党に囲まれて育ったのだとしたら、それだけで彼の罪は軽減される。同じ献身的行為でも、父親や母親の献身や褒美を期待しての献身は、理由なき献身よりも理解しやすく、その分だけ感心すべき度合いも、自由度も低いものと見なされる。宗派（セクト）の開祖、政党の創立者、発明家の場合でも、その活動がいかにして、何によって準備されたかを知れば、われわれの驚きは軽減される。われわれがその道で経験豊富で、人々の行動にお

25　アッティラ（四〇六頃〜四五三）。フン族の王（在位四三四〜四五三）。フン族は四世紀に中央アジアから西に移動を開始、ゴート族を圧迫して、ゲルマン民族大移動を誘発したが、アッティラは五世紀中期に東ヨーロッパを中心に黒海からバルト海に及ぶ大国家を築き、西ローマ帝国を脅かして「神の鞭」と恐れられた。

26　この一節は前後の論旨と矛盾しているので、作者の誤記と思われる。

ける原因と結果の筋道を探ることに絶えず観察眼を向けているような場合には、われわれがその因果関係を確定できればできるほど、人々の行為はそれだけ必然的で、自由度の低いものと感じられる。対象となる行為が単純で、われわれが同様な行為の観察経験をたくさん持っているような場合には、それを必然的なものと見るわれわれの解釈はさらに強まる。恥知らずな父親の息子が恥知らずな振る舞いをしたり、ある種の世界に身を落とした女がふしだらな行状を見せたり、酒を断った酒飲みがまたぞろ飲み始めたりといったことは、その原因が分かれば分かるほど自由度が低く見える行動である。観察対象となる行為の主体自体が、たとえば子供だとか精神障害者だとか知的障害者だとかいった知的発達度の極度に低い者だったなら、その行為の理由も行為者の性格や知能の単純さも踏まえたうえで、われわれは必然の度合いが極めて高く、自由度の低いケースだと受けとめ、行為を必然的に引き起こす原因さえ分かれば、未来の行動まで予知できるほどになる。

あらゆる法律において犯罪責任能力の減免と情状酌量の構成根拠となっているのは、以上の三点だけである。責任能力の減免度は、審理対象となっている行為者の置かれた条件が認識されている度合い、行為の行われた時から審理の行われる時までの期間の長短、もしくはその行為の原因の理解の度合いによって、大きくもなれば小さくもなる。

## 10章

つまり、自由と必然に関するわれわれの解釈の度合いは、検討対象となる人物の生活の現象の、外界との関係度の濃淡、現在からの時間的距離の長短、諸原因への従属度の大小によって、段階的に弱まり、また強まる。すなわち、対象人物の外界との関係が極めてはっきりしていて、検討している現在と彼の行為がなされた時期とが最大限にかけ離れており、行為の原因がこの上なく分かりやすいような場合、われわれは必然が最大で自由は最小という解釈を得る。一方、対象人物が外的な条件に最小限しか左右されず、その行為がごく現在に近い時点でなされ、しかもその行為の原因がわれわれに不明な場合、われわれは必然が最小で自由は最大という解釈を得るのだ。

だがいずれのケースにおいても、われわれがいかに観点を変えようが、その人物の外界との関係をいかに解き明かそうが、あるいはその関係がいかに自明なものと見えようが[27]、さらには時間的距離を伸ばそうが縮めようが、原因がわれわれに分かりやすかろうが分かりにくかろうが、われわれは決して完全なる自由も完全なる必然も想定することはできない。

（1）外界の影響から除外されている人間をいくら思い浮かべたところで、われわれは決して空間における自由という概念に達することはできない。人間の行為はすべて、否応なく彼を取り巻いているもの、すなわち彼自身の身体によっても制約されているからだ。私が片手を上げ、また下ろす。私の行為は私には自由なものに思える。だが、果たして自分はどんな方向にも手を挙げることができただろうかと自分に問えば、私は、自分がまさに手を上げるのに一番障害が少ない方向に向けて手を上げたのだということに気付かされる。そしてその障害は私を取り巻く事物にも存在するし、また私の身体の構造にも内在しているのだ。あらゆる方向から私が一つを選んだとすれば、それを選んだのはその方向に一番障害が少ないからだ。私の行為が自由なものとなるには、それが何の障害にも遭わないことが必要となる。人間を自由な存在と考えるためには、空間の外にいる人間を思い浮かべざるを得ないが、これは明らかに不可能である。

（2）検討の時間を対象となる行為の時間にいかに近づけても、われわれは決して時間における自由という概念に達することはできない。なぜならば、検討対象がたとえ一秒前になされた行為でも、それがそのなされた瞬間に固定されている限り、私はやはり行為の不自由さを認めざるを得ないからだ。「私は手を上げることができるだろうか？」――答えは手を上げてみればよい。だが「もう過ぎてしまったあの時に私は手を上げないでいることはできただろうか？」と自分に問うたらどうだろう。これを確かめるために、私は次の瞬間手を上げないでいる。だが私が手を上げなかったのは、自分が自由について自問したあの最初の瞬間ではない。時は過ぎ、時を止める力は私にはない。私があの時上げた手は、いま私がじっと抑えている手とは違うし、その動作をした時私を包んでいた空気も、いま私を包んでいる空気とは違う。最初の動作がなされたあの瞬間は二度と戻らないし、その瞬間に私ができたのは一つの動作をすることだけであって、それがどんな動作だろうと、その動作はただ一つだけなのだ。次の瞬間に私が手を上げなかったからといって、それは私があの時手を上げないでいられたという証明にはならない。しかもある瞬間に私のする動作は一つしかありえないから、その動作は決して別のものではありえないのだ。どうしても自由なものと思

27　この部分は、文字通りとると意味が曖昧なので、ここに用いられた「理解可能な・自明な」を意味するドストゥープナという語は、「理解不能な」を意味する反対語ニェドストゥープナを書き間違えた可能性がある。

いたければ、それを現在形で、過去と未来の境目で、つまり時間の外で考えざるを得ないが、これは不可能である。

（3）原因を突き止めることがどれほど難しい場合でも、われわれは決して完全なる自由、つまり原因の不在という解釈には至らない。自分なり他人なりの何らかの行動による意志表現の原因がいかに図りがたかろうと、理性がまず求めるのは原因を想定し、究明することである。原因なしではどんな現象もあり得ないからだ。私が手を上げたのが、一切の原因によらない行為をしてみたかったからだとしても、原因のない行為をしてみたいということが、私の行為の立派な原因なのだ。

だが仮に、一切の影響から完全に隔離された人間を想定して、その人間の現在における瞬間的な、何の原因にもよらぬ行為だけを検討し、無限小の必然の残滓をゼロに等しいものと見なすとしても、その場合でさえわれわれは、人間の完全なる自由という観念に達することはないだろう。なぜならば、外界の影響を受けず、時間の外にあり、原因に左右されない存在とは、もはや人間ではないからである。

まったく同様にわれわれは全く自由の介在しない、ただ必然の法則だけに従うような人間の行為も想像できない。

（1）人間が置かれた空間的条件に関するわれわれの知識がいくら増大しても、それは決して完全なものにはならない。空間が無限なのと同じで、そうした条件の数は無限だからである。したがって人間に影響する条件のすべてが確定されない以上、完全なる必然もなく、ある程度の自由があるということになる。

（２）検討対象とする現象の生じた時から検討を行う時までの期間をわれわれがいくら広げようと、その期間は有限であるのに対して、時間は無限である。それゆえこの点から見ても、完全なる必然は決してありえない。

（３）どんな行為であれ、その原因の連鎖の解明がいかに進もうとも、その連鎖には果てがない以上、われわれは決して連鎖の全体を知ることはない。それゆえまたもや決して完全なる必然は得られない。

だがそればかりではない。仮に無限小の自由の残滓をゼロに等しいものと仮定すれば、ある種の場合、例えば死にかけている人間とか、胎児とか、白痴のようなケースならば、われわれは自由の完全な不在を認めることができるかもしれないが、そうなればわれわれは自分たちが検討している人間という観念そのものをぶち壊してしまうことになるだろう。自由を失ったとたんに人間もなくなってしまうからである。この意味でもまた、自由のかけらも持たずにひたすら必然の法則にのみ支配された人間の行為を想定するのは、完全に自由な人間の行為を想定するのと同じく、不可能である。

つまり、自由がなく必然の法則にのみ従う人間の行為を思い浮かべるためには、われわれが無限量の空間的条件、無限大の時間、無限の原因の連鎖を知りうるものと認めざるを得ない。

必然の法則に全く支配されない完全に自由な人間を思い浮かべるためには、その人間だけが空間の外、時間の外、原因の束縛の外にあるものと想定せざるを得ない。

前者の場合、仮に自由のない必然が存在しうるとしたら、われわれは必然の法則自体を同じ必然で定義することになる。すなわちそれは形式のみで内容を欠いたものとなるだろう。

後者の場合、仮に必然のない自由が存在しうるとしたら、われわれは空間、時間、原因の外の、無条件の自由へと至ることになるが、それは何の条件もなく限定もないということそれ自体によって、無もしくは内容のみで形式を欠いたものとなるだろう。

われわれは概ね、人間の世界観の全体を形作っている二つの基盤に到達することになる。すなわち究めがたい生の本質と、その本質を規定している法則である。

理性は語る——（1）空間およびそれを目に見えるものにしているすべての形式、すなわち物質は無限であり、それ以外には考えられない。（2）時間は一瞬の休止もない無限の運動であり、それ以外には考えられない。（3）因果の連鎖には初めがないし、終わりもあり得ない。

意識は語る――（1）私は一人であり、存在するすべてのものは、ただ私のみである。したがって、私は空間を含む。（2）私は現在という一点でのみ自分を生きているものと意識し、その現在という不動の瞬間によって、流れていく時間を計る。したがって、私は時間の外にいる。（3）私は原因の外にいる。なぜなら私は自分を自分の生のすべての発現の原因と感じるからだ。

理性は必然の法則を表現している。意識は自由の本質を表現している。

何にも制限されない自由が、人間の意識における生の本質である。内容のない必然が、三つの形式を持つ人間の理性である。

自由は検討対象であり、必然は検討主体である。自由は内容であり、必然は形式である。

形式と内容として相互に結びついていたこの認識の二つの源泉が分裂してしまったときにのみ、自由と必然という、相互排除的でかつ難解な概念がそれぞれ登場する。

両者が一つにまとまったときのみ、人間の生についての明快な理解が得られる。

形式と内容というひとまとまりの形でお互いを規定し合うこの両概念を外せば、いかなる生の理解も得られない。

人間の生について私たちが知っていることのすべては、必然に対する自由の、すなわち理性の法則に対する意識の、一定の関係のあり方に他ならない。外部の自然世界についてわれわれが知っていることのすべては、必然に対する自然の諸力の、すなわち理性の法則に対する生の本質の、一定の関係のあり方に他ならない。

自然の諸力はわれわれの外部にあり、われわれには意識できない。われわれはそうした諸力を、引力、惰性、電気、動物的な力等々と呼んでいる。しかし人間の生命力はわれわれに意識できる。それをわれわれは自由と呼ぶのである。

ただし、誰もが感じる引力という、それ自体では理解しがたい力も、それが従っている必然の諸法則(物質にはすべて重さがあるという初歩認識からニュートンの法則まで)をわれわれが知る度合いに応じて理解できるようになるが、ちょうどそれと同じように、誰もが意識している自由という、それ自体では理解しがたい力も、それが従っている必然の諸法則(人はみな死ぬということに始まって、複雑きわまる経済なり歴史なりの法則に至るまで)をわれわれが知る度合いに応じて、理解できるようになる。

知識とはすべて、生の本質を理性の法則に当てはめたものにすぎない。

人間の自由は、その力が人間に意識可能だという点で、他のすべての力と異なっている。だが理性にとっては、自由と他のすべての力との間に何の違いもない。引力、電気の力、化学薬品の力といったものが互いに異なっているのは、単にそうした力が理性によって別々に定義されているからに他ならない。これとまったく同様に、理性にとって人間の自由の力と他の自然の諸力との違いは、当の理性が自由に与えた定義の違いでしかないのである。必然のない自由、つまり自由を定義する理性の法則をもたない自由は、引力なり熱なり植物の力なりと何の違いもない。理性から見ればそれは単なる瞬間的な、定義しがたい生の感覚にすぎないのだ。

そして天体を動かしている力の定義しがたい本質や、熱、電気、化学薬品の力、あるいは生命力などの定義しがたい本質が、それぞれ天文学、物理学、化学、植物学、動物学等々の内容を構成しているのとちょうど同じように、自由の力の本質が歴史学の内容を構成している。ただしあらゆる学問の研究対象はそうした知られざる生の本質の外的な表れであって、本質そのものは形而上学の研究対象でしかありえない。それとまったく同じように、人間の自由の、空間、時間及び原因の束縛の中での表れは歴史学の対象であるが、自由そのものは形而上学の研究対象なのである。

経験科学においては、われわれに既知のものが必然の法則と呼ばれ、未知のものが生命力と呼ばれる。生命力とは、われわれの生の本質についての認識が及ばない、未知の残存部分を表す言葉にすぎない。

まったく同様に歴史学においても、われわれに既知のものは必然の法則と呼ばれ、未知のものは自由と呼ばれる。歴史学にとっての自由とは、人間の生の法則についてのわれわれの認識が及ばない、未知の残存部分を表す言葉にすぎない。

## 11章

歴史学は人間の自由の表れを、時間と原因の束縛の中での外界との関係として検討する。すなわちその自由を理性の諸法則で定義づける。したがって歴史が科学であるのは、ひとえにそうした法則によって自由が定義づけられているかぎりにおいてである。

歴史学にとって、人間の自由を歴史的出来事に影響を与えることのできる力、すなわち法則に従わない力と認めることは、天文学にとって、天体の運動の自由な力を認めることと同じである。

それを認めれば法則の存在する可能性が失われてしまう。すなわちどんな学問も成り立たなくなってしまう。仮にただ一つでも自由に動く天体が存在するなら、ケプラーの法則もニュートンの法則ももはや成り立たず、天体の運動に関するどんな理解も成り立たなくなってしまう。仮に一つでも人間の自由な行為があるならば、歴史の法則など一切なくなり、歴史上の出来事の解釈も一切成り立たない。

歴史学にとって存在するのは人々の意志の運動が描く幾筋もの線である。その線の一方の端は不可知の闇に隠れ、別の端では、空間の中、時間の中および原因の束縛の中で、人々の自由の意識が、現在形で運動している。

この運動の舞台がわれわれの眼前に大きく広がれば広がるほど、それだけその運動の法則が明瞭になる。その法則を捉え、定義づけることが歴史学の課題である。

今学問が対象を観察しているような観点から、今学問が歩んでいる方法に沿って、人間の自由意志の中に現象の原因を見出そうとしている限り、学問が法則を表現することは不可能だ。なぜならば、人間の自由をいかに限定しようとも、われわれがその自由を法則に従わない力だと認めた途端に、法則は存在不能になってしまうからだ。

その自由を極限まで限定したとき、すなわちそれを無限小のものと見なしたとき、はじめてわれわれは原因の完全なる不可知性を確信し、そしてその時、歴史学は原因の探究の代わりに法則の探究を己の課題として掲げるだろう。

そうした法則の探究はすでにずっと以前に始まっている。古い歴史学がひたすら現象の原因を細分化しながら自己否定への道を突き進んでいるのと同時進行の形で、新しい歴史学が身に着けるべき新しい思考法が開発されつつあるのだ。

人類の諸学はすべてこの道を歩んできた。学問のうちでもっとも精密な数学は、無限小に行きついた時点で細分化という方法を放棄し、正体不明な無限小の総和を求めるという新たな方法を取るようになった。数学は原因という観念を離れて、法則を、すなわち正体不明な無限小の要素すべてに共通する特性を、突き止めようとしているのだ。

形式は別ながら、他の諸科学もこれと同じ思考法をたどってきた。ニュートンが万有引力の法則を発表した際にも、彼は太陽なり地球なりが引力という特性を持っているという言い方はしなかった。彼は、物体はすべて、最大のものから最小のものまで、あたかも互いに引き寄せ合うかのような特性を持っていると言った。すなわち、物体の運動の原因の問題は脇において、無限大のものから無限小のものまで、すべての物体に共通する特性を表現したのだ。自然科学も同じ姿勢で、原因の問題をさておいて法則を突き止めようとしている。歴史学もまた同じ道程にある。もしも歴史学の研究対象が諸国民と人類の運動であって、人々の生活のいろんなエピソードの記述でないならば、歴史学は原因という観念を捨てて、法則を探求すべきである。それも、みな等価で互いに分かちがたく結びついている、無限小の自由の諸要素すべてに当てはまる法則を。

## 12章

コペルニクスの法則が発見され、証明されて以来、太陽ではなく地球が回っているのだという認識ひとつが、古代人の宇宙論を壊滅させてしまった。この法則を覆せば天体の運動についての古い考えに固執することは可能だっただろうが、それが覆せぬ以上、プトレマイオス的な宇宙の研究を続けるのは、不可能だったはずである。しかしコペルニクスの法則が発表された後でも、プトレマイオス的な宇宙はまだ長く研究され続けたのである。

出生数ないし犯罪数が数学の法則に従うこと、一定の地理的・経済的条件が統治形態のあり方を決定づけること、土地に対する住民の一定の関係が民族移動を引き起こすこと——最初の一人がこうしたことを口にして証明した時以来、かつて歴史学が拠って立っていた土台は、本質的に崩壊してしまった。

新しい法則を覆せば以前の歴史観を持ち続けることはできただろうが、それが覆せない以上、歴史上の出来事を人々の自由意志の所産として研究し続けることは、恐らく不可能だったはずだ。なぜなら、もしもこれこれの統治形態が確立したことや、あるいはこれこれの民族移動が起きたことが、これこれの地理的、民族学的もしくは経済的条件の結果だったということになれば、統治形態を確立したり民族の移動を引き起こしたりした張本人と目されていた者の意志など、もはや原因として研究するに足りないからである。

しかるに以前のままの歴史学が、その原理に真っ向から対立する統計学、地理学、経済学、比較言語学、地質学の諸法則と並んで、いまだに研究し続けられているのだ。自然哲学の分野では、新旧の見解の間で長く執拗な闘いが繰り広げられてきた。神学は古い見解の警護役を務め、新しい見解を、神の啓示を破壊するものとして非難してきた。だが真理が勝利すると、神学は新しい基盤の上にまたしっかりと身を据えたのである。

同じく長く執拗な闘いが、現在新旧の歴史観の間で行われており、ここでもまたまったく同様に神学が古い歴史観の警護役を務めて、新しい歴史観を、神の啓示を破壊するものとして非難している。

いずれの場合でも、闘いは両陣営の激情を煽り、真理を沈黙させてしまう。一方が、長い年月をかけて築かれてきた建物の全面崩壊に対する恐怖と哀惜に駆られて闘うとすれば、他方は破壊の情熱に駆られて闘っているのだ。

自然哲学の中に生まれた新しい真理と闘ってきた人々には、自分たちがその真理を認めてしまえば、神への信仰、天地創造への信仰、ヌンの子ヨシュア[28]の奇蹟への信仰が破壊されてしまうと思えた。コペルニクスとニュートンの法則の擁護者たち、例えばヴォルテールには、天文学の法則が宗教を破壊してくれると思え、それで彼は反宗教の手段として引力の法則を利用したのである。

今でもまったく同様な危惧は存在する。必然の法則を認めた途端に、霊魂とか善悪の観念が崩壊してしまい、そうした観念の上に築かれた国家や教会の組織も、すべて崩壊してしまうように思えるのだ。

今でも、かつてヴォルテールが行ったのとまったく同じように、必然の法則の擁護者を自称する者たちが、その必然の法則を宗教攻撃の手段に用いている。ところが天

28　旧約聖書に登場するモーセの後継者。ヨシュア記第十章十二〜十三節によれば、その言葉により太陽と月の歩みを止めたという。

文学におけるコペルニクスの法則とまったく同様に、歴史学における必然の法則は国家や教会組織の拠って立つ基盤を破壊しないばかりか、かえって強化すらしているのだ。

かつての天文学の問題におけるのと同様、現在の歴史学の問題においても、見解の相違はすべて、目に見える現象を測る基準となる絶対単位を認めるか否かにある。天文学においては、それは地球の不動性であったし、歴史学においては個人の独立性、すなわち自由である。

天文学において地球の運動を認めることの困難さは、大地は不動だというありのままの感覚や、天体が動いているという同じくありのままの感覚を否定することへの抵抗感に起因していたが、それと同じように、歴史学において個人が空間の、時間の、そして原因の法則に支配されていることを認めることの困難さは、自分の人格は独立しているというありのままの感覚を否定することへの抵抗感に起因している。しかし天文学における新思想はこう語った——「確かにわれわれは地球の運動を感じないが、地球の不動性を認めると、われわれは不合理な結論に陥ってしまうのに対して、自分たちが感じない運動を認めれば、法則に到達できるのだ」同様に歴史学における新思想は語っている——「確かにわれわれは自分たちが束縛されているのを感じないが、自分の自由を認めると、われわれは不合理な結論に陥ってしまうのに対して、自分が外界に、時間に、原因に束縛されているのを認めれば、法則に到達できるのだ」

前者の場合は、空間中に不動でいるというあり得ない状態の意識に見切りをつけて、われわれに感知できない運動を認めることが必要だった。歴史の場合も同じく、われわれは実在しない自由に見切りをつけて、自分に感知できない束縛を認めなければならないのだ。

（完）

# 『戦争と平和』という書物について数言

本作品は、私が最高の生活条件の中で、五年間休みなく専一に取り組んできたものであるが、これを出版するにあたって、私は序文の形で自分の作品に対する見解を述べ、それによって読者が持たれるかもしれない疑問にあらかじめお答えしたいと考えた。読者には、私が表現することを望まなかったことや表現する能力をもたなかったことを本書に見出したり探したりするのではなく、まさに私が表現したかったこと、ただし（作品の制約から）詳述を見送ったようなところに注意を向けていただきたいと思う。自分が目指したことを十分に成し遂げるには、私には時間も技量も足りなかった。そこでこの奇特な雑誌のご厚意に甘えて、不十分な短い形ではあるが、こうしたことにご興味をもたれるかもしれない読者のために、自分の作品に対する作者としての見解を述べさせていただくことにする。

（1）『戦争と平和』とは何か？　これは長編小説（ロマン）ではないし、ましてや叙事詩でもなく、歴史記録ではなおさらない。『戦争と平和』は、まさに今あるような形式で作者が表現したいと願い、そして表現し得たものである。散文芸術作品の形式上の制約を軽視する作者のこうした宣言は、もしもそれが故意にするものであり、また前例のないものだとしたら、思い上がりと聞こえるかもしれない。だがプーシキンの時代以来、ロシア文学史にはヨーロッパ的な形式からのこうした逸脱の例が数多くみられるどころか、逆の例など一つも見つからないほどだ。ゴーゴリの『死せる魂』に始まってドストエフスキーの『死の家の記録』に至るまで、新時代のロシア文学の多少なりとも月並みの域を超えた散文芸術作品で、長編小説、叙事詩、あるいは中編小説といった形式にぴったりと収まるようなものは、一つとしてないのだ。

（2）　作品の第一部が発表された時、ある読者たちから言われたのが、私の作品には時代の気質が十分に描き出されていないということだった。こうした非難に対して私は以下のように反論したい。私の小説中に見当たらないと言われる時代の気質なるものが何を意味するか、私には分かっている。つまりそれは、農奴制下のすさんだ精神であり、妻を監禁したり、成人した息子たちを鞭で折檻（せっかん）したり、さらには例のサルティチーハ[1]だの何だのといった事例である。当時のこうした気質のイメージは、現代人の頭の中に残っているが、私はそれを正しいとは思わず、したがって描きたくなかった。当時の手紙や日記や伝承にあたってみても、そうしたおぞましい乱暴狼藉の類を、今日、あるいはほかのいろんな時代に見かける程度以上に見かけることはなかった。当時も人は今と同じように愛し、妬み、真実を、善を探し求め、情熱に身を委ねていた。同じように複雑な知的・精神的生活が営まれ、上流階級の暮らしは、今よりももっと洗練されていることさえあった。当時の人がわがまま勝手で粗暴な気質だったという思い込みがわれわれの頭の中に出来上がってしまっているとすれば、それはひとえに、伝承や手記や小説の形で今日に伝えられるのが虐待や乱暴狼藉の目立ったケースばかりだからに過ぎない。当時の支配的な気質が乱暴さだったと結論付けるのは、山のかげから向こう側の木々の梢だけを見た人間が、あの辺りは木ばかりで他に何もないと結論するのと同じように間違っている。当時の気質なるものは（どんな時代にもそれがあるように）確かにあるが、それは最上流階級とそれ以外の階級との間の大きな懸隔、支配的な哲学、教育の特徴、フランス語使用の習慣等々からきているものである。そしてそうした気質を、私はできる限り表現しようと努めた。

（3）ロシア語作品におけるフランス語の使用について。どうして私の作品の中では、ロシア人ばかりでなくフランス人までもが、ある部分はロシア語で、ある部分はフランス語で喋っているのか？　ロシア語の本の中で登場人物たちがフランス語で喋ったり書いたりするのに文句を言うのは、人が絵を見ていて、そこに現実にはない黒い染み（影）があるのに気づいて文句を言うのと同じである。画家が絵に描いた顔につけた影が、ある人々には現実にない黒い染みに見えたからといって、画家に罪はない。画家に罪があるとしたら、それはその影が不正確でぞんざいなつけ方をされている場合だけである。十九世紀初頭の時期を取り上げて、ロシアの一定社会の人々や、ナポレオンや、当時の生活にじかに関わりを持ったフランス人たちを描いているうちに、私は知らず知らず当時のフランス風の考え方の表現形式に、必要以上に引き込まれていった。それゆえ、自分がつけた影に恐らく不正確でぞんざいなところがあるだろうことを否定はしない。ただ、ナポレオンがロシア語で喋ったりフランス語で喋ったりしているのをひどく滑稽だと感じる人々には、それは単にご自分たちが、肖像画の中に光と影の差した顔を見ずに、鼻の下の黒い染みを見る人のような受け止め方をしているからそう思うのだと、自覚していただきたいものだ。

（4）登場人物の名前について。ボルコンスキー、ドルベツコイ、ビリービン、ク

---

1　本名ダリヤ・ニコラーエヴナ・サルティコーワ（一七三〇～一八〇一）。十八世紀エカテリーナ二世時代の残忍な女地主で、多数の農奴をいじめ殺し、スキャンダルになった。

ラーギン等々の姓は、有名なロシア人の姓を想起させる。歴史に出てこない登場人物たちとそれ以外の歴史的人物たちを並列させながら、例えば実在のラストプチン「ロストプチン」伯爵を、プロンスキー公爵とかストレリスキーとか、あるいは誰か他の実在しない架空の二重姓なり単姓なりをもった公爵やら伯爵やらと会話させることに、私の耳は違和感を覚えた。ボルコンスキーとかドルベツコイならば、実在のヴォルコンスキーとかトルベツコイと違いはするが、何かロシアの貴族社会で聞き慣れた、自然な響きがする。登場人物のすべてに、ベズーヒー[2]とかロストフのような、自分の耳にうさん臭く響かない名字を思いつくことができなかった私は、ロシア人の耳にもっともよく馴染んだ姓を当てずっぽうに選びだし、それぞれの文字を若干置き換えることによって、かろうじてこの難問を切り抜けたのである[3]。もしも架空の人物の姓が実在の姓と似ているおかげで、私が何らかの実在の人物を描きたかったのだと思う人が誰かいたら、私は大変遺憾に思う。実在の人物なり過去に実在した人物なりの記録を旨とするような文学活動は、私がしてきたこととは何の共通点もないので、なおさら遺憾に思う次第である。

アフローシモフ夫人マリヤ・ドミートリエヴナ[4]とデニーソフ[5]の場合は例外で、当時の社会のとりわけ特徴的で親近感の持てる二人の人物に近い名前を、私がなんとなく、よく考えもせずにつけてしまったケースである。これはこの二人がとりわけ個性豊かな人物であるところから来た私の失敗だったが、この場合私の失敗は、この両人物を登場させたことに限られている。読者もおそらくご同意くださると思うが、現実と同じようなことはこの人物達の身には一切起こっていない。他の人物群はみな完全に架

2　ピエールが継いだ貴族の姓ベズーホフの初期バージョン。モデルとされているのは十八世紀の大貴族でパーヴェル帝の宰相を務めたアレクサンドル・ベズボロートコ公爵。ベズボロートコが顎鬚(あごひげ)のない人を含意するのに対し、ベズーヒー（ベズーホフ）は耳のない人を意味する。

3　カタカナ表記では紛らわしいのでラテン文字表記で書けば、例えば実在の*Volkonskii, Trubetskoi, Kurakin, Dorokhov*という姓のスペルを一部変えて*Bolkonskii, Drubetskoi, Kuragin, Dolokhov*といった、似た響きの、架空の姓を作ったことを意味する。ただしビリービンは実在の姓。

4　モデルはナスターシヤ・ドミートリエヴナ・オフローシモワ（一七五三〜一八二六）。モスクワの貴婦人で、作中のアフローシモフ夫人と同じく、正義感の強さと男勝りの舌鋒で、社交界の畏敬の的だった。［訳の方針で本文中は、家族持ちの女性の姓は男性形に統一した。ただ女性形の名、父称とならべると違和感があるので「夫人」を後ろに付けた］

5　モデルはデニース・ワシーリエヴィチ・ダヴィドフ（一七八四〜一八三九）。祖国戦争で軽騎兵連隊長を務め、戦争末期には作中のデニーソフと同じくパルチザン部隊を率いて活躍した。戦争を題材とした詩人、回想記作家としても有名。23ページの注を参照。

空の存在で、私自身にとってさえ、伝承の中にも現実の中にも、はっきりしたモデルは存在しない。

（5）歴史的出来事についての、私の記述と歴史家たちの語ることとの間の齟齬[そご]についてて。これは偶然ではなく、不可避的なことである。歴史上の時代を記述するにあたって、歴史家と芸術家は互いに全く違う対象を扱う。歴史家が歴史上の人物を描くのに、相手の全姿をそっくり捉えて、生活のあらゆる側面への彼の複雑な態度をまるごと描き出そうとするのが誤りであるように、芸術家がその人物を終始彼の歴史的な意義という面からだけ描くとすれば、それは芸術家の使命を果たしていないことになる。クトゥーゾフは、いつも望遠鏡を持って敵を指さしながら白馬にまたがって進んでいたわけではない。ラストプチンは、いつも松明を持ってヴォロノヴォの屋敷[6]に火を放っていたわけではないし（むしろそんなことは一度もしたためしはない）、皇太后マリヤ・フョードロヴナはいつもオコジョのマントを羽織って大法典に片手を突いて立っていたわけではない。だが民衆の想像力は彼らをそうした姿で思い描いているのだ。

歴史家にとっては、何らかの単一の目的に貢献する人物という意味で、英雄が存在する。芸術家にとっては、その人物が生活のあらゆる側面に関わる以上、英雄は存在しえないし、また存在すべきでなく、存在するのは人間でなければならない。歴史家は時に真実を曲げても、ある歴史的人物の全行動をひっくるめて、彼がその人物に託した一つの理念に当てはめざるを得ない。芸術家は反対に、その理念が一つきりだということ自体に自分の課題と合わないものを見出して、著名な活動家ではない一人の人間を理解し、示そうと、ひたすら努めるのだ。

出来事そのものの記述においては、この差はさらに際立った、本質的なものとなる。歴史家が相手にするのは出来事の結果であり、芸術家が相手にするのは出来事という事実自体である。歴史家は戦闘を記述する際に次のように語る。すなわち、これこれの軍の左翼がこれこれの村に向けて出撃し、敵を撃破したが、退却を強いられた、その時、攻撃に向かった騎兵隊が敵を追い散らし……といったふうに。歴史家にはこれ以外の語り方はできない。ところが芸術家にとってはこうした言葉は何の意味も持たず、出来事自体に触れているとさえ言えない。芸術家は、あるいは自身の経験から、あるいは人の書簡だの手記だのお話だのから、起こった出来事についての自分のイメージを導き出す。そしてきわめて多くの場合（例えば戦闘のシーンなど）、これこ

---

6　モスクワ近郊のラストプチン［ロストプチン］の屋敷。

れの部隊はこれこれのことをしたといった形で歴史家が導き出してみせる結論と芸術家の結論とは、正反対のものになってしまう。得られた結論の差は、両者が情報を汲み取る資料の違いで説明される。歴史家の場合（戦闘の例を続ければ）、主な資料は個々の指揮官と総司令官の報告書である。芸術家はそうした資料からは何も汲み取ることはできない。それらは芸術家に何も語りかけず、何も説明しない。それどころか芸術家はそれらから顔を背ける。そこに不可避的な嘘を見出してしまうからだ。あえて言うまでもないことだが、戦闘のたびごとに敵対する両軍が作成する戦闘記録は、ほとんど常に正反対のものになっている。そしてそれぞれの戦闘記録が不可避的な嘘を含んでいる。数キロにわたって展開しているうえに、恐怖、屈辱、死に直面して極度に動揺した精神状態にある何千もの人間の行動を、ごく短い言葉で記述しなければならぬという必要に強いられた嘘である。

戦闘の記録にはふつう、これこれの軍がこれこれの地点へ攻撃に向かい、その後撤退命令を受けて云々といったことが書かれているが、これはまるで、練兵場で何万もの人間を一人の意志に服従させているのと同じ規律が、生きるか死ぬかの戦いが行われている現場でも同じ効力を保つのだと、決めつけているかのようである。戦争に行ったことのある者はみな、それがどんなに見当違いかを知っている。[7]しかるにそうした決めつけに基づいて戦況報告が書かれ、その戦況報告に基づいて戦闘記録が書かれるのだ。戦闘の直後、もしくは翌日かその翌日でもよい、とにかくまだ戦況報告が書かれる前に全軍を回って、あらゆる兵士や上級下級の指揮官に、戦闘はどうだったかと訊ねてみるがいい。あらゆる人々が、経験したり目撃したりしたことを話してくれるだろうし、そのうちにあなたの中に壮大な、複雑な、無限に多様で重苦しい、漠然とした印象が形作られるだろう。それでいて戦闘の全体がどうだったかということは、誰一人あなたに教えてくれないだろうし、ましてや総司令官はなおさらである。だが二、三日たって戦況報告が出始めると、お喋り連中が、見てもいないことをまことしやかに語り出す。いよいよ全体報告がまとまると、今度はその報告に沿って軍全体の意見が形成される。誰もがほっとして、自分の疑いや疑問を、その嘘くさいけれども明快で、しかも常に自尊心をくすぐる解釈と取り換えるのだ。一月か二月してか

7　トルストイによる原注　作品の第一部とシェングラーベンの戦いの記述が雑誌に出た後で、私はニコライ・ニコラーエヴィチ・ムラヴィヨフ＝カールスキー将軍の私の戦闘描写に関する意見を人づてに聞いたが、その言葉は私の信念を裏書きしてくれるものだった。総司令官までつとめた同将軍は、これほど確かな戦闘描写は一度も読んだことがないと評したうえで、戦闘の際に総司令官の命令を果たすことがいかに無理難題かは自身の経験で心得ていると語っている。

ら、戦闘に参加した者にいろいろ訊ねてみるといい。あなたはもはやその人物の話の中に、かつてあった未加工の、生の材料を見出すことはないだろう。彼は戦況報告に沿って話をしているからだ。まさにそんな話を私もボロジノ会戦について、たくさんの生き残りの、賢い人たちから聞いたものだ。みんなが同じ一つの話をし、しかもそれが、ミハイロフスキー＝ダニレフスキー[8]やらグリンカやらの不正確な叙述にもとづいて喋っていたのだ。話のごく細かい部分さえ、互いに何キロも離れた場所にいたにもかかわらず、みなまったく同じだった。

セヴァストーポリ[9]陥落の後で、砲兵隊長のクルイジャノフスキーが全砲台の砲兵将校からの報告書を私に送りつけ、その二十点を超える報告書を一つにまとめるよう依頼してきた。あの報告書群を書き写しておかなかったのが悔やまれる。あれこそまさに戦闘記録の元となる、単純で避けがたい軍事上の嘘の最良の見本であった。あの時あの報告書を書いたわが同僚たちがこの文章を読めば、きっと自分たちが上官の命令で知っているはずもないことを書いたのを思い出して、大抵の者が苦笑いすることだろう。戦争経験者なら誰でも知っているように、ロシア人は軍事上の役割を果たす能力には長けているが、軍事上の事柄を必要不可欠な手前みその嘘を交えて記述する能力は、実に低い。誰でも知っているように、わが軍でこの種の連絡だの報告だのを作成する仕事を引き受けているのは、大半がわが軍に勤める非ロシア人たちである。

こんなことを延々と語ってきたのは、軍事史家たちの資料となる戦闘記録に嘘が含まれることの不可避性を示し、そこから、歴史的出来事の理解においてしばしば芸術家と歴史家の間に齟齬（そご）が生まれることの不可避性を示したかったからである。だが、歴史的出来事の記述に嘘が混じらざるを得ないという問題はさておき、私は自分が関心を持ってきた時代を描く歴史家たちの文章に（おそらくは出来事を分類し、表現を短縮し、かつ出来事の悲劇的なトーンにも気を配るという身に付いた習慣のせいだろうが）、出来事だけでなく出来事の意味の解釈にまでしばしば嘘や歪曲を加えてしまうような、いかにも勿体ぶった特殊な文体を見出してきた。この当時の二大歴史作品

8　アレクサンドル・ミハイロフスキー＝ダニレフスキー（一七八九～一八四八）。歴史家。ニコライ一世の命で一八三九年に祖国戦争の最初の公式歴史書四巻を上梓した。

9　黒海岸のクリミア半島の都市。十九世紀半ばのクリミア戦争の際に、ロシアの艦隊が固めるこの地の要塞を英、仏、トルコ軍が攻める約一年間の「セヴァストーポリ攻囲戦」（一八五四～五五）があり、最後に要塞は陥落した。一八五四年トルストイはドナウ方面軍を離れてこの戦闘に少尉補として参加し、「十二月のセヴァストーポリ」をはじめ三点のルポルタージュを書いて好評を得た。

であるティエールとミハイロフスキー＝ダニレフスキーの書物を読んでいて、私はしばしば、どうしてこんな書物が出版され、読まれているのかという疑問を持ったものだ。まったく同じ一連の出来事が、大まじめな物々しい調子で、きちんと資料を参照しながら、しかも完全に相反する形で記述されているのだが、それはさておき、これらの歴史書に散見されるある種の叙述は全くの噴飯ものであり、しかもこの二冊がこの時代のまたとない記念碑的歴史書で、何百万もの読者を持っていると思うと、はたして笑っていいのか泣いていいのか分からぬほどであった。有名な歴史家ティエールの書物から一つだけ例を引こう。ナポレオンが偽札を持ち込んだことを語った後、彼は次のように述べている。「彼自身にもフランス軍にもふさわしい行為でこの種の措置の価値を高めようとして、彼は焼け出された者たちに援助を与えるよう命じた。ただし、備蓄食糧は、大半が敵対感情を持っている異郷の住民に分け与えるにはあまりにも貴重だったので、ナポレオンは彼らが他所で食糧を調達できるよう、金を与えるのが良策とみなした。そこで、彼は住民たちにルーブリ紙幣を分け与えるよう命じたのだった[10]」

　この部分だけ取り出すと、その圧倒的な破廉恥ぶりというか、むしろバカバカしさに唖然とするが、しかし書物全体の中で見ると、別に驚くこともない。いかにも勿体ぶった、ものものしい、そのくせ何の直接の意味も持たない全体の調子に、ぴったりとおさまっているからである。

そんなわけで芸術家と歴史家は全く課題を異にしており、出来事や人物に関する私の書物の中での記述が歴史家のものと食い違っていることに、読者は驚く必要はない。

ただし芸術家が忘れてはいけないのは、国民のうちに出来上がっている歴史上の人物や出来事についてのイメージは空想にもとづくものではなく、やはり歴史家たちがまとめ得た限りの歴史文献にもとづいているということである。したがって、そうした人物や出来事を別の解釈で描く場合も、芸術家は歴史家と同じように、歴史資料を踏まえなければならない。私の小説中で歴史上の人物が語り、行動する場面はすべて、私は自分の思い付きではなく、資料に依拠して書いている。作品を書いている間にそうした資料が一つの図書室分ほどもたまった。その書名一覧をここに書き出す必要はないだろうが、いつでも出典をあげることはできる。

（6）最後に六番目の、私にとって最も重要な問題は、いわゆる歴史的な人物たち

10　第5巻472～473ページに引用されているものと同じだが、引用原文の細部に異同があり、訳は第5巻の訳文に合わせた。

が歴史上の出来事において持つ意味は重くないという、私の考えに関するものである。

これほどまでに悲劇的で、大きな出来事に富み、しかもわれわれの時代にごく近くて、これほどたくさんのことがいまだ生き生きと語り継がれている時代を研究するうちに、私は起こりつつある歴史的な出来事の原因はわれわれの頭では理解できないことを、はっきりと悟った。一八一二年の出来事の原因がナポレオンの征服欲とアレクサンドル皇帝の強固な愛国心にあったと述べることは（誰にもきわめてたやすいことと思えるが）、ローマ帝国の滅亡の原因が、これこれの蛮人が民を率いて西へ進む一方でこれこれのローマ皇帝の国家統治が誤っていたことにあると述べたり、あるいは掘り崩されている大きな山が崩壊したのは最後の坑夫（こうふ）がシャベルで一撃したからだと述べたりするのと同じく、意味をなさないのだ。

何百万もの人間が殺し合いをして五十万もの人間が殺されたような出来事が、一人の人間の意志を原因とするはずはない。人間が一人で山を掘り崩すことはできないように、一人の人間に五十万もの人間を死なせることはできない。では、一体原因は何か？　ある歴史家たちは、原因はフランス国民の征服欲と、ロシアの愛国心だと述べる。別の歴史家たちは、ナポレオンの大軍が広めた民主主義の要素や、ロシアがヨーロッパと結びつく必要性等々に言及する。だがいったいどうして何百万もの人間が殺し合いを始めたのか、誰がそれを命じたのか？　そんなことをしても誰の得にもならないし、むしろ皆の損になることぐらい誰が見ても明らかだったろうと思えるのに、いったいどうして人々はそれを行ったのか？　後付けで考えればこの無意味な出来事に対して無数の説明を思いつくことが可能だし、事実そうしたことが行われている。しかし説明の数が無数にあり、しかもそのいずれもが同じ目的にあてはまるということが、理由自体が無数にあったことを、そしてどれにせよ一つだけを理由として名指すのは不可能なことを、証明しているのだ。

殺し合うことが身体的にも精神的にも有害なことは天地開闢（かいびゃく）以来明らかであるにもかかわらず、なぜ何百万もの人々が殺し合ったのだろうか？

それは、そうすることがどうしても必要だったからであり、そうすることで人間は、ちょうど蜂が秋口に殺し合うように、動物の牡（おす）同士が殺し合うように、自然の、動物の法則を実行しているのだ。この恐るべき問いに対してこれ以外の答えは提示しえない。

この真理は自明であるばかりか、各人に生まれつきしっかりと備わっているので、証明するまでもないほどだ。ただしそれは、人間が何かの行動をしている時に、常に自分は自由だと思わせてくれるような、人間に備わった別の感情や意識がなかったとしてのことである。

歴史を全体的な見地から検討すると、われわれは出来事が起こる開闢以来の法則の存在を確信する。個人の見地から検討すると、われわれはその反対のことを確信する。

人が他人を殺そうとするときも、ナポレオンがネマン川の渡河を命じるときも、あなたや私が就職願書を出したり、あるいは片手を上げたり下ろしたりするときも、われわれはみな自分の行動はすべて理にかなった原因と自分の自由意志とにもとづいており、何をするのも自分次第だということを、疑う余地なく確信している。その確信は各自にしっかりと根差した貴重なものであるため、歴史学や犯罪統計学が他の人間たちの行動の非恣意性を論証しているにもかかわらず、われわれは自分が自由だという意識をすべての行動に適用しようとするのだ。

この矛盾は解きがたく見える。ある行為をするとき、私はそれを自分の自由意志で行っていると確信している。同じ行為を人類全体の生活に関わるものとして（その歴史的な意味の観点から）検討すると、私はその行為があらかじめ決定された、不可避的なものだったと確信する。どこに誤りがあるのか？

心理学の観察によれば、人間には、すでに生じた事実に対して、後からあたかも自由に見える理由付けを、瞬時にして幾通りも考えつく能力があるが（このことについては別のところで詳述するつもりである）、こうした観察は、人間がある種の行為をするときに持つ自由の意識はまやかしであるという仮説を証明してくれる。しかし同じ観察が証明してくれるのは、人間の自由の意識が後づけのものでなく、まさにその瞬間の、疑いのないものであるような、別の種類の行為も存在するということである。ある行為が私一人にだけ関係する限り、たとえ唯物主義者が何といおうが、私は間違いなく、その行為をすることもできればしないでいることもできる。間違いなく私は自分だけの意志で、今片手を上げ、下ろした。私はすぐにでも書くのをやめることができる。あなたはすぐにでも読むのをやめることができる。間違いなく私は自分の意志ひとつで、何の障害もなく、今すぐにアメリカに行った気になることもできれば、任意の数学の問題に考えを向けることもできる。自分の自由を確かめるために、片手を上げて力いっぱい空中で振り下ろすことだってできる。私はそれをやってみた。だが、仮に私のすぐそばに子供が立っていて、私がその頭上に片手を振り上げ、同じ力で子供めがけて振り下ろそうとしたらどうか。私はそれをすることができない。その子に犬が飛び掛かってきたら、私はその犬に向かって手を上げないでいることはできない。前線に立っていたら、私は連隊の動きに従わないわけにはいかない。戦闘の場では、自分の隊とともに攻撃に出ないわけにいかないし、周りのみんなが逃げる時に逃げないでいることもできない。裁判で被告の弁護人の立場に立つときは、私は話すことをやめることもできないし、あるいは自分が何を話すかを意識するのをやめることもできない。目に何かがぶつかってきたら、私は瞬時に目をつぶらずにはいられない。

つまりは、二種類の行為がある。私の意志次第の行為と、私の意志によらない行為である。そして矛盾を生み出す誤りは、私の自我に、すなわち私の存在の最高度に抽象的な部分に関わるあらゆる行為に当然伴う自由の意識を、私が不当にも、他の者たちと一緒に行う行為、他の者たちの自由意志に私の自由意志を合わせることではじめて成り立つ行為にまで及ぼしてしまうことから発生する。自由の領域と従属の領域の境界を確定するのは極めて困難であり、その境界確定こそが心理学の本質的な、そして唯一の課題となっている。しかしわれわれの最大限の自由と最大限の従属が現れる諸条件を観察していて気づかざるを得ないのは、われわれの行為が抽象的で、他人の行為にかかわる度合いが低ければ低いほど、それは自由であり、逆にわれわれの行為が他人と結びつく度合いが高いほど、それは不自由だということである。

他の人間たちとの間に最も強固で切り離しがたい、重い不断の結びつきを作るものは、いわゆる他者への権力であり、権力とはその真の意味においては、他者への最大の従属に他ならない。

これが誤りであろうがなかろうが、執筆の期間を通じてこのことを十分確信した私は、当然ながら一八〇七年とそしてとりわけ一八一二年という、かの宿命の法則なるものが最もくっきりと姿を現した年の歴史的出来事[11]を叙述するに際して、自分たちが出来事を操っているかのような気でいながら、実は出来事に関与した他のすべての人々の誰よりも、自由な人間的な活動をそこに組み込むことの少なかった者たちの活動に、重きを置くことはできなかった。そうした者たちの活動が私の興味を引いたのは、単に、歴史を支配していると私が確信する例の宿命の法則への絵解きとしてであり、さらには、人間がきわめて不自由な行為を遂行しながら、なおかつ自分が自由であることを自分自身に証明しようとして、想像のなかで膨大な後づけの理由を捏造せざるを得ないという、かの心理学の法則への絵解きとしてにすぎなかったのである。

11　トルストイによる原注　一八一二年について書いたほぼすべての作家が、この年の出来事に何かしら特殊な、運命的なものを見ていることは、指摘しておく価値があろう。

# 読書ガイド

望月 哲男

## 物語の終わり

トルストイによる対ナポレオン戦争の物語も、ついに終わりを迎えました。一八〇五年七月のペテルブルグでの夜会で始まった小説が、戦争物語の部分は一八一二年十二月のクトゥーゾフ総司令官の退場まで、エピローグを入れると一八二〇年十二月の禿山(ルイスイエ・ゴールイ)の領地におけるニコライ・ロストフの聖名日の場面まで続いたわけで、執筆当時三十代後半だったロシア作家の元気溢(あふ)れるペンに導かれた、長い長い読書の旅だったと言えるでしょう。

最終巻の出来事自体は決して複雑ではありませんが、構成は他の巻とは幾分変わっていて、祖国戦争の収束と主人公たちの物語の結末を描くほか、反動化していく戦後のロシア社会を背景に波乱含みの将来を暗示するような後日談と、さらには物語の時空を離れて語り手が自由な言葉で展開する壮大な歴史論（近代歴史学批判）を含んでいます。エピローグが二編に分かれているということ自体、かなり独特な造りです。

本巻にはさらに作者が自作への誤解や批判を意識しながら創作意図を説明した『『戦争と平和』という書物について数言』という文章も併録したので、いろんな発想やスタイルで語りかけてくる雑多な言葉と次々に対面するという意味で、若干これまでの巻よりも付き合い方が難しいところがあるかもしれません。

そんなことを踏まえて、長い運動の後のクーリングダウンのつもりで、情報整理のための読書ガイドを試みてみましょう。大半は第六巻にかかわることですが、必要に応じてこれまでの巻の内容や作品全体の創作過程にも触れます。

## 最後はパルチザン戦

本巻で直接話題になる露仏軍の最後の戦闘は、一八一二年十一月五～八日のクラスノエの戦いと、同月十三～十五日のベレジナ渡河の際の戦いですが、いずれも前後の状況が語られるばかりで戦闘自体の描写は含みません（前者では、焚火(たきび)にあたるロシア兵たちのもとにかつてピエールと一夜歓談したフランス将校ラムバールが投降するというエピソードが登場します)。したがって戦いの場が描かれるのは、十月二十三日のシャムシェヴォ村を舞台としたパルチザン戦が最後となります。

ある意味でこれは実際の戦争の経緯を反映したもので、一八一二年七月に初めて編制されたロシア軍のパルチザン部隊は、戦争の後半、とりわけフランス軍が全面的な敗走に転ずる十月から十一月にかけての段階で、きわめて大きな役割を演じることになりました。当初はフランス軍の連絡路の分断や斥候・諜報活動に特化していたものが、敵の背後や側面からの奇襲攻撃による物資や武器の奪取、捕虜になった味方の奪還、敵将兵の捕獲など、全面的に活躍するようになったのです。隊の構成も、正規軍とコサック将兵に奪還捕虜などを加えたオフィシャルな遊撃隊のほかに、地元農民や義勇兵からなる民間のにわか部隊も多数登場して、いかにも国民の総力をあげた戦いにふさわしいものとなりました。

22ページの本文及び注にあるように、小説中のデニーソフのモデルとされた軍人・詩人ダヴィドフはこのパルチザン戦の勇者の一人で、百数十名から数百名程度の小部隊で数倍の兵力を持つ敵を何度も破った逸話の持ち主です。パルチザンは、地元農民の信頼と協力を得るために髭を生やしたり農民風の服装をしたり、また場合によってはフランス軍の制服を着て敵に交じって諜報活動をしたりという複雑な側面があったようですが、そうしたことも作中のデニーソフやドーロホフの振る舞いの描写に反映しています。

第4部第3編1～2章で、語り手はパルチザン戦術を、伝統的な戦争のルールから逸脱した作戦のうちで最も効果的なものと位置付けています。侵略された国民が戦争のルールもマナーもお構いなしに、「ひょいと手近な棍棒を拾い上げて、胸の内の屈辱と復讐の気持ちが晴れて軽蔑と哀れみへと変わるまで、とことん敵をぶちのめす」自然な行為という理解です。ここにはさらに、軍の力を左右する「士気」の要素が読み込まれています。パルチザン部隊が、攻撃の際は密集すべしという戦術原則に逆らい、小単位に分散した攻撃を成功させたのは、それだけ個々の兵が士気を高揚させ、進んで危険に身をさらす状態にあったからだというのです。

合理主義的な立場から個別事象を原則論で評価するよりも出来事全体の趨勢（すうせい）を見る感覚を重視し、将軍たちの戦いより国民の戦いを重要視する作者らしい観察ですが、トルストイはパルチザン戦争についても、決してその利点だけを手放しで認めているように思えません。その描写の中には、例えば歯欠けのチーホンという農民パルチザンの敵兵への振る舞いや、捕獲したフランス軍鼓手ヴァンサンの処遇に関する議論の形で、この種の「原則なき戦い」において捕虜が直面せざるを得ない残酷な運命を暗示しています。そして何よりも、正規軍の伝令の立場で自発的にパルチザン部隊に加わった、人一倍功名心と士気にあふれたロストフ家の末っ子ペーチャが、攻撃中にあっけなく命を落としてしまうところに、小部隊による遊撃戦の危険が浮き彫りにされています。

第4部第3編16～19章では、語り手は改めて歴史を概観する視点から、あたかも目隠し鬼ごっこのような状況で行われた祖国戦争の終盤において、なぜロシア軍は敵の退路を遮断し、捕獲・殲滅できなかったのかと問う者たちを批判しています。敵の退路の遮断や捕獲自体に意味もなければ可能性もなかったし、襲来した勢力を国土から追い払うことこそが国民の唯一の目的だったというのがトルストイ的な判断であり、さらにクトゥーゾフのロシア軍は半数も死者を出しながら、国民にふさわしい目的を遂げるためにできるだけのことをしたのだというのが彼の主張です。パルチザン戦争はいろんな意味で、理想というよりは必然の、窮余の策だったと見るべきでしょう。

トルストイはあくまでも複眼をもって国民の大きな経験を観察し、いろんな出来事の功罪両面を細やかに見極めようとしているようです。

なお、対ナポレオン戦争自体はこの後、フランス軍を追ってパリまで行ったアレクサンドル一世の軍が、第六次対仏同盟軍としてライプツィヒの戦いに勝利し、パリに入城してナポレオンを退位させ……といった形で、ヨーロッパを舞台に続いていきますが、トルストイはその物語を追おうとはしていません。彼にとっての戦争は、ナポレオン軍の残存部分がネマン川を渡ってロシアから脱出し、クトゥーゾフが総司令官の任を解かれた十二月初めまでの段階で、終わっているのです。

## 死んだ者、生き延びた者——生命の継承

小説のプロット上からすれば、デニーソフらパルチザン部隊の活動の最大の意味は、それが捕虜となった主人公ピエールの解放という思いがけない結果をもたらしたことです。部隊の一方の指揮官ドーロホフは、一八〇六年三月にピエールが決闘で殺しかけた相手であり（第2部第1編5章）、デニーソフはニコライとともにその決闘の介添

人を務めた人物なので、この両者によるピエールの救出は、かなり数奇で皮肉なめぐりあわせです。ちょうどボロジノ会戦で重傷を負ったアンドレイ公爵が、包帯所のテントで足を切断された仇敵アナトール・クラーギンと遭遇した（第3部第2編37章）のと同様な偶然で、もしも自分の恩人の正体に気づいていたら、ピエールはきっとアンドレイ公爵と同じく、この相手との縁の深さに驚いたことでしょう。

語り手はいったんフランス軍輸送隊への襲撃と捕虜の解放をデニーソフたちの視点から描いた後で、改めてピエールの視点に移り、襲撃前日（十月二十二日）からの彼の経験を書いていますが、そこから捕虜生活、とくにその最後の二日あまりが、彼にとって決定的な経験の時間だったことがうかがえます。

ピエールはまず捕虜生活の中で得た認識を、人間の生命力の強さと、意識の転換という人間に備わった救済力のありがたさという形で述懐します。意識の転換と呼ばれるものは、ここでは蒸気機関の過剰内圧を外に逃がす安全弁の作用に喩（たと）えられていますが、これは単に苦境から意識を逸（そ）らして精神の平衡を保つという現実逃避の術（すべ）を意味しているのではないようです。ここで言われているのはおそらく、個人が直面する苦痛や死といった深刻で切実な経験を、単に現在の自分の問題としてのみ感じ考えるのではなく、生命という大きなエネルギー全体の営みの一部としてとらえ直すという知恵でしょう。

そうした認識のモデルを提供しているのは、第5巻の後半から捕虜仲間となった農民兵のプラトン・カラターエフですが、パルチザンによる襲撃の日の前々夜には、熱病に苦しむそのプラトンが、焚火の前でお得意の話を仲間の捕虜たちに披露します。無実の罪で徒刑になった信心深い老商人と、十年後に老人の話を聞いて罪を告白し謝罪する真犯人、皇帝からの冤罪赦免のお達し、老人の死――ドストエフスキーの作品に登場してもおかしくないような罪と謝罪と赦しの連鎖の物語ですが、ここでも広い意味で、人間の行為と運命の問題が、個人を超えて生命の営みを感得する視点からとらえ直されている気がします。

そのプラトンが翌日には病気で動けなくなったまま、あっけなく護送兵に銃殺されてしまいますが、ピエールは「意識の転換」を実践するかのように、その死の事実から気持ちを逸らします。するとその晩の彼の夢にプラトンのメッセージと思しき声が聞こえてくる――「生命がすべてだ、生命が神である。すべては移ろい、動いていくが、その運動こそが神である……」そして直後に、昔スイスで教わった地理の先生が登場し、不思議な地球儀を示します。それは動き、移ろい、混じりあい、分かれる水滴の集合からできた球体で、中心に神が存在し、水滴はその神の姿を映し出そうとして広がり、押し合い、沈んでいったかと思うとまた浮かび上がってくる——その運動の中にプラトンも（そしておそらくピエール自身も）いるという構図です。これこそが先述の「生命＝エネルギー」論と「意識の転換」論の絵解きでしょう。

プラトンの死とピエールの解放がほぼ連続しているところからも、二つの個体の生命の間の深い縁のようなもの、あるいは両者の間の一種の継承関係が想定されます。この後のピエールは、プラトンが体現していた遍在する神のもとでの自由と幸福の感覚に開眼し、その世界観がフリーメイソン的な宇宙観よりもはるかに深遠なことを実感します。生活のいろんな場面でプラトンならどうしたかと問うのが彼の思考の一つの型となり、後に出会ったナターシャにも、プラトンの思い出を語る。するとずっと先の一八二〇年の場面では、すでに一家の主婦となったナターシャが、自由と福祉の結社活動を企図する夫のピエールに、プラトンだったらあなたに賛成するだろうかと問うのです（エピローグ第1編16章）。

プラトンばかりでなく、ピエールが遺体を目撃した彼と同じ名前のペーチャ

［ピョートル］の生命も、さらには解放時点ではまだ彼がその運命の帰趨を知らなかったアンドレイ公爵の生命も、ピエールの一部として受け継がれるかのようです。実際プラトンのメッセージとして語られる「生命が神である」という思想は、愛とは生であり、愛とは神であるという、アンドレイ公爵の末期の認識（第4部第1編16章）と重なります。後のモスクワでピエール自身が、アンドレイ公爵とプラトンという異質な人間たちの自分にとっての意味の類似性を自覚しますし（第4部第4編15章）、その直後ボルコンスキー家の屋敷を訪れたピエールが、マリヤとナターシャを前にまず話題にするのが、アンドレイ公爵と、そしてペーチャの最期のことです。そしてエピローグ第1編14章の夜の場面では、ピエールの結社の構想を知ったアンドレイ公爵の息子ニコーレンカが、先述のナターシャの問いを先取りする形で、もしも父が生きていたら、父はおじさんに賛成したでしょうかと問いかけます。

試練の時を生き延びた主人公の内には、死んでいった複数の者たちの精神世界がそのまま息づいていて、彼とともに変わりゆく世界を見ているかのようです。

## 共振型の主人公

作品の冒頭に留学帰りの大貴族の庶子として登場し、夜会の席で革命精神の実現者としてのナポレオン支持論をぶち上げたかと思うと、酔っぱらって警察署長を熊に縛り付けて川に流すいたずらをした、正体不明の二十歳の青年を思い起こすと、七年余りの期間でのピエールの変貌ぶりには驚くしかありません。彼はこの間に、伯爵家の嫡子となって莫大な遺産を継承し、美女と結婚し、妻の不倫相手と決闘し、妻と別居してフリーメイソンに加わり、慈善活動や領地経営の改革に手を染め、外遊して国際的なフリーメイソンと関係を持ち、国内での活動に壁を感じて鬱屈し、アンドレイ公爵とナターシャの婚約を知って落ち込み、アナトールの罠(わな)にはまりかけたナターシャを支え、仏軍が国土に侵入すると、黙示録の「獣の数字」を自分の名に当てはめてナポレオン退治の使命を自覚し、貴族会議の一員として義勇軍を寄付し、民間人でありながらボロジノ会戦の現場を体験し、フリーメイソンであることを咎(とが)められてモスクワの恩師の家に身を隠し、フランス軍将校の命を救って親友となり、武器を懐にナポレオン暗殺に向かう途中で火事場から少女を救い、フランス軍の略奪兵から女性を守ろうとして逮捕され、捕虜となりました。その目まぐるしい経験の全体は、多くのリアリズム小説の場合のように、主人公の個性や思想と状況との関係で動機づけるよりは、冒険小説の主人公の予測不能な運命を連想する方が腑に落ちるものです。

ピエールの行動や志向を、内発的な一貫したものとして説明することは難しいでしょう。ただし彼は本質的に人の情動や思考にも世界の出来事にも敏感に共鳴・共振する、外界に対して開かれた感性の持ち主で、その側面は一貫して変わりません。第5巻のガイドでも触れたように、そんな同調性に富んだ彼が作品の後半にかけて、軍人と民間人、貴族と庶民、フランス人とロシア人の間に身を置き続けることで、地球儀の夢に見られるような生命の波動の様相を感知し、その感覚を言語化し、記憶し、継承する受け皿となっていく――それこそが、作中でのこの人物のかけがえのない役どころだと言えそうです。

余談になりますが、訳者は農民プラトンをはじめいろんな人々の世界感覚を理解し共鳴するピエールの姿を、ほぼ同じ時期に造形されたドストエフスキーのムイシキン公爵（『白痴』一八六八年）と重ねてみたい誘惑に駆られます。ムイシキン公爵は、福音書のキリストをモデルの一つにした人物で、大男のピエールとは体格も顔つきも思考の枠組みもだいぶ違いますが、外国帰りの主人公であること、職も社会的地位もない状態から急に大きな遺産を継承すること、子供っぽい、賢い愚者と、ドン・キホーテ風の滑稽な夢想家の風貌を持ち合わせていること、傷ついた美女の救済者を演じることなど、類似点も数々あります。レフ・ニコラエヴィチという名で、ギロチン刑にトラウマ的なこだわりを持つことなど、トルストイ自身と重なる要素もあり、また『白痴』にモスクワ占領時のナポレオンについてのエピソードが登場する点など、作品同士の接点も見いだせます。『白痴』の主人公が草稿段階で、情熱的でエキセントリックな青年として構想されたのはよく知られていますが、小説の初期の構想段階に登場するピエールの前身も、波乱にとんだ女性遍歴のあげくパルチザン活動や革命運動に没頭する型破りな情熱家でした。

それはさておき、両主人公の一番の共通点は、職業・身分・世代・性別・思想・信条を異にした多様な人々と自然に交わり、その世界感覚を感じ取る能力を持つことでしょう。ムイシキン公爵を通じて、子供たち、病者、差別された女性、死刑囚などの経験が想起され、平凡な農民たちの言葉や世界観がペテルブルグの客間の談話に持ち込まれるのですが、これは『戦争と平和』でピエールの果たす役割に通じています。

おそらくいずれの作家も、同時代の知的エリートの合理主義的人間観や個人主義的社会観では説明しきれない、大地と天空の間ではかない身体と繊細な心を持つ群れの一人として生きる生活者の感覚と知恵に関心を持っていて、二人の主人公はその文学的表現のための媒介者の機能を果たしているように思えます。

## 新しい家族づくり

第4部第4編1〜3章では、アンドレイ公爵とペーチャの二つの死がナターシャ、マリヤ、ロストフ家の一族に与えた深いトラウマと、若い女性たちが互いへの愛を支えにそこから脱していこうとする姿が描かれます。そして第4部第4編15章からエピローグ第1編にかけて、語り手は、若い主人公たちによる新しい家族の形成の物語を描いていきます。

まずは妻を亡くして独身者となったピエールが、モスクワでマリヤの家にいるナターシャと再会し、相手への愛情を改めて自覚する。すると悲哀の果てに心を閉ざしていたかに見えるナターシャも、娘時代の目の輝きを取り戻して、懐かしい相手への愛情を想起します。数々の不幸と喪失の後の、慎重でぎこちない相互愛の復活を準備したのは、それぞれの近過去の経験を共有するという体験でした。アンドレイ公爵の最期に関するピエールの問いに促されて、ナターシャが、モスクワ近郊からヤロスラヴリへと続いた三週間の、誰にも話さなかった看病体験を自分の心の動きも含めてこまごまと語ると、ピエールは語る相手の苦しみを含めてすべてを感じ取ります。ピエールも妻の死の話題から始めて、スーハレフの塔で馬車のナターシャを一瞥してからの三か月ばかりの経験を語ります。逮捕直前の火事のモスクワの人間模様、処刑された囚人たち、捕虜プラトン・カラターエフの話……。「ピエールの発する言葉も、声の震えも、まなざしも、顔の筋の震えも、身振りも、何一つ彼女（ナターシャ）は逃さなかった。まだ発せられていない言葉さえ敏捷にとらえて、自らの開かれた心にそのまま持ち込み、ピエールのあらゆる精神活動の隠された意味を解明しようとしていた」（230頁）と書かれています。

ここには、かつての領地でのクリスマス週間の夜話（第2部第4編10章）や、アンドレイ公爵の病室の前で交わされたソーニャとの会話（第4部第1編8章）など、作品に遍在している記憶のテーマの発展形が見られます。互いのかけがえのない記憶の交換と共有が二人の人物の相互理解と共感への入り口となりますが、分かち合われた記憶は貴重な共有財産であって、拘束ではありません。すべてを踏まえて「命があるうちは幸せもある」（231頁）とピエールは語りかけますが、それこそが農民プラトンから彼が得た生命の思想の諺（ことわざ）版でしょう。ナターシャがピエールを「あの人、何だか清潔ですべすべでみずみずしくなったわね。まるでお風呂上がりみたいに」（233頁）と評するのは、未来の生に向けた新しい愛の告白と聞こえます。マリヤの仲介で両者は一八一三年に結婚します。

もう一方のカップルはそのマリヤとニコライ。ナターシャの結婚後父ロストフが大きな借財を残して死ぬと、パリの占領軍にいた長男ニコライが出世ルートに乗っていた軍を辞して帰郷し、借金の返済に奔走しつつ、文官職のつましい収入で母親とソーニャとの生活を支えます。するとそこへ、父と兄を失ってボルコンスキー家を独りで支えるマリヤが、昔の恩人の面影を胸に訪れます。しかし現在の苦境への対応に没頭し、自虐的な喜びさえ覚えつつあったニコライには、そうした苦労知らずの令嬢のアプローチに気持ちを割く余裕がありません。何よりも両者の経済的な格差が、彼の屈辱感を煽（あお）ります。二人の再会は気まずいものに終わります。

母親に促されたニコライからの訪問も、同じく儀礼的なものに終わりかけるのですが、最後の段階で、よそよそしい距離を保とうとしているニコライの心中を、孤独なマリヤが必死に解読します。この人の今の家族への態度を決定づけているのは、ボグチャロヴォで私を救ってくれた時と同じ、高貴な犠牲と献身の意識だ。そこにいまさら自由で裕福な身分の私が関与しようとしているのが、この人には耐えきれないのだ。しかしそうではない、私こそ薄幸の身で、たった一つの友情を取り上げられてしまうのが辛いのだ。私の愛するそのあなたの献身的な精神を、なぜ今の孤独な私にも向けてくれないのか？――文字通りではありませんが、概ね（おおむ）そんなマリヤの必死の訴えにニコライが思わず頑なな心を解くと、次の瞬間「遠くて手の届かなかったものが、急に近い、手の届く、しかもかけがえのないものと化していた」（２９５頁）のです。翌一八一四年の秋に二人は結婚して、ボルコンスキー家の領地の禿山（ルイスィエ・ゴールィ）に家族とともに住み着き、ニコライはそこで農地経営によって立派に家計を立て直して、農民にも尊敬される地主貴族になっていきます。

## 禿山(ルイスイエ・ゴールイ)に集う者たち

エピローグ第1編9章以降は、一八二〇年十二月、禿山(ルイスイエ・ゴールイ)での冬の聖ニコライ祭の集いを背景に、新しい家族の姿を書いています。

農場仕事一途(いちず)で、時々不機嫌なところを見せながら、妻を自分の体の一部のように感じているニコライと、三人の子を産み、今も妊娠していて、夫の機嫌を気遣うと同時に、ともに暮らすソーニャに穏やかならざる気持ちを抱きながら、しみじみと幸せを味わっているマリヤの夫婦は、いかにも本編の物語の穏やかな結末という印象を与えます。ニコライが父親の手放した領地オトラードノエを買い戻しかけているというのも、地主貴族の物語の理想的なゴールでしょう。

一方、圧倒的な迫力で新しい家族物語に登場するのがナターシャで、得意の歌も社交もやめてひたすら家庭を生活の目的とし、四人の子を持つたくましい多産な牝(めす)と化して、当時の貴族の慣行に逆らって子どもを母乳で育て、夫が帰ってくればその顔を荒々しくわが胸に押し付けて歓迎する――豹変という言葉も浮かびますが、少女のころから兄の友人のボリスにキスをして結婚の約束を交わし、聖名日の祝いではおてんばぶりで「コサックさん」と呼ばれ、狩猟の場面では「森の女神ディアーナ」のような野性の神秘的な魅力を発揮した姿を想起すると、彼女が本来持っていた活力と感応力が家庭という小世界に注ぎ込まれたことの、順当な結果といえるのかもしれません。うれしそうな顔で妻の尻に敷かれながら、子供たちからも姑(しゅうとめ)からもアンドレイ公爵の息子ニコーレンカからも愛と信頼を得ているピエールの夫ぶりも見逃せません。ちなみに、いろんな世代の係累たちが個性を発揮しつつ雑居するこの家族世界の風景は、ロシア貴族の領地では普通のものでしたし、もちろんトルストイが愛読したイギリス風家庭小説にも通じるものです。ただしここに見られるようないくつもの生々しい細部には、執筆当時まだ新婚で、新旧の家族とにぎやかに暮らしていたトルストイの実体験や観察が色濃く反映しているとみて間違いないでしょう。登場人物の中には家族のメンバーをモデルにした者たちも多くいますし、作品執筆自体にも共同作業の側面がありました。歴史資料の収集には妻の姉妹が協力していましたし、原稿の清書や校正の過程では妻ソフィヤが関与し、とくに執筆過程で落馬により右手の関節を挫傷した作者の判じ物のような筆跡は、妻にしか判読できなかったと言われます。そうして書かれた作品が、家の、特に女性メンバーの前で朗読され、皆が感想を述べ合うのです。

襁褓（おしめ）についた赤ん坊の便の色を見て歓声を上げる女家族とか、ピエールの手が「ちょうど赤ん坊のお尻を乗せるようにできている」などという表現、深夜に二人きりで「判断、推論、帰結といった手続きを完全にすっ飛ばし、全く特殊な手段によって、ただならぬ明晰さとスピードでお互いの考えを察し、また伝え合」う夫婦の会話――こうした細部は、いかにも女性の多い雑居生活の中で創作を始めた作家の実体験の産物のような気がしますし、家族という名の読者が個々の表現に見せる反応をうかがう、作家の顔も見えてくるようです。

## 未来へ続くもの

なお家族物語の最後には、未来を暗示する尻尾（しっぽ）のような形で、ピエールが提唱者の一人をつとめる結社の話が出てきます。対ナポレオン戦争後の反動化する社会で、国民にも軍隊にも文化にも悪しき圧力がかかっているという認識に立ち、良心的で行動的な自立した地主貴族が連携して、社会を破局から守ろうというものです。『戦争と平和』の遠い原点に、専制と農奴制の廃棄をかかげて蜂起したデカブリストのテーマがあったこと、当初十九世紀半ばのシベリア帰りのデカブリストを描くつもりだった構想が、徐々に過去へとさかのぼり、デカブリストの乱のあった一八二五年をまたいで、一八〇五年まで達したことは、第1巻の読書ガイドでも触れました。ここでピエールがほのめかしている事柄も、そのテーマ（特に『福祉同盟』という名のデカブリスト結社の一つ）につながりうるのは疑いありません。ピエールの思想自体の表れは徐々に変化していますが、はじめて登場したサロンで、自由と平等の実現者としてのナポレオンを賛美していたこと、そもそもフリーメイソン運動がデカブリスト運動につながる側面を持っていたことなど、傍証はたくさん得られます。『デカブリスト』の仮題で一八六一年にトルストイが書いた三章の断片に登場するもとデカブリストの夫婦の名が、ピョートル・イワーノヴィチ・ラバゾフとナタリヤ・ニコラエヴナだったことも、デカブリストとしてシベリア流刑にされるピエールにナターシャが付き添うという、今後の筋立てを暗示しています。

ただしエピローグ第1編で言及されたのは壮大な構想の断片にすぎず、先の展開は見えません。軍人でもないピエールがこうした構想をリアルに感じるのは、おそらく彼が十代をナポレオン治下のフランスで過ごした経験の持ち主だからでしょうし、退役将官のデニーソフが、ドイツ風の道徳同盟（トゥーゲントブント）は気に食わないが、ただの反乱（ブント）なら大歓迎だと言うのは、彼が現実の軍の悪しき変化ぶり（列間笞刑や屯田兵制度）に不満を持つ者だからでしょう。一方、一家を支えるために軍を辞したニコライは、地主となった後も国家への忠誠という意識を保持しているようで、ひとたび軍人として宣誓をした政府に反逆する者は殲滅（せんめつ）するという原則論でこれをあしらいます。この三者を見ただけでも、運動の行方が混とんとしているのがうかがえます。

彼らにとってはこのエピソードは第二の人生の伏線にとどまりますが、ただし部屋の隅っこでじっと耳を澄ましていたニコーレンカ少年は、これを人生の試金石と受け止めたようです。実際のデカブリスト（例えばニキータ・ムラヴィヨフ）が少年期にそうしたように、彼はプルタルコスの英雄たちの勇敢な事績を思い浮かべながら、亡き父やピエールおじさんとともに国家権力（興味深いことにニコライ叔父の顔をしています）と戦う夢を育みます。それは少年に託されたボルコンスキー家の未来を暗示する夢でもあるのでしょう。

## 歴史はどう書かれるべきか？

『戦争と平和』の一大特徴をなしているのは、エピローグ第2編に書かれた歴史論です。

人類の自己認識に資するための歴史学は、どういう理念や方法を備えるべきか？　神の意志を説明原理としない近代の歴史家には、何が可能なのか？――物語の背景となった近代という時代の精神風景を俯瞰するような位置から、トルストイは同時代の歴史学を批判的に検討しています。

トルストイによれば、人類および諸国民の運動を記述するはずの近代の歴史家たちは、「いかなる力が諸国民を動かしているのか？」という基本的な問いに正しく答えていません。伝記作家や各国史家といった個別史家はそれを英雄たちに備わった力とみなし、一般史家は複数の力から派生した力と説明し、文化史家は知的な影響力と捉えますが、これは蒸気機関車の運動を悪魔のせいにしたり、車輪の運動で説明したり、たなびく煙のせいにしたりするのと同じ、間に合わせの説明にすぎません。部分の力の総和は合成された力に等しいという力学の原則を満たしていないからです（1～3

章)。

歴史運動の説明には、人々の活動を一つの目的に向ける権力の概念が必要ですが、近代法学のように、権力を何らかの了解のもとで選ばれた統治者に委ねられた大衆の意志の総体とする定義は、革命や占領の歴史の説明にはならないとトルストイは見なします。権力とは、個人の意志の表明と、他の人間たちによるその意志の実現との間に存する依存関係であり、この依存関係の条件を解明するには、命令者と実行者及びその出来事との関係を、時間軸上での関係および人間集団の中での位置関係の両面で分析する必要がある、という主張です(4~5章)。

彼によれば、共同の行動をする集団には円錐状の構成が見られます。行動に直接に関与する実行者の数が最大で、直接関与の度合いが少ない命令者になるほど数が減り、頂点は活動を命令だけに特化した最高権力者です。この円錐形が権力構造のモデルであり、歴史に関与する集団の構成法則です。仮に出来事の原因を論じるなら、メンタル面から見れば原因は権力者にあり、フィジカル面から見れば実行者にありますが、現実には両者が連動して物事が起こります。したがって歴史現象の説明には、個別の原因を特定するよりは、こうした運動体を構成し、命令の実現を必然とするような、法則の追求が必要とされます（6～7章）。

歴史運動の法則を語る前提として、トルストイは人間の自由の問題に決着をつける必要を感じています。人間は人類全体の生活を規定している諸法則に従う存在と想定される反面、そうした関係から独立した、自由な存在としてもイメージされています。では諸民族の、人類の過去の生活は、どのように考えられるべきか――人々の自由な活動の産物としてか、あるいは不自由な活動の産物としてか？――これが歴史学の問いです。人間の行動には自由と必然の両要素が含まれており、過去の人間の行為は、解釈者の観点から見た外的な状況の分かりやすさ、解釈の時点からの時間的距離、行為の原因と行為者との関係に対する認識の度合いによって、相対的に自由に見えたり必然に見えたりします。ただし人間には、完全な自由も、必然の法則だけに従うような状況も想定できない以上、自由と必然の問題は、人間の意識と理性の志向性の関係から解釈するのが妥当です。理性が空間、時間、物質の無限性を想定し、因果の連鎖に初めも終わりも例外もないと感じるのに対し、意識は唯我論的志向を持ち、自分が時間を超越しており、自らが原因であって因果律の外にあると感じます。ただし歴史学が研究対象とするのは人間の自由が空間、時間及び原因の束縛の中でどう表れたかという現象面であって、自由そのものは形而上学の研究対象に他なりません。科学において既知のものが必然の法則と呼ばれ、未知のものが生命力と呼ばれるように、歴史学においても、既知のものは必然の法則と呼ばれ、未知のものは自由と呼ばれる。その意味で、歴史学にとっての自由とは、人間の生の法則についてのわれわれの認識が及ばない、未知の残存部分を表す言葉にすぎない——それが彼の歴史学上の自由論の土台となります（8〜10章）。

こうした考察の果てに、自由を法則の中に回収するかのような新しい歴史学のイメージが描かれますが、そこには数学における無限小の処理に関係した比喩が登場します。

「今学問が対象を観察しているような観点から、今学問が歩んでいる方法に沿って、人間の自由意志の中に現象の原因を見出そうとしている限り、学問が法則を表現することは不可能だ。なぜならば、人間の自由をいかに限定しようとも、われわれがその自由を法則に従わない力だと認めた途端に、法則は存在不能になってしまうからだ。

その自由を極限まで限定したとき、すなわちそれを無限小のものと見なしたとき、はじめてわれわれは原因の完全なる不可知性を確信し、そしてその時、歴史学は原因の探求の代わりに法則の探求を己の課題として掲げるだろう。無限小に行きついた時点で細分化という方法を放棄し、正体不明な無限小の総和を求める新たな方法を取るようになった。（中略）学問のうちでもっとも精密な数学は、数学は原因という観念を離れて、法則を、すなわち正体不明な無限小の要素すべてに共通する特性を、突き止めようとしているのだ」

かつて天文学にとって地球の不動性を覆すことが困難だったように、歴史学において人間の人格の自由と独立性を否定することは困難だが、地動説を認めることで法則に到達できた天文学同様、歴史学も、個人が外界に、時間に、原因に束縛されているのを認めることで法則に到達できる、とトルストイは考えます。歴史を学問にするためには、われわれは実在しない自由に見切りをつけて、自分に感知できない束縛を認めなければならない——そんなふうに彼の考察は締めくくられます（11〜12章）。

## 歴史批判として書かれた歴史物語

なかなか読み方の難しいテキストで、付録につけた『戦争と平和』という書物について数言」の末尾と一緒に読むと、トルストイが大いなる宿命論者と感じられるかもしれません。しかし、自由をカッコでくくったうえで法則の探求を志向しているかといって、これを決定論や運命論の歴史観だと読むのはおそらく一面的です。神の意志によって歴史を説明する立場は最初から排除されていますし、動物学や生理学からの類推で人間の行動に関する必然の法則を説くような、自由を無視した形の決定論も、否定されているからです（449頁）。彼の狙いはおそらく、多くの歴史家のように権力者をはじめとする任意の限られた代表者たちの意志から歴史を説明する立場と、自由意志を無視した決定論的な立場との中間に、歴史に関与するすべての者たちが自由と必然の相関の中で展開する行動の全エネルギーをベクトルとして表示できるような、総合的な歴史学を構築することです。そこから、それ自体としては決定不可能な個々人の自由意志を数学の無限小に喩えたうえで、その総和を求めるとか、等価で互いに分かちがたく結びついている、無限小の自由の諸要素すべてに当てはまる法則を解明するといった、玄妙な方法論が提起されるのですが、問題はその具体相が提示されていないことです。もしも文字通り、出来事に関与するすべての人の意志を総合（あるいは積分）するのが前提だとしたら、正しい歴史は永遠に書かれえないように思えます。

総じてトルストイは、同時代の歴史に何が不足し、その結果何が間違っているかを語ることには雄弁で、作品の随所で歴史家たちとの批判的対話を試みてきました（エピローグ第2編1章にあるナポレオン戦争史の戯画は、そのほんの一例です）。また歴史という枠を別にしても、現象を理解して記録するという単純な作業の中に、いかに多くの虚偽が紛れ込むかを、認知・記憶・対話・回想といった各レベルにおいて執拗に指摘しています。そうした意識からくる批判的オルタナティヴとして、作中にいくつもの迫真的な事件の描写（例えばボロジノ会戦の場面）を見ることができますが、そうした場面のコラージュでできている作品全体が、総合的な歴史記述のモデルを示しているとは思えません。エピローグ第1編3〜4章では、ナポレオン戦争史をヨーロッパの民族の東西運動という枠組みでとらえた絵巻物のごとき記述モデルが提示されていますが、これも歴史運動の目的は分からないという前提ですべてを必然としてとらえるゲームの結果を表示したものにすぎません。つまり読者からすると、現在地の誤りと歩むべき方向は示されても、目的地は霧の中なのです。

求める理想（歴史の法則の把握）が積極的な表現を獲得できないというこうした現

象の中に、例えば思想家のアイザー・バーリンはトルストイ自身に内在していた分析志向と総合志向、個別現象への興味と普遍的なものへの関心の間の矛盾葛藤の表れを見ています。「彼（トルストイ）の天分は、特質を知覚すること、所与の対象を他のすべてのものとはユニークに異なるようにしているほとんど表現しがたい個性を知覚することにあった。にもかかわらず彼は、普遍的な説明の原理に憧れたのである。つまり、世界の道具立てを構成している互いに相容れないあれこれの物が一見多様に見えることの中に、類似性や共通の起源、単一の目的や統一性を知覚しようとした」[1]

こうした「矛盾」をはらんだ作者の態度の結果、作品の全体が、歴史小説というよりは歴史批判、あるいは歴史記述の限界をテーマとした自己言及型の小説になっているのは注目すべき特徴といえましょう。現代アメリカの文学研究者ゲイリー・モーソンは、トルストイの矛盾とも限界とも読めるこうした要素をむしろ積極的に物語構成の原理ととらえ直して、『戦争と平和』の叙述原理全体を否定的叙述法（ネガティヴ・ナレーション）と定義してい

1 アイザー・バーリン『ハリネズミと狐 『戦争と平和』の歴史哲学』（河合秀和訳、岩波文庫、一九九七年）六七頁。

ます。すなわちこの小説は、あらゆる歴史（物語）は必ず嘘になるという認識をベースに、「あらゆる物語の虚偽を明かす物語はいかにして書かれるべきか」という課題を設定し、実践した作品であり、そこでは重要に見えることがすべて二次的な意味しか持たず、本当に重要なことは平凡な光景の中に隠されている、というのです。[2] モーソンのような捉え方は、歴史論上の意味は措くとしても、トルストイの小説の解釈法としては、大いに参考になるものです。

## 進化する物語——創作過程とジャンルの変貌

以上のような独特な「物語批判」小説の誕生背景を知るためにも、作品の創作過程を概観するのは無駄ではないでしょう。『戦争と平和』は長い期間にわたって執筆、発表された作品でした。以下主としてこの作品の創作背景を詳しく検討したロシアの文学者ボリス・エイヘンバウムとヴィクトル・シクロフスキーの研究を参考に、作品の成り立ちを概観してみましょう。[3]

既述のようにデカブリストに関する小説の構想は一八五〇年代に生まれていますが、

対ナポレオン戦争を題材にした作品の執筆が開始されたのは、作家が結婚した翌年の、一八六三年の初めでした。翌一八六四年の末にほぼ現在の第1部第1編に当たる部分が完成し、ミハイル・カトコフの雑誌『ロシア報知』との連載契約が結ばれました。これはツルゲーネフやドストエフスキーの作品も掲載した有名雑誌で、トルストイ自身『コサック』（一八六三）などで縁のあった媒体です。『ロシア報知』一八六五年一月号と二月号に『一八〇五年』という題名でアンドレイ公爵の出征までの部分が掲載され、翌六六年の二月～四月の三号に『一八〇五年

2　Gary Saul Morson. *Hidden in Plain View: Narrative and Creative Potentials in "War and Peace"*, Stanford: Stanford UP, 1987. pp. 130-131.　ちなみにトルストイの歴史観における決定論と不可知論の微妙な関係を、モーソンは以下のように説明している。すなわち何らかの歴史法則によって歴史の方向があらかじめ決定されているという考えには蓋然性がある。しかしその法則を構成する無数の因子を知悉することは人間には不可能である。したがって人間の立場から見れば、法則によって規定されているはずの歴史が、何かの偶然によって生じる不可知で予測不能な現象としか見えない。結果的に人間の自由は決定論によって保障される。（Morson: pp. 89-92, 120）

3　Борис Эйхенбаум. Лев Толстой. München: Wilhelm Fink Verlag, 1968. сс. 189-403
Виктор Шкловский. Лев Толстой（Собрание сочинений т. 2）. Москва: Худ. лит, 1974. сс. 316-359

第二部　戦争』の題名で一八〇五年の戦争開始からシェングラーベンの戦いまで（アウステルリッツ三帝会戦までは含まず）が発表されました。

この後トルストイは以降の部分を書き進め、六七年には最初の全体の草稿にあたるものを書き上げます。この年の九月にはボロジノの戦場を視察し、作品構想に大きな刺激を受けています。

この間に作品発表のプラン自体に変化が生じ、雑誌連載をやめて単行本のシリーズ出版の形式が選ばれます。契約を結んだ相手は古文書学専門家でチェルトコフ図書館（現歴史図書館）長ピョートル・バルテーネフが経営する出版社《ルスキー・アルヒーフ》。バルテーネフは編集・校閲のほか専門家としての史実検証や検閲との交渉、印刷所の手配も引き受けました。すでに雑誌掲載された部分の改訂出版も含め、新たに『戦争と平和』と名付けられた作品のシリーズ出版は、一八六七年末に始まり一八六九年末に第六巻の発行をもって完了しました。

長期にわたった執筆・出版の過程で、作品の性格やジャンルにも大きな変化が生じています。『一八〇五年』の題名で雑誌版の最初を飾った小説は、いわゆる英国風家庭小説としてデザインされたもので、戦争の時代を背景として複数の家族の経験を描くことを狙いとしていました。参考資料の中では妻の妹が集めた当時の貴族の書簡類が重要な位置を占めていました。すなわち戦争の話題は登場しても、皇帝や将兵の姿は不要だったわけです。ちなみにこの段階では、アンドレイ公爵はあっけなく戦死する端役のような位置づけでした。

しかし雑誌連載を進めていた一八六五年ころから、トルストイの関心が歴史や戦争そのものに移り、資料の渉猟や調査（ボロジノ視察もその一つ）を進めるにつれて、作品の性格が変化します。トルストイの家には祖国戦争関連の図書室ができあがり、作品全体がアレクサンドル一世とナポレオンの戦いを描く歴史小説の趣を深めて、家族の物語と戦争の実相とが密接に関係した、二重焦点の物語になっていったのです。

そして創作期の後半にあたる一八六七〜六八年にかけては、そこに叙事詩的な風味が加わります。物語の地平を離れて大所高所から歴史・戦争論を展開する語りのスタイルがその一番の兆候で、エピローグ第2編を頂点とするこの「叙事詩的逸脱」の開始点は、「聖書の伝説によれば堕罪以前の原初の人間にとっては……」と始まる現在の第2部第4編1章で、それが本格化するのは「一八一一年の末から西ヨーロッパの軍備増強と兵力集中が開始され……」と始まる第3部第1編1章です。これが作品のジャンル構想の変化の時点を示しています。エイヘンバウムは、歴史小説として書かれた部分をホメロスの「オデュッセイア」に、叙事詩風の部分を「イリアス」になぞらえるという、極めて興味深いとらえ方をしています。シクロフスキーは、こうしたジャンル転換の過程で小説の統一性ということについてのトルストイの認識や態度自体が変化したという、注目すべき指摘をしています。すなわちあらかじめ全体を構想し、意味づけ、書き始めるといった意味での、デザインの統一性ではなく、認識し、意味づける行為としての創作プロセスを、それ自体の必然性に沿った形で進めた果てに統一性が生まれてくるという、いわば結果としての統一性という発想への転換が生じたという観察です。構造としてよりも流れとしての統一性といった考え方は微妙ですが、トルストイが実際に、発端と結末の呼応とか、提示されたテーマや人物の律儀な回収といった意味での、当初の構想にあった「小説らしさ」をあえて壊す方向で作業したのは、はっきりと窺(うかが)えます。たとえば、第2部第4編の狩猟の場面に登場した魅力的なニコライのおじさんは、当初ボロジノの戦いに再登場する予定だったのですが、そのプランは捨てられています。同じく初期の草稿では、ピエールがモスクワでフリーメイソンのイタリア人伯爵を助け、その人物が後に捕虜になったピエールを救い、さらに後に本人がニコライの捕虜になったあげく、結果としてピエールとナターシャの仲を取り持つといった、数奇なプロットも存在していました。そういう人物関係レベルでのプロット展開や因果付けを分断した結果、作者が創作を通じて意味づけ、造形していく歴史の流れ自体が主役となって、人物はその一コマ一コマにおける視点や構成要素と化していくような物語へのシフトが生じました。ピエールのような人物の行動や志向を内発的な一貫したものとして説明するのは難しいが、彼の機能は一貫しているというわれわれの感想も、そんなことと関係しているのかもしれません。

以上のような段階的な方針転換の結果、作品の前半と後半を直接比べると、物語のテンポにも様式にも違いが感じられます。また折に触れて注や読書ガイドで指摘したような年齢や日付のレベルでの若干の不整合も、部分的にこうした設計変更から説明できるかもしれません。しかし最初から一貫しているエピソード集的な構成、すなわち出来事の場面と描写の視点を頻繁に変化させ、いろいろな角度からのカットを自在に組み合わせていく「モンタージュ」風の構成手法のおかげで、そうした違和感が目立たなくなっている——それがエイヘンバウムの観察です。トルストイは状況に反応しながら刻々と変化・成長する主人公たちを造形しただけでなく、構想の変化に対応して柔軟に形を変えていく、進化する物語を書いたともいえるでしょう。

## 時代思潮の中で

作品の構想とその変化の過程では、外部からの影響も大きな役割を果たしました。当初はデカブリスト予備軍の貴族たちの経験の背景として戦争の時代を描こうとしたトルストイが、対ナポレオン戦争史自体への関心を深めていったのには、祖国戦争から半世紀を経た時代の文学・文化モードの変化という下地がありました。歴史への関心が高まる一方で、ツルゲーネフ流の「よくできた」小説への嗜好(しこう)が低下し、歴史書、伝記、メモワールの類が隆盛を迎えていました。トルストイも数々の同時代の歴史書や回想記を渉猟し、またロンドンを言論発信の拠点としていたロシア人亡命者アレクサンドル・ゲルツェンの『過去と思索』(一八五四～六九)、フランスの無政府主義者ピエール・プルードンの『戦争と平和』(一八六一)、革命のフランスから亡命してサルデーニャの宰相となり、一八〇二年からロシア公使としてペテルブルグに滞在したジョゼフ・ド・メーストルの『ペテルブルグ夜話』（一八二一）などの刺激的な書物群からも、大きな刺激を受けています。ゲルツェンの回想記に登場する彼の父親は、小説の第4部第2編9章に登場しますし、プルードンの書物は、ナポレオンの天才視や偶像化に反対して、彼を稀代の冒険主義者（アヴァンチュリスト）として描く態度でトルストイの共感を呼びました。プルードンの書物は、もちろんトルストイの作品の題名にも影響しています。メーストルの書物も、戦争を神の業とみる反近代的視点で刺激を与えました。メーストルはアンナ・シェーレルの夜会に「美点の多い人」として登場するほか、その文章や思想が作中何カ所かに引用されています。

エイヘンバウムの研究によれば、トルストイが戦争論からさらに歴史論へと関心を広げていったのには、以上のような書物の他に、モスクワのスラヴ主義者たち、とくに歴史学者で評論家のミハイル・ポゴージン、名高いチェス・プレーヤーで数学者のセルゲイ・ウルーソフといった人物との交際が、大きな役割をはたしていました。ともに歴史事象の因果論よりも歴史の一般法則や目的の追求に関心を持ち、数学や物理学の概念を歴史論に応用する傾向のあった人物で、「歴史の微分」「無限小の総和」といった概念の出所はここにあります。とりわけセヴァストーポリ戦（クリミア戦争）

の経験者でトルストイの戦友にあたるウルーソフは、ナポレオンを打ち破るのではなく騙そうとするクトゥーゾフ将軍の戦略を積極的に評価してトルストイの作品中でのクトゥーゾフの格上げに貢献したのをはじめ、戦争論の部分にも、共同創作者といえるほど深く関与し、そうした形で、いわば叙事詩的スタイルの構築をサポートしました。トルストイの小説の特異な構造は、ある意味でこうした時代思潮、特にそのスラヴ主義的な一潮流の影響の産物だったと言えるかもしれません。

## 小説の運命

『「戦争と平和」という書物について数言』に見られるように、トルストイは自らの芸術家としての歴史記述の妥当性にも、歴史的人物の役割の評価にも、根拠と自信を持っていました。ただし歴史（批判）論や叙事詩風の小説構成自体については、関心もこだわりもさほど長くは持続しなかったようです。後の一八七三年、彼は批評家ニコライ・ストラーホフの大きな関与のもとに、それまでの六巻本を四巻本（四部構成）にした改訂新版を作っていますが、その際、読者に評判の良くなかったフランス語部分がロシア語に置き換えられたほか、戦争論や歴史論などのいわゆる叙事詩的逸脱の部分がごっそり本文から除かれました。そのうち祖国戦争論の部分は巻末に「一二年戦役論集」として別掲されましたが、歴史論・歴史哲学の部分はそのまま排除されてしまいました。小説はここでもう一度、縮小という形の「進化」を遂げたのです。

小説の運命はさらに変転を重ね、一八八六年の十二巻作品集の出版に際して、ソフィヤ夫人が再度ストラーホフの手を借りて、新版（通算第五版）を作成しました。これはフランス語も叙事詩的逸脱も含めて一八六九年の最初の版に戻したものですが、ただし部構成は七三年版を踏襲し、四部＋エピローグという、現在の基本版ができたわけです。ただし当時すでに私有財産を悪とみて印税の類を否定する立場をとり、芸術創作についても見解を変えていた作者トルストイ自身は、この改訂プロジェクトに関与していませんでした。そういう意味で、作品の完全版は存在しないと、エイヘンバウムは結論しています。

## 翻訳原典

Л. Н. Толстой. Война и мир. Собрание сочинений в двадцати двух томах. Т. 7. Москва: Художественная литература, 1980.

＊作品・読書ガイド中の暦は特に断りのない場合露暦（ユリウス暦）で、十二日を足すと現行のグレゴリオ暦になります。

## 参考文献（直接引用・言及したものの他、訳者が作品解釈および翻訳でお世話になったものを含みます）

Николай Кареев. Историческая философия гр. Л. Н. Толстого в《Войне и мире》. С-Пб.: Изд. Л. Ф. Пантелеева, 1888.

Виктор Шкловский. Матерьял и стиль в романе Льва Толстого《Война и мир》. Москва: 《Федерация》, 1928.

Борис Эйхенбаум. Лев Толстой. München: Wilhelm Fink Verlag, 1968.

Виктор Шкловский. Лев Толстой（Собрание сочинений т. 2）. Москва: Худ. лит., 1974.

Edgar Lehrman, *A Guide to the Russian Texts of Tolstoi's War and Peace*, Ann Arbor: Ardis, 1980.

Gary Saul Morson, *Hidden in Plain View: Narrative and Creative Potentials in "War and Peace"*, Stanford: Stanford UP, 1987.

川端香男里『トルストイ（人類の知的遺産52）』（講談社、一九八二年）

本多秋五『トルストイ論集』（武蔵野書房、一九八八年）

Rimvydas Silbajoris, *War and Peace: Tolstoy's Mirror of the World*, New York: Twayne Publishers, 1995.

Kathryn B. Feuer, *Tolstoy and the Genesis of War and Peace*, Ithaca and London: Cornell UP, 1996.

アイザー・バーリン『ハリネズミと狐　『戦争と平和』の歴史哲学』（河合秀和訳、岩波文庫、一九九七年）

ユーリー・ロートマン『ロシア貴族』（桑野隆・望月哲男・渡辺雅司訳、筑摩書房、一九九七年）

アレクサンドル・ゲルツェン『過去と思索１』（金子幸彦・長縄光男訳、筑摩書房、

一九九八年）
Всеволод Троицкий. Отечественная война 1812 года и русская литература XIX века. Москва: Наследие, 1998.
『舊新約聖書　文語訳』（日本聖書協会、二〇〇八年）
佐藤雄亮『前期レフ・トルストイの生活と創作――「内なる女性像」から生じた問題とその解決を中心に――』（博士論文、二〇一五年：https://ci.nii.ac.jp/naid/500000981094）
越野剛「ナポレオン戦争におけるフョードル・ロストプチンと民衆（ナロード）イメージ」『ロシア語ロシア文学研究』（日本ロシア文学会、二〇〇八年）
藤沼貴『トルストイ』（第三文明社、二〇〇九年）
中村唯史「トルストイ『戦争と平和』における「崇高」の問題」『山形大学人文学部研究年報』第八号（二〇一一年）
鳥山祐介「巣箱から飛立つ蜜蜂の群れのように――クルイロフの寓話詩『鴉と鶏』と1812年のモスクワ――」『千葉大学比較文化研究1』（二〇一三年）
法橋和彦「プルタルコス『英雄伝』を読む少年――『戦争と平和』エピローグ第一部の読み方によせて」『むうざ』第二八号（二〇一三年）

佐藤雄亮『トルストイと「女」　博愛主義の原点』（早稲田大学出版部、二〇二〇年）

参照した翻訳

トルストイ『戦争と平和Ⅰ〜Ⅲ』（原久一郎・原卓也訳、集英社『世界文学全集47〜49』、一九七八年）

Leo Tolstoy, *War and Peace*, Translated by Louise and Aylmer Maude, Edited and Revised by George Gibian, New York: W. W. Norton and Company, 1996.

トルストイ『戦争と平和一〜六』（藤沼貴訳、岩波文庫、二〇〇六年）

Leo Tolstoy, *War and Peace*, Translated, Annotated and Introduced by Richard Pevear and Larissa Volokhonsky, London: Vintage Books, 2009.

# トルストイ年譜

＊は同年の社会史など（暦は旧露暦。十九世紀中は十二日、二十世紀は十三日を足すと現行の暦となる）

一八二八年

八月二八日伯爵家の四男としてトゥーラ県の領地ヤースナヤ・ポリャーナ（北緯五四度、東経三七度）に生まれる。

一八三〇年　二歳

母親の死。

一八三七年　九歳

モスクワへ転居。父親の死により叔母が後見人に。

一八四一年　一三歳

ヴォルガ河岸の都市カザンに転居。

一八四四年　一六歳

カザン大学東洋学部に入学（後に法学部に転部）。兄たちと初めて娼館に。

一八四七年　一九歳

約一五〇〇ヘクタールの領地ヤースナヤ・ポリャーナを正式相続。哲学と実生活の合一のため大学を中退、領地に帰る。超人的な計画の下に勉学と農民生活の改善事業に取り掛かるが、挫折。

一八四八年　二〇歳

＊フランス二月革命。

一八四九年　二一歳

ペテルブルグで大学卒業資格認定試験

を受験、中途放棄。領地に子供の学校を開く。

＊ユートピア社会主義のペトラシェフスキー会事件でドストエフスキーらシベリア流刑に。

一八五一年　二三歳

長兄ニコライに従いロシアとイスラーム世界が対立するコーカサス戦線へ。

＊モスクワーペテルブルグ間に鉄道開通。

一八五二年　二四歳

砲兵下士官となる。処女作『幼年時代』発表、ツルゲーネフらに注目される。

一八五四年　二六歳

少尉補に昇進し一時帰省後、ドナウ方面軍に配属。後にオスマン帝国、英仏軍とのクリミア戦争の舞台である黒海岸のセヴァストーポリへ。『少年時代』。

一八五五年　二七歳

戦記『十二月のセヴァストーポリ』など。ペテルブルグに行き、文壇の歓迎を受ける。

＊ニコライ一世死去、アレクサンドル二世即位。クリミア戦争敗北。

一八五六年　二八歳

中尉で退役し、領地に帰還。所有農奴解放の試み。『地主の朝』。

一八五七年　二九歳

最初のヨーロッパ旅行（一月〜七月）。パリで殺人犯の公開ギロチン処刑を見て西欧的文明に幻滅。プルードンを読み無政府主義に関心を覚える。『青年時代』『ルツェルン』。

一八五八年　三〇歳
夫のある農婦アクシーニヤと恋愛関係始まる。

一八五九年　三一歳
『三つの死』『家庭の幸福』。屋敷内に開いた学校で農民の子供たちの教育に没頭、創作活動の放棄を考える。
＊ダーウィン『種の起源』。

一八六〇年　三二歳
夫のもとを去った妹マリヤとともに、教育事情の調査を兼ねて二度目の西欧旅行（六月～翌年四月）。九月南仏で長兄ニコライの死に立ちあい、衝撃を受ける。長編『デカブリスト』を着想。
＊ドストエフスキー『死の家の記録』（～六二年）。

一八六一年　三三歳
ロンドンでロシア的社会主義の理念を説く亡命思想家ゲルツェンと、ブリュッセルで無政府主義者プルードンと会見。帰国後農事調停員に任命されるが、農民の利益を擁護して地主層の反発を買い、一年で辞任。ツルゲーネフと決闘騒ぎのすえに絶交（七八年に和解）。
＊二月一九日農奴解放令。

一八六二年　三四歳
教育雑誌『ヤースナヤ・ポリャーナ』刊行。カードの賭けで千ルーブリを失い、これを機に賭博をやめる。四月～

七月ステップ地方で馬乳酒療法。トルストイの教育事業を怪しむ当局が留守宅を捜索。後に学校閉鎖。九月宮廷医ベルスの次女ソフィヤと結婚。論文「国民教育論」など。

＊ツルゲーネフ『父と子』。

一八六三年　三五歳

『コサック』『ポリクーシカ』。長男セルゲイ誕生。『戦争と平和』となる長編に着手。

＊ポーランドで反ロシア蜂起。チェルヌィシェフスキー『何をなすべきか』。

一八六四年　三六歳

長女タチヤーナ誕生。狩猟中に落馬して右手を負傷、一時執筆が不自由に。二巻本著作集を出版。

＊司法制度改革。

一八六五年　三七歳

『一八〇五年』(後の『戦争と平和』第一部) 雑誌『ロシア報知』に連載開始(～六六年)。

一八六六年　三八歳

次男イリヤ誕生。指揮官への暴行をとがめられた兵士シャブーニンの弁護人となるが、兵士は死刑に。

＊カラコーゾフによる皇帝暗殺未遂。ドストエフスキー『罪と罰』。

一八六七年　三九歳

ボロジノの戦場を視察。『戦争と平和』単行本のシリーズ出版開始。

一八六八年　四〇歳

「『戦争と平和』という書物について数

言」を発表。

一八六九年　四一歳

カント、ショーペンハウアーを耽読。J・S・ミル『女性の解放』に反発。三男レフ誕生。ペンザ地方への旅の途中アルザマス（モスクワ東方四百キロ）の旅館で死の恐怖を味わう。『戦争と平和』全六巻出版完結。

＊ネチャーエフら革命家の地下組織運動。

一八七一年　四三歳

次女マリヤ誕生。

一八七二年　四四歳

邸内に学校を再開、自作の『初等教科書』を使用。『コーカサスの捕虜』。四男ピョートル誕生。

一八七三年　四五歳

『アンナ・カレーニナ』執筆開始。サマーラ地方の飢饉救済義捐金活動を行う。八巻著作集出版に際し、批評家ストラーホフの協力で『戦争と平和』の大改訂、六部作を四部作にし、歴史論部分の大半を削除。四男ピョートル、ジフテリアで死亡。科学アカデミー準会員に。

一八七四年　四六歳

モスクワで公開授業。五男ニコライ誕生。論文「国民教育について」。『初等教科書』が公認される。

＊このころナロードニキ運動ピークに。

一八七五年　四七歳

『アンナ・カレーニナ』を『ロシア報

知』誌に連載開始。五男ニコライ脳水腫で死亡。三女ワルワーラ早産で死亡。

一八七六年　四八歳
チャイコフスキーと知り合い、弦楽四重奏に感動。

一八七七年　四九歳
『アンナ・カレーニナ』完成、ただし発表誌主幹のカトコフが第八部の内容を反戦的という理由で掲載拒否したため、単行書での出版を決意（翌年出版）。精神的不安から宗教への関心を深め、修道院などを訪問。六男アンドレイ誕生。
＊露土戦争（～七八）。

一八七九年　五一歳
民話の語り手シチェゴリョーノクから聞き書き、後の民話風作品に活用。教会の教義との絶縁を決意。『懺悔』（八四年刊）や宗教哲学論文を書き始める。七男ミハイル誕生。

一八八〇年　五二歳
『教義神学批判』『四福音書の統合と翻訳』を執筆。

一八八一年　五三歳
アレクサンドル二世暗殺事件に際し、犯人を処刑しないよう新帝に訴える。『要約福音書』『人は何で生きるか』。裁判官メーチニコフの死を知って『イワン・イリイチの死』の着想を得る。モスクワへ転居。八男アレクセイ誕生。
＊ドストエフスキー没。

一八八二年　五四歳

モスクワ国勢調査に参加、悲惨な住民の現実を見て『さらばわれら何をなすべきか』に着手。トルストイの宗教的著作を警戒する宗務院の検閲が強化。

一八八三年　五五歳
ツルゲーネフから文学への復帰を促すメッセージを得る。晩年の相談役・マネージャー的な存在となったチェルトコーフと知り合う。
＊ツルゲーネフ没。

一八八四年　五六歳
『わが信仰のありか』手書きで広まる。老子や孔子を読む。四女アレクサンドラ誕生。妻との不和から最初の家出の試み。

一八八五年　五七歳
『さらばわれら何をなすべきか』の掲載誌発禁に。トルストイの非暴力主義による徴兵忌避者出現。菜食、禁煙、禁酒に取り組む。『民話』『ホルストメール』。妻との不和つのり、妻に著作権を譲る。

一八八六年　五八歳
八男アレクセイ、ジフテリアで死亡。『イワン・イリイチの死』完成（三月）。一二巻作品集の発刊に際してソフィヤ夫人がストラーホフの協力で『戦争と平和』を再度改訂、第二版の四部構成を残して、内容を一八六九年版に戻す。

一八八七年　五九歳
『闇の力』発禁に。ロマン・ロランの手紙を受け取る。『クロイツェル・ソナタ』に着手。『生命論（人生論）』。
一八八八年　六〇歳
九男イワン誕生。
一八八九年　六一歳
『クロイツェル・ソナタ』完成（一二月）。これに先立って同作品の第八稿が手書きやリトグラフなどで流布。
一八九〇年　六二歳
『クロイツェル・ソナタ』発禁処分確定（四月）。
＊ロシア象徴主義の勃興。
一八九一年　六三歳
ソフィヤ夫人がトルストイ作品集第一三巻に『クロイツェル・ソナタ』を収録、皇帝との直接交渉で発禁が解かれる。一八八一年以降の著作に関する著作権を放棄。飢饉救援で給食所活動を開始。
一八九三年　六五歳
『神の王国は汝らのうちにあり』。
一八九五年　六七歳
『主人と下男』。九男イワン猩紅熱で死亡。前年に知り合ったドゥホボール教徒の徴兵忌避と関連して、官憲の圧力を受ける。チェーホフと知り合う。
一八九八年　七〇歳
『芸術とは何か』。
＊ロシア社会民主労働党（共産党）結成。
一八九九年　七一歳
リルケ来訪。『復活』完成。収益をドゥホボール教徒の海外移住資金に。

一九〇〇年　七二歳
『生ける屍』執筆。ゴーリキーとの出会い。
一九〇一年　七三歳
宗務院がトルストイを破門、広範な批判を呼ぶ。
一九〇四年　七六歳
日露戦争を批判する論文「悔い改めよ!」をロンドン・タイムズに発表。兄セルゲイ死去。『ハジ・ムラート』完成。
＊日露戦争(〜〇五)
一九〇五年　七七歳
『壺のアリョーシャ』『緑の杖』執筆。
チェーホフ『かわいい女』序文を書く。
＊ペテルブルグ労働者の請願デモに軍が発砲した「血の日曜日事件」から第一次革命へ。
一九〇六年　七八歳
次女マリヤ死去。
＊第一次国会開設。ストルィピン改革。
一九〇七年　七九歳
ストルィピン首相に土地私有の廃止を提言。
一九〇八年　八〇歳
死刑反対論文「沈黙してはいられない」を発表。
＊レーニン『ロシア革命の鏡としてのレフ・トルストイ』。
一九〇九年　八一歳
ガンジーよりインドの植民地状況を訴える手紙を受け取る。

一九一〇年　八二歳

一〇月二八日、家出。一一月七日リャザン・ウラル鉄道のアスターポヴォ駅で死去。

# 訳者あとがき

『戦争と平和』は、今世紀の初めころに光文社古典新訳文庫が企画されたときから収録予定作品リストに入っていたそうで、数年前、たまたまこのレーベルでトルストイの作品をいくつかお引き受けしていた訳者に、翻訳の打診がありました。

いつもなら、難しそうな作品でも、「勉強のチャンス」「新しい友達作り」くらいの軽い気持ちでお引き受けするのですが、さすがにこのときはちょっとためらいました。勉強や友達作りの感覚で近づくには、あまりにも巨大で、異形で、つきあいの難しそうな相手に思えたからです。主に十九世紀中期以降のことばかり勉強してきた自分に十九世紀初期の対ナポレオン戦争の時代を描いた作品が訳せるかというのが、第一の懸念でした。また、当時すでに六十代の半ばに差し掛かっていた身としては、たった一人で怪物のようなカジキを釣りあげようとしている『老人と海』の主人公の、悲愴な姿が頭に浮かび、それも迷いのもととなりました。

　結局は好奇心に負けてお引き受けしたのですが、作業にとりかかるには若干の武装や準備運動を強いられました。ナポレオンの事績とその人物像、祖国戦争の歴史と文学表象、ロシアにおけるアレクサンドル一世やクトゥーゾフのイメージ等々といった関連分野の資料を覗き、また一方で、この作品の創作史や受容・評価史に関する研究文献にも、できる範囲で目を通してみました。書かれている世界への臨場感覚を少しでも高めたかったからです。また翻訳の過程では、次々に登場する人名や地名の抜き書きリストを作ったり、兵器や将兵の位など軍事関連を中心とした露日対照語彙集を作ったりと、いつもはしないようなことをして、他の作品よりもひときわ複雑な情報の整理を心がけました。適度な運動で体力を維持しようと、近くの市民プールにも通いました。要するに、かなりビビっていたわけです。

　こうした算段は、もちろん翻訳を進めるのにある程度役立ちましたが、なおかつ、キャベツにとりついた青虫のように、長い作品をコツコツ訳す作業の初期段階では、平常心を保ち続けることがなかなか困難でした。ペテルブルグの夜会を舞台にしたナポレオンをめぐる意見の応酬、青年将校たちの放埒（ほうらつ）で危険な深夜の酒宴、モスクワの貴族邸での聖名日の晩餐会、旧時代の貴顕の臨終場面の裏で繰り広げられる遺産争奪合戦、暴君的な父親のもとに怯える妻を残して出征する長男、総司令官による行軍中の隊の査閲にあたふたと備える連隊長、ロシア軍とオーストリア軍の間の微妙な牽制の応酬、負けた友軍の指揮官をからかう副官たち、仲間の財布を盗む将校とスキャンダルをもみ消そうとする指揮官たち、皮肉な警句を交えて状況分析する外交官、そして圧倒的な迫力で始まる戦闘……。それぞれ確かな質感と絶妙なパースペクティヴをもって描写されるこうした雑多なシーンのパッチワークでできている小説世界は、あるスピードで読み進めるのは心地よいのですが、床板一枚一枚を踏んで進む翻訳作業者には、何か船酔いに似た怪しい感覚を誘発するものでした。茫漠たる作品世界の中で方向感覚や時間感覚を失って、今自分はどこにいるのかと、少し遠い目になって考え込むような場面もありました。

むろん作業を続けるうちには、こちらもある種のリズムに慣れてきて、そんな迷子感覚からも徐々に解放されましたが、そうしたことには、トルストイ自身の次のような文章を読んだことも関連しています。

「ここに提供する作品は長編小説(ロマン)もしくは中編小説(ポーヴェスチ)に最も近いものだが、しかしこれは長編小説ではない。自分が考え出した人物たち（の人生）に一定の区切りをつけることが、私にはできないし、その能力もないからだ。例えば結婚とか死とかがあって、それを最後に物語の感興が尽きるというふうには、どうしてもできない。一人の人物の死は、ひたすらほかの人物たちへの興味を刺激するし、結婚とは概して興味の発端であって結末ではない——私にはそうとしか思えないのだ。この作品を中編小説と呼ぶこともできない。なぜなら自分の作中人物たちを何か一つの、あるいは一連の思想の証明あるいは解説という目的のためだけに活動させるようなことは、私のなしうるところではないし、またできないからだ。

今回出版されるものが自分の作品のどんな部分にあたるのか、私は決めることができないが、それは作品全体がどれほどの規模のものになるのか、自分でも分からず、想像することさえできないからである。

私の課題は一八〇五年から一八五六年までの間の、ある人々の生活と確執を記述することである。

自覚しているが、仮に私がこの作業だけに専念して、しかもその作業が最高に好ましい条件下で行われたと仮定したところで、到底自分の課題を成し遂げることはできないだろう。いや、もしもこれを自分の願い通りに実現することができたとしたところで、私の物語の感興は、想定した時代に到達してもなお尽きることはない——私はそう信じているし、それを目指している。思うに、仮に私の作品が面白いものだとしたら、その面白みは作品の各部分が終わるたびに途切れるのではなく、部分単位で発揮されるようになっている。そしてまさにこの特徴のせいで、この作品は長編小説とは呼べないのだ。

まさにそんな性格のおかげで、思うに、この作品は個々の部分ごとに出版されても、いささかも面白みを失うこともなければ、また読者に次の部分を読むことを促すこともない。

第2部を読むには第1部を読まなければならないが、第1部を読んだからといって、第2部を読まなくても一向にかまわないのである」

これは創作の初期の段階で書かれた序文の下書き（第三版）の一部ですが、ここから次のようなトルストイの考えがうかがえます。

（1）作品は一八〇五年から一八五六年という時間枠の構想をもって書かれたが、

その枠は物語の感興を限定する（そこですべてが完結する）という意味での枠ではない。（2）そもそも物語の完結性とか、人物の思想的一貫性という発想は、この作品にはそぐわない。（3）作品の規模も想定できず、各部分が全体の中で占める位置についても、あらかじめ説明できない。（4）作品の面白みも、全体に属すのではなく、各部分で味わうことができる。

「読書ガイド」で「進化する物語」と形容した特徴の背景をなす発想ですが、綿密な資料考証と人物造形にもとづいた入念な事前設計を想像させる作品の根底に、全体と部分、あるいは構想と具体的な局面におけるその表れに関する、このように非限定的で柔軟な（＝ゆるい）考え方があるのは、大いに刺激的でした。

歴史の法則と人間の自由意志との関係論の応用問題とも見えますが、とにかくこのような「自由な構想」にもとづいた作品の翻訳作業は、とりあえず部分の面白さを十分に味わい、写し取るに限る――そんなふうに割り切った時に、先の見通せぬ心細さが、次の意外な展開を期待する快楽へと変わったように思います。結果として、小人数で熾烈な砲台の戦いを貫徹した純朴なトゥーシン大尉（第1部第2編20章）とか、主人を怒鳴りつける野獣めいた狩猟頭のダニーロ（第2部第4編4章）とか、フィリの作戦会議をペチカの上から見物する少女マラーシャ（第3部第3編4章）とか、忘れがたい数々の人物の面影が、日々脳裡に蓄積されていきました。戦闘場面や長い演説風のくだりで多少頭が混乱しても、ヘミングウェイの漁師の老人のように「夜が明ければ新しい日だ」という感じで乗り切れるようになり、何とか最後まで仕事を終えることができました。

では訳した結果、作品の「全体」はどう見えたか？　これは老人の釣った相手がどんな怪物だったのかと同様、重要な問いですが、残念ながらまだ短い言葉で表せるほど頭の中がまとまっていません。予期せぬパンデミックという鮫に食われた部分も大きいかも知れません。いつかもう一度読者として読んだうえで、まとめてみようと思っています。

翻訳の過程ではたくさんの方々のお世話になりました。とりわけトルストイ研究者の佐藤雄亮さんには、本作の祖国戦争の記述の解釈について、何度も懇切なご教示をいただきました。またロシア文学者の中村唯史さんには、トルストイの戦争観の解釈についで貴重なアドバイスをいただきました。地図のデザインを含めて全体を設計してくださった中町俊伸さんはじめ光文社翻訳編集部の皆様、話題が多岐にわたるせいもあって間違いや不統一の多かった翻訳原稿を丹念に校正してくださった今野哲男さんはじめ校閲部の皆様にも、一方ならぬお世話になりました。画家の望月通陽さんは、今回も最初の読者となって、印象的なカバー装画を描いてくださいました。翻訳の仕掛け人だった駒井稔さんは、集まりの企画の難しい時期にもかかわらず、読者との交流の機会を設けて、訳者のモチベーションの維持に努めてくださいました。期して深く感謝申し上げます。

二〇二一年八月

望月 哲男

# 戦争と平和6

著者 トルストイ
訳者 望月哲男

2021年9月20日 初版第1刷発行

発行者 田邉浩司
印刷 新藤慶昌堂
製本 ナショナル製本

発行所 株式会社光文社
〒112-8011東京都文京区音羽1-16-6
電話 03（5395）8162（編集部）
03（5395）8116（書籍販売部）
03（5395）8125（業務部）
www.kobunsha.com


落丁本・乱丁本は業務部へご連絡くだされば、お取り替えいたします。
ISBN978-4-334-75450-1 Printed in Japan

# いま、息をしている言葉で、もういちど古典を

長い年月をかけて世界中で読み継がれてきたのが古典です。奥の深い味わいある作品ばかりがそろっており、この「古典の森」に分け入ることは人生のもっとも大きな喜びであることに異論のある人はいないはずです。しかしながら、こんなに豊饒で魅力に満ちた古典を、なぜわたしたちはこれほどまで疎んじてきたのでしょうか。

ひとつには古臭い教養主義からの逃走だったのかもしれません。真面目に文学や思想を論じることは、ある種の権威化であるという思いから、その呪縛から逃れるために、教養そのものを否定しすぎてしまったのではないでしょうか。

いま、時代は大きな転換期を迎えています。まれに見るスピードで歴史が動いていくのを多くの人々が実感していると思います。

こんな時わたしたちを支え、導いてくれるものが古典なのです。「いま、息をしている言葉で」――光文社の古典新訳文庫は、さまよえる現代人の心の奥底まで届くような言葉で、古典を現代に蘇らせることを意図して創刊されました。気取らず、自由に、心の赴くままに、気軽に手に取って楽しめる古典作品を、新訳という光のもとに読者に届けていくこと。それがこの文庫の使命だとわたしたちは考えています。

このシリーズについてのご意見、ご感想、ご要望をハガキ、手紙、メール等で翻訳編集部までお寄せください。今後の企画の参考にさせていただきます。
メール　info@kotensinyaku.jp

★続刊

## フォンタマーラ　シローネ／齋藤ゆかり・訳

20世紀イタリアの作家シローネの代表作。イタリア中部の寒村フォンタマーラ。村民たちの共有財である水が、ある日を境に大地主と政府の結託によって奪われてしまう。抵抗する村民たちを描いた反ファシズムのベストセラー、70年ぶりの新訳。

## イタリア紀行（上・下）　ゲーテ／鈴木芳子・訳

長年の憧れであるイタリアに旅立ったゲーテ、37歳。ヴェネツィアからローマ、ナポリ、シチリアへ……。約二年間の旅でふれた美術や自然、人々の生活について書きとめた書簡や日記をもとにした紀行文。「ゲーテをゲーテたらしめた」記念碑的作品。

## 未成年1　ドストエフスキー／亀山郁夫・訳

知識人の貴族ヴェルシーロフと使用人との間に生まれたアルカージー。生い立ちのコンプレックスを抱えた彼は、父の愛を求めながら、富と力を手にする理想を胸にもがく。未成年の魂の遍歴を描くドストエフスキー五大長篇の一つ。（全3巻）